海飞 著

老子的地盘
MY TERRITORY
THE DICHOTOMY OF THE EVERYMAN

海飞自选集
SELECTED WORKS
STORIES BY HAI FEI

花城出版社
中国·广州

图书在版编目（CIP）数据

老子的地盘 / 海飞著. -- 广州：花城出版社，2023.6
　（海飞自选集）
　ISBN 978-7-5360-9376-8

Ⅰ. ①老… Ⅱ. ①海… Ⅲ. ①短篇小说－小说集－中国－当代 Ⅳ. ①I247.7

中国国家版本馆CIP数据核字(2023)第100763号

出 版 人：张　懿
责任编辑：黎　萍　夏显夫
责任校对：衣　然
技术编辑：凌春梅
装帧设计：吴丹娜

书　　名	老子的地盘
	LAOZI DE DIPAN
出版发行	花城出版社
	（广州市环市东路水荫路11号）
经　　销	全国新华书店
印　　刷	广州市岭美文化科技有限公司
	（广州荔湾区花地大道南海南工商贸易区A幢）
开　　本	880 毫米×1230 毫米　32 开
印　　张	11.5　 2 插页
字　　数	249,000 字
版　　次	2023 年 6 月第 1 版　2023 年 6 月第 1 次印刷
定　　价	268.00 元（全四册）

如发现印装质量问题，请直接与印刷厂联系调换。
购书热线：020 - 37604658　37602954
花城出版社网站：http://www.fcph.com.cn

| 目 录 |

我叫陈美丽　　　　　001

我爱北京天安门　　　053

像老子一样生活　　　124

老子的地盘　　　　　159

蝴蝶　　　　　　　　205

私奔　　　　　　　　241

化妆课　　　　　　　273

少年行　　　　　　　297

乡村爱情　　　　　　331

我叫陈美丽

每一次都在徘徊孤单中坚强，
每一次就算很受伤也不闪泪光，
我知道我一直有双隐形的翅膀，
带我飞，飞过绝望……

——歌曲《隐形的翅膀》

1

陈美丽在一场杭州的雷阵雨来临以前接到了一个电话，电话那头罗老板说要把陈美丽连人带电饭煲一起买下来。那时候陈美丽刚要跨出尚美公司的大门，她的手里抱着一只电饭煲去一家制药公司推销。陈美丽比较讨厌罗老板鸭子一样的嗓音，但是她仍然温柔地说，罗老板你买得起吗？罗老板说，要多少？陈美丽的心里冷笑了一下，冲口而出，一亿人民币。罗老板嘎嘎嘎地笑了起来，说难道你是金子做的？

陈美丽说，可是我有一个明亮的心。

罗老板说，见你的鬼去吧，我还有一颗赤胆忠心呢。

陈美丽说，放你妈狗屁。

罗老板说，我妈不放狗屁，她已经不在人间了，你别打扰她的安静。

两个人调笑着。陈美丽边调笑边闪身就出了尚美电器的大门。果然，一场雷阵雨像是专门候着陈美丽似的，飞般扑过来。陈美丽腾出一只手，笨拙地挥了一下，一辆绿色的士在她面前停了下来。雷阵雨在她的身后落下，在地上卷起许多的灰尘颗粒，这些颗粒异常饱满地望着一辆出租车绝尘而去。

陈美丽这一天成功地把三百多只电饭煲推销给了制药公司的老总。从制药公司出来的时候，陈美丽觉得自己浑身上下沾满了药品的气息。这时候雷阵雨停了，七月傍晚的日光仍然显得凶猛，毫不留情地把热浪泼洒在杭州潮湿的土地上。陈美丽就在这亲切而含着腥味的地气中跳起来越过亮晃晃的水洼快乐地前行，像一头小母鹿。她把新来的徒弟阿蝶叫了出来，准备在武林路女装街上花一些钱出去。阿蝶挽着陈美丽的手，两个人异常热情地把一条不长的街道走完，陈美丽却仍然没有花出去一分钱，这让她觉得比较遗憾。卷耳打来电话，说美丽，美丽你过来，我们在湖墅南路的番茄鱼馆。陈美丽笑了，故意装出恶狠狠的样子说，你们多点菜。

卷耳在那边说，为什么？

陈美丽说，我今天为公司销出去三百多只电饭煲，一定要请客。

卷耳在那边沉默了一会儿，叹了口气说，老板，你这儿有鲍鱼或者鱼翅吗？来四份。

陈美丽说，放你妈狗屁。

那边就传来猛烈的大笑，大笑声中，电话咔嗒关掉了。

陈美丽在黑夜正式降临以前，带着阿蝶到达了番茄鱼馆，这是一家生意非常之不错的小餐馆。陈美丽看到了年轻的阿小，他在不停地摇晃着细若地瓜的头颅，唱着周杰伦的一首叫《双截棍》的歌。他的头发染黄了，粉红衬衣里面包着瘦弱的身体，耳朵上挂着两个汤碗大小的耳环，耳朵里还塞着耳机。陈美丽一度认为阿小是女的，但是她看到了阿小滚动的喉结，这让她感到有些目瞪口呆。在阿小离席去卫生间的时候，她盯着卷耳和细细说，这是谁的？

卷耳吐出一口烟，轻蔑地笑笑，不说话。

细细说，她的。

陈美丽又一次向厕所门口张望，阿小已经不见了，像被厕所吃掉了似的。陈美丽压低声音，严肃地说，卷耳，你就不怕把他的腰折断？

卷耳说，试过了，没断。

陈美丽说，这都是你第几个了？

卷耳说，管好你自己。

陈美丽装出痛心疾首的样子。她像突然想起来似的，对阿蝶说，阿蝶，这是卷耳姐，她开的店很好玩。这是细细姐，杭州最著名的爱情专家，自由撰稿人，还是电台午夜节目"爱情星空"的特约主持人。

陈美丽又对卷耳和细细说，这是阿蝶，我新同事。

阿蝶说，不不，美丽姐是我师父。

细细斜了陈美丽一眼，软声软气地说，你徒弟比你年轻多了，看来，你的优势完全消失。

阿蝶看着她们斗嘴,又看着卷耳不停地吐出烟来。她忍不住好奇,说,卷耳姐你开的什么店那么好玩?大家都不说话,一会儿,齐声大笑起来。笑声中,阿小摇晃着瘦小的身子回来了,他转身对女服务员奶声奶气地说,喂,给我来一听王老吉。

陈美丽差点就地晕倒。卷耳恶狠狠地盯了陈美丽一眼,又盯着阿小说,你回去。

阿小说,干吗?

卷耳说,饭前便后要洗手。

这时候陈美丽才看到阿小的手是干的。阿小站起身来,听话地晃荡着远去了。陈美丽说,卷耳,从今天开始我决定要彻底地崇拜你。卷耳没吱声。细细在拿一张纸巾擦嘴,她把腰身坐得笔直,因为屁股比较肥大,所以从背后看过去,她有点儿像一只放在凳子上的古代花瓶。陈美丽说,你们张敞怎么样?

细细的脸上顿时洋溢起一大片的幸福。细细说,我们张敞想把《周易》文化发扬光大,他想让市政府把他的《周易》研究作为重点文化扶持内容。我们张敞说了,政府很有可能在西溪湿地给他一块地皮,让他经营《周易》文化产业。知道西溪住着哪些文化大腕吗?

陈美丽摇了摇头。

卷耳说,张敞不是你们的,他只不过是你的网恋对象。你没听说过见光死吗?我怀疑他大腹便便,秃头,穿一件廉价的西装,皮鞋上积满灰尘。

细细愤怒地说,别打岔,你才廉价呢。我们在讨论文化,陈美丽,知道是哪些大腕吗?

陈美丽仍然摇了摇头。

细细得意地说，韩美林、麦家、刘恒。

陈美丽张着一张嘴说，他们都是干吗的？

细细瞪大了眼睛，她本来想说些什么，但是忍住了。忍了半天，却又忍无可忍地说，文盲。

陈美丽说，文盲？

细细说，我是说，你这个文盲。

阿蝶终于忍不住笑出声来。陈美丽也笑，说细细别以为你的自由撰稿人懂得比我们多，他们前一个是画画的，后两个是写字的。怎么着我也技校毕业。

阿小又晃荡过来了。这时候他挥动着一双湿漉漉的手，嘴里哼的是好姑娘，真漂亮……卷耳说，阿小，别哼了，像猪似的。阿小马上不哼了，讨好似的笑笑，把音乐给关掉了。阿小仍然奶声奶气地说，周华健要来开演唱会，大家都说，周华健年轻的时候和我很像。

陈美丽不再说什么，她傻傻地看了看阿蝶和卷耳、细细，脑子里突然嗡了一下。这时候陈美丽的手机响了，在停顿了十秒以后，陈美丽接起了电话。电话是莱波公司采购一部经理姜光打来的，姜光说，陈美丽，你在哪儿，你过来唱歌吧。

陈美丽说，姜大胆，我这会儿吃饭呢。

姜光说，几个人？雄的雌的？

陈美丽说，四个，雌的。

姜光说，雌的我喜欢，你一起带来吧。我在黄龙的银乐迪。我叫一辆商务车来接你。

陈美丽看了看卷耳和细细，她们都点了点头。陈美丽对着手机大声说，成交。

2

陈美丽带着浩浩荡荡的人马走进了银乐迪 A8 包厢。姜光在抽烟，一个女服务员在点歌屏前木讷地坐着，还有一个中年男人窝在沙发里，唱一首叫"再回首，云遮断归途"的歌。陈美丽一下子被这歌声吸引住了，她认为中年男人窝在沙发里的样子，是孤独的。她认为中年男人的歌声，也是孤独的。后来她知道这个男人叫林大伦。

林大伦不太爱说话，看上去他有掩藏不住的精干。他只会拿着一杯绿茶，和这人碰碰，和那人碰碰。由于一帮女人的介入，气氛变得热烈起来。姜光不停地晃荡着啤酒瓶，豪情万丈地要和阿蝶干杯。阿蝶酒量好，一般情况下她喝不醉。她总是不动声色地和姜光碰一下杯子，然后把杯中酒喝掉。喝到后来，姜光不喝了，说，完了，碰到克星。阿蝶笑了一下，轻柔地说，姜总你多关照。

这是一个充满音乐的夜晚。只有阿小被人遗忘，他坐在角落里的样子显得楚楚动人。卷耳冷静地抽烟，喝酒，她不唱歌是因为她不会唱歌。唱得最多的是细细，她的声音柔软，还会夸张地使用一些表情。她把一首又一首的情歌唱完了，又和姜光来情歌对唱。陈美丽喝着啤酒，在喧嚣的声音里，突然想起了女儿麦豆和前夫强强。麦豆必定在外婆的怀里，强强必定在游戏机房。她曾经有过家，但是这个家显得海市蜃楼般缥缈。陈美丽不禁有些伤感，白天的销售业绩带来的快乐已经荡然无存。她仰起脖子灌下一瓶啤酒的时候，林大伦温和的声音在她耳边响起来，会醉的。

陈美丽不知道"会醉的"三个字算不算一种关心，但是她感到了温暖。林大伦说，请你跳个舞。陈美丽的嘴里还含着一口酒，她咽下了，站起来时觉得头有些晕。她和林大伦跳着慢舞，这时候她看清林大伦的干净。短发，T恤，像一个老男孩，最可贵的是他几乎没有肚皮。陈美丽愿意和这样的人跳舞。

这是一个令陈美丽愿意喝酒和放开的夜晚。此刻的杭州，正被热浪包裹。银乐迪外边必定是汽车喇叭的鸣叫，夏天特有的场景在风中飘扬，比如西瓜摊贩的出动，以及游荡着的卖花小女孩。陈美丽知道自己喝得有点儿多了，她让点歌小姐给她点了一首《隐形的翅膀》。音乐响起来时，她开始唱，唱着唱着，突然停了下来，看看卷耳和细细。卷耳轻蔑地冲她喷了一口烟；细细忧心忡忡地看着她；阿蝶和姜光在另一个角落里调笑；阿小差不多就要睡着了；林大伦窝在沙发里，一直注视着她。他冲陈美丽笑了一下，这时候陈美丽突然想哭。

音箱里传出的只有原唱音乐，在大段的静场时光里，陈美丽一言不发。等到音乐放完，她才叹了一口气。传来林大伦一个人的鼓掌声，陈美丽说，谢谢。她愿意被这单调并且轻巧的鼓掌声击倒。林大伦再次邀请陈美丽跳舞的时候，陈美丽说，我醉了。

散场的时候，姜光自告奋勇地送女人们回家。林大伦要送陈美丽，陈美丽说，不用，我想走走。林大伦说，你不安全。陈美丽笑了，说我从来就没有安全过。林大伦说，你好像有些难受。陈美丽说，我从来没有好受过。林大伦说，我还不知道你的名字。陈美丽就在包里拼命掏，掏了好久才把一张皱巴巴的名片递上说,我叫陈美丽。

这天晚上,陈美丽执意要一个人晃荡着回家。顺着莫干山路一直往前走,走着走着,看两边梧桐在黑夜里摇晃的影子,突然觉得自己陷入了无边的凄惶里。她把脚上穿着的耐克休闲鞋甩脱,将鞋拎在手中光着脚摇晃前行。她觉得这个时候应该唱一首歌,于是她唱起了《太湖美》,唱着唱着,一阵风吹来,陈美丽想吐,干呕了几声终于忍住了。她把自己靠在一棵瘦弱的行道树上,又一阵热风吹来,她缓缓地坐了下去,坐在地上,背靠着小树。然后她在包里快速地摸着,摸出手机,给李晚生打了一个电话。李晚生大约是睡了,声音里透着惺忪的味道。李晚生说,你待着别动,我来接你。

在陈美丽别动的时间里,她简要地回顾了一下她的从前。十年前,陈美丽有过初恋。她在医药公司上班,男朋友安阳在乔司镇卫生院里工作。那时候安阳会花一个多小时的时间骑车进城,并且用那辆破自行车带着她去杨公堤。结果,因为他父母的原因,两人散了。安阳不可能辞职进城。分开时,安阳把陈美丽送的玉蝉还给她,那时候陈美丽也是把身子靠在一棵瘦弱的树干上,斜了安阳一眼说,切,我有那么小气吗?现在,这个安阳在陈美丽的记忆中显得很淡了,但是陈美丽仍然记得多年前西湖边金黄色的斜阳,和闪亮的自行车钢丝。陈美丽认为,原来所有的感情,会被时间消磨得无影无踪。她只记得当初的怦然心动,因为她是第一次把身体靠近一个男人的怀里。她喜欢闻那淡淡的烟草气,也喜欢安阳那胡子刮得青青的下巴。然后,她认识了同事李晚生,也认识了英俊的强强。她最后成了强强的妻子,在很多人热烈的有点儿嫉妒的目光中,挽起了强强的手走进婚姻。

强强妈在加拿大。强强妈很漂亮,四十岁的时候跟一个贩表的加拿大人走了,而且是毫不犹豫地辞掉了省某事业单位的好差事。强强妈说,我已经浪费了二十年青春,但我还有二十年青春。我要把这后二十年的青春,献给加拿大。这样做的后果是,少年强强成了没娘的孩子。不久,父亲病故,强强进了医药公司,又辞职。因为他不愿养家,只认游戏机当亲人,他和陈美丽离婚了。陈美丽带着漂亮但却患哮喘病的女儿麦豆生活,说好了每个月强强付一千块抚育费,但是强强只拿了三个月的费用以后,就再也不愿出现在陈美丽的面前。陈美丽对强强的音容开始慢慢模糊,有时候他的脸在她脑海里糊成一团。但她记得强强玩游戏时的身姿。陈美丽认为那是世界上最可恶的姿势。

李晚生骑着他的千里马电动自行车,挟着一股热风出现在陈美丽面前。他不说话,下了车将车支起,就来拉陈美丽的手。陈美丽躲开,拍了一下李晚生的手背咯咯大笑起来。李晚生笑了,说看把你喝成这样。陈美丽说,因为我今天卖掉三百多只电饭煲。李晚生说,那也不至于喝成这样。陈美丽竟然自己扶着那瘦弱的树站了起来说,人生得意须尽欢。

须尽欢的陈美丽坐在李晚生的电动车背后,他们在热风中穿行。陈美丽的鞋子被李晚生扔进了车筐里。陈美丽就把脸贴在李晚生的后背,双手抱住李晚生的腰,继续唱太湖美呀,美就美在太湖水⋯⋯

经过文二路口的时候,李晚生的电动车骑到了一块碎砖上,轮子打滑,两个人都跌倒在地上。陈美丽的膝盖破了,她索性坐在地上，直愣着一双眼望着朦胧的灯光。一个老头跑步经过她的身边，看上去比较健硕，一看就知道是从年轻的时候就开始练的人。他好奇地望着地上的陈美丽，陈美丽大着舌头说，你看什么。你半夜三更跑什么步？

老头说，我跑步和你有什么关系。

陈美丽说，关系大着呢，你扰民，你制造噪音。

老头指了指不远处的挖掘机说，那边在挖地洞，那才是噪音。你和我老头子过不去，真是笑话。

陈美丽说，放你妈狗屁。

这时候老头就要恼了。在灯光下他秃秃的脑门显得异常红亮。李晚生忙上前道歉，说醉了醉了醉了。他不停地鞠躬，像一只殷勤的虾米。陈美丽来气，拿起地上的一只鞋，向李晚生砸去，刚好砸在李晚生的鼻梁上。老头笑了，说讨了这样的老婆，你活该。

这天晚上，陈美丽不知道是怎么睡着的。在醒来的时候，她看到的场景是一床毯子盖在自己身上，掀开毯子，可以看到膝盖上的伤口已经贴上了纱布。长丝袜显然已经破了，像一条死去的透明的蛇一样扔在垃圾桶里。桌子上有一碗稀饭，一碟小菜，稀饭上还架着一根油条。李晚生却不见了。

陈美丽吃稀饭的时候，眼眶里又湿了。她记得当年急性阑尾炎，是李晚生抱着她飞奔，几乎跑出了刘翔的速度，并且红着一双眼睛在医院陪了她四天。接她出院时，也是背着她，走那长长的弄堂。那时候她趴在李晚生的背上，想不如这样一辈子走下去算了。但是李晚生终究不是她的真命天子，李晚生会是一个好丈夫，可惜李晚生太穷，每个月只能挣千把块钱的工资，相当于有钱人去半次KTV的钱。

陈美丽不是生活在真空里，她不能不考虑生活。她没嫁李晚生，但是现在她离婚了，李晚生仍然对她那么好，她是不是应该考虑一下嫁给这名敦厚的老光棍？

陈美丽吃着稀饭的时候，突然想到了一个问题，李晚生昨晚为什么不趁机把她给睡了？她分明记得昨天晚上，她抱着李晚生睡得很沉，她自认为这是一个比较踏实而熨帖的夜晚。陈美丽比较憎恨李晚生的君子风度，李晚生你为什么不把我给睡了？话一出口，陈美丽被自己的自言自语吓了一跳。她的心动了一下，想，是不是想要男人了？这样想着，她的脸红了一下。

3

陈妈打电话来，说，你是不是不要你的女儿了？那是你生的，你再不来交这个月的生活费就把麦豆领回去。陈美丽乖乖地回了孩儿巷自己的娘家，在孩儿巷口，她看到父亲陈爸正在替人补鞋。他戴着老花镜，工作得很认真，看上去像一个科研人员一般盯着鞋子琢磨着。陈美丽在陈爸面前站住了，从包里抽出一条"黄果树"香烟，丢在鞋摊前。陈爸看到了，抬起头笑，把鞋子一扔，从口袋里掏出几张钱来说，这是我给你准备的麦豆的生活费。

陈美丽咬咬嘴唇说，你自己买烟抽吧，靠你这钱能顶个屁用。

陈爸说，屁用也比没用好。

陈美丽说我不拿你的钱，你别再给我做什么鞋匠了，摸了一辈子的鞋还没有摸够哪。

陈爸说,要是不摸鞋,我可能要生病。看病要花钱,所以我摸鞋是在挣钱。

陈美丽想了想,从陈爸手里一把抽过了几张百元币,数也没数卷起来放进口袋里继续向前走。陈美丽回过头去的时候,看到陈爸呆呆地望着她,又像是掩饰着什么,忙坐了下去补鞋。陈美丽的鼻子一下子酸了,她觉得陈爸根本没有活过。陈爸从年轻的时候开始,就知道给陈妈交钱。他只会挣钱不会花钱。而陈妈比较会花钱,陈妈说,要投资,要搞活,她把钱全投在了放高利贷上,谁劝也没用。陈美丽劝过一次,劝第二次时陈妈要和陈美丽拼命。陈妈还每月一次问陈美丽要一千块钱的麦豆的生活费,说带小孩的工资就不和你算了,但是麦豆的生活费要算。

陈美丽终于见到了女儿麦豆。麦豆已经五岁,像是从模子里倒出来一般,和强强长得一模一样,眼睛大大的,人中笔挺。麦豆没有说什么,手里捧着一个面包,望着突然出现在门口的陈美丽说,妈妈,外婆说你要到我们家来玩。

陈美丽说,这是你外婆家,不是我们家。

麦豆说,那我们家在哪里?

陈美丽想了想,不说了,把麦豆抱在了怀里。然后,她按部就班地开始聆听陈妈无休止的唠叨。陈妈像一个新闻发布人一样,说到了金融危机。陈妈说银行利率下调,幸好全放了高利贷。陈妈说这个要钱那个要钱,麦豆每个月的生活费要增加了。

陈美丽说,你想加多少?

陈妈说，不是我想加，是物价上涨。不信你自己领回去养养看。

陈美丽说，你明知道我不可能自己带，我得工作。

陈妈说，算了，你加我五百一个月好了。

陈美丽想了想，自嘲地笑笑说，行。就当我一个月丢一回钱包。

陈妈说，你这是什么话，你放屁。

陈美丽说，我没放。

这时候麦豆放了一个响屁。麦豆说，外婆、妈妈，你们不要吵，是麦豆放了一个屁。陈美丽抱着麦豆，把脸紧紧贴在麦豆的脸上说，麦豆，妈妈一定会养活你的。麦豆把面包塞进了陈美丽的嘴里，说，妈妈，麦豆省下面包给妈妈吃。

陈美丽离开孩儿巷的时候，眼睛里含着一些内容丰富的水，她眨巴了几下眼睛，想把那些水给眨巴掉。最后，眼泪还是不争气地溢了出来。她决定去找强强，在一家叫作"海角七号"的游戏房里，陈美丽站在了强强的面前。强强正聚精会神地打游戏，他头也没抬地说，欢迎。

陈美丽说，你拿钱来，我一个人已经养活不了麦豆。

强强说，我妈要带她到加拿大，你又不肯。

陈美丽说，我当然不肯。我只剩下她了，如果她被带走，我不是一无所有？

强强说，你以为我有？你至少有工作，我连工作也没有。

陈美丽，我奇怪你怎么还活着。你要是死了，我也就省心不用找你麻烦了。

强强说，你想让我死？我偏活着，我要活得好好的。告诉你陈美丽，我要活到一百岁。

陈美丽说，你到底给不给钱。你先给我五千块。

强强先是挤给陈美丽一个笑容，然后他慢慢把笑容收起来。他的脖子上戴着一个金项圈，但是陈美丽认定那是铜的。陈美丽不相信这玩意儿如果是真的强强还会不去当掉？强强戴着金项圈的样子，很有少年闰土的风范。

陈美丽说，说呀，你哑巴了。

强强一字一顿，咬着牙说，要、钱、没、有、要、命、一、条。

陈美丽猛地挥起了包，包的硬角砸在强强的额头上，额上马上起了一个大包。陈美丽不再说什么，走出了游戏房。她突然觉得游戏房真是一个太滑稽的地方，而强强是一个捉摸不透的人。当年她嫁给长得像金城武一样的强强，就像嫁给了一张墙上的画饼一样，这是她一生之中最后悔的事。强强拒绝长大，除了打游戏，他觉得什么都没劲。甚至在离婚前，他觉得做爱也没劲。强强这样做的结局是，强强妈不认他，只认孙女麦豆。

4

陈美丽和卷耳坐在北山路上两岸咖啡靠窗的位置，相对比较淑女地等待着细细带着张敞来见面。一次三个人一起去浴场洗澡的时候，躺在躺椅上细细说她已经和张敞见过面，两个人碰撞出了爱情的火花。陈美丽说，帅不帅？细细白了陈美丽一眼说，帅有用？强强够不够帅？重要的是内涵。陈美丽说，那内涵怎么样？细细在躺椅上扭动起她的大屁股，并且忍不住打了一个响指说，一等。

卷耳躺在躺椅上吐出一口烟，轻蔑地笑笑说，脑子糨糊搭牢了。

现在，细细就要带着张敞前来。陈美丽听到楼下响起服务生欢迎光临的叫声，陈美丽就认为这肯定是细细到了。果然，细细和张敞出现在楼梯口。果然，张敞是个大肚皮，秃发，穿西装，一身陈旧皮鞋让他看起来显得有些风尘仆仆。他不像文化人，像一个古董贩子。陈美丽吐了吐舌头，对卷耳说，卷耳你比半仙还仙，你可以关掉你那破店，去开一家算命店。

细细很兴奋，拿腔捏调地介绍张敞和两位小姐妹认识，说这就是我们张敞。陈美丽和卷耳都有些淡，她们认为这是一个骗子，根本不可能适合细细。但是细细说内涵，这个人有内涵。这个人坐了下来，他盯着陈美丽的脸看。陈美丽摸了一下脸说，我脸上有花？

张敞说，不是，我觉得你可能有两次婚姻。

陈美丽说，你真是半仙，你的《周易》怎么会算那么弱智的问题？细细是不是告诉你我女儿叫麦豆，今年五岁。

张敞说，非也非也。我算出来的。

张敞说完把目光投在了卷耳的脸上，看了半晌说，你没有婚姻。

卷耳说，有婚姻我就不到这地方来见什么周易专家了。

张敞说，但是，我和细细会很幸福，我们已经海誓山盟。

陈美丽逼视着细细说，细细，你有没有搞错。

细细认真地说，我肯定没有搞错，我们很相爱，我们有着共同的理想。

陈美丽看看卷耳,有哭不出来的味道。卷耳盯着张敞说,张敞,我觉得你既然研究《周易》,应该穿一件唐装。

张敞大吃一惊说,那件唐装刚好洗了,还没干。你怎么知道我有唐装。

卷耳吐出一口烟,优雅地把烟在烟灰缸摁灭了,说,因为我也是半仙。

这天是张敞请客在两岸吃的饭。张敞去上厕所的时候,陈美丽对细细说,我有一个冲动,想杀掉你。

细细说,你不会是在嫉妒我幸福的爱情吧?

陈美丽说,我宁愿跳西湖,也不嫉妒你的爱情。

细细说,你们看不起我们张敞,我们张敞很有才的,他已经研究出曹雪芹是杭州人,这是有证据的。曹雪芹的故居在西溪湿地。

阿蝶经常去走廊上接手机。陈美丽认定阿蝶已经恋爱了,她正在泡着一杯麦片,手机响了起来。是陈妈打来的,说麦豆想去富阳野生动物园,说物价又上涨了,陈美丽能不能借点钱给她。她已经很累了,不想再领麦豆,不如让强强妈把麦豆领到加拿大去。陈美丽应付了陈妈好久,把手机挂掉,看到阿蝶刚好在走廊上打完电话进来。陈美丽说,谈恋爱了吧?

阿蝶笑笑没说什么。陈美丽说,谈恋爱没关系,要注意安全。

阿蝶说,什么安全?

陈美丽说,你就别跟师父我装清纯了。措施一定要做好。

这时候强强突然一闪身从门外进来了。强强说,你能不能借我点儿钱。

陈美丽说，你还欠着我好多钱呢。

强强说，我一有钱就双倍还你，现在你借我点儿钱。

陈美丽不再说话，喝一口麦片，把抽屉猛地打开了。

强强烦躁地在抽屉里翻找了一阵，什么也没有找到。他显得有点儿绝望，嗓门也变大了，你借一点，你帮我借一点。

陈美丽说，凭什么？凭你是我前夫？

强强说，一日夫妻百日恩。

陈美丽说，恩？你还知道咱们有恩？你有没有为麦豆做过任何事情？

强强说，我不做事情，你一个人能生得出来？

陈美丽不再说话，她没有说话的欲望。她没想到强强揪着头发慢慢地跪了下去，用乞求的声音说话，美丽，美丽你借我一千块钱。

陈美丽最后还是向阿蝶转借了一千块钱。看到强强一边数钱一边打着呵欠匆匆地离去，陈美丽懊丧地一脚踢拢了办公桌的抽屉，发出的巨响，把正在专心描眉的阿蝶给吓了一跳。

陈美丽知道七月初七被定为中国的情人节是一件令人奇怪的事。至少令她奇怪。情人节怎么可以有那么多。当细细和卷耳告诉她，她们将各自和自己的情人过这个节日的时候，陈美丽感到凄凉。她给客户们发短信，万水千山总是情，请我吃饭行不行？回信的不多，都打着哈哈。陈美丽就觉得，这个该死的七夕，是专门和她作对的。她有些怨恨牛郎和织女造出了这样一个节日。

陈美丽想发短信给李晚生。她想让李晚生做一桌菜，然后她过去找李晚生，一起吃晚饭，一起开一瓶红酒。她把短信写好了，能一起吃晚饭吗？但是在发送的时候，鬼差神使发给了林大伦。等了半天，林大伦都没有回音。陈美丽绝望了，把手机丢进包里，一个人晃荡在热闹的武林路。陈美丽一直晃到晚上十点钟，把肚皮给彻底地饿空了。这时候她对自己说，女人，还是对自己好一点吧。

陈美丽去了西街酒廊。在酒廊里要了一份鸡饭，再要了一支红酒。西街是很老的一家老店了，陈美丽还很青涩的时候，就知道这家店的存在。那时候陈美丽没有钱去，和她疯的男同学们也没有钱请她去。她能记得的只是西街门口的一块牌子。现在，她坐在了西街酒廊，摇晃着酒杯，看一对又一对的年轻人，在烛光里浪漫。她的心里发出冷笑，切，今天浪漫，明天说不定就离婚。这样想着，陈美丽发出了恶毒的笑声。

陈美丽有些喝多了。离开西街的时候，她又给林大伦发了短信，林大伦还是没有回。酒廊门口，一个卖花的小女孩正缠着一对对的年轻人，却对陈美丽视而不见。陈美丽有些生气说，你过来。小女孩走了过来说，想干吗？陈美丽说，你的花我全买下。

陈美丽捧着一束花离开了西街酒廊，走出好远的时候回过头，却看到卖花小女孩手里拿着钱还呆呆地站在原地。陈美丽对小女孩很妩媚地一笑，小女孩也笑了，在路灯下露出空洞的嘴巴。她正在换牙。她转过身向另一个方向跑了，很快地隐在了夜的最深处。陈美丽突然觉得这小女孩和自己一样可怜，这样想着忍不住就要落泪。她拨通了李晚生的电话，对着电话大骂，李晚生，你这个浑蛋。李晚生，你去跳楼吧。

陈美丽一个人走在七月初七的夜风中。她觉得自己像一条锦鲤，游弋在五光十色的夜晚。她捧着花蹒跚前行，街上空无一人，偶有车辆飞快驶过，或者就是开着很响音乐的敞篷车，像子弹一样蹿过。陈美丽知道是年轻人开的这种车，陈美丽想，年轻真好。年轻像子弹，把夜撕开了。

陈美丽在路上遇到了一个流氓。这个流氓在她面前站住了，挡住她的去路。陈美丽装作很害怕的样子说，你想干什么？流氓笑了，这是一个很年轻的流氓，他说我要带走你。陈美丽说，大马路上你也敢耍流氓？流氓说，大马路难道不是在地球上？只要在地球上，我就敢耍流氓。陈美丽说，你真有勇气，我喜欢。说完陈美丽挥起了那束玫瑰，抽在流氓的脸上。也就在这时，一辆巡逻车闪动着警灯缓缓地开了过来。流氓转身就跑入了一条小巷，陈美丽咯咯大笑起来，说有流氓的心，却没流氓的胆，你再练十八年吧。

警车在陈美丽身边停下，下来一个脸容阴郁的中年警察。他没戴警帽，前半部分的头发秃了，嘴里叼着烟，眯着眼睛说怎么回事？陈美丽说，我没事。警察说，身份证？陈美丽就拼命地在包里掏身份证，好不容易找到了，递给警察。警察说，陈美丽，这名字挺好。你这么晚干什么？

陈美丽说，我在过七夕节，顺便散散步。

警察说，你手里拿的是什么？

陈美丽举了举手里差不多已经掉光了花瓣的玫瑰花说，花。

警察笑了，说花有长这样的吗？

陈美丽说，它脂溢性脱发。

我叫陈美丽 | 019

警察笑了，走到了警车前，打开车门要上车，突然像想到了什么似的沉下脸，用手指点了点陈美丽，却没有说什么。警车开走了，陈美丽对着警车远去的身影说，旅游愉快。

陈美丽闪身进入红石板小巷的时候，抬手看了看表。表针显示，已经一点。千里马电瓶车像一匹突然闯出的华南虎，气喘吁吁跌跌撞撞地出现在她的面前。李晚生像是从车上跌落下来似的，手握车把说你怎么回事？

陈美丽说，我散步。

李晚生说，你在电话里骂人，把我吓坏了。我以为你又喝醉了。

陈美丽说，你答对了。

李晚生望着喷着酒气的陈美丽，又看到她手里提着的那束没有花瓣的玫瑰花说，你何苦。

陈美丽说，我要搬家了，我不要再在这红石板住了。你帮我搬家。

陈美丽说完，反身走进黑暗之中。李晚生呆呆地站在原地，一会儿，他听到黑暗之中传来哭泣的声音。李晚生的心一下子就像被麦芒扎了似的难受，他把手放在了心窝处。

5

陈美丽的新住处是稻香园小区人民大厦的九一七室。那是一间朝北的住处，终日不见阳光。隔壁住着一个小伙子，叫波波，每天都窝在屋子里不出来。后来陈美丽知道，他是软件设计师。陈美丽就说他是吃软饭的。波波说，难道干部是吃干饭的？

　　姜大胆又荣升了，最近有点儿神龙见首不见尾的感觉。他成了莱波公司的常务副总，那辆破旧的普桑换成了帕萨特。他开车经过文一路的时候，看到了边啃饭团边等着公交车的陈美丽。他把车停下，车窗摇了下来，陈美丽看到一张得意扬扬的脸。陈美丽二话不说，开门，上车。砰的一声响，车门重重地关上了。

　　你能不能关轻点。姜大胆心痛地说。

　　这车又不是我的，干吗关轻点？陈美丽仍然啃咬着饭团。

　　姜大胆把陈美丽送到了公司楼下，顺便给陈美丽递上了一张名片。陈美丽嘴里含着饭团含混不清地说，你的名片我有。姜大胆说，这是新的，权当收到一张广告纸。陈美丽拿过一看，上面标着常务副总几个字。陈美丽一下子把脸沉了下来，恶狠狠地说，你以前老占我便宜东摸一把西摸一把，你当上了副总，怎么不进一批我的电饭煲？

　　姜大胆笑了，把车窗摇上。他的声音从车窗缝漏出来说，最近本公司电饭煲比较积压。人人都吃快餐了，谁还买电饭煲。

　　姜大胆的车子开走了。这时候阿蝶从一辆出租车上跳下来，蹿到了陈美丽面前叫师父。她看了看陈美丽手里捏着的纸片说，师父你怎么了？陈美丽说，没什么，有头猪鼻子上插大葱了。

　　这天上午，尚美公司销售一部开员工会议。经理表扬了阿蝶，在一个月的时间内，她卖出去一千台电饭煲。陈美丽望望阿蝶，阿蝶躲闪着眼神转过头去，一会儿又装得神情自若。会散了，陈美丽去找经理，说经理阿蝶这电饭煲销哪儿去了？

　　经理说，你千万别怪你徒弟，这世界本就是竞争的世界。

陈美丽说，我猜到了，她果然卖到莱波公司去了。

经理说，你不要为难她。她也是为了公司利益。抢你生意，是不懂事。但她是你徒弟。

陈美丽笑了，说经理你放心，我陈美丽不怕有人抢地盘。

陈美丽反身去找了阿蝶。她沉着一张脸走到阿蝶面前，阿蝶有些战战兢兢，身子不由自主地抖动。陈美丽伸手扭了一下阿蝶的脸说，阿蝶，你这皮比我值钱。你用这皮去换，我没话说。你比我更可怜。

阿蝶的眼泪一下子滚了下来，说师父你别怪我。

陈美丽叹了口气说，我没啥好怪你的。我担心的是你上了贼船你懂不懂？你还是姑娘。以前我以为你谈恋爱，让你注意安全。现在，你更要注意安全。

陈美丽说完转身走了。走几步又折回来说，要是姜大胆欺侮你，你一定要告诉我。

阿蝶的眼泪再一次滚落下来。

林大伦破天荒给陈美丽打来了电话，说是请她去唱歌，顺便带电饭煲样品过去，他想进一批货。陈美丽抱着电饭煲去了银乐迪 A8，才想起这是他们第一次认识的包厢。包厢里只有林大伦陷在沙发中唱《再回首》，声音有些凄凉。

陈美丽说，你难道只会唱这首歌？

林大伦说，我真的就只会唱这一首歌。

陈美丽说，怎么只有我们两个人？

林大伦逼视着陈美丽的脸说，两个人难道不够？

陈美丽说，你想到哪儿去了？我可不卖身。

林大伦笑了，伸出手把陈美丽拉了过来，说，签合同一个人怎么签？

陈美丽坐在了林大伦的腿上，她其实坐过许多男人的腿，但是坐在干净整洁的林大伦腿上时，感到了无比的别扭。她认为自己不应该是这样的女人，至少在林大伦面前不应该是。林大伦笑了，把陈美丽抱着的电饭煲拿下来，放在沙发上，说，抱着电饭煲怎么签合同？

这是一个无比漫长的夜晚，在后来陈美丽的回忆中，一切都显得像晃动着的电影镜头那样不真实。在包厢里，林大伦和陈美丽签了合同，五百只电饭煲。然后，林大伦吻了陈美丽。陈美丽已经不知道吻是啥滋味了，所以她有些麻木和生涩。然后，林大伦把陈美丽带到了酒店。

陈美丽在进入酒店以前，给李晚生打电话问他能不能出来。李晚生说，我要值班。陈美丽合上了手机，自嘲地笑了，说李晚生你别怪我。这是天意。

事后陈美丽问林大伦，你不回家？

林大伦说，我和家里说出差了，我现在正在昆明。你也一定要把这儿当成是昆明的酒店。

陈美丽后来就一直记得她和林大伦同时出现在昆明的酒店里。陈美丽还记得当林大伦用嘴巴剥去她的衣服时，她很矛盾。她突然想起了李晚生。李晚生的笑容在她面前飘来荡去，怎么样也不肯远去。后来林大伦进入了陈美丽的时候，陈美丽狠狠地闭上了眼睛。李晚生的影子才慢慢地飘远了，像被风吹走的一片树叶。

第二天清晨，阳光漏进房间，洒在大床上。陈美丽看到林大伦在背对着她穿裤子，拉拉链的声音非常清晰地钻进她的耳朵。晨光涂在林大伦的身上，构成了很好的光影效果。陈美丽必须承认林大伦的健硕，和带给她的无穷快乐。他的双腿修长，身姿挺拔，和强强相比，他强悍，而强强最多只能算一只绣花枕头。

林大伦把自己整理停当，走出屋去的时候抬了一下手腕看表。他说要赶到公司去开一个会。说完，门合上了。陈美丽呆呆地望着合上的门，她在想，林大伦有没有在昨晚出现过。她左顾右盼的时候，看到了枕头边的一沓钱。这时候她绝望了，发了好长一段时间的呆后，她大声尖叫起来，林大伦你这个畜生，老子不是卖的。她一把抓起那些钱就扬起来，这是一场短暂的钱雨，这些钱纷纷扬扬地落在了地毯上。

半小时后陈美丽离开了房间，她走在走廊上，身影显得有些单薄，像一个移动的影子。快走到电梯口的时候，她又折回了，打开房间的门，弯下腰去一张张捡地上的钱。这时候，她的眼泪还是不争气地落了下来。她轻声说，麦豆，我一定要带你去富阳野生动物园。

6

秋天正在逼近杭州。陈美丽和卷耳、细细在青藤茶楼的露天茶座区喝茶的时候，顺着秋天的空气可以看到南山路的那些行道树正在落下些许的叶片。一只松鼠在斑驳的秋阳下，异常迅捷地从一棵树跳到了另一棵树。陈美丽就想，这只松鼠找食，一定像她卖电饭煲一样辛苦。

不爱说话的卷耳这一次说起话来滔滔不绝，说她遇上了又一声爱情。每一次的爱情，卷耳总会动手给心爱的男人做好菜吃，说是要用温暖胃来俘虏心。但是每次都在用到半壶油的时候，她的爱情戛然而止。但是这次爱情，她已经用下去一瓶油了，竟然和那个男人没有散伙。当她重新审视的时候，发现这个叫赵威廉的中年男人有可人之处。她想要安定下来了，可是阿小不肯退出。阿小找到了赵威廉，把一沓他偷拍的和卷耳在一起时的全裸照给了赵威廉。赵威廉笑了，把照片撕得粉碎，扔在地上，然后摊了摊手。

阿小得意地笑起来，他的耳朵上仍然挂着大耳环。大耳环因为他的得意而抖动起来，显得比较兴奋的样子。阿小说，只要我愿意，可以再洗一百张这样的照片，我还可以把它传到网上去。

赵威廉沉默了好久，他突然伸手一把扯下了阿小的耳环。阿小夸张的尖叫声响了起来，他说，救命啊。

赵威廉又一把卡住了阿小的脖子说，只要我愿意，我马上可以掐死你。

阿小喘着粗气说，你不怕犯法吗？

赵威廉说，我在江湖上那么多年了，什么浪头没见过。凭你？你要是敢去报案，我就把你的小鸡鸡给揪下来。

阿小灰溜溜地走了，像从没有来过杭州似的，突然消失。卷耳把自己投进赵威廉的怀里，她很想哭，但是眨巴了几下眼睛后没有眨下眼泪，最后只好点一支烟去抽。

卷耳喷着烟圈说，你不介意？

赵威廉说，这算什么，拍照片玩玩的嘛。再说，食色，

我叫陈美丽

性也。

卷耳被这一句很轻巧的话给感动了,说,你连古文也懂,你文武双全,你能不能娶我?

赵威廉说,为什么要结婚?那很累。

卷耳说,要么娶我,要么离开我。我想有个家了。

赵威廉走到卷耳身边,轻轻揉着卷耳的头发说,傻,真傻。我娶你。

这个时候,卷耳的眼泪正式落了下来,她猛地吐掉半截没有抽完的烟,一张嘴咬在了赵威廉的胸口。

青藤茶楼里,三个女人把这一场午后的聚会开成了一个故事会。好多年前赵威廉一边贩卖假烟一边和人打打杀杀,为此老婆离开了他。现在赵威廉收敛了,愿意娶卷耳了。但是赵威廉的女儿赵小猫却找到了卷耳的性用品商店。这是一个初三女生,但是她已经发育得很完整。她穿着校服,晃荡着一双长腿走进性用品商店,面对琳琅满目的商品研究了一番,很认真地说,你这儿的货样式真多。

吞云吐雾的卷耳说,你想买什么?

赵小猫说,我不需要这玩意儿,只有你才需要。

卷耳说,你给我闭嘴。

赵小猫说,你离开我爸,我就闭嘴。

卷耳这时候才知道,赵小猫是赵威廉的女儿。

卷耳说,让你爸离开我好了。

赵小猫说,我爸说他离不开你。所以,我得让你离开他。我爸天不怕地不怕,就怕我。我是他的命,是人,都怕丢了命。

卷耳说,你想怎么样?

赵小猫说，我想你离开。我爸我妈没离婚，他们只是分居。

这时候里间的门帘掀开，赵威廉看到赵小猫时，笑容一下子被冻住。卷耳沉默地盯着赵小猫。赵小猫在书包里翻找起来，一会儿翻出一把裁纸刀。她用刀子飞快地在手心里划了一下，很快，一条红线闪现，血珠子冒了出来，很鲜艳的样子。赵小猫说，离不离开？

卷耳绝望地闭上了眼睛时，赵威廉却尖叫了一声，吓得脸色煞白。卷耳看到赵威廉的模样，就知道，赵小猫果然就是赵威廉的一条命。赵小猫无声地笑了，她掀起门帘，离开了那些琳琅满目的商品。卷耳往店门外看，她看到了赵小猫正穿过街道，她挺拔的青春的身子，在阳光底下缓慢地行走。一只手高高举起来，两个手指形成了 V 字形。街的对面，是一群栖息在山地车上的初中生，他们爆发出兴奋的尖叫。这时候卷耳突然想起，赵小猫威风凛凛的背影，很有赵威廉的气概，也很像一部外国电影《壮志凌云》中飞行员的背影。

赵威廉愣了一会儿要冲出去。卷耳说，站住。你要是跨出这门，以后就别再进这门。

赵威廉回过头来，看了看卷耳，凄惶得有点不像个男人。但是最后，他还是没有任何犹豫地大步迈向了马路的对面。

赵威廉终于不再出现。在青藤茶楼，卷耳给她讲的故事做了最后的总结。她感叹地说，每个人都有命门，赵威廉的命门，就是他的女儿赵小猫。

卷耳让细细写一本爱情小说，细细在不停地为卷耳总结着经验。细细认为卷耳是在对的时间遇上了错的人。陈美丽什么话也不想说，她把自己的身子横下来，横在三把椅子上。这简直就是一张狭窄的小床，秋阳让她感到了温暖。她很想在细细絮絮叨叨的爱情理论中睡过去。她也想到了情人林大伦，因为林大伦的出现，李晚生的影子在她脑海里不再经常性地跳跃。林大伦曾经向她宣布了游戏规则，不准她给林大伦打电话发短信，只许林大伦给她打电话发短信。因为，林大伦怕他的老婆，更怕他的岳父。岳父一手把林大伦提拔起来，老婆不爱他，他可以让陈美丽来爱。但是岳父不爱他，就等于是这个世界不爱他。

他害怕被这个世界抛弃。

陈美丽呆呆地听完林大伦的游戏规则后，发了半天的呆。后来她笑了，点点头说，成。但是她知道自己的眼角沾着一滴泪。她用小指小心地把那滴泪给擦掉了，擦掉的同时，陈美丽觉得自己的心已经麻木。但是当她在大润发超市看到林大伦一家的时候，仍然心里发酸。林大伦抱着女儿，推着推车，和妻子说说笑笑，正眼也没看她一眼。更令她难过的是，林大伦和她擦肩而过，两人擦肩时的距离差不多不会超过二十厘米。那时候陈美丽拎着购物篮，白着一张脸，呆呆地像坏掉了的机器人一样站在原地一动不动。

一会儿，一名营业员走过来问，小姐，需要帮助？

陈美丽说，你帮得了吗？

陈美丽知道，所有帮不了的事，就只能自己一人扛。就像强强不负责任，造成的后果也得陈美丽一人扛。就像陈妈每月问她要钱，她也得一人扛。陈美丽就在这并不温暖的秋阳下，闭着眼睛想，要是这秋阳把我晒死，晒成人干或者标本，那倒也不是一件坏事。陈美丽对后半生的感情生活，一直持怀疑的态度。她认为不懂爱情的时候,往往是感受爱情的时候,比如她曾经和强强的花前月下,和夜登宝石山初阳台。而懂得爱情的时候,往往爱情就跑得无影无踪。

晚上陈美丽叉手叉脚地躺在床上,眼望着天花板。收音机里正在播"爱情星空"特约主持人细细关于爱情的话题,细细在这个秋天的夜晚,用深情的语调说了卷耳的爱情故事。陈美丽觉得这是一种出卖,令她感到有些恶心。林大伦打来了电话,陈美丽望着手机屏上显示的名字,没有去接。林大伦就不停地打电话,陈美丽听得烦了,把声音调成静音。细细在说完了卷耳的故事后,开始说爱情格言。细细说如果人生是一场旅行,那么爱情就是路上的一棵胡杨树。陈美丽大笑起来,对着收音机嚷,说细细你个白痴,如果人生是一场旅行,那么爱情就是路上的一顿晚餐。

第二天,林大伦又打来了电话,让陈美丽过去。陈美丽说,你是我上司?林大伦说,我不是,但我是你客户。陈美丽说,客户你好,你有什么事?林大伦说,我要买电饭煲。陈美丽说,你要几只?我让司机送来。林大伦说,不,按照程序,要先签合同。

陈美丽拿着合同去了林大伦的总经理办公室。林大伦关上门,一下子把陈美丽顶在了门上,喘着粗气,两只手就捧着陈美丽的屁股。陈美丽挣扎起来,却不小心碰响了门。门外一长排,都是一格一格的办公空间,陈美丽怕被外面听到什么。陈美丽的不再挣扎,无疑使林大伦更加大胆。他知道自己手中的白兔,在不断地软下去。软到差不多的时候,林大伦一把抱起了陈美丽,放在办公桌上。

陈美丽从办公桌上下来的时候，慢慢地整理着裙子。她觉得特别无聊，这个上午也因此而变得格外漫长。林大伦已经没事般地坐在沙发上喝咖啡了，茶几上还为陈美丽留着另一杯冒着热气的咖啡。林大伦看着陈美丽整理裙子，这让他的心里有着无穷的满足感。林大伦说，把合同签了吧。

陈美丽望望那张宽大的办公桌，想，是不是林大伦经常在这张办公桌上玩这样的游戏。

林大伦说，这次签五百只。

陈美丽想，我真像一个卖淫的。这样想着，她的脸就烧了起来，她说，过几天再签吧。

林大伦说，为什么？你真麻烦。

陈美丽把脸昂起来说，畜生。

从林大伦的办公室出来，穿过办公大厅，所有的目光都落在陈美丽的身上。陈美丽冰着一张脸，昂着头，高跟鞋的叩击声在自己的耳朵里异常清脆。她镇定自若，自己给自己强加了一种气势。当她走到大门边的时候，突然脚被扭了一下，一下子就跌倒在地。钻心的疼痛中，她听到了办公大厅传来的哄堂大笑。

7

起先陈美丽并不知道医药公司食堂女工吴山花。她和李晚生出现在人民大厦十八层陈美丽的租房里时，陈美丽的脚还没有完全康复。陈美丽看到李晚生，才知道自己差点把李晚生给忘了。吴山花的样子有些拘谨，她和李晚生并排地站在陈美丽的面前。陈美丽坐在沙发上，却有着居高临下的态势。吴山花把一包糖放在了陈美丽的面前说，美丽，晚生常说起你，说这么些年你们像兄妹一样亲。这是我们的喜糖。

陈美丽这时候才觉得自己的心开始搅痛起来。陈美丽以前有胃痛和牙痛，那是她的人生经验里认为的最巨大的疼痛。现在她终于知道了，比起心痛来，那些痛都是小儿科的。她一直想要重视却一直忽视着的李晚生，就要当上新郎了。

陈美丽的脸上堆满了笑容，她谈笑风生，抓起屋子里的一个吹风机塞进吴山芳的怀里，说这是刚买的，是尚美电器在经营的进口电吹风，原产国是马来西亚，五百瓦的。她又把一套化妆品塞到了吴山芳怀里，说这是资生堂的。接着她又把一只皮包塞进吴山芳怀里，说这是让小姐妹从香港带的。吴山芳温和地笑了，把这些东西重又堆在桌子上说，我从来没用过这么高档的东西，给我用是一种浪费，妹妹，还是你自己用吧。

陈美丽愣了，她不知该说些什么。她看到李晚生关爱的目光，只是这目光是投在吴山芳的脸上的。吴山芳说话很从容，很温和，像一位小镇上的居民。陈美丽突然发现，吴山芳的脸上，其实有着一层幸福的光泽。邻居波波刚好在门口探头探脑，陈美丽大声，喂，软饭，你进来。

波波进来了。陈美丽一把挽住了波波的手说，李晚生，我来介绍你们认识一下，这是我的男朋友波波。

李晚生说，这是你邻居吧，我看到他刚才从隔壁那屋出来。

陈美丽说，是先邻居和男朋友，天涯若比邻，就是这意思。

李晚生笑了，说陈美丽你胡扯什么呀。总之，结婚那天你得来。你要是不来，谁来？

陈美丽猛烈地点着头，说当然当然，一定一定。

李晚生和吴山芳消失了。门晃了晃，又合上。陈美丽对着门猛踢了一下。波波说，你何苦。这个男人不适合你。

陈美丽对着波波吼，那你说，谁适合我？

没几天，李晚生就把喜酒给办了，办在医药公司的食堂里。这是一场简陋的婚宴，陈美丽本来想不去，后来想不去显得自己小气了。她让林大伦开车送她去，林大伦的车是一辆黑色的奥迪，奥迪车停在食堂门口，穿着黑色风衣的陈美丽抱着一只电饭煲风光地走下了车子。李晚生和吴山芳就站在食堂门口迎客人，陈美丽说，我让我男朋友送我来的。

李晚生说，你快进吧，客人都来得差不多了。

陈美丽说，那车是奥迪，其实只有八成新了。据说最近还跌了好多，不合算。

李晚生说，陈美丽，你还磨蹭啥。

陈美丽觉得李晚生是这个世界上最无趣的人，她狠狠地瞪了李晚生一眼，把电饭煲塞在吴山芳怀里，又堆起笑把一只红包塞进了李晚生的手中。陈美丽说，这电饭煲是新产品，烧出的饭有天然的香味。没想到李晚生却从吴山芳怀里抱过了电饭煲说，谢谢你美丽，以后咱们家做饭这活，是我干的。

陈美丽觉得自己真是没劲，她想起了以前李晚生曾经做菜给自己吃。她边想边向食堂里走去。食堂的圆桌上，都铺了一次性台布，台布上放着醒目的可乐和雪碧。当陈美丽看到用的啤酒是钱江牌的时候，陈美丽的心里又闪过一丝释然。她认为自己真的是不适合李晚生的，她想要的李晚生什么都不能给尽管释然着,但是仍然失落。陈美丽没有和李晚生打招呼,就提前离开了喜宴。在路上,冷风一吹,陈美丽就开始无限地渴望起温暖来。她拨通了林大伦的手机,林大伦那边的声音很吵,他说在陪客户唱歌,说完就挂了。陈美丽只好回到家,她敲开了隔壁波波的门,波波把门打开,他正在吃一碗方便面。陈美丽这时候才知道,自己刚才在喜宴上根本没有吃饭。还有方便面吗?她问。

波波转身就给陈美丽泡了方便面。陈美丽吃得有些狼吞虎咽,吃完了抹一下嘴,对着波波吼起来,你怎么那么懒,一天到晚只知道吃方便面。波波一下子就愣住了。

这是一个无聊的夜晚。陈美丽把自己关在屋子里整理旧东西。她认为自己要换一种心情,李晚生以后将不太可能在她喝醉的时候再来照顾她,因为他已经是别人的老公了。她要抛弃一些旧东西,就像抛弃一些旧心情一样。她把好久没穿的衣服和靴子,统统塞进一只空纸箱里。然后,她在整理旧书的时候,在那本《水浒传》里面,掉下一张发黄的照片。照片里,一个瘦弱的男青年,喉结夸张,两只眼睛呆呆地望着陈美丽。他是安阳。

陈美丽突然觉得,这是一个奇怪的夜晚,也许是一种结束,也许是一种开始。

8

陈美丽赶到医院的时候,卷耳已经坐在走廊的长椅上抽烟了。陈美丽看到一个保安走向了卷耳,示意卷耳把烟灭了。卷耳和保安对视了一分钟，最后还是把烟给熄灭了。保安转身离去，卷耳看了陈美丽一眼，说，细细真会作。

陈美丽也承认细细太会作。这个大屁股的一直认为自己很幸福的大龄剩女，一直在电台谈爱情的老女人，以为张敞真是她的真命天子。但是，张敞的《周易》文化公司倒闭了，他消失的时候，把细细所有的钱全部卷走了。细细在大街上偶遇了一次，冲上前去就打张敞，结果手掌落在张敞的肩胛骨上。张敞倒没事，细细的手掌骨折了。

细细在医院同时做了两个手术，一是接上了骨头，二是拿掉了肚子里张敞的孩子。细细被推车推出来的时候，陈美丽和卷耳同时迎了上去。她们看到的是肿着眼睛疲惫的细细，在动手术以前，细细曾经有过一次昏天暗地的哭泣。

细细说，张敞这个狗娘养的，千刀杀万刀剐，不得好死。

陈美丽和卷耳一下子愣住了，她们始终都不相信，这话是从专栏专家、女主持人细细的嘴里说出来的。细细接着说，这个浑蛋张敞，真他奶奶的可以杀了喂狗。

陈美丽这样理解，细细骂人的脏话，只是因为她的心里恨。卷耳和陈美丽都没有说什么，只陪在细细的病房边，听细细不停地骂着。骂着骂着，骂得累了，细细想要睡过去。睡过去以前，她泪流满面地说，我的小细细，我的小细细没有了。

这个时候，陈美丽的眼泪也流了下来。陈美丽说，张敞，要是我遇见你，我一定把你的皮扒下来。

这天晚上，卷耳把陈美丽叫走了。在一幢叫作宏远的宾馆前，陈美丽如约赶到。她看到卷耳从一个黑洞洞的小巷里出来，就说你找我干吗。卷耳不说话，指了指楼上。

卷耳和陈美丽走到四〇五房门口，敲开了门。张敞显然没想到会是卷耳和陈美丽，陈美丽破口大骂，张敞愣在了当地一动不动。卷耳却没有骂，她突然一纵身，像一只猴子一样攀在了张敞的腰上，然后左右开弓，噼里啪啦地在张敞的头上猛敲起来。张敞惨叫着倒在地上，陈美丽也顺便上去猛踢张敞。她们把门合上了，离开四〇五的时候，门牌号让陈美丽想起了一部老电影的名字。

在宏远酒店的大厅门口，一名保安和两名警察站着。陈美丽看了卷耳一眼，轻声说，卷耳，你真会害人。卷耳说，没什么，我一进酒店的时候，就觉得这保安把我们盯上了。

陈美丽说，那你还动手。

卷耳笑了，轻轻拍了拍陈美丽的脸说，没啥，拘留几天有什么好怕的。

陈美丽和卷耳被派出所带走了。没有人来保她们，陈美丽也不想惊动陈妈，又不想惊动李晚生。最后，她把短信发给了阿蝶，是因为她觉得阿蝶其实不算是坏人。阿蝶把陈美丽和卷耳保了出来，领出了派出所的大门。阿蝶动了动嘴唇，想要说什么，被陈美丽制止了。

陈美丽说，好了，你别说了。你别说对不起，现在是我想说谢谢你。

阿蝶说，师父，你错了，我想说我怀孕了。

陈美丽说，姜大胆的？

阿蝶点了点头。

陈美丽叹口气，让你做好安全措施，你还是没听进去。你打掉孩子吧。

阿蝶说，我不想打掉，我就做一个单身母亲。

卷耳冷笑了一声，说姜大胆肯定让你打掉。

阿蝶说，你怎么知道？

卷耳说，我算起命来比《周易》大仙张敲还准。

阿蝶不再说什么，转身走了。这是一个令陈美丽感到疲惫的夜晚，她回到家的时候，到处没能找到吃的。她敲开了波波的门，波波一脸倦容，有些不悦地望着陈美丽。陈美丽说，方便面有没有？波波说，没了。陈美丽有些不耐烦，说，那你倒是做点吃的呀。

波波做的是速食汤圆，陈美丽肚子饿了，看到汤圆，她的肚子咕咕欢叫起来。波波看着她吃汤圆，终于忍不住地说，陈美丽，我总是觉得我好像欠了你什么似的。

陈美丽想了想说，欠我什么？可能我已经忘了。

波波说，欠你祖宗十八代的人情，不然你怎么老是指使我这个哪个的。

陈美丽哑然笑了，伸出手拍了拍波波光洁的脸说，放心。中国是礼仪之邦，我会还你人情的。陈美丽吃着汤圆，把汤也喝了下去。她将碗推开的时候，盯着波波看了一会儿说，波波，我觉得好像跟你特别亲近，怎么像是亲姐弟似的。

波波纠正她说，是兄妹。

陈美丽把波波带到了细细的面前，她说波波多和细细聊聊，开导一下细细。她觉得卷耳为细细做了不少，自己也应该做些什么。令陈美丽没有想到的是，波波是个灵异小说爱好者，他把看来的《盗墓笔记》讲给细细听，听得细细时而尖叫，时而兴奋地大笑。看到两个人聊成了一团，陈美丽就有些失落。

细细说，爱情就是海浪，一阵阵地过来，一阵接着一阵。

陈美丽不得不承认细细说的话有些经典，果然适合做专栏作家和《爱情星空》的特约主持人。不久，细细的声音又通过电波回荡在杭州的上空。而且，做完了节目，她会出现在波波的屋子里。她竟然成了陈美丽的邻居，这是陈美丽没有想到的。陈美丽有时候会盯着细细恶狠狠地说，你的爱情伤痛可真痊愈得够快的。

细细莫名其妙地说，爱情伤痛？什么爱情伤痛？

陈妈打来电话的时候，陈美丽在公交车里打瞌睡。她经常乘199路公交车，到市府大楼站下车，那儿附近有一家老娘水饺店。陈美丽的怀里仍然抱着一只电饭煲，她点了一客老娘水饺，刚要吃的时候，陈妈打来了电话，她在电话那头惊慌地说，美丽，麦豆把自己的屁股坐进电饭煲里了。

陈美丽的耳朵里顷刻间响起了嗡嗡嗡的声音。她很快赶到了陈妈家，盯着妈妈看。陈妈在陈美丽的逼视下，眼神不断地闪烁着。麦豆已经睡着了，屁股朝上，屁股上涂着从市三医院配来的烫伤药。陈美丽的一言不发，让陈妈感到了害怕。她也紧紧地咬着嘴唇，直到把嘴唇咬得泛白。

陈美丽说，你怎么可以这样。陈美丽望一眼熟睡的女儿，才知道，不仅赵威廉的命是女儿，其实她的命也是女儿。这样想着，她的眼眶里就蓄满了白晃晃的泪花。陈妈终于开始声泪俱下地哭诉，放高利贷的人跑了，她颗粒无收。陈美丽冷笑了一声说，你别和我提高利贷，也别跟我爸提。这样说着的时候，门开了，陈爸穿着布鞋系着围裙走了进来。他走到麦豆的身边，俯下身满含亲切地望着熟睡中的麦豆，一行热泪流了下来。他缓慢地抬起头，盯着陈妈说，要是麦豆有个什么不好的地方，我肯定把你杀了。

从来都怕老婆的陈爸，在陈美丽的惊诧中，说出了一生中最雄壮的一句话。陈美丽抱住了麦豆，相反，她突然觉得眼泪一滴也没有了，她只是觉得无边无际地累，会让她无休止地进行下去。这时候婆婆从遥远的加拿大打来了电话，仍然是跟陈美丽商量麦豆抚育权的问题。她不停地向陈美丽承诺，她会让麦豆受到最好的教育。也真是这一点，让陈美丽动了一点心。她终于对着话筒说，加拿大，我愿意。

说完这句话，她就把电话掐了。她完全没有听清楚婆婆在大洋那边兴奋的叫声。她从厨房里拿过来一把刀，俯下身，一刀一刀地砍在那个电饭煲上，很像是要把所有的往事统统斩掉。这时候，陈美丽才感到了从未有过的劳累，她在浴缸里放了热水，然后把整个的身子浸进去。她闭着眼睛，边泡澡边喝一罐温热的牛奶。牛奶不小心掉入水中，像暗白色的眼泪。

9

下午两点，是尚美电器公司的下午茶时间。陈美丽和阿蝶等人聚在公司茶室里喝咖啡，说话的人并不多，陈美丽低着头想自己的心事。她抬起头的时候，看到了门边站着吴山花。吴山花笑了，说，美丽。

在走廊上，吴山花说我只有一个腰子的，另一个早就摘掉了。吴山花说她是台州临海人，到杭州来打工，认识了李晚生。

李晚生想照顾她，和她结了婚。因为一个腰子，所以经常要吃一些药，需要一些钱，李晚生就去买了一辆旧摩托在三墩那边接客人。然后，他在文三西路和一辆黄沙车撞上了。

人怎么好和黄沙车去撞呢？吴山花说，人能和铁撞吗？

吴山花说得很平缓，好像是拉着陈美丽的手拉家常一样。陈美丽说，你为什么要告诉我？

因为他心里装的就是你。

陈美丽说，他现在怎么样了？

他已经脱离危险了。我想让你去看他。

陈美丽说，你怎么就知道我一定会去看他？

吴山花叹了一口气说，他是个好人。我不相信你不会去看一个好人。

陈美丽的心里难过起来，想，吴山花其实是一个冰雪聪明的人。只是因为贫穷，磨去了她外在的灵气。

陈美丽去看李晚生，买了一只花篮，又买了一些铁皮枫斗。她知道这玩意儿不一定有用，但她还是买了。她把花篮和铁皮枫斗放在李晚生的床头时，李晚生盯着她看了好久。陈美丽说，看什么？你以为你是精钢做的，坦克都不敢惹黄沙车，你怎么去惹黄沙车了？

李晚生好久都没有说话，盯着他那一只吊起来的伤腿。那伤腿上了石膏，看上去比原来要粗了一倍。陈美丽望了一眼旁边的吴山花，说山花，你炖一些骨头汤给他吃。

吴山花说，炖了。

陈美丽说，以后别再为钱去卖命了，李晚生你听到没有？

吴山花张了张嘴，终于说，他是为了我。是我不好。

李晚生这时候笑了，轻声说，不卖命，还能卖什么？你能不能出去？

陈美丽呆了，说你让我出去？

李晚生说，是，你别在我这儿扮富了。我们穷人，看不惯你那样子。你把你的东西拿走。

吴山花说，晚生，你怎么好这样说的。美丽诚心诚意来看你。

李晚生说，我用不着同情，我这贱骨头，断了自然会长好。等我有钱了，不用旧摩托，我开出租车去。我保证把你的腰给治好。

吴山花落泪了，说你胡说，你胡说些什么你。

李晚生没看吴山花，却盯着陈美丽说，你出去，你用不着可怜我。陈美丽想了想，咬着嘴唇出去了。随后她听到了一声巨响，她买的铁皮枫斗和花篮被扔了出来。陈美丽这时候反而觉得坦然了，她把自己靠在走廊的墙上，长长地舒了一口气。这时候她突然庆幸，自己没有和李晚生好。人有时候还真的不能穷，穷了就会没有思想，就会变得稀里糊涂过日子。这时候一位护士精神抖擞地从她的身边走过。陈美丽说，能不能告诉我这是几号床。

护士头也不回地说，38 号。陈美丽只看到护士那小鹿一样的身姿，在走廊里孤独地冲撞着。

在交费处，陈美丽把钱包里所有的钱都掏了出来，数了数有一千多块。她把钱移进窗口说，替五病区 38 床交费。交完钱，陈美丽走在医院的一块草坪上，初冬的暖阳照在她的身上，她突然感到全身的骨头都在争先恐后地发芽。她很想吼一下，以表示自己的存在。但是她最后没有吼。她只是走到了一棵在初冬仍然蓬勃的年轻的树边，对着树干踢了一脚说，李晚生，你混账。

陈美丽拖着两条沉沉的腿回到住处的时候，听到了细细在波波房里的尖叫。陈美丽就在门口站住了，她隐隐听到了细细在朗诵一首有关爱情的诗歌。陈美丽以前的醋意没有了，脸上泛起了幸福的笑容。她觉得细细不复杂，不复杂的人应该得到幸福。如果波波欺侮了细细，她一定要找波波算账。

门突然打开了，穿着睡衣的细细手里拿着一袋垃圾站着，她不知道陈美丽就在门口，所以愣了一下。陈美丽说，你冷不冷？细细忙把垃圾袋丢下说，不冷，那被子有鸭绒的。说到这儿意识到了什么，忙折回屋合上门。又突然打开门，像是突然想到什么似的问，卷耳怎么样？

陈美丽说，可能失踪了。半个月没联系了。

这时候陈美丽的手机响了起来，卷耳在电话里说，美丽，威廉要约我今晚吃分手饭，在西湖春天，你说要不要去。

陈美丽断然地说，不要去。

卷耳在那边静默了一会儿说，那就不去了。你和细细还好吧。

陈美丽说，我不好，细细很好。细细就在我隔壁。

卷耳在那边传来了笑声，说，细细个荡妇。

陈美丽说，你要不要让她接电话。

卷耳说，不用了。你让她别把波波的腰给折断了。

陈美丽盯着细细笑，说细细，卷耳让我转告你，说你最好把波波的腰折断。

细细很气愤,大吼起来,卷耳你个荡妇。

陈美丽突然觉得真是太没意思了,她把手机盖合上,打开了自己的门。在黑夜正式来临以前,她显得无所事事,所以她有点儿恼怒隔壁发生的任何声音,特别是细细的尖叫声。作,真作。陈美丽这样想。然后,黑夜盖住了城市,当然也盖住了人民大厦。她突然想到,卷耳仍然是会去西湖春天吃那个矫情的分手饭的。

陈美丽去了西湖春天。她轻而易举地用目光捕捉到了卷耳,她坐在远远的一桌,从这个角度望过去,可以望见卷耳的任何动作。陈美丽大约喝了半瓶黄酒,是绍兴产的丽春酒,一种可以把人软化的米酒。然后,她看到了卷耳瘦弱的微笑,她的手举起来,在亮晃晃的灯光下划过了一道弧线。她的手里是一把剪刀,当着赵威廉的面,把自己的头发一刀一刀地剪下来。她不成章法的刀法,把自己的头剪成了一个不规则的形状,像一只小巧的黑色鸟窝。但是她的眼角却含着笑,尽管已经泪流满面。

陈美丽马上站了起来,她拎着那喝剩的半瓶丽春。当她走到卷耳的桌边时,看到了同时抵达的细细。原来细细也躲在某一张桌子的背后。细细喘着粗气,说卷耳,卷耳你别傻,爱情可以重来。

陈美丽冷笑了一声,把酒倒在了赵威廉的头上,边倒边对细细说,爱情专家,你别给我天真了。赵威廉端坐着,他一动不动,暗红的酒顺着他的头发落到衣领上,满脸都是酒水。卷耳却站了起来说,陈美丽,你太过分了。关你什么事?

陈美丽把丽春酒的酒瓶重重地蹾在桌面上,酒瓶破了,瓷片散了一桌。陈美丽转身向外走去，卷耳和细细跟了上来。走到门边的时候，卷耳去拉陈美丽，陈美丽一下子甩脱了，这时候她恰好就看见，赵威廉紧紧地握着碎瓷片，鲜血正从他紧握的拳头中滴了下来。

在南山路附近空荡荡的小树林里，卷耳说，知不知道我动了一个小手术。这时候，陈美丽才知道，卷耳因为患乳腺肿瘤，一只乳房已经切除。这都是这半个月内发生的事。卷耳从第二天开始，在陈美丽和细细的视野里消失。三天后，卷耳从普陀山回来了。在那个被誉为海天佛国的地方，她遇到了一个和尚，和尚一边听音乐，一边给她讲做人的道理。和尚和她面对着大海，让卷耳终于知道生死只是件小事。三天以后，卷耳从普陀山回来了，她变得很温和。她请陈美丽和细细在番茄鱼馆吃饭时，陈美丽发现她只吃素。她说她不会再恋爱了，三十岁以前她把一辈子的恋爱都谈完了。她甚至要求陈美丽和细细陪她一起学佛。而且，她把性用品商店给关掉了。

三天后，她在灵隐认了一位师父。每当陈美丽看到卷耳时，耳畔总是能听到隐隐的钟声。

10

冬天正式降临了。在属于陈美丽的冬天里，她几乎一直都被羽绒服包裹着。有一天，她和她的白色羽绒服一起出现在万松岭书院的相亲大会上，陈美丽看到了无数晃动的人头。甚至有许多老人，在帮着女儿或儿子张罗对象。陈美丽觉得这是一个巨大的菜场，而像她这样的就是活动着的菜。她觉得没趣要离开的时候,看到了安阳。安阳站在一棵树下,很文静的样子。他或许是早就看到了陈美丽,当陈美丽的眼神掠过来时,安阳温和地笑了,说,你没变。

陈美丽说,你也没变。这时候陈美丽看到了安阳脖子上的红色丝线。阳光稀薄,轻轻地打在安阳的脸上。陈美丽伸出手去,她看到了光影之中自己的手提起了一根红丝线,丝线拉了出来,一头系着当年陈美丽送给安阳的玉蝉。陈美丽有些微的感动,这只玉蝉,感受了这个男人十年的体温。它一定是温润、丰满和幸福的。

在这个冬天的午后,陈美丽和安阳一直待在万松岭一棵巨大松树下的长椅上。他们坐得中规中矩,像是一场电影的开头。阳光从高远的天空直扑下来,穿透了云层和松树细小的针叶,斑驳地落在两个人的冬天中。陈美丽知道安阳现在已经调到了杭州昆仑医院,已经是心脑血管疾病的专家了。他的妻子去了美国,和所有的电视剧情一样,她不再回来。现在,他是一位孤独的专家。

三天后,安阳骑着一辆旧自行车来找陈美丽。这是一辆二八海狮牌自行车,是当年他用来载陈美丽的。现在,这辆车子还在,保存完好,钢丝也非常有劲道的样子。只是,陈旧了,没有光亮,像一个中年人一般。安阳用这辆车子,带着陈美丽去龙井村喝茶。一路上,林大伦不断地发来短信,陈美丽都没有回。林大伦终于打了电话过来,陈美丽接了电话,望了安阳一眼说我有客户。林大伦说,什么客户呀,有那么重要?陈美丽说,所有的客户都重要的,这是一位大客户。

婆婆终于来了杭州。她出现在陈美丽眼前时,陈美丽感受到了婆婆的光华。这是一个不会老的女人,眼角有着细密的纹线,但是却挡不住她浑身散发出来的高贵气息。陈美丽认定这就是气场。婆婆送给陈美丽一套化妆品和一袭旗袍,陈美丽收下了。陈美丽知道自己送给婆婆的礼物,就是麦豆。

婆婆说,她可以不要儿子,但一定要孙女。

陈美丽送麦豆和婆婆去萧山机场之前,突然觉得难舍麦豆。麦豆很乖,什么话也不说,只会抓住所有机会钻进陈美丽的怀里。陈妈不停地劝说陈美丽可以向婆婆要点儿抚育费和青春损失费,陈美丽不理会陈妈,只抱着麦豆。她突然想到,女儿一直叫嚷着要去富阳野生动物园看看,却一直没有去看。她觉得自己对不起女儿,她可以和林大伦疯,可以和姜大胆K歌,可以和卷耳和细细喝酒,为什么就不可以陪女儿去野生动物园?现在,她想要补偿一下,想来想去却想不出招来,最后去买了一个三块钱的蛋筒冰激凌。麦豆吃得很欢,吃一口,就拿手摸一下陈美丽的耳垂。她一直都喜欢摸陈美丽的耳垂。

候机厅里,陈美丽的精神总是不能集中。她没有去过加拿大,在那个遥远的角度,听说比较寒冷。有时候,一些飞机会在宽大的玻璃墙前滑过,像突然栖息的一只只麻雀。麦豆不说什么,只是坐在椅子上晃动着小小的双脚不停地唱两只老虎。终于要登机了,婆婆拉起了麦豆的手,轻声对陈美丽说,美丽,我知道你心里苦,你嫁错了人,就像我嫁的第一次一样。但是,第二次,你一定要嫁好。嫁好了,就是对自己好。

婆婆的话一点也没有加拿大的味道,好像还很中国。陈美丽承认婆婆说的话很有道理。麦豆递给陈美丽一张折起来的白纸,她让陈美丽等一会儿再打开。然后,麦豆和婆婆在陈美丽的视野里消失。

在一架飞机腾空以前,陈美丽坐在了返程的机场大巴上。大巴上坐满了旅客。陈美丽打开那张折起来的白纸,纸上画着一台电话机。陈美丽知道,麦豆的意思是,要让她经常打电话给她。陈美丽还知道,隔了那么远,以后女儿就是一个影子,以后女儿会和她有几分亲?这样想着,她不停地抹起了眼泪。

陈美丽回到家倒头便睡,却没有睡着。快傍晚时,她睡着了,晚上十点钟的时候被林大伦的电话声吵醒。林大伦说,过来银乐迪,有一帮朋友唱歌,有人想买电饭煲。陈美丽说,我有些累。林大伦却在那边很兴奋,说你傻呀,人家要量很大的。陈美丽想到了没钱的日子,想了想,终于起床洗漱和化妆。化妆的时候,她觉得自己就像是一个赶场的小姐。

出租车穿行在杭州的夜晚。细细在电台里诉说着又一场情事,并且做着在陈美丽听来并不精彩的点评。陈美丽突然觉得,杭州真是一座滑稽的城市,她和细细、卷耳是滑稽的三个女人。

陈美丽到达包厢,包厢里有浓重的烟味。三四个小姐在陪唱,五六个男人有的在喝酒,有的已经醉得东倒西歪。陈美丽一边赶着烟雾,一边寻找着林大伦。林大伦突然从背后抱住了她,轻声说你终于来了。然后,林大伦为陈美丽做着介绍,客人们都和林大伦握手,但是看上去没有把她当回事。林大伦又说,你发名片,你发名片。

于是陈美丽就发名片,赔着笑,说我叫陈美丽,请多关照。一个三十来岁的大肚皮男人,从背后抱住了陈美丽,他喷出的酒气让陈美丽差点吐了出来。陈美丽看看林大伦,林大伦却无动于衷。陈美丽说,林大伦,你还是人吗?林大伦摊了一下手,压低声音说，生意场上都这样。

陈美丽冷笑了，说，好，既然生意场上都这样，老娘就陪你们这一晚。她让小姐开了一瓶红酒，不时地和客人们干杯，和客人们调笑。她说，我叫陈美丽，请多关照。林大伦看得呆了，拉住她说你干什么？你疯了。陈美丽说，生意场上就是这样的，你才疯。

客人们很开心，真有一个姓黄的要订电饭煲。姓黄的留下了名片，让她明天去沈半路他的公司找他。陈美丽终于喝多了，大家让她唱歌，她点了一首《隐形的翅膀》。音乐响起来，她却唱不出来了，不停地打着酒嗝。林大伦冷冷地坐在一边，这时候陈美丽终于知道，于林大伦而言，自己只是路上的一道风景。而一个男人的一生，在路上会看到多少风景？

陈美丽对着话筒说，麦豆走了。麦豆走了。麦豆去加拿大了。

男人们都鸦雀无声地看着她。陈美丽放下话筒，举起酒瓶，将剩下的红酒倒在了自己的身上。然后，她走出包厢，头也不回地走了。

外面下着雨，陈美丽走在雨阵里。她被浑身淋得湿透，在这个冬天的夜里，让她感受到了寒冷。她知道她不能再打李晚生的电话，也不想打卷耳和细细的电话，她打了安阳的电话。安阳没接。于是她打上车，来到了昆仑医院。

在长长的空无一人的走廊里，陈美丽抱着湿漉漉的自己打着寒战坐在长椅上。一名医生走过来，说你找谁？陈美丽说，我找安阳。医生眼镜片后的眼神里掠过一丝怀疑，说，半夜里找什么安阳？你怎么淋成这样？陈美丽笑了，说我喜欢淋，因为麦豆去了加拿大。医生认为陈美丽一定是疯子,这时候,手术室的门打开了,安阳走了出来。

医生望着安阳一言不发。安阳看了看湿漉漉的陈美丽,对医生说,这是我女朋友。医生笑了,仍然一言不发地转身离开。陈美丽听到背后传来嘈杂的声音,在苍白的日光灯下,推车从手术室推了出来,上面躺着一个看不到脸的人。陈美丽觉得,夜越来越长了。嘈杂声渐远,只剩下陈美丽和安阳。陈美丽抬起头望着安阳的下巴说,我是你女朋友?

11

然后,陈美丽在一个漫长的冬天里没有去见安阳。她努力地不去想安阳,因为安阳是一个在十年前就和她分了手的人。春天到了,杭州的春天比任何地方的春天都来得早一些,西湖边的杨柳争先恐后地冒芽就是证据。

尚美电器公司再一次开业务员会议的时候,阿蝶拉着一只拉杆箱出现在走廊上。她向正开会的陈美丽招了招手。陈美丽走了出去,拱着手,居高临下地看着阿蝶。阿蝶说,师父,能不能到楼下说话。

在楼下不远处的马堂弄里,阿蝶和陈美丽各自把身子靠在了墙上,她们就像两棵在春天里长歪的树。弄堂里奔涌着的春风,让陈美丽觉得自己的心在一声声地欢叫。她捋起袖子,又拉了拉领口,让风灌进自己的身体。在这样的春风里,阿蝶说要走了。阿蝶说要去武汉。姜大胆被抓走了,他对她所有的承诺都是空的。她为姜大胆流掉了一个孩子,这是她在杭州生活中唯一的收获。

后来,后来阿蝶就拉着拉杆箱离开了马堂弄,在离开以前,她把自己的腰深深地弯了下去,低声说,师父对不起。陈美丽冷着脸,一言不发。阿蝶走了,她走路的时候步幅很快,所以在陈美丽的眼里,就觉得有些夸张。她小巧结实的屁股不停地扭动着,扭着扭着陈美丽的眼神就蒙上了一层薄薄的雾。陈美丽在阿蝶的身影完全消失的时候,才轻轻地说,没关系。

又是周五聚会。卷耳和细细商量着要开奶粉店,她们把地址选在了留下,是因为留下这个地址房租比较便宜。她们还决定,奶粉店兼卖婴儿用品。陈美丽因为经常跑动,所以她负责进货。细细负责宣传推广,卷耳负责在奶粉店里当店员们的头。卷耳说,她喜欢小孩,她没有小孩但是她可以在店里腾出一块地办托幼所。这是一个听上去比较美妙的计划。在紧锣密鼓的准备以后,奶粉店就要开业了。奶粉店的店名,叫作美细耳奶粉超市。

开业前一天,林大伦不知从哪儿得来了消息,让人送来了花篮。陈美丽要把这花篮扔掉,被细细挡住了,说不能扔,可以把送花人的名字改成金城武。细细果然拿出一支笔,把送花人的名字改成了金城武。

这是一个令人兴奋的前夜。三个人相约去了茅家埠。月亮很圆,一个在天上挂着,一个在水里晃着。三个人坐在木头做的过道上,脱光了鞋子,把脚浸在水里。水微凉,但是初夏的天气,让她们的心情比较好。那些水被六只光脚丫搅得噼里啪啦的,然后细细就说起了波波。细细说,他妈的,波波前女友从上海找来,波波又和她好上了。他妈的,我不稀罕,天涯何处无芳草。陈美丽恶狠狠地挥了一下拳头说,这波波大概是活得不耐烦了。卷耳温和地笑了,她的脸色在月光之下,显得异常的洁净,表情平和。她双手合十,轻声说,阿弥陀佛。罪过罪过。

一个夜晚,差不多就被三个女人给坐完了。清晨来临,淡淡的光线从远处飞过来,落入三个女人的怀中,当然也落入了湖水之中。杭州的上空,罩着一块红色的云彩。初夏的清晨,总是凉的,所以三个女人抱成了一团。她们的光脚已经不在水中,而是落在了木走道上。这时候,陈美丽的手机响起来。一个男人问,你认识陈伟强吗?

陈伟强就是强强的名字。陈美丽说,认识。

男人说,你是他手机里输入的第一个名字。你是C字头。

陈美丽说,C字头和你有什么关系吗?

男人说,有关系,你和他是朋友?

陈美丽说,我是他前妻。

男人说,我是警察。他死了,死在家里卫生间里。他注射毒品过量。你过来认一下。

陈美丽不再说话,她也听不到男人在电话里还说了些什么。卷耳和细细呆呆地看着她,她们只看到陈美丽在接到一个电话以后,眼泪开始疯狂地奔涌。这时候她想起了恋爱的时候,他们一起晒月亮,一起吃夜宵,一起相互温暖。她以为是恨他的,但是当他死了的时候,所有的恨都烟消云散。

陈美丽任眼泪流了一会儿,然后她掏出了镜子开始对着镜子补妆。卷耳轻声问,美丽,你怎么了?陈美丽笑了一下,摇摇头说,没什么。我就是有点儿想唱歌。于是她开始唱《隐形的翅膀》。三个女人一起唱,唱到就算很受伤也不闪泪光的时候,三个人都哭了起来。这时候她们突然明白,很受伤是不可能不闪泪光的。

在她们离开茅家埠以前,波波打通了细细的电话。波波说,你在哪儿。细细说,你管不着。波波说,我回来了,我没有上车,没有去上海。细细忙说,那你在哪儿。这时候,波波将电话挂了。细细回过头去,看到了不远处的一棵柳树下,一点也不玉树临风地站着胡子拉碴的波波。波波慢慢地举起手,张开,等待着细细在这湖边的一场飞奔。细细果然就飞了起来,像一只轻燕。

现在,是人民大厦的黄昏。陈美丽在床上的一堆夕阳里醒来。她伸了一下懒腰,想起了她去了公安局,想起了美细耳奶粉超市已经开业,想起了花篮上那金城武的名字,想起了陈妈已经不放高利贷了,开始做婚姻介绍。她说,她想麦豆。陈妈的这句话,让陈美丽感受到了一丝丝的温暖。

陈美丽起床,懒洋洋地泡了一个温水澡。刚擦干身子,手机响了,电话那头罗老板又说要把陈美丽连人带电饭煲一起买下来。陈美丽说,你能不能来点儿新鲜的,你就这句废话。罗老板的公鸭嗓子嘎嘎嘎地笑起来,说你过来吃饭吧。我有一个朋友,想要给单位发福利,买你一批电饭煲。陈美丽说,哪个单位呀。罗老板说,盛新印务。

陈美丽放下电话,开始认真地化妆。她抱起了一台电饭煲样品,然后走出了人民大厦。这时候她看到大厦的门口,快半年不见的安阳坐在那辆旧自行车上等着她。安阳刚理了发,显得很精神。他笑起来的时候，眼睛眯成了一条线。安阳无声地拍了拍自行车后座，陈美丽想了想说，交警要罚款的。安阳说，罚就罚，就当我少收一个红包。陈美丽把脸拉了下来，说你竟然收红包。安阳说，我开玩笑的。

安阳载着陈美丽，行进在去往北山路的路上。安阳的意思，是要一起去爬宝石山，然后在初阳台上的初阳茶楼吃饭。罗老板的电话又打来了，说你在哪儿呢。陈美丽说，我在路上。罗老板有些不耐烦地说，快点快点，菜都凉了。陈美丽想了想，悄悄关掉了手机，又让安阳停下自行车。她从自行车上跳下来，把那只电饭煲样品放在了垃圾桶旁边，然后又跳上了安阳的自行车。

陈美丽把脸贴在安阳的后背，听着这位优秀心脑血管科医生的心跳。陈美丽说，我们认识几年了。安阳说，十年。陈美丽就觉得十年的光阴，在她的面前，像一条白练一样，飞速而过。

我爱北京天安门

1

　　一只蝉的鸣叫从杨树叶片的缝隙掉下来的时候,屠向前从躺椅上醒了过来。他没有马上直起身子,而是睁开了混浊的眼,张望着赵毛小店那只黑色柜子上的电视机。电视机里,李咏的长脸上布满笑容,他兴奋地抛掉一张手中的纸片说,请听题。赵毛不停地打着哈欠,在屠向前躺在小店的躺椅上大睡午觉的时候,她其实一直在打着哈欠。一台陈旧的台式电扇,拼命地送出热风。在很长一段时间后,屠向前才从躺椅上坐直了,这时候他发现躺椅上有一个明显的汗渍,像一小块潮湿的胎记。

　　这是一个漫长而寂静的午后。蝉的叫声时断时续,空气干燥,没有风,屠向前觉得人随时会被燥热抽干水分,像一张烘干了翘边了的叶片一样,轻轻地飘起来。好久以后,屠向前终于站起身来,在面盆里倒上一些凉水,用赵毛的毛巾擦了一把脸。水真是好东西,他觉得清醒了不少。至少一个午后,可以从容地开始。他有足够的精力,来对付这个午后。

赵毛白了他一眼说，你怎么随便就用我的毛巾。

屠向前拧干毛巾，那些水从他的指缝里稀里哗啦地漏下来，声音清脆地掉入脸盆。屠向前说，随便？随便用你毛巾怎么了？不随便用你人，已经算是手下留情了。屠向前正这么说着的时候，厂办的叶丽娜走了进来。她穿着绿色的长裙，像一棵移动的美人蕉一样。叶丽娜手里握着一串钥匙，走动的时候，钥匙就发出撞击的声音。叶丽娜很喜欢这样的声音，她在这样的声音里兴奋起来，步子就小鹿一样轻快。事实上，她的小腿匀称，线条柔和，没人知道她的正确年龄。有的时候，她和人疯闹，脸上泛起潮红，能依稀看到她青春的样子。据说她至少有四十岁了，但是她的四十岁仍然像一枚充满诱惑的蛇果，有着浓烈但却新鲜的色泽。叶丽娜趴在柜台上看着玻璃下面的各类小吃，鱿鱼丝、牛肉干、笋丝青豆、花生米、瓜子……那些小食品排列整齐，在赵毛小店里散发出陈年的气息。叶丽娜小巧白皙的手指不停地点着，赵毛，这个，这个这个，还有这个……

屠向前靠近叶丽娜说，叶丽娜，你这个狐狸精真有钱，怎么老来买东西吃。叶丽娜说，是钱科长打牌又输了，我是做跑腿的。

叶丽娜说的钱科长，就是劳资科长钱一炮，权比副厂长还大。因为他掌握着人事权，所以许多人都给他好脸。连食堂里打菜的，也会偷偷给他装好一菜盒的红烧肉，让他带回家去。屠向前听叶丽娜提起钱一炮，就有些扫兴，重叠手印的念头突然间跑得无影无踪。这时候新厂长郭亮的白色桑塔纳，像一阵风一样卷进了厂门口。厂门口左边是传达室，右边是赵毛小店，是厂里租给赵毛开的便民服务商店。屠向前是保卫科长，常来传达室坐坐算是视察工作。屠向前是老国营了，从部队回来后，先是在造气车间当砸炉工，抡了三年大锤子，把胃口给抡大了，也把腰身给抡结实了。然后到了保卫科，当一般干部，接着又当副科长、科长。当上科长了，屠向前离开化肥厂光荣退休的日子也就不远了。屠向前狠狠地瞪着白色的车子一闪而过，那简直就是一道白光，仿佛那车是没有轮子的，而是一阵刮过的白风。屠向前很看不惯新任厂长郭亮，还是博士生毕业的，由国资总公司派下来。郭亮上任一个月了，没有找屠向前谈过一次话，这让屠向前很不舒服。这不仅是看不起化肥厂的保卫工作，也看不起他屠向前本人。屠向前看到了不停摇晃着的叶丽娜的屁股，他的念头起来了，咽了一口唾沫，终于把少了一只小指的手按在了叶丽娜广场一般的屁股上。屠向前说，叶丽娜，我发现你的身体有两样东西长得不太好，要是长好了，你会让厂里的男人们更加骨头轻的。

叶丽娜也不恼，说，哪两样不好？

主要是屁股太大，像一张山东大饼。还有，脖子太长。冬天还好，可以围围巾。但是夏天，你的脖子简直就像长颈鹿的脖子。我真担心你支持不住，那脖子会被脑袋压弯。

赵毛此时大笑起来。她想不笑的，但是她怎么也忍不住。叶丽娜的脸红了，说，拿开。

屠向前说，什么拿开？

叶丽娜说，你那只少了小指头的手拿开。

屠向前说，我那小指头是在部队里被弹片削掉的，我那是保家卫国。我不当兵，你能有这好日子过？叶丽娜说，少来，你当兵又不是我让你去当的。屠向前只好怏怏不快地把手拿开了,叶丽娜抱着一小堆食品,兴冲冲地出去。这时候办公室主任陈四眼走进小店来拿烟,陈四眼和屠向前点头打了招呼,对赵毛说,中华,给我一条中华。他说这话的时候,手指头不停地有节奏地敲击着玻璃柜台的台面。屠向前的脸就阴了下来,说四眼,你这烟谁要的?

这时候陈四眼已经接过了烟,他在赵毛的欠账本上写下了自己的名字,头也不抬地说,郭厂长,郭厂长要招待客人的。陈四眼签完字,把笔一丢转身就走。屠向前说,四眼,你给我站住。四眼仿佛是吓了一跳,他转过身来扶了扶眼镜说,屠科,你不要给我吓人倒怪的。

屠向前伸出了手。陈四眼说,干什么?

屠向前说,拿来。

陈四眼说,什么拿来。

屠向前说,香烟。

陈四眼说,为什么要拿来,这是郭厂长的。

屠向前说,我给他送去。

陈四眼说,不行。

屠向前说,究竟行不行?

陈四眼说,我说不行就是不行,我是办公室主任,你是保卫科主任,你凭什么对我来指手画脚?

赵毛看出陈四眼和屠向前仿佛就要开始一场战斗。战斗以前,蝉的声音再次从杨树的树叶间隙里掉下来。赵毛就在这样的声音里有些慌了神,她想要劝一下,但是她不知道怎么劝。她看到屠向前的神色变得越来越难看,一双眼睛阴沉着,盯着陈四眼。突然屠向前笑了,眉头舒展开来,在陈四眼的肩上一下一下拍着，陈科长，和你开玩笑你也当真。

陈四眼松了一口气。其实他一直都知道，屠向前就是一个炮仗，在这个干燥的夏天，随时都能被空气引爆。陈四眼正要离开的时候，屠向前突然从他手里一把抢过了香烟，走向门口。陈四眼愣了一会儿，他没有去追，他知道追也没用，他灰溜溜地跟在屠向前的身后，向办公楼走去。

屠向前的身影很快被四层楼高的办公楼轻易吞没了。郭亮的办公室在二楼，屠向前门也没敲，就走了进去，他看到劳资科长钱一炮正和郭亮在聊事，就把中华香烟的封口给撕了，掏出两包塞进自己的口袋。然后把剩下的烟往办公桌面上一丢，拍拍手掌往回走。郭亮望了望钱一炮，说这人谁呀？钱一炮说，保卫科长屠向前。郭亮说，屠科长，这怎么回事儿？

这时候陈四眼进来了，说郭厂长，屠科长把香烟给截下了，说他会送来。郭亮就窝在他的真皮沙发里，盯着屠向前看。屠向前已经走到门口，他回转身来说，郭厂长，你要抽公家的烟，那我也抽。

一屋子的人都面面相觑，不说话。好久以后郭亮笑了，说我这是招待客人用的。屠向前说，算了吧，说出来也不怕脸红，你的客人能三四天就抽一条烟？你去看看赵毛小店她藏在抽屉里的账本，都密密麻麻地被陈四眼给记满了。

郭亮不再说什么，他年轻但却显得有些疲惫的脸终于阴了下来。屠向前走到了郭亮面前，慢慢举起左手，左手少了一个小指。屠向前说，我屠向前从部队回来的，没把命留给部队，也把手指头留给部队了。我啥场面都见过。郭亮露出了笑容，屠科长，你真有意思。

屠向前不再说什么，走出了办公室。钱一炮就把脸凑到郭亮面前，说，听说他的手指头不是被弹片给削掉的，他根本没参加什么演练。听说他是饲养员，给养猪场铡草备料的时候，把小指头给铡了下来。郭亮说，这重要吗？我不管他的手指头是怎么掉的，我只知道他来管我，肯定是不对的。

陈四眼说，其实他也不是来管厂长，我猜他是想要引起厂长的注意。

郭亮笑了，我是注意他了，不过，我肯定不会在意他。我郭亮从国资总公司下来收拾这烂摊子，已经算是无私奉献了。

2

蝉的鸣叫不厌其烦地从树叶中跌落，碳酸氢氨浓烈的气味从车间里飘出来，在诸城化肥厂厂区上空四处游荡与盘旋。赵毛把账本重重地拍在了玻璃柜台上，对屠向前说，老屠，你是想帮我还是害我。你这是在害我的生意。

屠向前什么也没有说，他坐在一张条凳上抽烟，屁股严重地下垂，看上去像一只鸟一样。赵毛对屠向前倒是没什么脾气，只是陈四眼告诉赵毛，以前厂部欠小店的钱，可以结了。明年小店承包期到期后，厂部要收回小卖部。赵毛隐隐觉得屠向前把她害了，求情打听，陈四眼才说郭厂长很恼火，怎么可以在小店里欠下那么多账，万一这账本被人当作证据查怎么办？赵毛就知道，这事儿坏在屠向前身上了。

赵毛四十来岁，她对幸福没有概念，也没有想法。她的家在五浦头村，儿子承包了一个石宕，一天到晚带一批人打石头，炮声轰轰，此起彼伏，看上去像领着一个团的兵力似的。那些爆炸的声音，本该令人幸福。每爆一次，都是进账。但是对赵毛而言，如果进账是幸福的细流，那么出账就等于是泛滥的洪水。母子俩一个开店，一个打石头，加起来的钱不够赵毛老公许木木每个月做透析。他的腰坏了，不能干活，还要大把的钱养着。赵毛说，他们在等合适的腰子，如果腰子有了，他们就要给许木木换腰子。但是，换腰子的钱在哪里，他们也不知道。他们只知道在雪花飘落，或者蝉鸣响起的日子里，不停地等待着腰子。

屠向前在厂子里一直罩着赵毛。赵毛并不是太漂亮的女人，但是她衣着干净。她有些清瘦，也没有太多的文化。她就是和那些咋咋呼呼的女人不一样，不爱说话，听到有人讲黄色笑话，就脸红，就避开。她举手投足，都很温文。所以，厂子里有许多年纪半百左右的工人，都会来她这儿左转转右转转的。但是他们都怕屠向前，怕屠向前像炮仗一样炸开来的脾气。可是最放肆的机修车间主任何虎不怕他，他是钳工出身，膀子粗得像大腿，也是从部队回来的，老婆在年前的一场车祸中死了。按理他去骚扰赵毛，也有个理由，毕竟他还是单身。但是屠向前不答应了，阴着一双眼睛，像老鹰一样地盯着何虎。那天何虎自告奋勇为赵毛整理啤酒箱，还顺便买走了小店里满满一大袋的东西。赵毛当然知道何虎的意思，是在套近乎。但是屠向前却截住了何虎，非说何虎混账。何虎说，谁混账？屠向前说，你混账。

何虎说，老屠，我看在我们都当过兵的面子上，我不计较。

屠向前说，咱们这国营老厂，百分之八十都当过兵，你不用给我面子。

何虎说,那好。给脸你不要,以后你敢在我面前晃动,我何虎把你在地上摔出八块肉来。

何虎在部队时,是个摔跤大王,在他们的坦克团里有名气。回到地方,在厂里也有名气。他就是凭着摔跤,当上了车间主任。那时候机修车间年轻人多,不服管。可厂部居然还给下派了一个女主任,把女主任给气得差点没给这帮年轻人跪下来。最后,厂部调了何虎去,把何虎从碳氨车间叫了出来,直接让他当上了副主任。但是有前提,如果能管好车间,就给他转正。

何虎没啥好说。他知道好说歹说都没用,他选择的方法是,谁不听话,他冲上去就给对方摔个大背包。机修车间有一小片长满了草的空地,就在这块地上,何虎动不动把违纪工人给拎过来,左摔,右摔,大背包,连摔三下,摔得人起来后找不到方向。最后有三个工人一合计,就约了何虎,在那片空地上,同时扑向了他。何虎被扛了起来,重重地摔在地上。三个工人笑着要离开的时候,何虎一勾脚,倒下一个。何虎站起身来,一个左摔,一个大背包,然后他的身子重重地压下去,死死地反扣着其中两个人的左手腕。

那天的结局是这样的,何虎坐在三个人叠成的罗汉床上,他喝了一瓶啤酒,吃了一盒方便面,然后把啤酒瓶和方便面盒子在草地上一丢说,你们要想和我玩,我不玩死你们,我就不叫何虎。从此以后,机修车间乱糟糟的气象改观了,加上何虎从来都按时完成厂部交给的维修、大修以及对外加工任务,虽然他没文化,但也算是适合这个主任岗位。从此,何虎成为何主任。

但是，屠向前就是要面对何虎，他甚至发出了挑战。在机修车间门口那块很久没有摔人的草地上，屠向前带着保卫科的经警队员酒瓶一起来了。何虎大笑起来，何虎说你带个随从，是想让他扛你回去吧。你看酒瓶那么单薄，他能扛得动你吗？酒瓶的脸青一阵红一阵，但还是给何虎挤出一个献媚的笑容。那是一个阳光充沛的午后，空气中飘荡着幸福的粉尘，机修车间的工人因为没有太多任务而显得无所事事。他们统一捧着大茶缸，穿着油腻的工作服，自发围成了一个圈。

赵毛没有来。赵毛一直都没有来。赵毛坐在她的小店里，坐在一堆商品的气味里，她显得单薄无助并且孤独。那只陈旧的电视机，被开成了静音，赵毛就看着这只无声电视机。她的耳畔响起了呼喊和叫好的声音，有人在叫加油。她就知道，屠向前这个天杀的和何虎扭在了一起。她的心很平静，不想去劝，她只是觉得她的生活快乐不起来。她想得最多的，是谁能给她老公许木木一个配型成功的腰子。

何虎在这个午后，把屠向前像一只麻袋一样甩来甩去。经警酒瓶看到树叶，乱草，破碎的阳光，在他的细眼眶里飘忽不定。他突然有些担心，屠向前会不会被何虎摔得七零八落。酒瓶是个胆小怕事的人，他父亲是个从丹桂房村走出去的老军人，转业到化肥厂，又从化肥厂退休。他是老军人最小的儿子，顶职到化肥厂，还在城里做了上门女婿。他什么都不求，就求保住岗位，平安无事。每个月发到工资，许多人嫌少，他不嫌，他梦里还会笑醒，觉得这日子比在乡下的日子，不知道要好过多少倍。他搞不懂他的直属领导屠向前，为什么明知道摔不过何虎，还要去找何虎的碴儿。现在，屠向前已经躺在草地上不会动了。屠向前年纪已经不小,他知道自己不经摔,但是还是被摔了那么多次。他觉得背部已经差不多快要裂开,那些血肉、内脏和骨头,都像是要涌出来似的。他觉得心口很甜,他笑了一下。他一点也不后悔被何虎摔成这个样子,倒是何虎有些内疚起来。酒瓶冲上前去,去扶屠向前。屠向前甩开了酒瓶的手,躺在草地上,他能看到何虎的下巴。何虎的下巴有浓密的但是却刮得很青的胡子。这时候屠向前觉得何虎是条汉子,何虎去纠缠赵毛,也没有什么错。屠向前就躺着和何虎说话。屠向前说,何虎,我摔不过你。你们都走开,我要在这儿躺一会儿。

何虎有些悻悻然,他总觉得他没有摔赢屠向前。他挥了挥手,让手下的工人们都回车间去。回去。给我回去。何虎的声音有些粗糙,像在赶一群鸭子。然后,只剩下草地上的屠向前和站在一边的酒瓶了。屠向前笑了,说酒瓶你也回去。酒瓶说,不,屠科,我扶你。

屠向前说,不用你扶。回警队去。

酒瓶只好转身回去,走了几步的时候,屠向前的声音追了上来。酒瓶,你知道为什么叫你今天跟我来吗?

酒瓶说,我不知道。

屠向前在草地上斜侧过身子,咬了一根草在嘴里,又吐了,笑着说,我让你来是要告诉你,一个爷们儿,一辈子不打几架,他肯定算不上是爷们儿。

酒瓶很淡地笑笑。他没有想要打架,他要安稳地生活。他甚至不愿得罪人,在保卫科待着却不愿做恶人,只做好好先生,是最聪明的明哲保身的方法。屠向前又挥了一下手,酒瓶转身离开了。这时候,夕阳来临,厂路上响起了此起彼伏的自行车的铃声,白班的工人下班了。屠向前就披着夕阳那红红的光线,软软地躺在草地上,他看到了天空中密集的麻雀,像一片黑墨水一样飞过,叽叽喳喳的声音从天空中掉下来,混合在厂区那嘈杂的自行车铃声里。屠向前就知道,这是一个密集而烦琐的世界,他被这样的密集给淹没了。后来,声音安静下来,屠向前正要起身的时候,看到了一双鞋。那双鞋是软面缎鞋,是赵毛给自己做的手工鞋。赵毛站在他身边,什么话也没有说。两人对视了好久,屠向前就笑了,说,我输了。

赵毛笑笑,不说话,伸出手去。屠向前知道赵毛的力气,就是一只猫的力气,怎么可能拉得动他。但是他还是伸出了手,让赵毛把他给拉了起来。两个人一起向厂门口走去,那儿有一家温暖的小店。

第二天的清晨,屠向前早早来到了厂门口。正是上班时间,厂门口就站着执勤的经警,还站着保卫科长屠向前。工人们以为屠向前那么早赶来,是来抓劳动纪律的。屠向前就站在那块厂牌前,木质的厂牌很陈旧了,甚至有了裂缝。厂牌边上还贴着一张标语,那上面是办公室主任陈四眼的墨宝:奋战六十天,打好大修仗。屠向前就在心里扳着手指头,算他进诸城化肥厂的时间。屠向前算了算,二十八年了,他在这个本来是一片荒地的厂子里待了二十八年,他被碳酸氢氨的气味浸泡了二十八年,他从一个英气逼人的小伙子,变成了将要退休的人。

何虎晃荡着来了,他住在厂宿舍,近,用不着骑自行车上班。他一边走,一边哼着小曲,然后他看到了屠向前肿着一张脸迎上来。屠向前变戏法似的掏出了两根钢管,很轻地说,何虎,昨天我摔跤输了,今天咱们打架,打死了也算啦。

我爱北京天安门 | 063

那些自行车都停止了前行,那些目光都从四面包抄过来。厂门口越来越堵了,他们看着两个手捏钢管的人,笔直地站着。以前他们当兵,一个是步兵,一个是坦克兵,都开过枪。现在他们拿着钢管,要一决高下。一辆白色的桑塔纳鸣叫着冲过来。新厂长郭亮就坐在车里,他皱着眉头,将头探出车窗望着圈成一圈的人。司机紧鸣着喇叭,车子终于挤进了厂区,速度很快地进入,像一只白色的巨兔一样消失。

屠向前没有看到白兔的消失。他一直微笑着,紧紧地盯着何虎。何虎额头上的汗下来了,他知道如果举起钢管,两个人都会头破血流,都会把手骨和脚骨敲断。如果不小心砸破头,那简直就等于是死亡。何虎终于咬着牙说,屠向前,你是个神经病。何虎的话音刚落,手里的钢管,就掉在了地上,锵啷啷的脆响后,安静了。

这是一个平常的上午,太阳很好,没有云。赵毛就站在小店门口望着这一切。她看不到何虎和屠向前对峙的情形,她只看到人群散开了,这些工人的脸上,好像还挂着一丝失望。

厂门口只剩下屠向前和何虎,蝉声又在这时候响了起来。何虎望着屠向前有些虚肿的脸,说,我输了,是我输了,是我输了行不行?屠向前好久没有回音,一会儿,他笑了,伸过手去想拍拍何虎的脸。但他的手最后落在了何虎的肩上,他们像两个老朋友一样,搂着肩进入厂门。这让许多人都诧异,特别是酒瓶感到了最巨大的诧异。他就在厂门口值勤,他看到何虎和屠向前经过小店门口,他们都站住了。何虎对赵毛说,赵毛,屠向前肯定是个神经病。

这都是过去的事了。屠向前仍然记得,那天书记刘雪松把他叫到了办公室。刘雪松在部队是屠向前的排长,他只有一只手,另一只空着的袖子,总是随风飘荡,像莫高窟壁画上的飞天舞。刘雪松用另一只健壮的手拼命地拍着桌子,仿佛要把桌子给拍散开来。屠向前已经忘了刘雪松那时候骂他什么,他只记得,那天刘雪松很激动,脸涨得通红。他就站在刘雪松的面前,像一个做错事的孩子。屠向前在厂里什么人也不怕,就怕刘雪松。好在刘雪松后来调到了国资总公司,在总公司当计划科长。

屠向前不知道抽了多少支烟,总之在他的面前,丢了一堆烟蒂。赵毛没再说什么,她不想再说,因为她觉得累了。许木木一直等不来腰子,于是许木木感到了绝望,一天到晚只会长吁短叹,有的时候会砸个东西。而事实上,就算他等来了腰子,赵毛和儿子哪儿有那么多钱来买下那个健康的像心脏一样跳动的腰子?儿子心情也不好,因为家里的一个病人,他不能相亲,不能拥有村里年轻人正在逐渐拥有的摩托车,不能穿好的吃好的并且去镇上的舞厅里跳舞。他要把在石宕里赚来的钱如数地奉献出来。有一天赵毛看到儿子躲在一个角落里哭,他蹲着身子,紧紧抱着头。赵毛就心痛,但是赵毛不会哭了。她曾经很会哭,哭多了以后,她才发现,哭是一件多么没有意义的事。那时候赵毛走到儿子身边,蹲下身,抚摸着儿子的头发。没想到儿子一抬头,眼泪和鼻涕喷涌得更厉害,甚至鼻孔吹出了一个鼻涕泡。赵毛就知道,儿子受了太大的委屈。

现在赵毛也不想再多说什么,不想再怪屠向前砸她的生意。那本账本,像一条死去的蛇一样,躺在玻璃柜上。她看到屠向前终于从长条凳上站起了身子,走到柜台边,轻轻抚摸着那本账本。他努力地挤出一个笑容,说,赵毛,咱们不赚那个钱,咱们想另外的办法。

赵毛什么也没有说,她只是温和地笑了笑。她的笑,像一颗子弹一样击中了屠向前的心脏,屠向前没有觉得痛,而是觉得麻了一下。赵毛站起身来,把一只纸袋放在了屠向前面前的玻璃柜上,那只纸袋里,装着一件灰色的毛衣。屠向前说,干吗?赵毛说,给陆桂的,我不知道陆桂是不是中意。

3

屠向前住在北庄坂一套56平方米的小房子里,那是单位的集资房。20世纪80年代末期的老房子了,那时候才花万把块钱。那时候的陆桂还没生病,他们带着女儿屠若住了进去。屠若很欣喜,蹦蹦跳跳,口齿不清地和幼儿园的小朋友说,我们家有新房子。那时候屠向前望着墙上的新鲜绿漆,就觉得生活很满足。现在,女儿在北京上外国语学院,研究生都毕业了,要工作了。陆桂却病了,医生说是无力症。那时候屠向前带着陆桂,从诸城跑到杭州,跑到上海,四处找医院找医生,结果在上海新华医院查出来,说一个什么无力症。这是一种让屠向前从来没有听说过的病,人怎么会无力呢,力气应该像井水一样,是抽不干的。

屠向前打开门,屋里有些暗,他就走进了一小团的黑暗之中。屋子里由于通风不畅,有一股暗暗的霉味。屠向前走进房间开亮灯,看到陆桂坐在床上,似睡非睡,毫无动静却又睁着一双无力的眼睛。屠向前的心里就涌起了一大片的悲凉,他的声音很轻柔，说，桂，我给你擦身子。

陆桂什么话也不说，她像一枚睡着的叶片。没有风，她就动不了。屠向前去卫生间里打来一盆水，端到了陆桂的面前，替陆桂脱衣服。陆桂的身体，面条一样柔软，她的皮肤松弛了。这时候屠向前突然想起，好多年前，青春的陆桂，是大林秧歌队的队员。令屠向前悲哀的是，不是岁月打磨了陆桂的皮肤，而是这种莫名其妙的病痛，让一个人的命运遭遇巨大的变故。细碎的声音里，陆桂被脱光了，趴在床上。她没有力气，但是能说话。她的话不多，是不想说话。所以在大部分的时间里，主要是屠向前在说话。屠向前和她说化肥厂的一些事，说赵毛，说叶丽娜，说钱一炮，说郭亮，也说何虎，甚至说到从杨树叶缝隙掉下来的知了的鸣叫。

陆桂的心情很好，她一直在微笑着。她喜欢白炽灯漏下的线条柔和的光影，不喜欢荧光灯的光线。她认为白炽灯的光是温暖的，她需要任何与温暖有关的东西，哪怕是一只线手套。陆桂说，女儿屠若来了电话，她要去非洲工作，是新公司派出去的。

屠向前替陆桂擦身子的手就停了下来，他支吾了一声，对于女儿的这个选择，他其实知道，那个非洲国家叫埃塞俄比亚。他就是不舒服，希望女儿在身边，能够多陪陪陆桂。他认为人的一生走得很快，女儿怎么可以选择去国外。如果去了国外，那岂不就只是一个影子，最多偶尔能接到一个电话。这样想着，他的心情就有些不好。他替陆桂擦好身，穿好衣，然后把那件赵毛送的灰色毛衣递给她。陆桂把脸贴在了毛衣上，她觉得温暖。这显然不是一个穿毛衣的季节，但是她仍然把脸紧紧地贴着,生怕毛衣会长翅膀,魔毯一样飞走。

赵毛对你真不错。陆桂的声音,从毛衣的针孔里漏出来,有些变声。

我对她更不错。屠向前好像是不服气,想了想,又接着说,一个女人,不容易。

陆桂说,那你多照顾她。我觉得,你该和她一对才好。

屠向前说,你瞎说。

陆桂笑了,说,我都这样子了,我就是心里在意,也该在面上不在意。我不能管你的。

屠向前听陆桂这样说,心里又涌起了一阵悲凉。他揽过陆桂的头,将陆桂的头靠在自己的肩上。然后伸手捉住陆桂那双已经有些萎缩的手。陆桂,陆桂陆桂。

阿桂说,你想说什么?

屠向前说,我不想说什么,我就叫叫你。陆桂,陆桂陆桂。

这时候敲门的声音响了起来,屠向前站起身去开门。门口站着压缩车间的小胖,脸上堆着一个弥勒佛一样的笑容,说,屠科,我来看看你。小胖一边说,一边拎起两瓶同山烧,是同山镇上的特产,香,醇,爽口,不上头。屠向前其实喜欢那酒,又不贵,十来块钱一斤。

屠向前说,为什么来看我?

小胖说,不都是当过兵的吗?

屠向前说,你那也叫当兵呀,你几几年兵?当了几年?

小胖说,两千年兵。当了三年。

屠向前说,两千年的兵还叫兵呀,我们那时候才叫兵。我们那时候一当兵,就是七八、十来年的。

小胖说，屠科，我和你是一个部队的。3721。

屠向前笑了，好，我们喝一杯去。

屠向前带小胖去了楼下的小酒馆。小酒馆是一个安徽来的小嫂子开的，长得标致，做菜也干净。屠向前走进店面，挑张桌子坐下，对小嫂子说，小宋，给咱爷俩炒几个菜。小宋答应了，斜了小胖一眼，小胖的脸就红了。小宋笑，说老屠你带的是个嫩崽。老屠就说，你这老母牛给我安分些，不是啥嫩草都能吃的。小宋笑笑不再说什么，说，给你们做两碗腰花面，再切点牛肉，怎么样？屠向前说，废话真多，都来吃一万次了，还问。

屠向前和小胖喝了很多酒，屠向前问小胖，干吗要来找他。小胖说，我想进经警队，我从部队刚回来，脱了军装不是个滋味，穿上经警服，那就重新找回感觉了。屠向前冷笑了一声说，你是想着这差使舒坦吧。小胖就紧张，连连说不不，我不怕苦，我是喜欢那岗位，那服装，不信你问我师傅牛解放。屠向前说，我去问他干吗？我吃得空，我保卫科那么忙我还去找他？小胖说，那不找他也行，是我师傅让我找钱一炮，钱一炮说我是从部队回来的，可以考虑。我就常去他家，小沈一起去的，去送了好多次礼，把我的工资都给送完了。可是，一年下来了，钱一炮还没松口。

屠向前就盯着小胖看。他知道小沈，也是一个矮胖的姑娘，不过比小胖会打扮，看上去也整齐得多。小沈在财务科工作，算是坐办公室的，比在压缩车间听着巨大机器轰鸣声的小胖，至少要高一个档次。小胖笑笑，说屠科你别见笑，我什么话都说了，要是能进警队，我就配得上小沈了。当然，主要是我也喜欢那身警服。小沈说，要是进不了，我和她之间的事，就慢慢再说。好像一个百货公司跑采购的男人老来找她，那人比我瘦多了。

屠向前明白小胖的意思。那人瘦多了，就是说那人比小胖在外形上好多了。屠向前不知道小胖的名字，只知道是厂里的员工，经常在大门口进进出出。屠向前就问，小胖你叫啥名？小胖说，我叫李梦，木子李，做梦的梦。屠向前说，李梦，还是小胖好听。李梦这名字太假，这人生就是人生，那梦不真实，像肥皂泡。你知道吧，一吹就破。屠向前这样说着的时候，明显感到自己的舌头大了。而小胖更甚，一张脸喝成一块红布的样子。他带来的两瓶同山烧，只剩下半瓶了。小胖舌头一大，话就多起来，说起在山村里待着的老娘，就哭。屠向前看到小胖伏在油腻的小桌子上哭，就觉得小胖是自己的儿子。屠向前喜欢儿子，重男轻女，但是他当然也喜欢他的屠若。他认为儿子就可以当兵，也可以打架，但是女儿不能，女儿最多会撒娇。屠向前这样想着，就伸手摸摸小胖的头，说，不能哭，还说是3721出来的呢，3721没你那样脓包的兵。

小胖就不哭了，倒酒，再喝，嚷着要和屠向前干杯。这时候小宋炒好一碗青菜，绿得让人眼珠子也跟着发绿，端上来，放在了屠向前面前。屠向前说，小宋，你也坐下来，替我安慰一下儿子。小宋笑了，解了围裙说，你儿子？你什么时候在外面生儿子了？屠向前就说，你看我不像在外面生儿子的样吗？告诉你，我在外面有一个排的儿子。小宋大笑，倒酒，敬屠向前一杯。屠向前喝了，对小宋竖竖拇指说，他是孝子。他想把娘接出来，想带娘去北京看一次天安门。我娘走之前，就没带过她去天安门。尽管我们都爱天安门，但是他比我孝，我敬重孝的人。我老婆也没看过天安门，幸好我女儿在北京工作，女儿要接我们去北京住，等我退休了就去。到那时候，我搬把椅子去天安门，让我老婆坐在那儿，天天看天安门。

屠向前这样说着，小宋就感叹，说这人生怎么这样，每个人都哭哭笑笑有喜有愁的。屠向前说，要是没这些，那就是木头人。小宋也诉苦，她老公被人骗了做生意的钱，那钱全是借来的，现在他躲了起来。追债的人常来小酒馆找她，说夫债妻还，就在小酒馆白吃白喝。还有一个更气人，说要不让他睡十次，这借的一万块钱就算了。还说一千块一次，不低了。小宋不好发作，还赔笑说，我不值钱的。可那人得寸进尺，说不值一千一次，那就五百一次折算。恨得小宋咬牙切齿，想把那人给活剥了。小宋说这些的时候，说得很随意，无所谓的样子，像在说别人的事。她大概是喝得性起了，有一个客人进来吃面，她不想站起身，说面没有了。客人说，这不是面吗。屠向前摇晃着站了起来，说小宋你喝着，你帮我劝劝小胖。屠向前站起来，替客人下面。客人生气地坐在不远的小桌边上，看小宋不停地拍拍小胖的后背，像拍一个熟人一样。

屠向前也不明白，他是怎么和小胖一下子就走近的。他最后认为，这就是投缘。回到家的时候，把这告诉给陆桂听，陆桂说，那你如果能帮，就帮帮他吧。屠向前说，帮什么帮？我又不是厂长，又不是劳资科长。屠向前在陆桂身边躺下来，头枕着手，鞋也不脱，只把脚伸出床外。一会儿，屠向前的呼噜声就大作起来，这呼噜声在他散发出的酒味里穿梭。陆桂感到了温暖，她以前很讨厌屠向前身上的酒味，现在越老越觉得，

我爱北京天安门 | 071

这呼噜和酒味，是那样的亲切。她睡不着，就一动不动地半躺半坐着，想她扭秧歌的辰光，屠向前怎么样在朋友的怂恿下，勇敢地走向她，一把就抱起她。后来她才知道，有人和屠向前打赌，说能抱起来让他吃一碗面。他不仅吃到了面，还娶到了如花似玉的老婆。但是好景不长，现在她应该是一个累赘，可屠向前不嫌，屠向前说，我就是你你就是我，我们是长在一起的一棵树。

小胖也喝得头昏脑涨，他红着一张胖脸去师傅牛解放家。牛解放正在和几个工友搓麻将，小胖进屋，气喘吁吁地坐在藤条做的沙发上。牛解放说，去啦？小胖说，去了。牛解放说，送了啥？小胖说，两瓶同山烧。牛解放说，是让你去探个底，看他胃口大不大。小胖说，可是那两瓶酒，我们喝了，他还倒贴了五十八块钱，请我在小酒馆里吃了个便餐。牛解放手里正抓着一枚东风，举了半天不放下去，说，你们谁求谁？小胖大笑，说管他呢，管他谁求谁，不过这小老头挺好玩。这时候牛解放的儿子牛小豪进来，伸出手说，爸给钱。牛小豪十六岁，长得高，像屏风一样在小胖面前晃，看得小胖眼花。牛小豪发育了，喉音粗大，胡子也很茁壮。牛解放说，给钱？我哪有钱？我只有搓麻将的钱了。

牛解放话虽这样说，但还是从桌上的一堆零碎赌资里抓了一小把塞给牛小豪，边塞边说，你要是敢去游戏厅，我就敲断你的腿。牛小豪什么也没有说，抓着钱就走，走到门边的时候，回头说了一句，你哪有那么多医药费呀，还敲断我的腿。搓麻将的人都没有听清，只有小胖听清了，笑得气喘吁吁。牛解放说，你笑什么？小胖说，没什么，我突然想起一个笑话……

第二天屠向前去找钱一炮。他没有敲门就推开门进去，看到钱一炮和叶丽娜正坐在待客的沙发上亲热地聊天。屠向前一进来，两人的笑容迅速都收了起来，速度比郭亮厂长的桑塔纳还快。叶丽娜装作拿起桌上的一沓文件说，钱科，那我就再把文件修改一下。屠向前笑了，说叶丽娜，你手里那不是文件，是钱一炮和人打牌时记的账。叶丽娜的脸就红了，说，弄错了，弄错了。钱一炮没好气地说，屠科，你有啥事？叶丽娜向门口走去，说，屠科，你们聊。屠向前叫住了叶丽娜，说，叶丽娜你等会儿，我让你看看我们怎么个聊法。

屠向前走到钱一炮的办公桌前，一屁股坐了下来。办公桌上有两面小红旗，看上去还很新。屠向前说，看来红旗不倒，彩旗也不倒呀。钱一炮有些生气，说，你想说什么？屠向前说，我想要李梦，就是那个小胖，我想要他到经警队来。钱一炮笑了，说屠科你太天真了，调个人有那么容易吗？

屠向前说，调个人有那么难吗？

钱一炮收起笑容说，我现在就回答你，不调。

屠向前晃荡着钱一炮的那张办公椅，拿过桌上的美工刀和一支铅笔，一下下削起来，很快那铅笔就一截截削断了，落在办公室上，像一堆被拆解的尸体。屠向前说，钱科，你最好考虑一下再回答我。

钱一炮说，你威胁我，我告到郭厂长那儿去。

屠向前说，你就是告到玉皇大帝那儿也没用，我不尿那一壶。

钱一炮说，你耍无赖，有你这样的保卫科长吗？

屠向前说，无赖就无赖，你不把小胖给我，你肯定要后悔。

我爱北京天安门 | 073

钱一炮的骨头底里，有些怕屠向前。他知道屠向前是个会拿两根钢管和人对决的人，但是在叶丽娜面前，他不能认输。没想到屠向前站了起来，用那只少了一根手指头的手猛地拍在了办公桌的保暖玻璃上。玻璃碎了，划破了屠向前的手指头。屠向前伸出舌头，夸张地吮着手上的血。那伤口并不大，但是看上去屠向前的动作就有些威风。屠向前低沉地吼了一声说，钱一炮，小胖我要定了。

屠向前说完，就向外面走去。钱一炮叫住了屠向前，等等，借调行不行？先借调。他的口气是柔和的，说的时候，看了叶丽娜一眼。叶丽娜对钱一炮此举有些不屑，但是她很快掩饰了表情，笑笑别过头去。那时候屠向前已经走到了门边，他回过头来哈哈大笑，走回身竟一把抱住了钱一炮说，兄弟，我刚才那是和你闹着玩的，我知道你讲情谊，要不你就不是钱一炮了。屠向前抱着钱一炮，还顿了几顿，一双手就箍着钱一炮，把钱一炮箍得喘气有些困难。屠向前又回过头，对藤条沙发上坐着的叶丽娜说，小叶，你可以去改你那文件了。

4

小胖来报到了，穿着一身军装，却没有肩章和领章。他来报到的时候很正规，在门口喊，报告。屠向前有些喜欢上小胖了，说，进来。小胖走进来，屠向前替他泡了一杯绿茶，放在茶几上说，喝。小胖就举起茶杯喝。屠向前说，我只给你泡一杯茶，以后，都得你泡给我喝才行。小胖拼命点头，说，那当然，那当然。然后他又压低声音说，小沈说了，要好好感谢你，你简直是我们的恩人。

屠向前皱起了眉头说，恩人？这话太恶心，以后不许再说这么恶心的话，隔夜饭都要吐出来的。以后要再说的话，我让你回压缩车间去。这时候电话响了，钱一炮打来的，说是参加大修的农民工闹事，一个叫范阿大的人带头，在劳资科讨工资。钱一炮在电话里说得有些阴阳怪气，说，屠科，养兵千日，用兵一时呀。屠向前把电话摔了，叽里呱啦地骂着娘，让小胖把值班的经警叫来。值班的是酒瓶，他带来了电警棍和手铐。屠向前把电警棍和手铐往办公桌上一丢说，这个有什么用，又不是去抓杀人犯。

劳资科的办公室里，站了很多民工。他们参加大修一个月了，没有领到工资。屠向前带着酒瓶和小胖挤了进来，小胖很激动，第一次出现情况，他就赶上了。他的嗓门很大，说，让开让开，屠科来了。酒瓶却躲在屠向前的背后，一言不发。钱一炮看到了屠向前，不说话，只是拿眼在民工们脸上扫一圈，然后把目光落在一个小胡子的身上。小胡子叫范阿大，是这批民工的头，他就光着脚蹲在一张椅子上，像一只大而瘦的鸟。范阿大说，屠科？屠科是什么东西？屠向前走到范阿大面前，说，我是屠向前，我不是东西，我是个人，是保卫科长。

人群中有人起哄了。范阿大说，保卫科长怎么了？保卫科长又不是老虎，难道还会吃人。人群中就响起哄笑。屠向前掏出一支烟，给范阿大递过去。范阿大接过了，叼在嘴上说，点上。小胖说，你个东西真是神志不清，你在跟谁说话？屠向前却掏出了打火机，替范阿大点上了。屠向前说，范阿大，怎么回事儿？

我爱北京天安门 | 075

范阿大说，看你像个好人，和你说说没关系。我们工作一个月了，没拿到工资，可是合同上写明了，工作一个月就结一次工资。屠向前又看看钱一炮，钱一炮两手一拍说，没钱，老屠，现在厂里没钱，过几天会有一笔供销社打来的化肥款。现在你就是杀了我，我也拿不出钱。屠向前笑了，拍拍范阿大的肩说，听到了吗？现在没钱，过几天就有，你让兄弟们宽几天。范阿大说，不宽，兄弟们不答应。屠向前说，你哪儿的？范阿大说，我贵州的。屠向前说，贵州那么远跑来，也不是来伤和气的。这钱包在我身上，一周，一周怎么样？范阿大说，不行。

屠向前的脸就有些挂不住了，说，范阿大，你要是不给我这面子，你们这些人要是敢再闹，我把你们全投到造气车间的大炉子里去。范阿大站起了身子，说，那我倒要看看你怎么个投法，我就不信没了王法。屠向前恼了，一把揪住范阿大的衣领，直往外拖。范阿大的力气并不大，一下子就被拎了起来。民工们开始骚动，有人卷起袖子就要往外冲。屠向前看了一眼小胖，小胖把上衣一脱，从钱一炮办公桌上抓过一把美工刀说，谁敢上来，我就在他脖子上划一刀。

屠向前拉着范阿大的衣领，一直拉到办公楼下。小胖就举着美工刀慢慢后退。民工们没往前冲，但是却紧紧地跟着，像是在寻找机会。小胖其实有些紧张，不时地看看屠向前。屠向前却一脸轻松，说我的手指头被弹片削掉了，是差点被炸死的人。我都死过了，我还怕再死一次吗？你们要是不怕死，敢闹，我奉陪。

屠向前把范阿大拖到办公楼下的空地上时，看到酒瓶不知什么时候叫来了经警队，八个经警一字排开，全部跨立着，手里都握着电警棍，武装带上挂着一副手铐。屠向前笑了，说酒瓶我以为你跑了，没想到你是去叫人了。酒瓶的脸就红了一下。这时候屠向前松开了手，对范阿大说，给你两个选择，一个是继续带人闹，然后我把你的脑袋拧下来当尿壶。还有一个就是再等五天，如果厂里五天不结工资给你，我把我的头拧下来，我让小胖把我的头送来给你当尿壶，你选吧。

范阿大其实根本没有选。但是为了挽回面子，他仍然大吼一声，说老子再等五天，要是五天过后再不发工资，老子一把火把你们这厂子给烧了。范阿大骂完，手一挥说，兄弟们，咱们走。屠向前说，走，你们走哪儿去。范阿大大声地说，我们大修去。屠向前笑了，笑着笑着，却觉得有些不对劲，看着这些民工一身汗水离去的背影，他就觉得有些对不住他们。他的手在空中轻轻地挥着，像是要赶走什么东西似的，轻声地对经警队员们说，都走吧，把小胖也带着，以后他是你们的同事了。

小胖跟着经警队员们走了，走的时候还回过头来望望屠向前。屠向前冲小胖笑了笑，目光中充满着温情。他觉得他该有这么一个憨厚，但是却又勇敢的儿子，或者弟弟。他觉得胃有些酸，冒着酸水，这是他的老胃病犯了。他就不由自主地抱住了自己的胃，生怕胃会长出翅膀飞走的样子。这时候叶丽娜匆匆地从办公楼里出来，穿着一身无袖的连衣裙，头发烫成了波浪，蓬松地挂在头上。屠向前抽了抽鼻子说，叶丽娜，你真香。你过来，让我咬一口。叶丽娜说，屠科，你的脸色怎么这样，都绿了。屠向前说，我胃痛。叶丽娜说，你胃痛你的骨头还那么轻，你不捡点嘴上的便宜会死吗？

屠向前觉得自己也真够厚颜无耻的，他说可是我捡了便宜也不会死呀。你这是干吗去?

叶丽娜说,我等车子,郭厂长让我去陪省化工厅的专家。

屠向前说,又公款吃喝呀?专家?专个屁。厂里不是有小食堂吗?你们是不是又去香江大酒店。

叶丽娜说,是又怎么样。花公款的不是我,是他们。

屠向前说,给民工的工资都已经发不出了,你们还去吃喝,你们一个个全不是东西。

叶丽娜笑了,走到屠向前身边,用手摸了摸屠向前的脸说,你这个小老头真可爱,管好你的赵毛吧,别管得太宽。我不属于你管。不过咱们这厂里,也就你一个人还像个男人。但是,现在这世道,像男人已经没用了,要有权。有权才行,懂吗?

屠向前的胃越来越痛,这使得他的脸上布满了汗珠。他终于蹲了下去,这时候阳光直直地落下来,一辆白色的桑塔纳,像一匹矫健的骏马奔过来,在叶丽娜身边停了下来。叶丽娜打开车门,跨上车的时候,蹲在地上的屠向前叫住了她。

叶丽娜手里抓着没有合上的车门说,什么事?

屠向前说,你的小腿长得比你的屁股好,结实,弧度和大小也合适。

叶丽娜说,呸,痛死你个老东西。

屠向前笑了,他蹲在地上,看着一辆白色车子,扬起一团烟远去。他伸出了左手,把手做成手枪的形状,对着远去的车子,啪啪啪地开着枪,像一个长不大的孩子。

5

夏天已经过去一半了。知了的叫声也已经过去一半。在这一半的时光里,屠向前经常在赵毛的小店里睡午觉。有一天他醒的时候,赵毛正盯着他看。屠向前说,你怎么了?赵毛说,老屠,你老了。屠向前说,你为什么这样说?赵毛说,你的白头发又多了好多。屠向前摸了摸脑袋说,白头发有什么关系,猪的身上,全是白头发。赵毛笑了笑,却笑得有些苦涩。屠向前站起身来,走到赵毛的身边,在赵毛的头上寻找白头发。他终于找到了一根,去拔,却没有拔起来。再拔,白头发给拔起来了。屠向前把白头发放在赵毛手掌心,轻声说,你也老了,你还说我呢。

酒瓶匆匆地从小店对面楼上的经警队里奔出来,冲进赵毛小店,对屠向前说,小胖抓了一个在浴室偷看女人洗澡的小流氓。屠向前笑了,说这事儿怎么又有了。说着屠向前就轻声对赵毛说,你没老,我刚才故意说说的。然后他跟着酒瓶去了经警队。经警队就在赵毛小店对面的二楼,屠向前跟着酒瓶进屋,看到牛解放的儿子牛小豪被铐上了手铐,低着头站在屋子里。屠向前皱了皱眉说,谁铐的?酒瓶就看了看小胖。屠向前对小胖说,小胖你给我解开。小胖替牛小豪把手铐解开了。屠向前说,怎么回事儿?

小胖说,屠科你不知道,女浴室背后有个小仓库,那仓库有个小洞,经常有人从那小洞往里面看女人。今天我长了个心眼,就躲在小仓库边上的一堆乱草里。我在乱草里躲了三个小时,听到有女人尖叫,忙冲出来,就看到小豪他慌乱地从仓库里出来了。

屠向前说,那女人是谁?

小胖说,叶丽娜,那时候就她一个人在洗澡,现在还在浴室里哭呢。

屠向前说,这个女人,看一眼就看一眼,哭干吗?身上又不会掉肉的。

屠向前这样说着,就要往外走。小胖叫住了他问,屠科,你看要不要把小豪送派出所处理,这属于流氓罪,我翻过法律书了。

屠向前就愣在了经警队的门口,他的目光冷冷地盯着小胖看。他知道小胖说的这句话,已经让他的心里升起了一丝寒意。他有些难过,声音低沉,你再说一遍,小胖,你再说一遍。

小胖终于没敢再说,讪讪地坐回到办公桌前。屠向前狠狠地盯了小胖一眼,举起手指头指着小胖,想要说什么,但最后没有说,又无力地垂下。他退出了经警队的门,这时候他抬头看到了天边的夕阳,黄昏就在这时候来临了。屠向前走在苍凉的黄昏中,他眯起眼睛看到了巨大的操场上,那堆得高高的碳酸氢氨。白色的包装袋,像一群白色的尸体一样。有拖拉机排着队,正在往外运这些化肥,把这些沉甸甸的尸体搬离。大修的工人下班了,自行车像蝗虫一样涌向厂门口。屠向前闭了一下眼睛,他觉得有点儿累,他拖着累的身体,走到了不远处的浴室门口。

浴室门口围了一圈人。叶丽娜坐在一张漆着蓝漆的钢制工人椅上,正在进行一场绵长的哭泣。管浴室的老钟在劝他,他说好了,别哭了。那小豪还是个孩子,不懂事。叶丽娜什么也不说,只知道哭。她的哭声轻易地就把这个黄昏给打湿了。屠向前沉着脸没有理她,不知道为什么他一点也开心不起来。他走进了女浴室,女浴室此时已被清场,室内空无一人。浴室的地面上,扔着一些胡乱的东西,胡乱的洗发水瓶,胡乱的长头发,胡乱的胸罩和短裤,甚至还有胡乱的卫生巾。屠向前皱起了眉头,他在寻找那个小洞,他找到了小洞,有一小缕光线透过小洞传进来。屠向前就把眼睛盖在小洞上,通过小洞他看到了一个结满蛛网的小仓库。小仓库里没有多少东西,只在墙角堆了一些工具。那些铁制的工具上,涂着一层冰冷的光线,更增加了他们的硬度。屠向前在这潮气逼人的浴室里待了好长时间,等他走出来的时候,叶丽娜还在哭,身边竟还站着劳资科长钱一炮,正在耐心地劝导她。钱一炮看到屠向前从女浴室出来,叫住了屠向前说,那流氓抓到了,屠科你得送派出所。你要是不送派出所,叶丽娜咽不下这口气。

屠向前无力地笑了。在这个无力的黄昏,他真的显得很疲惫。他说话的声音有些软绵绵的,低沉而短促。钱科,算了吧,女人的事你就别管了。管宽了,累。

屠向前说完这些,看了低头哭泣的叶丽娜一眼,又折身向经警队走去。在上露天楼梯的当口,对面店里的赵毛冲出来,挡住他说,老屠老屠。屠向前说什么事?还想让我给你拔白头发?赵毛说,老屠,刚才牛解放急匆匆地来找我,让我找你说情,说千万别把孩子弄到派出所去。要这样,他在学校里没法做人,他说他愿意给你跪下。

屠向前冷笑了一声说,我要他给我跪下干什么?他不来找我反来找你，我就反感他这样。做人，不能太聪明。屠向前一边说，一边扶着那生了锈的绿漆斑驳的钢管扶手向上走。这是一座露天的小楼梯，在化肥厂这样的重工业单位，此般的楼梯比比皆是。屠向前喜欢这样的硬度，屠向前认为，这样的工厂，简直就是一个民间的军营，女工少之又少，那些拉煤工，都敢裸着身子拉煤。这时候，屠向前听到了牛解放的骂声，他把牛小豪的祖宗十八代全骂了。屠向前就笑，这不是等于在骂自己吗？走到拐角处的时候，他往下看，看到赵毛昂着一颗头，还在傻傻地望着他，目光中有些乞求。屠向前挥了一下手说，看你的店去，我知道该怎么做。这时候赵毛的表情才松懈下来，她不愿意牛小豪小小年纪，就闹出一个大大的事来。

屠向前走进经警队，看到牛解放正用皮带抽着牛小豪。牛小豪跪在地上，低着头一言不发，仿佛要把楼板看穿。屠向前看出牛解放那是虚张声势，骂声大，挥下皮带的力量却小。牛解放看到屠向前来了，更来劲，骂声提高了八度，举皮带的手扬得更高了。屠向前说，好了好了，放下你的鞭子。你这样折腾累不累，装又装不像，你那是在抽人吗？你那是在台上表演。

听屠向前这样说着，牛解放的脸上就有些挂不住，嘿嘿汕笑着把脸凑近了屠向前，递过去一盒中华烟。屠向前接过了，说，带人回去吧，别骂也别打了。牛解放没想到屠向前答应得那么轻松，愣了一下没反应过来。小胖说，师傅，屠科让你带小豪回去。牛解放又虚张声势地用劳动皮鞋踢了牛小豪一脚，还跪在这儿丢人现眼，给我滚回去。

牛小豪站起身来，向屠向前弯下腰去鞠了一躬，然后一言不发地走出了经警队。牛解放拼命道着谢，道完谢也走了，屠子里就只有屠向前和小胖。屠向前把烟丢在小胖的办公桌前说，拿去抽吧。他本来想说些什么的，最后，还是什么也没有说，慢慢地走出了经警队。

屠向前走出经警队，站在楼梯口上，他看到夕阳已经退远了，黑夜从遥远的天边，向他呼啸着淹过来。他就笑了一下。

第二天叶丽娜来保卫科找屠向前，屠向前戴着老花镜，一边看报，一边捧着一个大茶缸，把茶喝得稀里哗啦的。叶丽娜依然摇晃着钥匙，带着一股香风，进了办公室。屠向前抬起头说，你终于来了，坐。叶丽娜说，屠科，你知道我要来？屠向前说，我知道，我会算。

叶丽娜说，屠科，那个案件就这么算了？这可是一个大案哪？

屠向前说，大案？比前年咱们厂保险箱被撬掉还大吗？

叶丽娜说，性质不一样，都是大案。我说屠科，你就这么把牛小豪给放回去了？

屠向前说，那你是想把他给阉了，还是想把他枪毙？人家还小，要是他爹牛解放偷看，我把牛解放的眼珠子给挖出来。

叶丽娜说，你包庇，你肯定收了他们家好处。

屠向前说，是呀，我收了牛解放一盒中华烟。

叶丽娜就眯起了眼睛，轻蔑地说，你的心真小，一盒烟就能把你给打倒。

屠向前笑了，说那钱一炮的心大，厂里那么多人送那么多东西，都没把他给打倒。

叶丽娜紧张地看看四周，说屠科这话不能乱说的，要吃生活的。

屠向前说，吃什么生活，老子在部队的时候差点被炸死了，我还怕吃生活？

叶丽娜说，那屠科，我不和你说这些，我说我被人偷看的事，你打算怎么处理？

屠向前把老花镜给摘了下来说，我让牛解放给你赔个不是，我还把那个小洞洞给封上了。这事儿就算过去，我看你也没少一两肉。

屠向前还没有说完，叶丽娜就呼地站了起来说，我找郭厂长去。

屠向前说，你等等，你要是去找了郭亮，那我就不让牛解放给你赔不是了，不信你试试。我老屠这人，服软不服硬。

叶丽娜不再说什么，走出门去，砰地合上了门。屠向前笑着摇了摇头，又戴上了老花镜，这时候一阵睡意袭来，他突然觉得很困，于是他揉了揉眼睛。他在想，是不是老了，现在是夏天，不是春天，为什么还会那么犯困。他把脸趴在桌子上，选了一个舒服的姿势，正要沉沉地睡下去的时候，桌上的内线电话响了。电话是小胖打来的，他在电话那边很兴奋地向屠向前汇报，说屠科，我又抓到了一个偷铁的。

小胖说了一个"又"字，那就是说，他的工作很卖力。他的工作确实是卖力的，屠向前知道他的小九九，他想转正，他想真正地进入保卫科经警队，他眼红那八个队员的警服已经不是一天两天了。在化肥厂，这当然是一个很不错的职业。屠向前很淡地说了声，知道了。他放下话筒的手势有些重，在这样的手势里，他的睡意也全跑了。知了的叫声，从很远的地方传到这老式的办公楼。他站起身，在这知了声里走向经警队。

老子的地盘

偷铁的是范阿大，这个鼓动民工们闹事的贵州农民，现在蹲在经警队的地上。小胖很威风地反背着双手，在他面前晃来晃去。屠向前推门进来，看到了地上的范阿大，像一堆已经被晒干的牛粪，随时会被风吹起一般。

屠向前说，工资发了吗？

范阿大说，发了。

屠向前说，发了你还偷什么铁？这铁是你能偷的吗？你说，你为什么要偷铁？

小胖上前踢了范阿大一脚，说，屠科问你话呢，说，为什么偷铁？

范阿大说，我钱不够用，我等钱用。

小胖大声说，你钱不够用，你那些民工兄弟钱就够用？你还挺特别的呢。

范阿大说，我想让我老婆喝鲨鱼汤。

这个令屠向前昏昏欲睡的下午，他终于弄清了，范阿大的老婆病了，不是一般的病，病根就在肺上。肺黑了，而且里面全是水。屠向前的脑海里，就晃荡着一只黑色的皮袋，那袋子里灌着咣当作响的水。屠向前仿佛看到了范阿大骑着一辆破旧的叽嘎作响的自行车，驮着病恹恹的老婆，骑车经过了城里那家刚开出来的至尊鲨鱼酒店的门口。老婆搂着范阿大的腰说，阿大，要是我们能喝上一次鲨鱼汤，这辈子也就知足了。这话像一把刀子一样，剜着范阿大的心。范阿大说，老婆，没啥了不起，我请你吃鲨鱼汤。

范阿大的自行车无声地从这个城市的柏油马路上滑过。显然，他不属于这个城市，他只是一只飞过这座城市的普通的麻雀。现在他有了一个梦想，就是让老婆还活着的时候，喝上鲨鱼的汤。可是他没有钱，没钱的时候，他就看中了那堆堆在机修车间露天仓库的废铁上。范阿大有的是力气，他去搬动废铁的时候，碰上了同样有着力气的小胖。

屠向前坐在小胖的椅子上，脑子里闪过一个又一个的电影画面。他在费尽心思地想象范阿大的老婆是怎么样一个人，干瘦的，明显比范阿大还显老的，头发枯黄的，有着深凹的眼眶的，个子小巧的……这样想着的时候，他的胃开始不停地冒酸水。他想起了家里不会动的老婆陆桂，以及远在北京，即将去非洲国家工作的女儿屠若。他轻轻地挥了一下手说，阿大，你回去。

范阿大和小胖都愣了。小胖是想把范阿大移送派出所的，他现在抓到任何违纪的人，第一个想法就是，扭送派出所。范阿大也没想到屠向前会让他回去，在范阿大的想法里，屠向前肯定会对他上次闹劳资科的事怀恨在心，一定会好好地报复他。但是现在屠向前让他回去，他只好回去，他回去得有些不太甘心，因为他一直都搞不明白屠向前怎么什么也不问，连笔录也没有做，就让他回去了。

屋子里，只剩下小胖和屠向前。屠向前说，小胖，关上门。小胖就把经警队的门给关了。屋子里的光线暗下来，一老一少两个男人在暗淡的光线里对视，很安静，彼此能听到对方的呼吸。好久以后，屠向前开始摸身上的皮夹，他把一只陈旧的棕色皮夹掏了出来，那是女儿屠若有一年送给他的生日礼物，他当作了宝贝。屠向前数出了一千块钱，递给小胖说，你去小工宿舍找范阿大，把这钱给他老婆治病。小胖想了想，接过了钱，又从自己的皮夹里掏钱。小胖的皮夹很瘪,没多少钱。他抽出了三张百元币,又放回去两张,想了想,又抽出一张。小胖的钱不多,他的工资基本上由小沈给接管了。小沈经常向他描绘他们结婚的蓝图,描绘完以后总会说,钱呢,钱呢,我们需要钱。

小胖拿着钱要走出门去的时候,被屠向前叫住了。屠向前叫得很温柔,真的就像是在叫自己的儿子,他轻轻地叫,小胖。小胖站住了。屠向前说,小胖,我想和你说几句。小胖真诚地说,屠科,你说吧,你说啥都行,你就像我的爹一样。屠向前听小胖居然这样说,一下子就觉得温暖。他本来想不说,但是最后还是说了。屠向前说,小胖,你对你师傅的儿子这样子,是不对的,你怎么想得起来给他上手铐,怎么想得起来送他去派出所。你对范阿大也不对,我看到你刚才踢他,当时我不好意思批评你。

小胖想了想,低下头去说,屠科,谢谢你这样教育我。我明白了。

屠向前补了一句说,小胖,咱们可都是人。咱们是男人,你要学会做男人。

小胖说,屠科,我会的。要是没事了,我去小工宿舍。

屠向前说,没事了。他习惯性地挥了挥手。小胖一闪身,不见了。

小胖找到了小工宿舍,一个贵州来的民工带着他去见范阿大。那时候范阿大和老婆并排坐在床上一言不发。工棚低矮而逼仄,小胖进来后,很快汗水就把短袖给打湿了。范阿大凄惨地笑笑说,我就知道没有这么容易过去的。想要怎么样,你就直说吧。

小胖把那早备好的一千二百块钱拿出来，塞在范阿大的手里，想了想，又掏出皮夹，把里面的几张百元币给抽了出来，塞进范阿大手里。小胖说，这钱是警队捐的，不是让你去喝什么鲨鱼汤的，是让你带老婆看病的。咱们屠科说了，你要是敢乱花钱，他把你脑袋给拧下来当尿壶。

小胖说完，转身就走出了工棚。他人胖，怕热。他突然觉得，即便是在压缩车间当工人，也比小工不知要幸福多少倍。范阿大呆呆地捏着那一小沓钱，好久都没有反应来，屋子里回荡着他和老婆粗重的喘息声。老婆突然狠狠地在范阿大的手臂上扭了一下，范阿大负痛站起身子。老婆又狠狠地踢了范阿大一脚，这一脚踢在范阿大的膝弯，把范阿大给踢得跪倒在地上。范阿大跪倒在地却没有起来，他开始流泪，然后转为低声的呜咽，接着，他哭出了很大的声响。他是有委屈的一个小男人，他把所有的钱全部用来救老婆的命上了，现在，他很想发泄一下委屈。泪水漫过了他整张的脸，白花花的一片。他把两只手举起来，边哭边喊，鲨鱼哪。

6

这是一个普通的夜晚。白炽灯发出微弱的光，一架老式的乘风牌电风扇发出哐哐哐的声音送出热风。屠向前穿着已经泛黄的白背心，在灯下给老婆陆桂读女儿屠若的信。那信散发着北京的干燥气息，又弥漫着北京外国语学院的校园气息。屠向前告诉陆桂，爸爸妈妈，我挺好的，不用挂念。我获得了奖学金,我还在这个暑假打工了,给人做家教,赚了三千块钱。我会把这里面的一千块钱,寄给爸爸去买几件衣服,去买几箱啤酒。我会把这里面的另外一千,寄给妈妈买点儿好吃的,买点儿化妆品,买点儿药。妈妈,你的病怎么样,你一定要保重身体……陆桂听得很感动,说老屠,你一直想要有个儿子,你说是儿子好还是女儿好。女儿心多细,毕竟是小棉袄。屠向前也很感动,说那是那是,我的想法是错误的。然后屠向前掏出了一袋瓜子,那瓜子是从安徽霍山县带来的,是一种黑色的小瓜子。有人送给了赵毛,赵毛又送给了屠向前。赵毛说,老屠,你把这带给你老婆去吃。屠向前就很听话,在充满潮气的小店里,他的手装作不经意地触碰了赵毛的手,并且用手指头勾了一下赵毛的手指头。赵毛笑了,用手捋捋在电风扇吹送下散乱的头发,有一丝丝的娇羞。赵毛说,这下你满意了吧,碰一下又有什么好的呢?屠向前望着赵毛的模样,依稀就看到了赵毛年轻时候的影子。屠向前说,赵毛,你年轻的时候一定很漂亮。

现在屠向前就在替陆桂剥瓜子。屠向前剥瓜子的时候,没忘了告诉陆桂这瓜子是赵毛送的。那瓜子很细,所以屠向前就剥得很慢,剥着剥着,屠向前突然明白,那是赵毛让他多陪陪陆桂。这样想着,屠向前的鼻子就一下子酸了,仿佛被人打了一拳似的。陆桂说,你怎么了。屠向前说没什么。这时候屠向前明明感到眼角痒痒的,肯定是有泪水跑了出来。他用手指头抹掉了眼角的泪。陆桂说,那么大个人,还会流眼泪,还说自己是硬汉子。屠向前就笑起来说,我在部队都差点被炸死,我还会哭?陆桂说,你别老卖弄那点儿事了,把自己搞得像个钢铁战士似的。

屠向前后来一直都给陆桂讲着厂里的事，陆桂听得很认真。她侧着身子，一直被屠向前搂在怀里。在她睡着的时候，屠向前看到陆桂的脸上竟挂着笑意。屠向前叹了一口气，他触到了口袋里那封女儿屠若的来信。信的真实内容是，屠若跟他要五千块钱，说是要买一台摄像机。屠若说暑假不回来了，要在北京好好地转转。在北京上了四年学，还没好好玩过呢。想到这儿，屠向前有些心酸。女儿长大了，女儿长出了翅膀，女儿就要飞走了。

屠向前不知道是什么时候睡着的。睡着的时候做了一个梦，梦中他变得很年轻，一会儿是和赵毛在树林边散步，一会儿又是在看年轻的陆桂扭秧歌。总之，那是一些细碎而混乱的梦。屠向前不喜欢做梦，他觉得做梦累。人上了一定的岁数，就睡不好。天蒙蒙亮，他醒了过来。醒来的时候，看到了一窗的淡淡光线。陆桂的头还拱在他的胸口，这样的姿势，已经拱了几十年。屠向前觉得被陆桂压着的手有些麻，但是他不敢动，他怕陆桂那么早就醒来。他只能望着那一窗的暗淡光线，慢慢地变亮。甜酒酿的叫卖声，自行车的铃声，清晨的鸟叫声，开始充斥屠向前的耳膜。新的一天，在愈来愈亮的光线中，开始了……

周二晚上，按照保卫科的部署，屠向前带着全体的经警一起去集体宿舍检查治安。派出所发下来的治安通报上说，夏季是案件多发季节，一定要各单位加强自查。屠向前带着经济民警走到集体宿舍楼下，他看了一下表说，二个人一组，每组一层楼，半个小时以后在楼下集中，然后一起去磷肥车间的集体宿舍。

人群一下子散了开去。这集体宿舍是二十世纪八十年代造的，四楼在那时候，算是高层了。屠向前带着小胖和酒瓶，去了四楼。全是闷热的单间屋，没有卫生间，也不通风，一个房间住七八个人，像蒸笼一般。小胖自告奋勇，一间间地敲着门，把门敲开了。来开门的都是穿着裤衩的小伙子，睡眼蒙眬的，还没明白是怎么回事，三个男人就进了屋内，拿电筒乱照。有一间宿舍里，就只有两个人，一个是碳氨车间的卷毛，一个是他那绢纺厂的女朋友。两个人都很慌乱，短裤给穿错了。卷毛穿着绣花内裤，走到门边不肯开门，嚷，谁呀。小胖大吼一声，我，小胖。卷毛说，小胖是谁呀。小胖看了看酒瓶，酒瓶没吱声。小胖又看了看屠向前，屠向前轻声说，我是老屠，给我开门。屠向前的话音未落，门就打开了，卷毛哈着腰说，屠科你亲自来视察。

小胖的手电，照到了床上穿着男式短裤的女朋友，也照到了卷毛身上穿着的绣花内裤。小胖就大笑起来，笑得有些放肆。屠向前在小胖脖子上拍了一下，小胖不笑了，觉得刚才自己笑得有些夸张，就有些不好意思。屠向前盯着卷毛说，卷毛，这计划生育工作得搞好，不能还没结婚就让人家姑娘大肚子。卷毛不住地点头，说搞好的，搞好的，搞得很好的。小胖又想笑，看到酒瓶沉着脸没有笑，也就强忍了笑意。

屠向前查到楼梯口的最后一间，门打开了，却看到屋子里坐着几个人，正在打老K。这里面的人有厂办主任陈四眼。这是陈四眼小舅子的房间。小舅子在城里做水产生意，逼着陈四眼，硬给他在化肥厂里占了一间屋子。屠向前看了看陈四眼说，陈主任，这宿舍是谁住的？陈四眼手里还捧着牌，舍不得放下来,说,是我的。屠向前看到几个打老K的人面前都放了一小沓零钱,显然是一场小型的赌博。屠向前没声张,只说陈主任厂里不是在北庄坂分给你一套房子了吗?陈四眼翻了翻眼睛说,这是我给我小舅子住的,屠科咱们抬头不见低头见,你也就别管得宽了。

酒瓶其实很知道,陈四眼这话肯定说错了。陈四眼以为他是中层干部,屠向前也是中层干部,中层干部没啥好怕中层干部的,就像猫并不怕狗一样。但是,酒瓶就是知道,陈四眼说错了。果然屠向前轻声对小胖说,小胖,把赌资全给我收来。小胖正想表现一番,马上扑了上去,把赌资全给收了过来,抓在手里一大把。陈四眼把老K往天空中一撒,那些纸片就纷纷扬扬地落了下来。陈四眼说,老屠,你今天想怎么着?屠向前说,你刚才说错话了,你小舅子不是我们厂里的人,你还大着嗓门说给小舅子留了一间房。陈四眼说,那也是行政科的事,你保卫科管不着。屠向前说,保卫科什么都可以管,不然还叫什么保卫科。陈四眼生气了,说,老屠我一直忍到你现在,我告诉你,老子今天不怕你。

屠向前走到了陈四眼的面前,小胖以为屠向前会拍桌子,没想到屠向前没有拍桌子,而是一把掀翻了桌子。他揪起了陈四眼的衣领,一字一顿地说,你敢嘴硬,我就把你小舅子的家具扔下楼去,我还把你小舅子也扔下楼去,你信不信。陈四眼大喝道,你敢。屠向前就拎起陈四眼往走廊走,那样子就是真想把陈四眼给扔下四楼去。这时候小舅子慌了,忙挡住屠向前说好话。屠向前松开手,拍拍手掌笑了。他看着脸色发青的陈四眼说,小四,我把你扔下这四楼,你就是不跌死,我也跌断你两条麻秆腿。陈四眼显然是吓蒙了,什么话也没有说。他看着屠向前带着小胖和酒瓶离去,好久以后,才轻声地嘟哝,神经病。

夜间检查后的第二天,经警队新到了一批夏常服,每人一套,还配发一双凉皮鞋。八个队员全都换上了,只有小胖没有,把小胖的眼睛看得红红的。八个队员穿着新警服,在大操场上走正步,看上去像在向全厂数千职工显摆似的。小胖也在队列里,只不过他没有警服,只好穿上一套旧军装,和经警们一样系上武装腰带。这九个人全是部队回来的,队列就走得很整齐。屠向前坐在经警队边上的露天楼梯踏板上,远远地看着经警队员们踢正步。他突然就想起了部队的岁月,那已经是很遥远的事了,遥远得有些模糊。这时候陈四眼兴冲冲地奔过来,奔到屠向前坐着的楼梯下,竖起大拇指向后甩了甩。

屠向前笑了,说小四你那狗模样是啥意思?陈四眼说,郭亮厂长让你去他办公室。

屠向前想了想说,好的,我知道了。

这是学化工出身的博士生、年轻的郭亮厂长第一次召见屠向前。屠向前进郭厂长的办公室时,感到了一丝又一丝的阴凉。在这个炎热的夏天,碰到这样的冷气,那是多么幸福的一件事啊。办公室把两间给打穿了,面积就增大了一倍。办公室里还铺上了地毯,换上了真皮沙发,还在一只很大的鱼缸里,养着一群无所事事的金鱼,正在玩老鹰捉小鸡的游戏。郭亮厂长穿着一件花格衬衣,一条淡灰色的夏裤。那夏裤的裤锋笔挺,很像是一把刀子,随时会把什么东西切割开来似的。郭亮厂长的双手,就插在裤袋里。看到屠向前进来,郭亮厂长挤出了一个笑容说，屠科，你来了。

屠向前坐在真皮沙发上，手里捧着女秘书泡上的上好龙井茶。他闭上眼睛，深深地吸了一口气，像是要把一次性纸杯溢出的茶香，一口气全咽下去。屠向前望着郭亮，说厂长你找我，是有任务吧。

郭亮笑笑，耸了一下很美国化的肩说，没什么，我就找你谈谈心。

屠向前说，要是你有什么批评的话，你就快说。是人都一样，有话憋心里头，发酵了要难受。

郭亮干笑了几声，用手指头托了一下他的金丝眼镜说，既然屠科快人快语，那我郭亮也就都说了。我说三件事：第一件，你把偷看叶丽娜洗澡的那个小流氓，从轻发落了。第二件，你对劳资科钱科长拍桌子，你掀了办公室主任陈四眼的桌子。第三件，厂里建车间的钢筋，堆在露天场地里，越来越少了。小偷又是谁？这些，都是你保卫科的事。

屠向前一直在听郭亮数落自己。他不太习惯大热天里开着空调，刚进来那会儿还有点儿舒服，现在却觉得有些冷。他一觉得冷，就用双臂抱住了自己的身体。其实他都没有听郭亮好好地说话，他只知道，郭亮肯定是在数落着他。他不知道他在郭亮办公室的时光是怎么过来的，只知道自己懵懵懂懂地走出了郭亮办公室。办公室的门口等着陈四眼，陈四眼得意地笑了，陈四眼说，厂长说了，要你向我道歉。屠向前说，没有啊，厂长没说。

其实郭亮是说的。郭亮说要他向陈四眼道歉，向叶丽娜道歉，向钱一炮道歉。但是屠向前根本没有听，屠向前只听到郭亮的办公室里，空调运转的声音。现在陈四眼突然要他道歉，把他给搞晕了。他再一次摇了摇头说，郭厂长没说道歉。郭厂长怎么可能说让我向你道歉呢。

肯定的，肯定是让你向我道歉。陈四眼用加强了的语气说。

肯定个屁。老子向你道歉，还不如撞墙自杀。屠向前突然火了起来，又一把揪住陈四眼的衣领。陈四眼发出女人一样的尖叫，好像是一件谋杀案就要发生似的。这时候郭亮厂长探出了身子，看到屠向前揪着陈四眼的身体。陈四眼个子小，两脚离开地面，挣扎着，像刚刚被人从水中捞上来的一条狗一样。郭亮什么也没有说，叹一口气摇摇头，把办公室门给合上了。

7

屠向前给陆桂刚擦完身，敲门声响了起来。一个清脆的声音同时响起，屠科在吗？

屠向前去开门，看到门口站着小胖和财务科的小沈。屠向前忙堆了笑，把他们让进屋里。小胖手里拎着大包小包，脸上挂满了汗。屠向前就有些心痛，说，你个新兵蛋，你买这些东西干什么？小胖不知道该如何回答，退到墙边有些局促。倒是小沈大方，一屁股在旧沙发上坐下来说，屠科，小胖没有一天不道你的好，小胖说在警队里，他全靠你关照。

小沈和小胖在屠向前家折腾了好久。主要是小沈在说话，她是一台说话的机器，或者说是一台普通话不太标准的收音机。她喋喋不休地说话，主要表达的意思是，能不能让小胖尽快转正，正式进入警队。小沈的嘴皮子薄，两片红唇不停地翻动，不停地露出雪白的牙齿。屠向前天不怕地不怕，看到小沈这副样子，却不由得心慌起来，心跳明显地加快了。小沈说话的中心思想是，她爸她妈就等着小胖转为正式经警，如果转成了，哪天转成，哪天她和小胖去领结婚证。这话听上去是软绵绵的，一口一个屠科地叫得很甜，仔细听上去，却有着威胁的成分。这让屠向前很不舒服。但是他看到小胖站在墙角，不停地搓手，就有些不太忍心。怜爱再次上了心头。

屠向前说，小沈，你放心，我一定尽力。

屠向前看到小沈虽然巨大但却光洁的脸上，盛开了一朵向日葵一样的笑容。

屠向前真打算要为小胖努力，他想再找劳资科长钱一炮一次。没想到第二天清早，叶丽娜就通知屠向前参加厂里的中层干部例会。会上，钱一炮宣布了厂里的人事调动决定，供销科长王有德提为生产副厂长，屠向前调离保卫科去造气车间当书记，陈四眼免去办公室主任职务，去保卫科当科长。叶丽娜任办公室副主任，主持办公室工作……郭亮一直很平静，他在斯文地喝茶，他喝茶的声音轻得几乎让人听不见。到底是博士生，有文化的厂长和没文化的老式厂长是不一样的。郭亮不时地看着屠向前，他看到屠向前解开了衣领的纽扣，显然，屠向前开始沉不住气了，那是燥热的表现。郭亮把屠向前调离保卫科，给他一个造气车间书记的虚职，是想要杀杀屠向前的威风，同时也树一下自己的威信。他是一个聪明人，他在等待着屠向前的反应。不管屠向前是什么反应，他都要沉着地应对。他等待屠向前拍桌子，骂娘，卷起袖子打人……那样的话，他更有理由撤了屠向前。他一点也不怕屠向前，他在公安局和派出所里，都有一大批的熟人。一个小小的保卫科长，算什么？

会议结束了，屠向前一直没有跳起来。当人群开始散去时，他才发出了低沉而沙哑的声音，谁也不许走。果然谁都没敢走。屠向前又说，统统坐下。大家就又统统坐下了。屠向前说话的力量，让郭亮开始感到有些诧异。他告诉自己说，或许低估了屠向前的能量。

屠向前解开了衣服的扣子，解得很缓慢，可能是他觉得热了。这是一个夏天，空调打着冷气，但是仍然不够凉快。屠向前把扣子全解完，露出了短袖里面泛黄的白背心。屠向前又点上一支烟，很多人都奇怪地看着他，看着他面前升腾起烟雾，那些烟雾在一缕钻进窗户的阳光映射下，显得孤独而单薄，就像屠向前本人。屠向前被一口烟呛着了，咳嗽起来，咳嗽的时候他的身体抖动，如深冬挂在枝头的最后一枚树叶。屠向前沙哑的声音响了起来，我这个人，什么也当不了，就能当个保卫科长。我干了二十多年的保卫工作，就快干到退休了。有我在，厂子里没人敢闹。厂子需要什么？就需要太平。我也不要当什么造气车间的书记，我请求郭厂长，别让我在这时候换一个岗位。我也希望，大伙儿能支持我。我离退休不远了，到时候我把岗位自动让出来，我就带着我老婆去北京投奔我女儿去了。我要住到长城脚下去。

大家都没说话。郭亮笑了，说厂部决定的，怎么可能更改。陈四眼马上接口，郭厂长都说了，要是厂部的决定说改就改，那不成了小孩子过家家。屠向前掐灭了烟蒂，盯着陈四眼说，你给我闭嘴，别给我再放屁了，这儿没你说话的地方。陈四眼望了望郭亮，仿佛是在寻找一种力量的援助。他终于嚷了起来，那屠向前我问你,我们厂里新车间基建的钢筋,成捆成捆地少,少了不知道几十吨了。你为什么不破案?陈四眼的声音有些尖厉,像玻璃碎裂般,让人的耳膜不太舒服。屠向前说,谁说我没查,我一直在查,我快查到了。陈四眼又嚷,还有还有,你作风有问题,你和那个承包厂门口小店的赵毛,关系不正常。屠向前有些愤怒了,终于举起手想要拍桌子。但那高举的手最后却没有拍下去,而是轻轻放在了桌上说,我和赵毛什么事儿也没有,我帮帮她这个困难户又怎么了。话说回来,我就是和她关系不正常,你小四也管不着。说到这儿,屠向前觉得说这些话真没趣,他又挥了一下手说,我不跟你这小四说话,滚一边儿去。我和大伙儿说,各位兄弟,大家说说看,我是适合当个书记呢还是适合当个保卫科长,要是支持我的,就给我举一下手,好不好。

郭亮防着屠向前这个炮仗脾气会闹,但是他没有闹,却来了这么温文的一手。许多人都陆续地举起了手,只有钱一炮、陈四眼、叶丽娜少数几个没有举手。但是没多久,叶丽娜竟也慢慢举起了手。屠向前就有了一些感慨,说我请厂部再重新考虑一下,我先离开会场了。屠向前觉得自己的眼睛有些湿,是因为他这个老得罪人的人,这会儿有那么多人还是站在他一边的。他走到门口的时候,背对着众人,但是他仍然用眼角的余光,看到了那么些人举着手没有放下。这时候,他的鼻子狠狠地酸了一下。

这天傍晚,屠向前就躺在赵毛小店的躺椅上,一言不发。赵毛的煤气灶上,正炖着猪脚,还放了好多黄豆,味道就特别香郁。屠向前喜欢这种味道,他从年轻的时候开始,就喜欢吃肉。屠向前吸吸鼻子，暗自在心里发出了叽叽嘎嘎的笑声。这天晚上，屠向前在赵毛的小店里喝酒，大口地吃肉。当下班铃响起的时候，屠向前把一张小桌子端到了小店门口，把菜端到小桌子上，他在小店门口喝酒吃肉。涌向厂门口的工人，包括陈四眼，都看到屠向前放肆地在小店的门口喝酒。

赵毛说，你真是个孩子，你以为这样很勇敢。

屠向前说，我没认为勇敢，可我偏要这样。你过来，你坐下，你和我一起吃肉。

赵毛不肯过去，屠向前站起了身，把赵毛拉了过去。赵毛只好在屠向前的身边坐了下来。屠向前为她夹肉，屠向前给她讲黄色的笑话，屠向前让赵毛突然觉得自己年轻了起来。她甚至拿来了一只酒杯，陪屠向前在小店门口喝起来。三杯酒下肚，赵毛的脸上就泛起了几分红晕。她用手捋捋头发，耳根后就显出一片白来。夏风鼓胀着她的身体，她的体内也充满了力量。赵毛后来认为，那是一个愉快的傍晚，她和屠向前在无数的目光里，完成了一次快乐的晚餐。屠向前分明看到陈四眼，用一种复杂的目光从他们身边经过。屠向前知道陈四眼不敢说什么，因为如果他要说什么的话，屠向前可能会像狮子一样跳起来，在一分钟内把他撕碎。

很多人都看到，屠向前是喝醉了，他摇晃着身体回家。他没有骑自行车，而是走回去的。郭亮的白色桑塔纳呼啸着从他身边经过时，就已经看出这个保卫科长喝得不行了。他笑了一下，少年老成的他，知道像这种老中层，是不能得罪的。他还有很长的路要走，他会慢慢地往上走，所以他在车子里，轻轻哼起了一首歌，好像是那天晚上，有美丽的月光。

那天晚上果然有美丽的月光。屠向前回到了家,他要照应已经没有了力气的陆桂。陆桂的力气,被一种力量像吸铁石一样吸走了。那个晚上,屠向前不停地给陆桂讲笑话,讲得陆桂一直在笑着。笑着笑着,就哭了,就说,老屠,你这样你累不累?

屠向前说,累什么,我一点也不累。

陆桂说,老屠,真是难为你。

屠向前说,那你好好睡,睡好了力气才会长回到身上来。

陆桂就听话地好好睡了。陆桂一直觉得,如果她立即死去,她也值得。结婚近三十年,几乎每个夜晚,她都是躺在屠向前的臂弯里的。她把屠向前当成枕头,当成依靠。她不管屠向前的手酸不酸,累不累。她知道,女儿屠若是她的亲人,因为屠若身上流着她的血。但是最亲的亲人,肯定是屠向前。

屠向前是凌晨一点多离开北庄坂的家的。他踩着一地的凉爽月色,向化肥厂赶去。街上的行人很少,只有几辆呼啸的运沙车,发出很响的声音,从他的身边威风凛凛地驶过。到厂门口的时候,他看到酒瓶和小胖已经在了。厂门口那棵大树的树影,把月光摇晃得支离破碎。那些零碎的月光,就在小胖和酒瓶的身上晃荡着。他们都没有说话,一起通过厂门口的小侧门进入了厂区。

这个相当凉爽的夜晚,屠向前带着酒瓶和小胖躺在最高的煤堆上。那是用来生产碳酸氢氨时制造气体用的,像小山一样。屠向前仰天躺着,看到了满眼的月光与星光。他的左侧躺着酒瓶,右侧向着小胖。屠向前就向着天空问,酒瓶,你老婆怀上了吗?酒瓶的声音中透着兴奋,三个月了,已经三个月了。屠向前不再说什么，轻轻地伸过手去，在酒瓶的手臂上捏了捏。他的意思是，酒瓶，祝贺你。酒瓶却感到了暖意，他没有什么大志向，他只要当一个小小的经济民警。现在老婆怀上了孩子，他肩头的担子会更重一些。小胖却在这时候叹了一口气，女朋友小沈又问他转正的事，他支支吾吾。女朋友让他盯牢屠向前，但是他知道再盯牢的话，屠向前就会烦了。屠向前说，小胖，干吗叹气。小胖想了想，还是没有说小沈的意思。屠向前又问，小胖，你在3721干的是什么？小胖说，我先做给养员，后来在炊事班，我还考出了三级厨师证。屠向前笑了，说怪不得你长那么胖。小胖就问，那屠科你是干什么的？屠向前想了想，我是尖刀班的，我那手指头……他还没有说完，小胖就接上了，说你那手指头是演习的时候被弹片给削掉的。

　　三个人絮絮叨叨，在很轻的月色里说着很轻的语言。屠向前突然觉得，这月色像水，从天上掉下来，轻柔地盖过他们的身体，漫过煤堆。他躺在煤堆上，觉得这黑乎乎的煤堆，自下而上透着一阵阵的凉。在这样的凉里，他想要沉沉地睡过去。这个时候，他想到了女儿屠若，女儿在祖国的心脏北京，她在干什么？吃东西？吹电扇？谈恋爱？看电视？睡觉做梦？这样想着，他慢慢地就要睡着了。风轻轻吹过他裸露的肚皮，这是一个适合睡着的月夜。

　　天快亮的时候，一辆车子开了过来，没有开车灯。车子开到煤堆不远处的新车间基建处。这儿还没有动工，但是材料却运来了不少，都是钱一炮和郭亮的亲戚运来的。就连那个看建材的老头，也是钱一炮的远房亲戚，据说七十多岁了。年纪大的人不太容易睡着，他却不一样。傍晚六七点钟就钻进工棚睡了,上午九十点钟才醒过来。后来钢材失窃,屠向前找他了解情况,才发现他是一个聋子,还有轻度白内障。屠向前找钱一炮谈,钱一炮说,再等等,等工程队正式进场,就把他给换了。这一等不要紧,却又有不少的钢材少了。

屠向前和小胖、酒瓶早就醒了过来,他们由仰卧改为俯卧,看着车子上下来四个人,用一根粗木棍和麻绳,把一盘盘的钢筋抬上了车。这些人折腾了个把小时,然后他们把车开走了,开到装碳酸氢氨的大操场上。他们开始往车上装碳氨,一会儿,白色的碳氨就盖住了那些钢筋。屠向前笑了,说小胖酒瓶,你们没想到吧,钢筋是跟着碳氨车混出去的。这车子,傍晚就停进厂区的停车场,然后晚上装好钢筋和碳氨,天一亮当作化肥车,开出出厂单,混出厂区。要不是在现场抓到,谁也不会发现。

屠向前和小胖、酒瓶没有跟那车子过去,而是翻转身来又仰躺着看天。天已经显出了白亮,泛着死鱼肚皮般的颜色。在凉风的吹送下,新的一天就要来临。在新的一天来临以前,保卫科的三个男人在微寒里,望着那高高挂在天边的启明星。

天终于大亮了,三个男人去了食堂,点了三碗肉丝面。屠向前和小胖往面条里加了许多辣子,本来就是夏天,吃了这辣肉面就更热了,浑身都是汗,呼哧呼哧喘着气。大门就快开了,一车车的空车将开进来,一车车的碳氨车将运出去。屠向前拍了小胖一下,两个人起身就往外走。只有酒瓶还在慢条斯理地吃着,吃得温文尔雅。他望着屠向前和小胖的远去,无声地笑了。小胖回过头来,朝酒瓶吼了一声。酒瓶,你在吃杀头饭?吃得那么慢。

屠向前和小胖快步向大门口走去。屠向前说，小胖，你怕不怕。小胖说，不怕，为什么要怕。屠向前说，那车子是有来头的。小胖说，什么来头？难道是中央军委的？屠向前大笑起来说，只要你说不怕就行。小胖回头向食堂张望，屠向前说，你别看了，酒瓶没那么快会来。这时候，大门口开始热闹起来，经济民警老赵推开沉重的铁门，一些喧嚣就涌进了厂区。自行车铃声响成一团，打招呼的声音也夹杂其中。在这个略显凉爽的清晨，知了的声音还没有响起。赵毛小店也刚好开门了。赵毛洗好了脸，正在小店门口的空地上倒洗脸水。那水湿了一大块地面，黑黑的，把许多尘土卷成了一粒粒小圆球。屠向前笑了，他看到赵毛向他笑了一下，什么话也没有说，就进了小店。屠向前掏出手机，拨了个号码说，我是化肥厂，我老屠，过来吧你们……

一辆辆的碳氨车，从厂区内排着队向大门口驶来。每辆车的驾驶室里，都伸出一只手来，手里捏着发货单，递给站在门口值勤的老赵。一辆五吨东风开出来的时候，屠向前端着大号搪瓷茶缸，从赵毛的小店里出来。他的牙齿上嵌了一片巨大的茶叶，他随口把那茶叶吐在地上，指着驾驶员说，你下来。

驾驶员下来了，手里捏着发货单。这时候小胖从对面传达室蹿出来，对驾驶员说，你把车子往厂门口右侧靠靠，我们要检查。驾驶员无助地回头望望车上坐着的四个人。四个人相互看了看，他们终于跳下车来，像练过轻功一样，把屠向前围在了当中。屠向前哧地笑了，笑声喑哑，说你们还把我围起来了。你们胆子够大的。小胖这时候冲了进来，挡在了屠向前的面前说，你们想干什么？

我爱北京天安门

为首的一个，眉毛上有刀疤，这样就使得他看上去有了一股狠劲。他在小胖的肩上猛拍了一下，说知道这谁的车？

屠向前说，我知道，副区长小舅子的车。

刀疤说，那还查什么，难道我们还会偷东西。

屠向前说，因为小舅子也是个人，是个人总可以查。他又不是皇帝。你们偷没偷东西，我不知道，我只知道这车里有钢筋。

刀疤的脸色有些变了，说要是没钢筋怎么办？

屠向前说，没钢筋我把这一车碳酸氢氨吞到肚里去。

刀疤向驾驶员使了个脸色，驾驶员登上了车子，并且发动了车子。车子轰鸣着，就要往外冲，这时候小胖冲上去，张开双手，站在车子前面，说你要轧就往我身上轧过去。这时候屠向前突然觉得，整个厂子数千员工，最适合在保卫科干的，最适合当经济民警的，其实就是小胖。屠向前被小胖的情绪感染了，大喝一声，奶奶的，老子就是脑袋搬家，也要把你们给扭送到公安局去。

这时候警车的声音响了起来，一辆警车歪歪扭扭地冲到了厂门口，下来两名警察，说，屠科你打电话是怎么回事？屠科说，我抓了五个贼，他们偷走了化肥厂不少的钢筋。警察看着刀疤，目光从五个人身上一一掠过，又折回头对屠向前说，钢筋呢？

屠向前说，钢筋在化肥下面。

一辆白色的桑塔纳又呼啸着进入了厂区。因为厂门口有点儿堵，所以不得不放慢了脚步。郭亮在车窗内看到了警车和警察，愣了一下，对开车的驾驶员说，小金，你等下打听一下怎么回事儿？这老屠的事情真多。小金答应了一声，车子向前开走，停进了车棚。

赵毛从小店里出来，她看着屠向前叫来的范阿大带着几个民工搬碳氨。碳氨很快见了底，下面是一圈一圈的钢筋。范阿大拍了拍手上的粉尘说，屠科，在这儿了，一共十二捆。

屠向前不再说什么，大口地喝着茶。他看到又一辆警车开来了，两名警察带着五个男人上了车。卸了货的货车，很别扭地停在厂门边的右侧，看上去有气无力的。太阳已经升得很高了，成排的货车和拖拉机，源源不断地从厂区里往外驶，陆地上的驳船一般，首尾相连。屠向前又喝了一大口茶，拍拍小胖的肩，轻声说小胖你好好休息去，守了一夜，累了。

小胖憨憨地笑笑说，一点也不累。要说累，屠科你更累。毕竟你年纪比我大。

说到年纪，屠向前心里不是滋味。他不知道听了小胖这话，他是应该高兴，还是应该悲哀。他眯起眼睛，看到了远远过来的车队旁边，有一个人正摇晃着向厂门口走来。他是从食堂刚刚才吃完面条的酒瓶。

8

屠向前知道，从清晨开始，从警车带走五个人开始，这个上午就会变得不安静了。但他还是在赵毛小店里坐了一会儿。屠向前问赵毛，许木木的病情怎么样了？赵毛就说，他已经绝望了。屠向前不说话，他能理解一个需要换肾的男人的心情。一会儿，赵毛补了一句，老屠，你想过什么叫绝望吗？

屠向前没想过绝望究竟是怎么样的,他也不能正确表达,按他的想象,绝望就是一条狗被敲了一棍后,在地上呜咽。可是赵毛说,不是的,绝望是一条狗已经没有人愿意敲它棍子了,是他躺在地上,连呜咽的声音也没有了。赵毛说这话的时候,很平静,屠向前却认为赵毛这样的表达,比较精确。他认定,绝望肯定是一种巨大的悲哀。现在坏了腰子的许木木就是。

屠向前叹了口气,不再说什么,往搪瓷茶缸里加了点水,就捧着茶缸往办公室走。他知道一会儿就有人来找他。果然没多久,一个年纪不大,但是却肥头大耳剃着光头的年轻人出现在他的办公室里。他的脖子上套着一串粗粗的金项链,很有少年闰土的味道。他自打进门,就一直哈着腰,不停地挤出笑容朝屠向前笑着。屠向前正戴着老花镜低头看报纸,他奇怪地看到一个年轻男人,因为笑而使得额上的皱纹密集。屠向前把老花镜摘下来放在办公室上说,坐吧小舅子。

小舅子说,你怎么知道我是小舅子。

屠向前说,你不是小舅子还能是谁?我看你就长得像小舅子。

小舅子笑了,说,屠科,你真有眼光,你简直比《幸运52》的李咏还要有眼光。屠科,那车钢筋完全是误会,是几个发货的人发错了货。你想想,化肥厂哪儿来的钢筋?

正这样说着的时候,一个剃着平头的中年人走了进来,身边还陪着郭亮。郭亮说,屠科,这是徐副区长,他来看看你。徐副区长瞪了小舅子一眼,小舅子却厚着脸皮说,姐夫,我知道你会来的。徐副区长说,还不滚回去,在这儿像块神位牌一样晃来晃去。小舅子笑了,说,好,我滚我滚。

屋子里只剩下三个人。徐副区长伸出厚实的手，抓住了屠向前的手说，幸会幸会。屠向前脑子晕眩了一下，有好几次了，他都觉得累，他觉得自己的零件越来越不听使唤了。可是郭亮却拍马屁，对徐副区长说，区长，知道你要来见屠科，屠科很兴奋，一兴奋就激动了。

屠向前哑然失色。他又打起了精神，说区长，咱不激动，也不幸会，你是官，我是民，官民不幸会。

徐副区长说，老屠你这是哪儿的话，我们都是公仆。

屠向前说，你是公仆，我不是。我是我老婆的公仆，我照顾她好几年了。

徐副区长说，老屠还挺会开玩笑的。郭厂长，我看时间不早了，咱们请老屠这老革命一起去吃饭。老屠是伤残军人，我们关心得真不够。

屠向前最怕别人说他伤残。不就是少了一个手指头吗？怎么了？怎么伤残了。那钱一炮割掉一截盲肠，比手指头还长，难道也算伤残？屠向前心里这样说着，嘴上却没有说。郭亮说，要不去香江，香江最近经常有野生甲鱼。徐副区长毫不犹豫地说，好，香江就香江。

屠向前笑了，说，徐副区长真要请我吃饭？

徐副区长说，那当然，说话要算数的。我喜欢你这脾气，咱们投缘。

屠向前说，真要请我吃，那就在食堂里吃点。食堂里有小餐厅，可以开小灶。对我来说，吃小灶已经很幸福了。

郭亮望望徐副区长，徐副区长爽直地大笑，手一挥说，行。

几个人就进了小餐厅。屠向前不知道这午餐郭亮会不会签单,不管签与不签,他吃下去了,总是有些不安。菜上来了,这时候小包厢外响起了叮叮叮的摇动钥匙串的声音,配合着高跟鞋有节律的声音,很有一种乐感。然后在这样的声音里,叶丽娜出现了。她是来陪酒的,今天的打扮,清爽,简单,显出几分青春的样子来。屠向前喜欢她这样子,有些大方,又有些娇羞,不时地捋捋垂在鬓边的头发。加上在会上,叶丽娜是举手支持他的,就使屠向前更有了好感,不知不觉就兴奋起来。当然屠向前知道,叶丽娜不是来陪他的,是来陪徐副区长的。徐副区长当然也喜欢美人,当然也兴奋起来,一定要和叶丽娜连喝三杯。叶丽娜因为升了办公室副主任,心里也高兴,说三杯就三杯。

这是一次快乐的午餐,快乐的氛围一直持续了两个小时。在接近尾声的时候,徐副区长没有忘记正题。尽管他有些口齿不清,但他还是拍着屠向前的肩说,老哥,我小舅子那事,就到此为止吧。

这话很有学问,徐副区长都叫屠向前老哥了,屠向前应该领情,应该高兴。但是到此为止吧,又有一种命令的语气。因为徐副区长和屠向前离得近,说话时有一股食物的腐臭味,喷到了屠向前的脸上,这让屠向前的胃突然之间冒起了酸水。郭亮说,老屠你怎么了?屠向前说我胃不太舒服。郭亮说,那老屠,刚才徐副区长和你说的事……

屠向前抓过了酒杯,为自己又倒上了一杯。他也喝得有点多了,手脚有点儿不听使唤。在很长的时间内,他不说话,然后举起杯子一饮而尽。他的嘴角,有一些酒淌了下来,他用袖子擦了擦,一边擦,一边心中涌起悲凉,他觉得他这样的举动,就是老了，说不老都不行。而其实，他这个年龄，应该还算壮年，应该走路如风，嗓门响亮。他不仅替老婆陆桂担心起来，要是自己老得快，要是自己也没劲了，那这一对，要靠谁来照顾？这样想着，悲凉就叠着悲凉，不由得悲从中来，竟然挥手擦下了一把眼泪。徐副区长知道，有一类人酒后笑，一类人酒后哭，这硬汉子一般的屠向前，竟然是酒后哭的一类。他拿过酒瓶，把自己的酒杯和屠向前的酒杯满上了，举起来，说，老屠，咱再来一杯。

两个人又干了一杯。屠向前放下酒杯，慢条斯理地说，要让我说你小舅子的事，我就直说了吧。那天会上，陈四眼指着我说，怎么不破了那偷钢筋的案子，其实我已经破了，只是没有逮着个现行。现在，这案总算破了，我看陈四眼怎么说我？

徐副区长插话，说，破了好破了好。

屠向前酒喝多了兴奋，竟然伸过手去，反过来拍拍徐副区长的肩说，老徐，你那小舅子的人，已经被带到派出所了。你小舅子，估计也快被带进派出所了。

徐副区长笑笑说，老屠，只要你这儿打住，派出所那儿没问题，我打过电话了。我那小舅子是中午前被带走的，所长说，让我在化肥厂里解决好，如果说是误装了钢筋出厂，就行。

屠向前眯着眼，摇头晃脑，看样子真的是醉了。误装？怎么会误装，我那材料上写得清清楚楚，他装了几次货，我都查清了。这钢筋数额大，可是咱们厂里的压缩工、包装工、造气工、拉煤工、卸灰工、机修工……各种各样的工的血汗钱，我不能把它当小事。

徐副区长显然有些急了，说，那材料呢？老屠你又不是文

我爱北京天安门 | 109

化人，你整那材料干吗？

屠向前大笑起来，我怎么没文化了，我女儿是北京外国语学院的高才生，她要接我去长城脚下住呢。

徐副区长说，你住长城脚下跟咱这事儿没关系，你住你的，你把材料给我就行。

屠向前说，酒，酒，叶丽娜，咱们干一杯？

郭亮忙向叶丽娜使眼色。叶丽娜倒了两杯酒，两个人碰了一下，干了。屠向前笑了，说叶丽娜，其实你蛮好看的，上次我在赵毛小店里批评你脖子长屁股大，是不对的。这话听上去像道歉，但是听起来却有些不地道。叶丽娜什么也没有说，板着脸重重地将酒杯往桌子上一放。徐副区长此时对叶丽娜的感受没兴趣，只是急着问屠向前，那材料呢？老屠那材料在哪儿？

屠向前说，那材料已经寄走了，寄到地区和省里。早上派出所刚带完人，我就让小胖去邮局寄了特快。

徐副区长不再说什么，他静坐了一会儿，好像在思考着什么问题。郭亮拼命地摇着头，他看到屠向前明明醉了，竟然还在自斟自饮。倒酒的时候，酒就满了出来，从杯壁流下，流到桌面，又从桌面上流下来。有许多酒水，就滴在了屠向前的裤子上。郭亮看着徐副区长，徐副区长的脸比蟹壳还要青。过了一会儿，徐副区长站起身来，对席间的人挤出了灿烂的笑容，说，屠科做得好，公事公办，公事公办。

徐副区长说完，就转身走了。他的驾驶员紧紧地跟了上去。郭亮也跟了出去，回转头说，你这个老屠，你这个老屠。叶丽娜也跟了出去，这时候，就剩下屠向前一个人了。屠向前不再喝酒，也不吃菜，两手搭在两条腿上。他觉得两条腿胖了，人一上年纪，就容易发福。他看到小餐厅高高的小窗口，是二三十年前做的小钢窗，投下了一小片光影，就投在那条吃了一半的红烧鱼上。屠向前觉得很亲切，他想唱一首什么歌，想了半天，就唱起了春天里来百花香，朗里格朗里格朗里格朗，和暖的太阳在天空照，照到了我的破衣裳。朗里格朗格朗里格朗，穿过了大街走小巷，为了吃来为了穿，昼夜都要忙……

也许是受了情绪的感染，屠向前越唱越响，唱到最后，他站起了身，挥舞着一双筷子，有了载歌载舞的味道。他不知道叶丽娜是什么时候折回来的，就静静地倚在小包厢的门框上，看着屠向前在那儿又跳又唱。屠向前觉得有些不好意思，停住了，将筷子胡乱地往餐桌上一丢，坐了下来。一切又都安静下来，叶丽娜笑了，笑得很妩媚。她走到屠向前身边，将两只杯子倒满了酒，说，屠科，我敬你一杯？

屠向前说，你不是敬过我一杯吗？

叶丽娜说，那杯不能算，那杯是场面上的酒。

屠向前说，那你为什么要敬我这一杯。

叶丽娜说，因为你像个男人。

屠向前不再说话。叶丽娜却不耐烦了，一仰头喝下了杯中的酒，重重地将杯往桌上一蹾说，你爱喝不喝。说完，叶丽娜转身就走出了小餐厅。小餐厅又只剩下屠向前一个人，屠向前慢慢地举起了酒杯，把那一杯酒给倒入了口中。他站了起来，刚好挡住了那高高小钢窗漏下的光线。那光线击穿了屠向前的身体，屠向前就觉得，全身都开始疼痛起来。

我爱北京天安门 | 111

9

一年一度的大修结束了，秋天也就来了。屠向前依然抱着那大号搪瓷茶缸，茶缸上是红色的字：奖给一九八七年度治安工作先进个人，诸城市公安局。

捧着这只茶缸的时候，屠向前是这样想的，这是一只老掉的茶缸，即将退休的茶缸。屠向前捧着这只老茶缸，仍然经常出没在赵毛的小店。店里进来了货，屠向前就帮赵毛搬。他不仅自己搬，有时候还叫小胖搬。酒瓶别的事不积极，搬东西倒很积极。在秋凉来临以前，赵毛给屠向前和陆桂各织了一块围巾，给屠向前的是灰色的，给陆桂织的是暗红的。屠向前说，陆桂天天待家里，哪用得着围巾呀？赵毛就说，围围巾也就一个感觉，没人因为不围围巾而被冻死的。屠向前又说，那这围巾，太鲜了。老太太了，还围那么鲜的围巾。赵毛说，是该鲜一点，她老是卧病在床的，要看鲜一点的亮一些的颜色。听赵毛这样说，屠向前就不再说什么。他看着赵毛把毛巾装在一只纸袋里，递给他，他就觉得，赵毛怎么都像他的一个亲人。像谁呢，屠向前一直这样想着，想来想去，赵毛很像他死去了多年的妹妹。

这天下午，屠向前接到了一个电话，老排长刘雪松让他去一下国资总公司。刘雪松以前在化肥厂当书记，后来调回总公司，当计划科长。他很久没有联系屠向前了，屠向前接到电话，就说你直说吧，有什么事。刘雪松说，没什么事，就聊聊。你过来。

屠向前去了国资总公司，那是老式的一幢建筑。屠向前喜欢这种老建筑，总觉得老式房子简朴，大气，那木门木窗，比铝合金要亲切温暖得多。那高大但粗糙的办公桌，那墙上涂着的绿色颜料，都让他觉得容易贴近。现在，他就贴近了这样一幢楼。屠向前敲开了四楼刘雪松办公室的门，刘雪松正坐在办公桌前抽烟，在阳光的拍打下，看上去他就像是坐在一片稀薄却美丽的烟雾里。

刘雪松用他的独手，为屠向前泡了一杯茶。他把茶放到屠向前的面前说，开化龙顶，我以前的一个兵送我的，你尝尝。

屠向前喝了一口茶，抬起头说，你直说吧，肯定有事。

刘雪松说，那我就直说了。

屠向前说，说吧，别磨蹭了。

刘雪松站起身来，他空荡荡的袖管，在轻微的风里，略略地摆动。他站起身在小小的办公室里踱着步。一盆鲜艳的水竹，半身浸泡在秋天的水里，那水被一个玻璃的瓶子包着，泛着生命的颜色。刘雪松说，听说厂里让你去造气车间当书记，被你顶住了？

屠向前说，是，我不适合当书记。

刘雪松说，你还是我的兵吗？

屠向前说，我怎么就不是你的兵了？我就是死了，也是你的兵。

刘雪松说，你既然是兵，军令如山不是没听说过。你虽然在厂里，但厂令就不能如山吗？

屠向前不说话。他谁也不怕，就怕两个人，一个是刘雪松，一个是女儿屠若。刘雪松的另一条手臂，才是军演的时候，真正被炮弹削飞的。刘雪松救了一个新兵，也失去了一条手臂。那新兵是开化的，退伍后日子并不好过，务农。他每年都要带着大包小包来看刘雪松，被刘雪松打回去了，说，滚，你又没钱，你还来看我干什么？那兵后来就不来了。但是几年后，刘雪松知道那兵种茶叶，就又打电话说，你每年都给我送茶叶，我喜欢喝茶。那兵听了欣喜万分，就每年都来送茶。刘雪松想的是让那兵买个心里的安稳，每次那兵回去，刘雪松总要给他备好大包小包的东西。

这些，屠向前并不知道。屠向前只会在化肥厂吹牛，说自己的手指头，是被炸弹弹片给削去的。而实际情况是，他只是个饲养员，他不停地养猪，不停地割草。有一次铡草料，锋利的铡刀咔嚓就把手指给铡下了。屠向前只觉得手热了一下，又看到了那截小老鼠一样的手指头，大叫一声，不好了。

部队不管你是如何受伤的，为了革命工作，都能评伤残。屠向前就是三等甲级伤残人员，回来被安排在诸城化肥厂工作。

刘雪松说完以后，就不再说了，在自己的位置上坐下来喝茶。屠向前想了好久以后，才问，是不是总公司领导的意思？让我服从调动？

刘雪松说，是。但是公司领导怕你又吵又跳，把这任务交给我。你自己说吧，去不去造气车间？

屠向前不再说什么，无奈地笑了笑，他站起身来，走到了门边，说，老排长，我去。我说了，我就是死了，我还是你的兵。

屠向前说完，一闪身就不见了。刘雪松听了屠向前留下的话，心里有些发酸。他眨巴着眼睛，脑子里无意识地开始盘点他的五十六个兵。人活到这个岁数,也不容易。这五十六个兵里,已经有七个不在了,有两个正染着不太好的病。还有八个务农的、四个下岗的。当然,也有一个当了不大不小的老板,置了几台挖掘机,被政府叫去,怒吼着配合新城改造四处拆房。刘雪松在整个下午,都在喝茶。其实他已经知道,化肥厂就要停产了,一是连年亏损,二是城市中心的化肥厂,竖着那么几支大烟囱,是一个巨大的污染源,必须得关门了。

屠向前回到家,就觉得自己很虚弱。他搞不懂去了刘雪松这儿一次,怎么就那么虚弱了。他把围巾从纸袋里取出来,给陆桂围上。陆桂拿了下来说,是赵毛织的吧。屠向前说,是她送我们的,一人一条。陆桂说,我不围,太鲜了。再说我在家,围个什么围巾?屠向前说,我也这么说,可她非要送我。陆桂说,你围吧,你围给我看看。屠向前就围起了那块灰色的围巾,让陆桂看。陆桂说,好看,年轻了不少,以后冬天天冷了,你就围着它上班。屠向前说,可惜现在还是秋天。屠向前一边说一边解下了围巾,小心地叠好,又放回纸袋里。陆桂看着屠向前这个动作,笑了。屠向前说,你笑什么?陆桂说,没什么。陆桂又说,老屠,你是个好人,也别亏待了自己。屠向前说,我怎么亏待自己了?告诉你也不要紧,我在食堂,天天吃肉。陆桂笑笑,不再说什么。

屠向前去了造气车间。离开办公室的时候,总是有些恋恋不舍的。造气车间在厂区的西端,粉尘很大。现在是车间主任负责制,屠向前不知道自己这个车间书记去了那儿以后能干些什么。但是就算不能干什么,他也得去,他对刘雪松说了,我就是死了也是你的兵。他不听刘雪松的,听谁的?他搬东西的时候，小胖来帮他，拿来个大纸箱子，搬得很卖力。一老一小两个人捆绑东西，捆出了一身汗。虽然都不说话，但是屠向前又有了那种感觉，他就是觉得，小胖就是他的儿子。他命里就该有这么个儿子。

屠向前把东西搬到造气车间的书记室时，已经是黄昏了。那时候车间办公室上常日班的车间干部都已经下班，所以屠向前的上任，就显得有些苍凉。小胖把纸箱放到办公桌边上，说屠科，那我走了。屠向前笑笑点点头，小胖已经跨出了门的时候，又被屠向前叫住了。屠向前说，小胖，小沈和你还好吧。小胖迟疑了一下说，挺好的。昨天她还陪我去小商品市场给我妈买了一件两用衫呢。

屠向前说，是个好孩子，就是要孝敬父母。小胖，你要常回家看看去。

小胖却没有说什么，这令屠向前有些失望。小胖也消失了。屠向前走到办公室的门口，那是一长溜的平屋办公室，粗朴而灰暗的外表，都是二十世纪八十年代的建筑。屋瓦上，有一些杂草生长着，生机勃勃地在晚风中招摇。屠向前的目光，稍稍往上一抬，看到了天空中飞过的一阵又一阵的麻雀，像毯子似的奔过去，叽叽喳喳的声音，却笔直地掉下来，砸在屠向前身上，砸得他生痛。然后，黑夜也像毯子一样奔过来，盖住了整个化肥厂。四周很静，远处传来机器的轰鸣，造气车间的大烟囱，奋力地向天空喷着烟。这时候，厂区几条主干道的路灯，次第亮起了秋天的灯火。

屠向前开始了在造气车间无所事事的日子。他变得很空闲，加上冬天来了，这反而让他多生了几场感冒。一场雪过后没多久，国资总公司的停产通知就下来了。通知就贴在厂门口的墙上，正对着赵毛的小店。赵毛一下子慌乱起来，厂子停产了，她的小店还能怎么办？她家里的许木木，还在焦急地等待着能配型的腰子。赵毛愣愣地坐在小店里，一坐就是一个下午。慌乱的不是赵毛一个人，全厂的人都在慌乱着。通知上说了，几年到几年工龄的人，提前退休。几年到几年的，买断工龄……屠向前就属于提前退休的人。而那些买断工龄的，觉得吃了亏，觉得人生突然之间变得灰暗，于是就闹，围着郭亮闹，郭亮就不再来上班，他的白色桑塔纳也消失了。于是愤怒的人群围住劳资科闹，找国资总公司闹。厂子停产了，工人们的力气却不能及时停下来，就像汽车不可能一下子刹住刹车一样。他们把力气全用在了闹上。

不管闹与不闹，化肥厂还是平静下来了，平静得有些萧瑟。机器的轰鸣没有了，运化肥的车队没有了，拉碳氨、拉煤的工人没有了，厂子就像是被人突然扔掉的一件破旧大衣一样，孤零零地盘踞在城市的一隅。屠向前经常在厂区内巡行，慢吞吞地走路，像一只蜗牛在爬。他的目光深深浅浅地抚摸着厂区的每一个角落，那些熟悉的场景，墙上的标语，萧条的食堂，无人使用的厕所，大树下的石凳，字迹模糊写着安全生产最重要的黑板报，让他突然想起了建厂初始的时期。这儿曾经有一个育婴堂，以及半坡的坟山，建厂时掘出了无数的棺木，人骨到处都是。然后人声拥挤，汽车声拥挤，热闹代替了一切，人气越来越旺，一批又一批的退伍转业军人被安置在这里。现在，是不是要重回到以前的萧条中去？这样想着，屠向前的身子开始变得佝偻起来，他站在大操场的中间，突然之间觉得渺小如一只蚂蚁。冬天并没有真正远去，尽管并不十分寒冷，但是还是能感受到些微的萧瑟。那些泥土和砖墙，也因为季节的原因而变得充满硬度。

小胖远远地走来，走到了屠向前的面前，这让屠向前觉得，恍惚就在部队，一个战士跑向他，报告班长。屠向前这样想着，脸上浮起了笑意，说，你来干什么。小胖从身后掏出了一台数码相机，这是他从战友那儿借来的。小胖说，屠科，你能不能帮我拍几张照片，我想留个纪念。

照片是在一长溜的仓库前拍的。仓库的门很巨大，像皇城的门。现在城门紧闭着，上了一把同样显得巨大的锁。小胖穿上了经警的服装，那是酒瓶借给他的。酒瓶的个子小，所以小胖穿上了，衣服显得紧巴巴的。但是小胖还是很高兴，在阳光下盛开着很阳光的笑容。屠向前一张一张替他拍着，边拍边漫不经心地和他说着话。小胖没有转正，一直都没有。屠向前问，小胖，化肥厂关门了，你干什么去？

小胖说，我去广东，我战友在广东开了一个厂，是生产涂料的。他让我去当副厂长。

屠向前哑然失笑，说，你以为副厂长好当的？你能当副厂长吗？

小胖说，他那个厂，才一百多号人，我当副厂长有什么不好当的？他让我管劳动纪律，说白了这个副厂长就是工头。

屠向前说，那小沈呢，小沈怎么办？跟你一起去。

说到这儿，小胖凄惨地笑笑，说，我们分开有些日子了，她和第一百货公司那个采购员好上了。你不知道，那家伙比我还矮比我还胖。小沈说，跟着我，怎么着都没有奔头了。

屠向前想用什么话来安慰他，但是想不出来，最后只好语言苍白地说，小胖，你不要难过，天涯何处无芳草。

小胖笑了，说，屠科，其实我刚开始说我对妈多孝顺，都是假的。我其实一点也不孝顺，那时候我只知道孝顺小沈。我以后会对妈孝顺一点。

屠向前说，我知道。小胖，你不说我也知道。你就是那时候哄哄我。我没说出来。

小胖不再说话了，神色却仍然有些黯然。

屠向前挺直了身子，是猛地挺了挺身子。他觉得阳光照进了他的身体，一部分力气又回到了他的体内。屠向前大喝一声，李梦，听我口令，向前一步走。小胖猛地向前跨出一步，双脚一靠，啪的一声，异常响亮。屠向前又大喝一声，敬礼。

小胖把右手举到了发际，屠向前举起相机，咔嚓按下快门。这时候屠向前看到小胖的眼泪流了下来，屠向前就觉得有点儿难过。小胖用手背擦擦，说，大哥，我走了。

小胖从屠向前手里抓过了相机，转身离开了，他找酒瓶去还经警服。屠向前望着小胖的背影，想，原来他不是我儿子，他是我弟弟。他叫我大哥。

赵毛小店里的货品，也要搬走了。她要搬到小商品市场去。屠向前让刘雪松帮忙，找市场管理处的战友，替赵毛搞来一个便宜的摊位。搬东西那天，屠向前帮着赵毛一起搬。两个人都没有说话，屠向前想，是不是以后就不太容易见面了。东西全搬上了车，赵毛打来一盆水，让屠向前洗手。洗手的时候，赵毛问，老屠，你怎么安排？屠向前说，我当然去北京，我女儿在北京发展得很好，我就要带着陆桂去长城脚下住了。

赵毛说，真的假的？

屠向前说，当然是真的，我老屠说过假话吗？我老屠只有假牙，不说假话。

赵毛说，那真是要恭喜你了，都一把年纪了，还住到天安门边上去。

屠向前说，那是，我搬把椅子放天安门前，让陆桂天天看天安门。

赵毛说，我搬家了，租了个农民房，要不你帮我整一下？以后，就差不到你这个北京人了。

屠向前说，行。

在赵毛的租住房里，屠向前干得很卖力。他替陆桂装上了纱窗。现在是冬天的尾巴，接着就是春，就是夏，就有蚊子苍蝇出来活动了。屠向前装纱窗的时候，突然觉得自己有些放不下赵毛，总觉得往后赵毛会缺少个人照应似的。赵毛在简易的煤气灶前，炖着泥鳅豆腐，就是把洗净的活泥鳅和整块的白豆腐放一起炖。那活泥鳅受热，就钻到豆腐里去了。赵毛没做过这菜，只是听说过有这样的做法。她想试试。她想好好地请屠向前吃顿饭。

屠向前从窗口跳下来的时候，差点跌倒了，赵毛伸手拉住。屠向前笑了，说，看来真老了，好像这腰不太好使唤。这时候赵毛才发现自己的手，紧紧抓着屠向前，像抓着气球的绳，生怕手一松，屠向前会像气球一样升空离去。她红着脸松开手的时候，屠向前却一把抓住了她的手，拦腰抱起，把她放倒在凌乱的床上。床上堆着棉被和衣服，还没来得及整理，像连绵的小山包。屠向前就和赵毛红着眼，在床上喘着气，像是一对未经世事的小青年似的。

后来，赵毛就闭上了眼睛。赵毛在心里说，你要不要？你要，老屠你就拿走。屠向前伏在了赵毛身上，哑声地笑起来，说赵毛，都说咱俩有一腿，咱俩哪儿有一腿呀。你看紧张得像小年轻。赵毛不说话，只是扭了屠向前一把，那一把里有鼓励的味道。屠向前的一双手，就在赵毛身上摸索起来。这时候屠向前闻到了一股焦味，他吸了吸鼻子说，好像那泥鳅豆腐焦了。赵毛说，不管。屠向前说，你这房子容易着火，焦了就会着火。

赵毛推开了屠向前，理了理头发，去看那锅里的泥鳅豆腐。两个人都不再怎么说话。后来他们找了两只小凳，把菜放在一张大方凳上，又开了瓶啤酒，对喝起来。他们有一搭没一搭地说话，赵毛说儿子和石宕。说到石宕的时候，屠向前就仿佛听到了爆炸的声音，仿佛看到刘雪松的一只手臂，在天空中飞翔。屠向前说陆桂和屠若，屠向前说屠若的时候，突然觉得屠若很虚幻，远没有那时候他背着抱着搂着亲着小女孩时的屠若来得真切。这样想着，屠向前就觉得，或许老婆属于自己，而女儿是不属于自己的。女儿属于丈夫，属于女儿的小孩，属于她自己的天地。当然，不久以后，她还属于埃塞俄比亚。那是一个容易让人水土不服的国家，据说有好些人去了以后，胳膊肿得有水桶粗。但是下周，屠若就要离开北京了，她说，爸，妈，为了省点路费我不来诸城转了。

屠向前离开赵毛租住房的时候，夜色已经很黑。赵毛把自己的身子贴在门框上，只是轻轻地举了举手。屠向前笑笑，走了。走的时候，听到赵毛从背后传来的声音，哥，你是好人。

屠向前的眼眶又湿了。他恨恨地骂了自己，看上去挺像男子汉的,怎么就那么容易湿眼眶呢。屠向前想,赵毛怎么也叫他哥了?小胖也叫自己哥,难道,自己就适合做一个哥?屠向前湿着眼睛往黑暗的深处走,越往暗处走,眼眶就越湿。他蹲下身来,终于呜咽起来。他突然明白,自己的呜咽,仍然是放不下一个叫赵毛的女人。她太苦。

10

屠向前带陆桂离开诸城的时候,刘雪松叫了一辆商务车送他们。司机来他们家接人,屠向前就抱着陆桂下楼。下楼的时候,邻居们都问,你们去哪儿。屠向前脸上堆着笑,不厌其烦地说,我们去北京了,我们去屠若那儿,主要是我老婆比较想看看天安门。这时候陆桂的手里,竟然紧紧抓着那块暗红色的围巾。那是赵毛送给陆桂的。屠向前皱了皱眉说,天气都快热起来了,你拿这围巾干吗。

陆桂像一个孩子,噘着嘴巴说,我要围上它。

在车里,屠向前帮陆桂围上了围巾。在红围巾的映衬下,看上去陆桂的气色好了不少。车子向化肥厂驶去,屠向前关照司机,要去化肥厂转一下。

传达室里,酒瓶仍然穿着经警服在值班。厂子散了,但是看门的人必须有,国资总公司留了三名经警轮班看门,酒瓶就是其中一名。屠向前早就想到了,酒瓶肯定是其中一名。屠向前让车子在厂门口停着,自己慢慢踱进了厂区。冬天还残留着一根尾巴,但看样子春天已经来临了,因为屠向前听到了野草在疯狂生长的吱吱的声音。机修车间的一角,那块何虎和屠向前摔过跤的草地上，以后将不是春草碧绿，而是杂草丛生。那样的荒凉，让屠向前的心像被轻轻揪了一把。

冬仍然在冬着，春也在赶来。屠向前喜欢这冬春交替的寒意，这种寒意让屠向前把外套给脱了，他开始跑动，登上那楼梯，打开经警队的门。他要带走那支塑料警棍，把这小小的公物据为己有。他要去的地方是富阳，那是他的老家。他将到老家的一家小型造纸厂里，去看传达室。不久，他的形象，就是一个传达室老头，而不是一个耀武扬威的保卫科长了。

厂门口传来了汽车喇叭的叫声，那是司机在催屠向前赶路了。屠向前站在二楼经警队的门口，望着厂区大片的空地，浓重的碳酸氢氨的味道经久不散，他闭了一下眼睛，感到所有的景物都在旋转，它们铺天盖地，挤进他的眼眶。而那些潮湿的泥土，都开始松动了，像是被拆开了骨架一样尖叫着，欢呼着，冲撞着。屠向前笑了，他觉得自己突然充满了力量，也想尖叫与欢呼。他本来想说，再见化肥厂。可是话到嘴边的时候，却变成了再见天安门。他把外套甩在肩上，重复了这个他年轻时的经常性动作。然后他不由得轻轻地哼了起来，春天里来百花香，朗里格朗里格朗里格朗⋯⋯

像老子一样生活

1

国芬临出门的时候，一场雨就要逼近孩儿巷。国芬在逼仄的房间里化妆，她的手里握着一支口红，对着一面残破的圆镜画着嘴巴。她始终不满意自己涂口红的手法，认为那些红色总是超过了唇线，落在嘴唇以外的皮肤上。有很多年了，国芬没有画眉和涂唇，也没有去服装店买过衣服。她说老子反正嫁了人，伢儿都那么大了，还打扮个啥。

伟强一动不动地躺在那张宽大的棕绷床上，居然不合时宜地放了一个很响的屁，这更加影响了国芬涂嘴唇的兴致。她抬起脚，狠狠地在伟强的屁股上踢了一脚。然后国芬开亮了灯，灯光像小兔一样四处逃窜，一下子就挤满了小得可怜的房间，这让国芬多了一丝温暖的感觉。在杭州，孩儿巷已经属于贴近西湖的黄金地段了，但是国芬住的是老房子。一楼的光线不好，而且阴暗潮湿。在伟强家生活的二十年里，国芬每天都感觉到自己随时会在潮湿的空气里发芽。结果二十年过去了，国芬并没有发芽,倒是儿子陈侃已经十八岁了,把身体长得高高大大,老是在国芬面前像一块门板一样晃来晃去,并且瓮声瓮气地说话。国芬望着儿子的身影,心里就涌起了蜜。在她的眼里,老公伟强就更像一个可有可无的影子了。

国芬轻轻拍了拍自己的脸,她的手掌能明显地感觉到脸上皮肤的松弛与下垂。国芬已经四十二岁,青春早已不在。国芬对着那面破镜子笑了一下,破镜子缺了一角,国芬的笑容也就缺了一只角。然后国芬在床边坐了下来,她其实能感觉到乌云从西湖边的上空慢慢移动着,移到了孩儿巷的上空。然后,噼里啪啦的雨就甩了下来,落在窗外的小院落里。小院里有伟强种的几株绿色植物,国芬叫不出名,只知道这些植物很贱,随便丢在地上,它就能活。国芬对春天的感觉,完全来自小院那些植物颜色的变化。现在,已经初夏,国芬在阴暗的房间里呆呆地坐在床沿。伟强曲着身子,他侧睡着,像一只安静的被烤熟了的番薯。他打起了轻微的但却幸福的呼噜。有许多时候,国芬都会忘却伟强的存在,因为他从新丰造纸厂下岗后的大部分光阴,都被他随随便便地睡掉了。用伟强的话说是,老子什么都没有,有的是时间。

国芬也叫自己老子。在杭州,很多人愿意用"老子"来称呼自己。国芬在公交公司上班,她开的 K155 路车子像庞大的装甲车一般巡行在杭州的几条街道上。开了二十年车,她对那条线路已经了如指掌。如果把街上的人清退,她甚至可以闭上眼睛把全程开完。国芬穿着公交公司发的制服,在公司里和同事一起骂娘,抽烟,喝酒,打牌,讲黄色的笑话。有很多时候,她边骂娘边在心里会隐隐地痛一下。她突然觉得,离她的姑娘时代，怎么就越来越遥远了。

国芬在脸上画来画去，画得并不漂亮。她其实从来没有好好地画过脸，她总是称那些经常化妆的女人为业余画家。但是今天她要去雷迪森参加同学聚会。同学大高是发起人，把四十五个同学中的四十三个约齐了。还有两个没有来，是因为他们已经死了，一个车祸，一个因为强奸幼女在严打的时候给毙了。国芬就想，是不是人到中年以后，自己的同学，会一个个更快地在人间消失呢。这样想着，国芬就感到了一种从心底涌上来的悲凉，想这人活着，真的没什么大的意思。同学大高也在杭州工作，在一个油水很肥的部门当着公务员。他通知国芬参加同学会的时候，用公务员的语气在电话里说，国芬，你必须得来。国芬那时候还没有发车，在班组里和一个小男人调笑着。国芬在电话里说，老子会不来的？老子不来就不是国芬了。

现在，老子国芬在密集的雨声里幻想着雷迪森的场面。那是一个坐落在市中心的五星级酒店。同学们现在大概正在往雷迪森赶的路上。国芬本来想打退堂鼓的，她和同样开K155的魏子良说，我们要开同学会了，大高说每个人交五百块钱聚餐费，据说还有一点纪念品可以发。你看，要不要去？魏子良想也没想就说，当然要去的，怎么好不去的，你不去你还算是国芬吗？国芬想了想，咬了牙说，去吧。不在乎这五百了。老子怎么着也得活出一个面子来。现在，国芬站起身来，慢慢走到了门口。婆婆不知道从哪儿突然蹿出来一样，她的背已经很驼了，所以她仰起头来和国芬说话的样子就显得有些滑稽。婆婆不怀好意地盯着国芬看着。国芬转过脸来，说我的脸上有花吗？婆婆说，没花，但是画着花。

国芬不再理婆婆。婆婆得了老年痴呆，有时候很清醒，有时候又很糊涂。经常把弄堂里隔壁人家晒着的衣服收进来，整整齐齐地叠好放进自己的箱子。为了这事，邻居没少和国芬说过，她们不好意思发作，只好说，真当麻烦，真当麻烦。

婆婆轻声说，国芬，你是不是要去勾男人了？

国芬望着门口的雨，她本来想牵起自行车骑车去的，雷迪森距她家并不远。她又突然觉得骑车去太寒酸了，不如走去吧。国芬找了一把雨伞，重又走到门口。这时候国芬才对脸上挂着坏笑的婆婆说，老子就是要去勾男人的，你有什么办法吗？婆婆一下子就愣住了，她很响地叹了一声气。国芬笑了，她撑起伞走进雨中。走到巷口拐弯处的地方时，国芬回头看了一下，仍然可以看到在家门口发着呆的婆婆。婆婆的身影，被雨水阻隔着，显得像水墨画一般缥缈和不真实。

国芬走到雷迪森门口的时候，门童为她打开了门。大厅里明亮而干净，国芬突然有些不知所措，她从来没有进入过雷迪森。国芬装出很见世面的样子，收拢伞昂起头就往里走，却被门童叫住了。门童为她的雨伞套上了一只塑料袋，彬彬有礼地问国芬还需要帮助吗？国芬的脸稍稍热了一热，这时候她看到大高坐在不远处大厅的沙发上朝她笑。国芬想，但愿大高没有看到刚才的那一幕。大高说，国芬，你好像变胖了。国芬说，四十多岁的女人，很少有不胖的。胖有啥关系的？胖是丰满呀。

这是一场相隔二十年的聚会。人生那么短，二十年不是大海，也至少是一条大河了。大家在河岸边相互打着招呼，略略有了生分的感觉，但是大家依然可以谈笑风生。国芬发现自己被忽略了，每一个女同学都珠光宝气，她们的皮肤保养得像豆腐一样好。每一个男同学，都有了明显的富态，他们的生活，看上去过得无比美好。当然也有人和国芬打招呼，但也只是为了显示自己的平和，问国芬一些平常的问题，比如小孩多大之类。国芬感到了无助与寂寞，她不停地给魏子良发短信，魏子良却一个也没有回。国芬就想，这个天杀的，不知道在干些什么。国芬没有了发短信的兴致，就不自觉地一次次端着酒杯往嘴里送，渐渐地喝得有些多了。国芬感到了强烈的无助与凄惶。国芬的收入不高，婆婆的退休金也不高，两个女人要养活两个男人，国芬觉得委屈，也感到特别累。这时候有人提议，给国芬和几位家庭经济不怎么宽裕的同学免去每人五百元的费用。国芬突然站了起来，大声地说，老子有的是钱。

大家都笑了起来。国芬也笑了，她掏出了五百块钱，一张一张地数着，放到了台面上。国芬数完了，就端起酒杯把一杯酒喝掉，说，小二，上酒。又对同学们说，大家难得聚的，喝吧，喝开心点。

酒上来了，国芬的拘谨也完全消失，她把自己的内心像一扇门一样给打开了。国芬点起了一支烟，徐徐吐出一口烟圈。一些同学过来和国芬寒暄，国芬变得很开心，她来者不拒地和一个又一个同学干着杯。她的酒嗝中充满了幸福的味道。她想，可能是喝多了，不然的话，头上那么多盏明亮的顶灯怎么老是在晃呢。大高走了过来，盯着国芬看。国芬说，我脸上有花吗？大高笑了，举起杯和国芬的酒杯碰了碰说，你酒量真不错。

这是一个摇晃的雨夜。大高开车送国芬回家，醉眼迷蒙的国芬望着刮雨器入神。车子停在了西湖边的时候，大高一把抱住了国芬。国芬没有推，只是嘻嘻地笑了。大高说，国芬，其实我们读高中的时候，我就喜欢上你了。国芬又嘻嘻地笑了。大高的手就开始很辛勤地运作起来。国芬说，大高，你真不是个东西。大高说，在这件事上，没有一个男人是东西。国芬就笑着说，大高你停手，你不停手肯定会后悔。大高的手一把捧住了国芬的屁股，这时候，大高听到了清脆的声音。他愣了一下，寻找着声音的来源，后来他发现声音来自自己的脸上。他一下子就觉得脸热了起来，这时候国芬已经把车门打开了，她就淋在雨中，歪歪扭扭地往雷迪森走。

国芬在雷迪森的餐厅里寻找一把半新的折叠伞。她找了好久都没有找到。几个服务员正要离去，她们听到国芬吼了一声，国芬说，把老子的雨伞给交出来。

国芬后来找到了雨伞，是一名伶俐的服务员帮她找到的。国芬撑起伞走出了雷迪森的大门，那个曾经帮她的伞套过塑料袋的门童点头向她示意。然后国芬看到了对面小巷口的凡人酒吧，几个凡人正在往酒吧里走。国芬又打了一个酒嗝，笑了，她想了好久以后，才算清楚她喝了六瓶啤酒。无论是喝酒还是吃菜，她一点也没有落下。她觉得自己非常对得起那五百块钱。

国芬拐了一个弯，走到了体育场路上。雨一直都没有停，国芬又拐了一个弯顺着武林路往孩儿巷走。灯光把雨的样子，照耀得更加像雨。在一根电线杆下面，一对很年轻的恋人，正淋着雨在忘情接吻。国芬有了很多的感触，她想起了桥桥，那个杀鱼很利索，卖鱼也很利索的小个子年轻人。

国芬走到家门口的时候，看到门口站着高大的儿子陈侃。陈侃直愣愣地望着国芬，他看到一个喷着酒气的女人，脸色在路灯照耀下灿若桃花。他轻轻地叫了一声，妈。国芬在儿子的

像老子一样生活 | 129

叫声中，幸福地醉倒。她把自己的身子靠在了孩儿巷的一堵老墙上，不停地喘着粗气。她把头歪了一歪，看到的是漫无边际的南方阵雨，在狭长的灯光映照下，将大街与房屋罩住。

2

国芬凌晨三点多醒来的时候，觉得头昏昏沉沉的。她在床上坐了一会儿，看看打着呼噜的伟强，轻手轻脚地起床。在四点半以前，她必须赶到城站火车站，这是一趟开往汽车北站的公交。一共二十二个站，第九个站台刚好就是她家的门口，站名就叫孩儿巷。她喜欢这条线的站名，比如武林门、沈塘桥、打索桥、石灰桥、余杭塘上，等等。其实在杭州，任何线路的站台都是充满诗意的。二十年了，国芬的车子，就一直行驶在充满诗意的天气和路面上。

国芬打开门，轻轻地走出了屋子。雨停了，但是弄堂的青石板路面上留着阵雨过后的湿滑，早晨的空气无比新鲜，国芬深吸了一口气，看到了向着弄堂的窗口，那个锈迹斑斑的保笼应该拆掉了。政府为形象工程，也要统一做重新安装。国芬怕那个长得像老人一样的保笼会掉下来，砸在行人的脚上。

国芬骑上自行车走了。大街上有一些早起的跑步者正在锻炼，出租车有气无力地像娃娃鱼一样在大街上游过。在国芬眼里，她看到的景象有些像是海市蜃楼般，显得无比虚幻。在路边的小摊边，国芬买了两个包子，用塑料袋装了，就挂在自行车龙头上，一路晃荡着到了北大桥停车场。停车场有一些同事已经在上班，国芬泡了一杯茶，开始吃包子，吃完包子又点了一支烟。时间差不多了,天色早已亮堂。国芬从屋子里走出来,走向她的车子。她觉得有些累,昨夜的酒让她提不起精神来。国芬坐到了驾驶座上,车门打开后一些乘客陆续上车。汽车发动了,发动机的声音里,国芬开始了一天的奔走。这样的奔走一成不变。

　　国芬在通往汽车北站的道路上奔走着,汽车北站在莫干山路的最北端,所以国芬的行车路线,基本上等于是一个"7"字形。国芬想起了儿子,她怕儿子不吃早饭。儿子高高大大,偷偷地谈起了恋爱,他喜欢上了班里一位女同学。据说那位女同学排球打得很不错,而且在训练过程中把身材也越练越好。儿子不承认,隔壁的吴阿姨说,国芬,我看到你家伢儿和人家小姑娘在六公园那儿手拖着手呢。那时候伟强正在稀里哗啦地喝一碗粥,喝完粥他马上就又爬回床上去呼呼大睡了。婆婆在抽烟,婆婆像是没有听见吴阿姨在说些什么。国芬笑了,说吴阿姨,我问过儿子,他不承认。我教训他,有什么不好承认的,要谈就谈。儿子呀,你如果要约会人家,手头没钱的话,可以跟我要。

　　儿子在偷偷恋爱,成绩却反而越来越好了。这事儿国芬就不怎么再去操心。倒是吴阿姨很操心,她会经常过来问国芬,探讨一下如果孩子脑子一热怀上了怎么办之类的问题。国芬就笑笑,说天不会塌下来的。吴阿姨又问起桥桥的事,说听说桥桥好像蛮有钱嘞。看不出这个小伢儿现在出息介大的。国芬的脸色就阴沉下来,说吴阿姨你口渴吗?口渴的话我给你倒点儿水。没想到吴阿姨举着一只大号的搪瓷茶缸说,好的好的,给我杯里加点水。

吴阿姨曾经偷偷地告诉过国芬,说国芬你婆婆年轻的时候长得蛮好的,有很多人喜欢她,所以也闹出过一些故事。国芬说,这事又不用你管的,一代一代人,其实都是这么活过来的,你要管就管好你们家老张吧。听说老张新带了一个女徒弟。吴阿姨说,带女徒弟很正常呀。国芬说,听说老张在宾馆里教女徒弟学技术,不巧被公安逮了,闹了一个误会。虽然是个误会,但是如果不误会的话,吴阿姨你肯定到现在还不知道。

吴阿姨的脸色在刹那间就变了,站起身往外走。国芬就从容地给自己点上一支烟,美美地吐出一口说,老子又不是省油的灯。

国芬在下午三点多的时候,下班骑着自行车回到了孩儿巷。她快到家门口的时候,突然看到了朱燕正笑着向这边走来。朱燕在南方闯荡了些年,据说她在南方做模特。国芬没有看出来朱燕能走模特步,却看出了一丝风尘气。朱燕走到国芬家门口的时候,那个窗口的保笼突然掉了下来。

国芬看到保笼压住了朱燕的脚,朱燕跌倒在地上。那些金属的锈迹,纷纷在碰撞之后从保笼弱不禁风的身上跳了下来。许多人跌跌撞撞地奔向了国芬家门口,朱燕的呻吟声很夸张,把分贝数提得很高。国芬叹了一口气,把自行车停好,向朱燕走去。

医院的救护车是十五分钟后到达孩儿巷的。在救护车到来以前,国芬的婆婆呆呆地出现在人群面前,她漠然地望着突如其来的像是从地上冒出来的人群。伟强也醒了过来,他揉着眼睛像睡不醒似的,边打哈欠边问,是保笼掉下来了?有人说,是。伟强说,那弄个膏药贴贴吧?说完他回转身去继续爬上床睡觉了。吴阿姨的声音响了起来，吴阿姨说这家子人怎么都好像有精神病似的，砸到了人家也不管的。吴阿姨说完了这些后，朱燕就想要发作了。她还来不及发作的时候，国芬挤进了人群，扔给朱燕一个笑容。

国芬说：燕，救护车来了，咱们看病要紧。

国芬又转头对吴阿姨笑着说，吴阿姨，你放心，老子不会不管燕儿的。老子也不许别人来多管燕儿的。要是有人敢管，老子把她的嘴在三十秒内撕烂。

3

一个保笼从一楼的窗口掉下来，怎么着也不会是多严重的事。但是朱燕的小腿还是骨裂了。听到大夫举着 X 光片告诉她这个消息的时候，朱燕开始大哭。国芬拍了一下朱燕的腿，说，燕，别哭了，听你的哭声，隔壁病床的人一定以为你得了绝症。朱燕不哭了，在她抽抽搭搭的尾声里，大夫笑了，说没事的，绑个石膏回家静养就行了。

朱燕一共用去了五千块钱的医药费。因为给儿子交学费和杂费，以及上个月连续喝了三场公司里小妹妹们的喜酒，把国芬一下子逼入了窘困的境地。伟强的口袋里已经一个子儿也没有了，他除了吃，就是睡，而且奇怪的是他吃吃睡睡还不会胖。国芬在晚上的时候去了娘家，不买东西不太好，于是就在路边水果摊上买了一串香蕉。国芬骑着自行车往沈塘桥赶，父母就住在那儿老旧的房子里。在路上的时候，国芬想起了1986年的阳光，那时候她高中毕业没有考上大学。在棉花糖一样的阳光底下，她不知怎么认识了在菜市场卖鱼的桥桥。现在想来，桥桥没有一点儿过人之处，而且因为贩鱼杀鱼，身上弥漫着鱼腥味，他仿佛就是一条直立行走的大鱼。

桥桥的嘴很甜。他是萧山人，他不停地给国芬送鱼，买冰激凌给国芬吃。国芬并不是为了讨小便宜，而是觉得和桥桥在一起很轻松，不知怎么就好上了。国芬爹妈知道了这件事后，坚决反对。国芬妈是个能干人，扯着嗓子说，你要是不断了，我就把你的腿打断，让你永远出不了门。他一个乡下人，卖鱼的，他怎么能配得上你。你是要工作的，你是杭州户口你知不知道？

于是国芬选择了一个黑漆漆的夜晚，把桥桥约到了古新河的一座桥上。

于是在古新河的一座桥上，国芬告诉桥桥要和他分手。那时候桥桥站在桥上不知所措，他突然一下子跪了下来，抱住了国芬的腿。国芬说，我要走了。我妈让我快去快回。桥桥没让国芬走，一把抱住了国芬，并且托起国芬的屁股，放在桥墩上。桥桥的手开始摸索，在国芬的身体上像两条蛇一样游走。国芬又闻到了桥桥身上的鱼腥味，她突然咯咯咯地笑了起来，说桥桥你真像一条大鱼，你怎么会有那么重的鱼腥味。桥桥的热情一下子就减了下来，他慢慢松开了手。国芬从桥墩上跳下来，从口袋里掏出了一只塑料做成的蝴蝶发夹递给桥桥，那是桥桥花了三块钱买来送给国芬的。

桥桥接过了国芬递给他的发夹，然后看着国芬转过身离去。桥桥想，国芬会不会回头？国芬没有回头，很快国芬就消失了，消失在1986年的某个夜晚。从此，国芬再也没有见过桥桥。她甚至在不久以后就忘记了桥桥的脸容，后来国芬就想，爱情原来可以那么快地消失和淡忘。

国芬敲开了父母家的门。爸来开门，他其实还不是很老，但是看上去已经暮气沉沉。在他的一生中，大部分时间都被自己精明能干的妻子压制着。他什么话也没有说，把国芬迎进了家门。国芬的妈在看电视，她喜欢上了韩剧，她一年之中至少有三百六十个夜晚在看韩剧，并且把自己看得眼泪汪汪的。她头也不回地说，你来了？

国芬把香蕉在桌子上放下。那是小得可怜的几只香蕉，在桌子上显得毫无生机。国芬自己都感到有些难为情。国芬向父母说明了来意，想要借五千块钱。说是保笼掉了下来，把人家的骨头给砸伤了。父母什么话也没有说，他们对伟强一直不满，他们认为养家是男人的事，现在男人一天到晚睡在床上，算个什么事儿？国芬知道父母看不起伟强，但是也没有办法。她起身要离开的时候，国芬妈叫住了她。她进了房间里，一会儿又出来了，拿着五千块钱，塞到国芬的手里，仍然一句话也不说。国芬一下子感到了尴尬，和一种小小的温暖。她知道，无论到什么时候，父母都不会真正不管她的。

国芬离开娘家的时候，国芬妈仍然捧着电视机，专注而认真地看着。其实她是回了一下头的，不过国芬没有看到，国芬已经站在门外。国芬爹把国芬送出来，他想说很多话，但是当他张开嘴的时候，却又说不出来。最后，他说，伟强不好去工作的？

会的。国芬说。一定会的。伟强肯定会去工作的。不然，陈侃考上了大学，那些书费学费怎么办？

像老子一样生活 | 135

国芬走了,穿行在杭州初夏的夜色中。风有些凉爽,她想,杭州是天堂,但是她都好几年没有去西湖了。她从来没有感受过天堂的滋味,只会一成不变地在某一条道路上,开着像装甲车一样的公交,来来回回。

回到家的时候。国芬推开了门,看到婆婆在看电视,她的头发像秋菊一样全白了。她在抽着一支烟,烟雾就在她的头顶升腾。伟强已经睡了。陈侃从他房间里出来,问,妈,怎么样?国芬点了点头,说儿子不关你的事,这是大人的事大人会解决好的。你只要安心读书就好。国芬说完掏出钱来,在手心里拍了拍,说,老子没有办不成的事。陈侃笑了,轻声说,妈你别太累。

这时候,伟强的呼噜声从屋里传了出来。婆婆轻轻地哼了一声,像是在做着某些表达。国芬的鼻子差一点酸了,她搂了一下儿子说,妈什么都没有了,就只有你了。

4

凌晨四点半的时候,国芬又准时到了北大桥停车场,她给自己买了一碗馄饨,就装在那只搪瓷大茶缸里。停车场里已经来了几名司机,在那儿天南海北地聊着什么。国芬没和他们打招呼,只是望着屋子外的路灯。路灯在天快亮时,显得愈加清亮。国芬稀里哗啦地吃完馄饨,叼起一根烟,美美地抽完了,然后提了电车,开出停车场。

车子开到城站中心站,这儿是K155的起点。一些从火车站出来的人,像蚂蚁一样涌向了K155,一下子就把车子填满了。

国芬开着车前行，开到孩儿巷站时，想起了伟强。伟强从新丰造纸厂下岗以后，其实也去找过工作。他去当交通协警，结果只干了一天，就被太阳给晒蔫了，死活不肯再去。后来又去了超市当仓库管理员，有时候搬搬货物什么的，还有机会和女营业员们调笑。但是因为出了一次差错，被经理狠狠训了一顿，骂得他从此就不敢再抬头。以前在国营大厂，没人敢骂他。就算车间主任骂，他也不认账，因为主任没办法开除他。

伟强换了几个工作以后，像一个被社会遗弃的孤儿一样，躲在了家里不愿再出来。他喜欢上了睡觉，一天到晚昏昏沉沉，把家里的事和儿子的事全部丢给了国芬。国芬和伟强吵架，但是你骂他，他不回嘴。你打他，他不还手。就那么在床上像一条死狗一样躺着，让国芬哭笑不得。有时候国芬就想伟强不赌博，不喝酒，不抽烟，也没有花花肠子，该算是一个不错的男人了。但是国芬对这个男人爱不起来，有时候，只会在心里可怜他一下。骂得最凶的一次，国芬摔了饭碗，大骂伟强不如跳进造纸厂化纸浆的池子里化成纸浆算了。国芬气势汹汹地点了一支烟，儿子陈侃去捡地上的破碗，不小心划破了手指流出血来。国芬心痛得不得了，忙着替儿子包扎，四处找创可贴。伟强因为被国芬骂，放下饭碗就到了床上去睡觉了。婆婆好像对面前发生的争吵不闻不问，什么都和她无关一样。只是偶尔地抬起头，用她的昏花老眼，看一下墙上自己死去多年的老公。后来陈侃告诉国芬，伟强在床上偷偷抹眼泪。国芬的心一下子就软了下来。

国芬知道，婆婆有一个旧情人，那是年轻时候的事了。婆婆把那张照片藏得好好的，有一次被国芬看到了，那是一个英俊的小伙子,在发黄的照片里露出淡黄的笑容。国芬说,婆婆,这是你的旧相好吧。婆婆不满地看了她一眼,把照片包在手帕里,小心地在箱子里放好。国芬把这件事说给伟强听,伟强说,你别瞎说。

国芬的车子,在这条陈旧的线路上一次次往返。她对这条路太熟悉了,就像熟悉了的恋人会失去感觉一样。在国芬的眼里,她已经不会再去看看两旁的街景,只会机械地停车、开车,踩刹车、开门、关门。

下班的时候,国芬直奔医院,去把朱燕接出来。国芬为朱燕办理了出院手续,又从三楼骨伤病房背着朱燕乘电梯下楼。背着朱燕的时候,国芬感到无比的委屈。这本来是男人该干的事,现在让她一个女人在做。朱燕趴在国芬厚实的背上,说这天气不错呢。国芬背着她有些喘不过气来,气急地说,燕,你想说什么,就真说吧。朱燕终于说了出来,国芬姐,这医药费,全付了吧?国芬说,放心吧燕,全付了,五千块。我们家什么都缺,就是不缺钱,你放心。你就是再把脚骨摔断一次,我们也付得起。朱燕不舒服了,最后还是忍住了说,那我一个月不能上班,你看这误工费?……其实,我们公司员工的工资并不高,也就三千来块一个月,和白领没得比……

国芬的头一下子大了起来。她不知道该如何回答朱燕。在医院门口,她拦下了一辆出租车,把朱燕放了进去。朱燕仍然在说着误工费的事,朱燕说,国芬姐,我们都住在孩儿巷的,也不好意思问你要营养费什么的,就把误工费结了就行,再说,抬头不见低头见的。

国芬心里窝着火,一个保笼掉下来,住院加上误工费,花掉她八千多。她没接朱燕的话,而是对出租车司机猛吼了一声,开车。司机吓了一跳,说你地名都没报,我怎么知道往哪儿开。国芬说,老子住在孩儿巷。

5

国芬把朱燕送回了家,说好了误工费慢慢算。国芬说钱我是有的,只是有十多万块借给了朋友,等调转了头寸就可以给朱燕送来。朱燕才没再提误工费的事,只是说,国芬姐,也难为你了。国芬不再说什么,离开了朱燕的家,急急地奔去了菜市场,买了一些小菜。国芬知道,自己就是一个机器人,要为伟强家做一辈子的牛马。

国芬回到家,先把脏衣服放到洗衣机里洗着,然后又淘米做饭,插上电饭煲的插头。接着又洗菜。洗菜的时候,洗衣机的滚筒转了起来,老旧的洗衣机发出老旧的声音,国芬正掐着芹菜叶,听着这声音,忽然觉得无尽的委屈。她本来想进房间,去揪正在睡觉的伟强的耳朵。把他给揪出来,让他掐菜,让他做饭,让他干家务,让他说好听的,让他像别的男人那样顾家。但是后来,她还是忍住了,但心里不解气,就把脏手在裤子上擦了擦,掏出手机给魏子良发短信。

国芬问魏子良在哪儿,魏子良说在医院呢。国芬说在医院干吗?魏子良说在陪老婆,老婆在做化疗。国芬说那我不打扰了,我没事儿了,刚才很郁闷。魏子良说,想开点,这个世界上开心的人没几个。国芬不再发短信,收起了手机,又掐芹菜。儿子回来了,帮国芬一起掐芹菜。儿子说晚上要夜自修的,要早点吃饭。他在杭十四中上学，成绩一直名列年段的前茅。国芬突然想问那个小姑娘的事，就说儿子，那个小姑娘的爸妈是干吗的？儿子翻着白眼装聋作哑地说，哪个小姑娘，我不懂。国芬说，就是和你走得蛮近的那个女伢儿。儿子说，我也不知道，我和她只是同学，再说这和她爸妈是干什么的有关系吗？

国芬本来想说，关系太大了，但是她想想忍住了，只说了一句，老子问你几句也不好问的？国芬起身炒菜，等到菜上齐了的时候，伟强也就自动起床，也不洗漱一下，坐到了桌边。这时候洗衣机传来了鸣叫声，是衣服洗好了。国芬就去晾衣服，而婆婆、老公和儿子已经围坐一起吃了起来。国芬苦笑了一下，在一楼小院子里晾好了衣服。尽管一楼有些潮，但是后门开出去的这个小院，让国芬一家得益不少。种花、晾衣服什么的，全在这个小环境里展开。国芬晾着衣服的时候，看到了那些花草的鲜艳颜色，心头却涌起了一阵悲凉。

国芬晾好衣服，进来一起吃饭。吃完饭又把碗给涮了，想今晚得早些睡，连续几个早班，加上那么多事碰在一起了，令她的睡眠严重不足。她坐在小方桌边上发了一会儿呆，抽了一支烟，又翻了几张旧报纸。她的目光突然在都市早报的版面上停住了，那报纸上印着一个房产大亨的照片，在报纸上对杭州楼市做了一番评估。那是一个熟悉的人，就算过去了二十年，国芬仍然能认出这个曾经浑身散发出鱼腥味的人。他的名字，原来叫周心桥。而当年国芬一直都叫他桥桥。桥桥，桥桥，桥桥桥。

国芬一把抓起了报纸，冲出门去。婆婆诧异地望着这个突然在自己眼皮底下消失了的女人。国芬骑上了自行车，她和自行车一起，一头撞进了无尽的夜色之中。孩儿巷到沈塘桥并不远，很快就到了。国芬敲开了父母家的门，仍然是国芬爸来开门，国芬妈仍然对着电视机看韩剧。她头也不回地说，五千块还不够吗？

国芬愤愤然地走到桌边，把报纸往桌子上一拍。国芬爸说，你想把桌子拍烂吗？这桌子值六十块钱。国芬说，你自己看。国芬爸就四处找老花镜，好不容易找到了，戴上，把报纸翻来覆去看了个够。最后说，怎么啦？国芬的手指头就落在了周心桥那张照片上说，看这儿。国芬爸说，这儿怎么了？国芬说，这个人就是周心桥。国芬爸说，周心桥怎么了？国芬说周心桥就是桥桥。国芬爸说，桥桥又怎么啦？

国芬大吼起来，桥桥就是二十年前那个卖鱼的。就是那个二十年前你们让我和他分开的。他现在身价十五个亿。

国芬被自己的大吼吓了一跳。国芬爸一下子愣住了，专心看韩国电视剧的国芬妈也愣住了。他们终于明白，一个卖鱼的小伙子，用二十年的时间成就了自己。国芬妈望着国芬说，你怎么了？你眼红了？人家有钱你就眼红了。国芬的眼泪哗地下来了，呜咽起来，说，我不是眼红，但是我现在活得太累了。

国芬的爸和妈都没再说什么，因为他们没有什么可以再说，他们心里也后悔当初的决定。那时候，国芬一个杭州户口的大姑娘，怎么可以嫁给一个萧山农民？国芬后来慢慢退出了父亲家，她的心情终于平静了下来。

国芬走出父母家以后，给魏子良发了一个短信，说魏子良，你在哪里，我要见你。

6

魏子良是近段时间开始接近国芬的。他们做同事做了好几年。以前魏子良开的不是K155，开的是另外一趟车。后来从大关调过来了，就经常和国芬在K155的北大桥停车场碰面。他们慢慢熟了，熟得像兄弟一般，互相都知道各自的家庭状况。经常一大帮子司机一起闲聊，讲黄色笑话，偶尔还一起吃吃饭。国芬知道魏子良的老婆得了病，已经好几年了，把魏子良给拖得焦头烂额，好像已经花下去几十万的医药费了。魏子良还算乐观，虽然有时候看上去显得很憔悴，但是仍然嘻嘻哈哈的，看不出什么心事来。

魏子良最近经常和国芬套近乎，就有同事对国芬说，魏子良好像是看上你了。国芬说，老子是铜墙铁壁，谁也不能攻进来。同事说，魏子良这人做事认真，说不定就让他给攻进来了。国芬说，老子自己有数的，他怎么折腾都没用。

魏子良果然不时地献着殷勤，经常给国芬发短信。有时候国芬心里不舒服，就找魏子良说说话，让魏子良给她讲一个黄色笑话，心情很快就好转了。国芬渐渐地有了一些依恋，她的心开始活动了，觉得和伟强在一起生活，就像是一条半死不活的肚子已翻白的鱼一样。

国芬一次次地暗示着伟强，说你怎么还这样死气沉沉的，你再不看住老子，老子就要红杏出墙了。伟强像是没听到一样，依然天天睡觉，这让国芬异常失望。有一次伟强正在睡觉，国芬刚刚拒绝了魏子良的邀请，魏子良本来想请国芬一起去西湖边的青藤茶楼坐坐的。国芬心里想去，但是最后没有去。国芬回到家就走到房间里，揪住正睡觉的伟强的耳朵。国芬说，伟强，你伟在哪儿、强在哪儿了？你要再这样下去，我就让你戴绿帽子。伟强用奇怪的目光望了国芬好久，最后咧开嘴笑了笑，轻声说你想让我去哪儿工作，不要说我没文化，就是力气，我也一点没有。国芬一下子愣了，伟强已经破罐子破摔，国营新丰造纸厂一次次裁员，裁下来的人像是突然离开妈的孩子一样，找不到方向了。耳背的婆婆却站在了国芬身后，婆婆有时候听不见，有时候却听觉灵敏，婆婆说，你想给伟强戴绿帽？

  国芬骑着自行车，等待着魏子良的短信。魏子良没来短信，却来了电话。魏子良说，你在哪儿呀？国芬说我在莫干山路上，刚从娘家出来。魏子良说，有事吗？国芬就生气地说，没事就不能打你电话吗？魏子良忙说，不是不是，我没有那意思。国芬说，那你过来，我们在哪儿见？魏子良想了想说，那要不在宝石山脚下见吧，我们一起爬山好了。

  国芬就骑车去了宝石山脚，魏子良比国芬先到，两个人停好车子上山。宝石山就在西湖边上，靠着北山路。晚上山上有灯火，爬山的人很多。两个人一起爬山，其实没有什么话。后来魏子良的手就抓住了国芬的手，手牵着手上了山。

  初夏的山上，有一阵一阵的山风，非常清新。国芬一下子就觉得心情好了许多，而且身边还有一个男人。国芬把伟强不算在男人之列，因为伟强只会赖在床上，负不起责任。两个人找了一个黑暗之地，选了一棵树下的一张石条凳坐了下来，有些心照不宣的味道。后来魏子良的手就开始放肆起来，把手落在了国芬的胸上。国芬把他的手推开了。魏子良的手又落在国芬的屁股上。国芬又把他的手推开了。魏子良的手又绕了过来，国芬这时候只是轻轻推了一下，没有很坚决的意思。魏子良终于解开了国芬的衣扣，国芬的衣服被除了下来，落在了地上。这时候国芬觉得自己潮湿了，她开始计算着上次做爱的日期，她想，一年，还是两年，没有和男人在一起了。

进展很顺利。魏子良没费多大的劲，就进入了国芬。国芬在树下低低地呻吟起来。魏子良很卖力，让国芬感到了幸福，差一点让国芬哭出声来。这样的幸福，其实离国芬很远了。在宝石山的这棵普通的树下，国芬想，让我死去吧，就让我死去。

国芬没有死去，平静下来以后，魏子良一直轻轻地抚摸着她，并且替她穿好了衣服。这样的小温情，让国芬感到了温暖。她有些喜欢上魏子良了，她抱着魏子良的脖子，久久地吻着他。山上突然降临的爱情，让国芬觉得自己变年轻了。国芬想，原来自己是一直在盼望着的，盼望着魏子良的进一步走近。

魏子良和国芬一起下山，一起推着自行车向前走。国芬说要骑车走了，魏子良说再走走吧。走着走着，魏子良带国芬走到了一条河边，走到桥上的时候，国芬突然发现，这是二十年前她和桥桥分手时的那座桥，叫古新河桥。那时候桥桥托起国芬的屁股，让国芬坐在了桥栏上。国芬闻到了鱼腥味，推开了桥桥。国芬的心里就有些不太舒服了，国芬说子良你带我来这儿干什么？魏子良说，这儿怎么啦？国芬想了想，觉得魏子良也不是有意的，就说，没什么。你送我回家吧。

杭州寂静的大街上，两辆自行车慢悠悠地骑着。从湖墅南路骑到武林路，再拐进孩儿巷。在孩儿巷的巷口，国芬突然看到了一个熟悉的身影，那是儿子陈侃。陈侃就站在马路的中间，望着国芬和魏子良。

国芬停下了车,说儿子你在这儿干什么。陈侃盯了魏子良一眼,对国芬说我在等你,你为什么出去那么晚才回来。国芬说老子有事呀,老子和同事去开一个会。话一出口,国芬就知道说错了,哪有半夜里去开一个什么会的。陈侃又盯了魏子良一眼,目光中有着明显的敌意。他没再说什么,顾自往巷子里走了。国芬看看魏子良,魏子良笑了。

7

陈侃的目光在这个初夏的季节里显得飘忽不定。他看到了一个和国芬走得很近的男人,他躲在弄堂的深处,看到国芬和魏子良在弄堂口的路灯下,匆匆地分开。然后,国芬和她的自行车歪歪扭扭地出现在他的面前。

陈侃望着国芬。国芬有些心虚,但仍装出理直气壮的样子说,明天要读书的,你还不给老子死回去?

陈侃说,他是谁?

国芬说,你看看,以后要考大学的人,半夜还在外面乱闯,快回去吧你,以后要少管闲事多看书。

陈侃说,他是谁?

国芬说,他是我同事呀,怎么啦?顺道送我回来。陈侃没有再说什么,他看到国芬推着自行车,从他的身边经过。国芬回到家的时候,陈侃跟了进来,二话不说进了自己的房间,砰地关上了门。婆婆还没有睡,她傻呆呆地坐在一张四仙桌的旁边。那台二十一英寸的旧彩电,还在泛着陈旧的七色的光。婆婆盯着国芬看，国芬没有理会她。但是国芬仍然听到了婆婆的一声叹息。婆婆轻声说，唉，真是会作啊。

国芬进房间的时候，伟强破天荒地没有睡在床上，而是坐在床边晃荡着一双光脚。他手里竟然提着一瓶啤酒，床头柜上还放着一小碟的鸭舌。那是温州鸭舌头，国芬最喜欢吃的。国芬走过去，找了一根鸭舌放在嘴里，又拿过了伟强手中的半瓶啤酒，咕咚咚地灌了下去。伟强看到她把啤酒灌完，抹了一下嘴，去卫生间里洗漱了。

国芬上床的时候，伟强已经睡下了，但是他没有睡着，呆呆地望着天花板发呆。国芬很累，国芬很久没有累过，是魏子良让他累了。国芬给伟强戴了绿帽子，好像一家人都有了什么感应似的。但是国芬确信谁也没有发觉什么，最多，也就是让儿子陈侃发现了一点点的蛛丝马迹。国芬最后睡着了，睡着的时候，打起了轻微而幸福的呼噜。

陈侃的目光在这个夜晚以后开始变得飘忽不定，他的目光像一只低飞的纸鸟一样，在四处巡行。每天放学他不再参加夜自修，而是骑着一辆半新的自行车，跟在国芬的身后。这个城市的马路，被他的少年目光，以及自行车轮胎一次次地切割了。他的目光阴沉，害怕另一个男人对这个过得并不好但是还算平静的家庭的入侵。终于在国芬上早班的一个清晨，陈侃跟着国芬悄悄出门了。四点还没有到，夜色微凉，国芬走到弄堂口，轻捷地跳上了早已等候在那儿的魏子良的电瓶车。电瓶车在这个宽敞得无边无际的清晨，速度飞快。陈侃远远地跟着，他的自行车比不上电瓶车的速度，所以他奋力蹬车，这让他感到很累。跟近了会被国芬发现，跟远了怕被电瓶车落下。陈侃像一个自行车运动员一样,屁股离开座凳,飞快地蹬着车。然后,在他的气喘吁吁中,看到国芬揽着魏子良的腰,两只脚无比幸福地晃荡着。这让陈侃想到了一部叫作《甜蜜蜜》的电影,电影里张曼玉也是这样,坐在黎明的自行车后边晃荡着小脚。

国芬觉得自己就像回到了少女时代。她仍然认为,当年和桥桥之间,算是一场恋爱。他们也有过类似的经历,比如爬宝石山,或者去西湖边骑自行车。而和伟强之间,简直就没有恋爱经历,很快地在父母同意以后就结婚了。毕竟伟强有稳定的收入,而且有一小套不大但可以栖身的房子,最重要的他是杭州户口。国芬在快到北大桥停车场的时候,跳下了自行车。魏子良骑着电瓶车继续前行,这样的时间差,可以让同事们感觉不到两人之间的暧昧。而国芬对同事们的说法是,骑车太累了,打的赶过来的。

国芬的左眼皮跳了一下,又跳了一下。眼皮跳完,她回过头去的时候,看到儿子骑在自行车上,双脚踏地,一言不发地望着她。儿子已经很高大了,长得很帅,是一个会令女孩子喜欢的人。国芬很牵强地笑了一下,她一点也没有解释的欲望,因为她知道儿子再笨,也不会笨到听信自己的地步。

陈侃在这个清晨里等待着一辆车的驶近。他在城站中心站不远处的地方候着,其实这辆 K155 公交车还没有驶离中心站两分钟,陈侃就听到了一声巨响。陈侃笑了,他看到乘客们惊惶地下了车。魏子良也下了车,他的额头上有血迹,那是被飞溅的碎玻璃给划出来的。魏子良看到了对面不远的地方,一个少年和一辆半旧自行车站在一起。刚才的那块砖头,就是从少年手中飞出的。魏子良说,是你干的吗?陈侃点了点头。魏子良说，你为什么要这样做？陈侃说，那你为什么要那样做？这样的回答让魏子良糊涂，魏子良掏出了手机，按了几个号码说，小子，你走不了了，你肯定走不了了。老子不跟你理会，老子让警察跟你来理会。

一个人影奔向了陈侃。这个人影是属于国芬的。她的车子也刚好赶到这儿了。国芬走到陈侃面前，甩手就是一个耳光。陈侃冷冷地笑了一下，他突然扛起了自行车，向不远处的魏子良砸去。魏子良避得快，没有被砸着。国芬又抡起了手掌，一声清脆的声音再一次响了起来。陈侃突然吼了起来，你为什么要打我，你为什么要跟这个人在一起。

乘客们围拢来，他们从火车站下来，来自五湖四海。他们把陈侃、国芬和魏子良围在了中间，要看一场免费的热闹。魏子良明白了这个少年是谁，魏子良不知道自己该如何办的时候，警车闪着顶灯开了过来。

一个小个子警察从车上下来，说，怎么回事儿？魏子良没有说话。警察说，谁报的案？大家都把手指头指向了魏子良。警察说，怎么回事儿，你说。魏子良望了望国芬，仍然不说。国芬知道魏子良为难了，只好说，我儿子砸了公交车玻璃。警察的目光投在了陈侃的身上，警察说，你为什么砸车玻璃？陈侃没有说话，只是把头抬了起来，望着清晨的杭州火车站的天空。警察说，那你说说这车是不是你砸的就行了。

陈侃点了一下头。陈侃刚把头点完，一副带着初夏清晨寒意的手铐就铐住了陈侃的手腕。国芬一把抱住了儿子，国芬说，警察你听我说。警察没有听国芬的话，而是把陈侃给拖走了。陈侃被塞进警车以前，把头探了出来，对国芬喊，喂，你要是不愿回家的话，我就在派出所里不出来了。

　　国芬知道，儿子不叫自己妈了。儿子叫她"喂"了。公交公司K155中心站的工作人员奔了过来，他们让乘客们都上车，让魏子良把车开走，然后，他们叫走了怅然若失的国芬。国芬知道，从此以后，不管她坐不坐魏子良的电瓶车来上班，在同事们的心目中，一定是把她和魏子良连在一起了。

　　国芬下班以后，陪着魏子良一起去了医院。医院说，没关系，是小伤。医院把国芬和魏子良送出了院门，然后医院就越来越远了。日光有些惨淡，在一棵枝叶繁茂的法国梧桐树下，国芬说，怎么办？魏子良说，他的脾气真暴，怎么一点也不像他爸。国芬说，怎么办？魏子良说，如果按照法律，他是犯罪的，这是公共财物，他怎么可以随便砸？国芬说，怎么办？魏子良说，你别再怎么办了，我打个电话。

　　魏子良拿着手机，走到不远的地方打电话。国芬站在树下看着他的神态，他在那儿点头哈腰的。一会儿，魏子良收起了电话，向国芬走来。魏子良说，我朋友，他认识很多人，他很牛的，我让他想想办法。

　　一会儿，魏子良的手机响了，电话那头一个声音说，放人了，罚款我会去交掉的，去接人吧。

　　国芬一下子就愣了，魏子良怎么会认得那么大的大官，可以一个电话就让派出所放人。国芬呆呆地望着魏子良，魏子良腼腆地笑了，说没什么的。去接人吧。

　　陈侃被接了出来。陈侃没有理会国芬。陈侃进了房间后蒙头就睡。国芬打起精神，买菜，做饭，洗衣，然后叫大家一起吃饭。这是一次无声的晚餐，大家都没有兴趣说话，只有国芬

像老子一样生活 | 149

想要说什么,她本来想说一个笑话的,但是说出来以后,并不好笑,所以只有她自己干笑了几声。洗了碗,国芬就进了房间。房间里伟强已经躺下了,他显然没有睡着。

国芬清了清嗓子,说,伟强,你没有睡着吧?没有睡着你就听我说几句话。我和一个男人好上了,这件事我看也瞒不住,所以我还是告诉你吧。如果你觉得我脏了,我们可以分开。儿子呢,归我,跟了你的话,只能喝西北风。

伟强像是没有听到一般,一会儿,他打起了呼噜。国芬叹了一口气,衣服也没有脱就上了床。她在床上坐了好久,然后头一歪,就睡了过去。她没有看到伟强偷偷起了床,伟强走到水龙头边拿起牙刷刷牙。他刷了好久的牙,一边刷牙,一边流眼泪。刷着刷着,他把头趴在水池子里,低声地呜咽起来,像一头小兽遥远的号叫。

8

国芬第二天凌晨起床的时候,伟强仍然在床上呼呼大睡。离开家门以前,国芬俯下身去,仔细地望着伟强的脸。伟强的脸变得白而胖了,在微弱灯光的照耀下,他的皮肤显得无比细腻。伟强的胡子已经很久没有刮了,胡乱地生长着,像一丛不太整齐的乱草。国芬觉得,在自己身边睡了二十多年的这个男人,变得无比陌生。

国芬这次骑了自行车去北大桥停车场提车,到停车场的时候,看到几间屋子里亮出的灯火。几名同事在闲聊,他们看到国芬进来,就说,国芬,魏子良今天不来上班了。

国芬说，他不来上班关老子啥事？大家就都不说话了，唏嘘着喝茶。时间快到了，有人催，国芬，时间到了。国芬叼着一根烟，又泡了一杯茶，慢腾腾地向外走去，走到门外的时候，她转过身来，笑着问，他到底怎么了？

那个把脚搁在桌子上的老张说，魏子良的老婆死了，这几天他肯定有得忙。国芬脸上的笑容就一下子僵住了。不知道为什么，她突然想哭，她想为这个她从未见过面的女人哭几声。她的眼泪果然就流了下来，她抬起手背擦了一下眼泪，狠狠地把还未抽完的烟扔在地上，用脚蹑了蹑。然后，她脚步轻快地向她的车子走去。

国芬开着 K155 车在清晨的大街上奔跑。她的眼泪一直都在不争气地流着。她想，老子怎么了，老子是不是得了沙眼了，这眼泪怎么就流不完了。她知道魏子良的老婆一直在病中，一病就是好几年。为了治老婆的病，魏子良用完了所有的钱，并且欠下了几十万块钱的债务。

国芬的车子经过孩儿巷的时候，看到了儿子。儿子就站在路中央，望着国芬的车子驶过来。国芬没有把车停下，她不知道儿子怎么了，她看到儿子在呆呆地望着她的车，她的心就一下子难过起来。她突然觉得，没有任何东西，能比儿子更加重要。

魏子良果然几天没有来上班。国芬想给他打电话，但是一想到他会很忙，很烦，很难过，就没有再打电话。是魏子良打电话来的，那时候国芬正在家里心不在焉地洗衣。小灵通响了，国芬就接机。魏子良在电话那头说，知道了吧。国芬说，知道了。魏子良说，你几时有空，你到我家来一趟好吗？国芬说，

像老子一样生活 | 151

明天早上吧，明天上午我不上班。魏子良说，你想说什么吗？国芬想了想，觉得除了节哀以外，还真说不出什么。于是就说，节哀。话说出口，国芬觉得特别。魏子良在那边没有再说什么，把电话挂了。

这是一个心不在焉的夜晚。国芬不知道晚上该干些什么。伟强已经起床了，他没有在吃完晚饭后马上睡去，而是坐在桌边和儿子谈起了2008年的奥运会。他们谈得很缓慢，像是在商量着一件什么事一样。婆婆笑眯眯地看着儿子和孙子，一会儿她就打起了瞌睡。她把瞌睡打得无比幸福。国芬一边洗衣，一边不时地看看伟强，她突然觉得，一些这样的小温暖其实是她非常渴望的。但是问题就出在，伟强下岗了，伟强没有了工作，让她一下子觉得累，觉得心里发慌。

第二天早上国芬去了魏子良家。魏子良住在运河边的稻香园，以前国芬和同事们一起去他家吃过饭。那时候魏子良的老婆身体虚，却没有查出什么病来，所以还很开朗。那时候魏子良一家，也和国芬伟强从前的家一样，把日子过得四平八稳。国芬敲了敲魏子良家的门，门打开了，魏子良苍老了不少。他的手里，拿着一把断了好几个齿的木梳。魏子良笑了一下，说你来得那么早。国芬望着魏子良的脸，一阵难过。然后她挤进了门缝，看到在窗户下面的一片光影下，站着一个六七岁的小女孩。女孩子一言不发地望着她。她只有六七岁，但是她的头发已经不止六七岁了，很长，泛着淡淡的黄。在国芬进入魏子良家前，魏子良一定在给女孩梳着头发。

国芬抬起了头，她看到了挂在墙上的一张照片。魏子良年轻的亡妻，在镜框里对着国芬微笑着。国芬也微笑了一下，她想,魏子良老婆其实长得很漂亮。国芬后来轻轻拿过了魏子良手里握着的木梳,她走到了小女孩身边,认真地给小女孩梳着头发。国芬的手势充满着温情,像是对着自己的女儿。后来,魏子良送小女孩去了幼儿园。魏子良说,国芬,你等我一会儿。我马上就回来。

一下子就安静下来。国芬努力地不往墙上看,但是她没有办法阻止自己的目光。她仿佛听到照片里的女人说,你为什么要缠上魏子良。

国芬说,我也不知道。大概,是因为他是好人吧。

女人说,那你帮我看着他点儿,他心善,有好些时候,处不来事。

国芬说,我会的。我们是好朋友,是同事。女人在墙上无声地笑了,没再说话。然后,门又打开了,魏子良回来了。他站在了国芬的面前,轻轻地抱住了国芬。然后,他开始流泪,这是一次漫长的流泪。流着流着,就把国芬肩膀上的衣服给打湿了。国芬轻拍着魏子良的背,像是哄一个孩子。国芬说,好了好了,别哭别哭,一切都会好起来的。

魏子良低泣了一会儿,忍住了哭。魏子良说,我要告诉你一件事,我叫你来,主要是想告诉你一件事。国芬说,什么事?

魏子良给国芬泡了一杯绿茶,是一种叫马剑的茶,碧绿之中含着清香。国芬时不时地低头喝上一口,然后微笑着听魏子良给他说话。最后,国芬站起了身说,魏子良,我要走了。魏子良说,那我送送你。国芬说不用了。魏子良说还是送送吧。国芬说,送倒不用送了,不如让我打你一个耳光吧,让我们把恩怨都了了。国芬说完,就甩过去一个耳光。魏子良一下子捂住了脸，他感到脸上发热。很快，他的脸就红肿了起来。

国芬走出了魏子良的家，从稻香园小区出来，骑着自行车去了古新河的那座桥上。魏子良告诉国芬的是，有一个男人，找到了他，甩出好多钱，让他去勾引国芬。那个人的意思是，要让国芬的家变得不再安宁。魏子良收了钱，因为魏子良其实是喜欢国芬的，而且魏子良正需要钱，他要钱给老婆治病。那个男人有着强大的法术，他一个电话，就让人去派出所交了罚款并且领出了国芬的儿子陈侃。那个男人让魏子良和国芬做爱，让魏子良故意在从山上下来的时候，装作无意地带着国芬经过了古新河的那座桥。

站在古新河的桥上，国芬把目光抬了起来。目光在河面上像燕子一样地掠过了。国芬看到桥桥，站在二十多年前的阳光底下，冲着国芬笑着。这个曾经卖鱼的年轻人，现在成了房产大亨。他让魏子良为他复仇，是为了让国芬记住，一个卖鱼的人可以比杭州人活得更好。国芬知道，现在桥桥想要杭州户口的话，简直和眨一下眼一样容易。而当年，国芬的爹妈嫌的，就是他没有杭州户口，是一个萧山农民。

国芬想，魏子良再见了，自己其实是爱过魏子良的。国芬想，桥桥再见了，其实她有时候也会想起桥桥，但是从此她正式在记忆的磁盘上把桥桥抹去了。

9

K155路电车就要在明天告别杭城了。这趟车从1989年开始运营，现在它的使命结束了。接到通知的时候，国芬难过得想要哭一场。国芬果然就哭了一场。伟强破天荒地从床上起来了,他走出门去,一会儿又折回来了。回来的时候,手里拿着两瓶啤酒和一小袋的鸭舌。他把这些东西放在了四仙桌上,并且把瓶盖给打开了。然后,他又回到床上去睡他的大觉。

国芬开始喝啤酒,一边喝啤酒一边吃温州鸭舌一边流眼泪。婆婆也吃鸭舌,国芬不知道婆婆是什么时候坐在她身边的,国芬只看到她在不停地吃着鸭舌。后来国芬的心就宁静了下来。国芬对婆婆说,妈,K155路电车要停掉了。婆婆的嘴里塞着鸭舌,看上去她的嘴唇油光光的。婆婆耳背,她说你说什么?国芬没有再重复。

晚上国芬提前两个小时起床了。两点多的时候,屋外还是一片黑。国芬开始坐在镜子前化妆。其实她很不会化妆,但是她把妆化得很认真。她记起1989年9月28日,将秋未秋的日子里领导把她叫到了办公室,说,国芬,我们考虑让你开一班新开通的电车,你是年轻人,我们要把这样的任务交给年轻人,是对你的信任……

国芬开门走出屋去的时候,才发现外面下着雨。国芬披上了雨衣,又骑上自行车。自行车在雨夜里显得异常孤独,轮胎发出的沙沙声,像是老式留声机里唱针走动的声音。一会儿国芬就到了北大桥停车场,她将电车提出的时候,发现报社和电视台的人都来了,他们是来跟踪报道 K155 的最后一班电车,是怎样离开杭州的马路的。

国芬上车。当车头 K155 红色的字亮起来的时候,一对年轻人流着眼泪站在了车头前留影。他们抱在一起接着吻,所有照相机都咔嚓嚓响了起来。后来国芬才知道,这对年轻人在车上认识,已经相爱六年了,现在,他们来和这趟车告别。国芬终于哭了,她为那对爱了六年的年轻人流了好些眼泪,但是看上去她在微笑着,等到这对年轻人和记者们上了车以后,她按了一下喇叭,电车徐徐地驶出了停车场。

国芬把车开到城站火车站,然后,真正的运营开始了。这是一次奇妙的运营。国芬的车子,带着许多客人,从始发站台城站火车站徐徐地开出。车子一路向前,经过了孩儿巷,经过了平海路。

雨下了一天一夜。国芬傍晚下班后,给伟强、婆婆和儿子张罗了晚饭,吃过晚饭,总是觉得心不在焉,于是去了K155的站台。车子驶过来的时候,她上了车,对司机说想要替她上了这一班。司机同意了,司机是个小姑娘,正处在凶猛恋爱的阶段,她对国芬的要求表示支持,并且愿意永远地这样支持下去。

夜里十一点。车上的客人很稀少,一对年轻的情侣,相互偎依着坐在最后一排,看上去已经睡着了。国芬不知道自己为什么会有那么精神,在路灯的映照下,国芬的车子驶进一场望不到头的夜雨中。快到终点汽车北站的时候,国芬差一点误闯了一个红灯。她踩了一个急刹,然后走下车去,去看看车头亮着的标有K155字样的电子屏。大家都把这趟车读成了KISS,据说,是吻的意思。

国芬就站在雨中。夜雨很凉,落在国芬裸露的手臂上。一辆宝马车,悄无声息地开了过来,经过国芬身边的时候,车窗缓缓地摇了下来,又很快摇上了。车子差一点就撞到了刚想上车的国芬身上。国芬猛然间看到了车里坐着的一个男人,一脸得意的笑容。尽管二十年没有见了,但是国芬认定,这个人就是桥桥。

国芬张嘴大骂，你个混账，老子面前有啥个威风好逞的啦……国芬脱下一只鞋子狠命地砸向了宝马车。宝马车已经开远了，国芬没有砸着。这时候国芬突然看到了一只落在地上的蝴蝶发夹。这个桥桥，居然把这只发夹藏了二十年，把这场恩怨记了二十年。绿灯早就亮了，后边排着队的车子鸣起了喇叭。喇叭说，你为什么还不开车，你快开车。国芬冷笑了一下，用其中一只光着的脚丫，踢了蝴蝶发夹一脚。蝴蝶发夹落在了车轮下面。

小灵通的《吉祥的家》的音乐声响了。K155背后排着队的车子在拼命鸣着笛。一个男人匆匆下来，说你为啥还不开车。他看到一个女人的头发披散着，发怒地吼了一声，老子现在不想动，你还想怎么的。男人惊恐地把身子缩回到车里，他上了车，车子拐了一个弯，所有的车子就像一串带鱼一样，从另一条车道向前开去。国芬站在雨地里接起了小灵通，是儿子陈侃打来的。儿子说，喂，我帮爸找到了工作，是在派出所里做协警。国芬的脸上马上浮起了笑容，她说老子马上回来了，让你爸等着我。你告诉他，我会买温州鸭舌头回来的。

国芬收起了小灵通，跳上汽车。这时候她才发现，自己的鞋子给扔出去老远。国芬索性就不要鞋子了，发动了车子。她回过头去的时候，看到那对年轻的情侣正对着她笑着。女孩说，阿姨，十二点以前能赶到汽车北站吗？

国芬看了一下表，说，能。国芬开动了车子，车轮碾过了那个二十年前的蝴蝶发夹，向前驶去。雨刮器在不停地运作着，在不远的前方，就是汽车北站了。汽车北站，有一批媒体人，在等待着国芬。他们将忠实地记录，一趟在杭州运行了将近二十年的电车最后下岗的消息。

2006年8月6日晚十一点多，《都市晨报》记者海飞和很多媒体人一起，守候在汽车北站。所有的摄像机和照相机都严阵以待。一位女司机开着车子徐徐进站的时候，海飞按动了快门。镜头里，女司机下车的时候，只穿着一只鞋子。当有记者问这位女司机有何感受的时候，女司机说，老子真累。海飞记录下了当时的时间，23时57分。当时的乘客只有一对情侣，据说是从苏州来的。

老子的地盘

如果从金江大厦二十四层的露台上往下看,老子的地盘马成路其实也就是一根绷断的劣质皮带,短而破旧。路的两边挤满了各种小店,甚至还有一排透着粉红色灯光的简陋发屋,不明不白地站成暧昧的形状。自行车铃声和各种嘈杂的声音,像是要溢出河面的水流一样四处流淌。如果你往这条小马路上一站,你会发现这多么像是置身于二十世纪八十年代的一场怀旧电影,比如《孔雀》或者《青红》之类。你肯定还会觉得,此刻你就是凡人之中的凡人。

现在,让暑热之气向我们翻滚着涌来,让知了的蝉声此起彼伏,让夏天开始。夏天是从老子刘大脖的兴隆面馆开始的……

1

李冬瓜满身是汗,像油桶一样精壮的身子在刘大脖的身下不停地扭动。她是一个酒糟鼻女人,甚至有着轻微的狐臭。但是此刻刘大脖正在她身上充满激情地涨红着脸,他脸上的五官都因为用力过猛而歪斜了。对一个五官歪斜的人，他怎么还会有心情去在意李冬瓜的狐臭。在他眼里，李冬瓜只是他兴隆面馆里端面条洗碗盏的服务员，或者是他身下的一个女人而已。

这是一个燥热的中午，行道树上的知了发出令人烦躁的声音。刘大脖在面馆的阁楼狠狠地把李冬瓜给干了一把，干得酣畅淋漓，一边干一边不停地向李冬瓜描述着家中的青花瓶。那是一只年代久远的青花瓶，很像一个细腰大屁股的女人。刘大脖喷着唾沫说，那可是价值连城，价值连城，价值连城……刘大脖喊"价值连城"的声音越来越响，越来越快，然后他像一条死去的肚子翻白的鱼一样，突然不喊了，瘫在汗腻腻的李冬瓜身上直喘气。

伙计张兴旺正在楼下面馆的厨房里炒菜，他破口大骂的声音传了上来，他说，他妈的，你们想把楼板拆了？你们想拆楼，我还是钉子户呢！

刘大脖闭着眼睛哈哈大笑起来，说张兴旺你个狗娘养的，你吃醋了吧，你羡慕老子又当上神仙了吧。

张兴旺是刘大脖从小到大光屁股长大的兄弟，也是刘大脖聘的厨师。张兴旺不太爱说话，不像刘大脖那样总是喋喋不休。张兴旺没了声音，刘大脖就不再理会张兴旺，伸着脖子顾自己喘着粗气。

李冬瓜在静默了许久以后，嘿嘿地笑出声来，说你有价值连城的青花瓶，那你还开什么面馆？

刘大脖的脸紧贴着李冬瓜的脸，他似乎有些奄奄一息了，声音虚弱地说：那可是国宝，哪是轻易动得的？

李冬瓜不说话，推开刘大脖，动作麻利地穿起了衣服。然后她顺着窄窄的木楼梯下楼，看到张兴旺的油锅里起了火。张兴旺赤着膊，却系着一条围裙，一只机壳哐哐响着的电风扇正对着张兴旺的后背吹着。李冬瓜因为被老板干了一把以后，仿佛腰杆都直了，底气十足似的大声地说，张兴旺，我要吃面，我要吃猪肝面。

张兴旺冷笑了一声。他把炉火熄了，然后举起菜刀，重重地砍向案板。菜刀在案板上打着战，张兴旺回过头来对着李冬瓜一字一顿地说，做梦！！！

刘大脖还坐在阁楼的床沿上喘着粗气，他给自己点了一根烟。夏天算是正式来临了，小气窗的光线旋转着一阵阵的热气，落在了那群袅袅升腾的烟上。刘大脖以前是家具厂的车间主任，后来家具厂果断地倒闭了，他就在马成路上开了一家面馆。不久，在造纸厂工作的张兴旺也下岗了，有一天突然不请自来，穿着围裙在刘大脖的面馆里自说自话地掌起勺替客人烧面条。刘大脖对张兴旺的行径有些深恶痛绝，但是客人们都说张兴旺烧得好吃，刘大脖就把张兴旺留了下来。

刘大脖光着身子坐在床沿上抽第二根烟的时候，想起了前妻舒小乙。舒小乙是长青越剧团里的人，长相和扮相都是一等一的，当初不知怎么就下嫁给了刘大脖。舒小乙到离婚的时候仍然没有想通。她最后的解释只能认定自己当初是脑筋搭牢，出现了暂时性短路。她提出离婚是因为她和一个加拿大温哥华的华侨票友好上了，华侨票友向她描绘温哥华碧蓝的大海，没多久她就向刘大脖提出了离婚。刘大脖不同意，那时候女儿刘明亮都上小学了，但是舒小乙说，我必须看到大海，你就放我一马吧，趁我还年轻还有一点儿资本你赶紧放我一马吧。最后，

老子的地盘 | 161

刘大脖心一软就在离婚协议上签了字,舒小乙卷起离婚协议像是拿到了藏宝图一样兴奋地离去。她和那个在温哥华贩卖温州打火机和手表的华侨票友走了,据说结婚好几年仍然很恩爱,最近要回来一次。

刘大脖觉得身子凉了下来,他穿上了短裤,又套上了一条皱巴巴的长裤,摇摆着走下了楼梯。张兴旺正在洗一大筐子青菜,他看了刘大脖一眼,摇摇头说,真没意思。

刘大脖说,那活着还没意思呢,难道你也不想活了?

张兴旺看了李冬瓜一眼,轻声说,那是女人吗?长得跟猪似的。

刘大脖说,老子喜欢,老子的地盘老子做主,你给我当好你的厨师长。

张兴旺说,呸。

刘大脖说,呸什么呸,你这是吃不着葡萄说葡萄酸。

两人就开始骂骂咧咧。面馆的下午其实是很漫长的,像水龙头滴落的水一样,不停地滴着却又好像永远也滴不完。在这滴水似的下午时光里,女儿刘明亮迈着一双长腿,矫健地走进了面馆,她把一双十指长长的手伸到了刘大脖的面前说,三百块。

刘大脖说,干什么?

刘明亮说,刘大脖,你别问干什么,要你钱那是看得起你。

刘大脖立即堆起了一个笑容,从口袋里掏出一小沓红红的钱,一张张数,一共数了五张。

刘明亮问,妈妈来信了没?

刘大脖将五张钱拍在刘明亮的手心里,喝道,拿去,别跟老子提你那狼心狗肺的娘。

此时李冬瓜像潜水员一样,突然潜到了刘大脖的背后。她把肥厚的下巴搁在了刘大脖的肩窝上,拿一张猪泡眼木讷地看着刘明亮。刘明亮一下子惊呆了,说,刘大脖,你怎么这样的女人也敢要?

刘大脖的脸一下子红了,他说,我什么时候要这样的女人了?呸,给老子滚开。

李冬瓜听话地挪开了身子。刘明亮用纸币拍了拍自己的手心,不再说什么,向兴隆面馆对面走去。刘大脖的目光就一直落在刘明亮的背影上。刘明亮是他的性命,如果刘明亮要割他的肉,他肯定会替刘明亮磨好刀,并且不会叫疼。李冬瓜的下巴再次落在了刘大脖的肩窝上,咬牙切齿地说,她该叫我小妈。你刚才那叫"价值连城"的勇气到哪儿去了?你连女儿都怕,你像个男人?

刘大脖喃喃地说,我就在女儿面前不像个男人,连人都不像。我就像一块橡皮泥,只要女儿需要,把我捏成啥我就是个啥。

这个漫长的滴水一般的下午,刘大脖和张兴旺,以及李冬瓜都觉得无所事事。所以李冬瓜很快躺在一张躺椅上睡着了,一些苍蝇在她的身边环绕飞行着。刘大脖和张兴旺开了一瓶二锅头,开始有一搭没一搭地闲聊。刘大脖问张兴旺妈妈的病情,张兴旺是个孝子,他的眼泪突然就掉了下来,说在半山医院住着,日子不多了。半山医院是个著名的肿瘤医院。

刘大脖说,你娘就是我娘,什么时候我得去看看。

张兴旺说,不许去,你越去她越伤心。

老子的地盘 | 163

刘大脖看到张兴旺哭成这样，眼圈也红了，说兴旺咱们说些别的吧，说说咱们年轻的时候。咱们年轻的时候，我可是纵横马成路的。那时候威风八面，像《上海滩》里的许文强。

　　张兴旺盯着刘大脖看了好久以后才说，你能不能少说两句？这时候刘大脖突然感到张兴旺的可恶，他马上认为和张兴旺话不投机，他不想再说什么，转过头刚好看到李冬瓜在躺椅上睡得正香，稳当而妥帖，甚至还有此起彼伏的呼噜声。

　　吃过晚饭刘大脖去不远的运河广场跳那种叫"沙沙沙"的集体舞。其实那是一种老女人们的舞，老女人普遍都比较胖，她们很夸张地扭动着腰肢，像是妖怪似的。当然也有一些中年妇女混迹其中，比如阿英。阿英是阿英浴室的老板娘，比较注意保持身材。刘大脖就喜欢排在阿英的后面，扭动的时候一双贼眼就不停地盯着阿英的屁股看。刘大脖的想法很龌龊，他想阿英这么滚圆的屁股，肯定是床上的好手。

2

　　刘大脖其实是打心底里喜欢着开澡堂子的女人阿英的。阿英的老公在严打的时候吃了花生米，那时候阿英刚生下小孩，想要和一个白面书生私奔。私奔的东西都准备好了，这时候老公突然被抓。阿英在床上坐了一下午，白面书生就在床边陪了一下午。当白面书生催促的时候，阿英突然问，你睡了我几次？

　　白面书生愣了，说，你怎么问这个？

　　阿英再次问，你睡了我几次？

　　白面书生掰着手指头算，后来很认真地说，可能是二十四，也可能是二十五次。有一次只睡了一半，不知道算不算。

阿英说，你睡了我那么多次，你也够本了，我都是免费陪睡的。现在我不能走了，因为我的老公被抓了。

白面书生说，那不是更好吗？连离家出走的理由都不用找。

阿英说，我不能乘人之危，你走吧。你不要得了便宜还卖乖。

白面书生不肯走，阿英就骂，骂了白面书生的祖宗十八代及十八代以前的祖宗，还讽刺白面书生在床上的表现很一般，一点也不气吞山河。白面书生一咬牙走了，他的身影刚刚消失，阿英的眼泪就随之挂了下来，轻声说，这都是老天爷注定的。

阿英开了一家澡堂子，她的任务是把女儿养大成人。阿英生孩子后，身材一点也没有变形。身材好的人，喜欢穿裤子不喜欢穿裙子。阿英也一样，永远穿着牛仔裤，在人们面前晃来晃去。刘大脖经常来阿英的澡堂子洗澡，每次来都要捡一回免费的口头便宜。其实从他的内心深处，深深地爱着阿英。但是阿英好像对他若即若离，这让刘大脖很痛苦。刘大脖开的玩笑其实一点也不幽默，他翻来覆去地说家里的青花瓶像是小腰大屁股的女人，要不就是说阿英我们睡觉吧。

阿英对这样的玩笑，不支持也不反对，只是一笑而过。有一次当刘大脖给阿英送来一碗面条的时候，又顺便说阿英我想和你睡觉。阿英正在吃面条，她抬起了一双亮眼说，和我睡觉？

刘大脖壮壮胆，大声地说，是的，和你睡觉。

阿英大笑起来，一会儿又收住笑沉下脸说，和我睡觉，你有钱吗？

刘大脖又壮壮胆说，我家有祖传的青花瓶，价值连城。

老子的地盘 | 165

阿英说，就算价值连城，没人要它就不值钱。除非你有大钻戒，我随时陪你睡觉，这个承诺一辈子有效。

刘大脖听到这样有效的承诺，好像也没有兴奋起来。但是，他还是深深地喜欢着阿英。他无数次地对张兴旺说，阿英长得像仙女，身边都雾腾腾的。

张兴旺说，那不是雾腾腾，那是澡堂子里的热气。

刘大脖对张兴旺这样的解释很不满，马上纠正，就算那是热气，那也是不同凡响的热气。

那天半夜刘大脖从兴隆面馆收工打烊回到家，看到一盏昏黄的灯下刘明亮边吃方便面边上网打游戏。刘明亮喜欢泡方便面吃，她从来都不吃兴隆面馆里烧的面条。刘大脖那时候刚和张兴旺在面馆打烊前喝过五瓶夜啤酒，他喷着酒气站在了刘明亮的身后问刘明亮，如果给她找一个像阿英一样的后妈行不行？刘明亮头也不抬地说，这跟我有关系吗？

刘大脖一直以为，后妈怎么会和女儿没有关系呢？同一个屋檐下，怎么可能没有关系？躺在躺椅上的刘老歪露出狡黠的眼神，他已经不太会动了，老年痴呆症，话也说不清，只会流口水，或者恶毒地笑笑。刘老歪年轻的时候曾经是个无赖地痞流氓破脚骨，在一次带人打群架的时候被人按在地上，用剔骨刀挑断脚筋后就变成了瘸子。从此他不敢让刘大脖在外面逞一点点的强，怕儿子落得自己一样的下场。然后好多年过去了，瘸子刘老歪突然头发白了，人也痴呆了。他叫刘大脖爸，有时候叫刘大脖爷，有时候叫刘大脖大哥，清醒的时候叫刘大脖儿啊。

他听到刘明亮说"这跟我有关系吗"的时候，不由自主地笑了起来，笑得比较开心。这让刘大脖很恼火，刘大脖冲着刘老歪说，刘老歪你懂什么？刘老歪被吓了一跳，不敢再笑了。刘明亮却也不再理会刘大脖，她飞快地把方便面吃完，把面盒一推抹了一下嘴说，阿英会嫁给你，除非扫帚柄上长竹笋。这时候刘明亮的手机响了起来，里面一个男人鸭子一样的声音传了出来。鸭嗓子说，刘明亮你丫的出来，我们在枫桥电影院门口等你。你丫要是不出来，哥几个跟你没完。

鸭嗓子的声音其实清楚地落进了刘大脖的耳朵里。刘大脖愣了，说你那朋友是海州人吗？怎么丫的丫的乱叫。刘明亮说，他是北京来的，跟你有关系吗？不要说他叫丫的，就算他叫非洲土话，也跟你没关系。刘明亮说完，推开门走了，把刘大脖一个人愣愣地丢在了屋子里。好一会儿刘大脖才回过神来，喷出一口酒气，大吼一声追出门去。

刘大脖顺着一路凄凉的灯光，跌跌撞撞地赶往枫桥电影院。他多么像一颗寂寞的子弹，歪歪扭扭地在文一路上穿过。已经过了子夜，电影院门口的小广场上，只晃动着零落的人影。刘大脖轻而易举地找到了刘明亮的影子，刘明亮身材好，两条长腿很惹人注目。特别是刘明亮举起了一个酒瓶，她摆了一个类似于手榴弹投掷的姿势，将酒瓶抛了出去。酒瓶抛出去的时候在空中弧度圆润，然后优美地落地，发出一声脆响。刘明亮大喝一声，丫的。接着身边的几名男女也丫的丫的乱叫，将手里的酒瓶纷纷抛了出去。玻璃瓶的脆响声此起彼伏，夜色一下子热闹起来。刘明亮和几名青年男女在欢叫，他们跳起来，把手努力地伸向天空，仿佛要摘下星星一般。

他们叫，丫的。

老子的地盘

刘大脖走向了刘明亮,明亮,明亮,他叫道,明亮你给我过来,你跟我回家。刘明亮扭过头来,看到了刘大脖,她的眼神里露出了冷漠的神色。刘明亮说,我在这儿跟你有什么关系呢?这时候,警车的声音响了起来,有人吹了一声呼哨,年轻人们突然消失了,很像是电影里一群妖怪的遁身法。刘大脖又喷出一口酒气,摇晃了一下身子,他扭过头看到一辆警车停了下来,三个穿黑制服的警察,像一个移动着的三角尺一样,在夜色里潜行。他们向刘大脖包抄过来。刘大脖忙捡起了地上的半个酒瓶,握在手中,等他整理好自己醉意朦胧的笑容时,三名警察站在了他的面前。

其中的小个子警察说,谁扔的酒瓶?

刘大脖看了看女儿远去的方向,拍了一下胸,把手里的半只酒瓶举了举,顺便打了一个酒嗝说,你说呢。

警察冷笑了一声,没想到你这么大年纪还那么犀利。

刘大脖听不懂犀利,瞪着一双大白眼说,你说什么?

警察说,胆子挺大的!你跟我们走吧。你害得我们才吃了一半夜宵,你罪该万死。

另一名警察推了刘大脖一下,刘大脖就跟三名警察走了,他走在三名警察的中间,很像是被他们护卫似的。他仍然在喷着酒气,手里握着那半只空酒瓶,这时候他突然看到手不知道什么时候被玻璃划破了,流了好多血。这些血凝成了血浆,像红色的面条一样挂着。刘大脖本来就晕血,一看到这么多血大叫一声丫的,昏死过去。

刘大脖在枫桥派出所里被关了一夜,醒来的时候,手上的伤口已经被包扎好了,警察让他交一千块钱罚款。刘大脖口袋里没有那么多钱，只好打电话让张兴旺送来。张兴旺看到刘大脖的时候很气愤，喷着唾沫大声嚷着，他说，你是不是嫖娼了？你告诉我，你是不是又去睡婊子了？我看你迟早有一天要死在女人的肚皮上。

刘大脖看了看身边偷笑的警察一眼说，我砸酒瓶子，我本来想把枫桥电影院的小广场砸一个窟窿出来的，我要死也要死在广场上，我怎么可能死在女人的肚皮上？两个人在派出所激烈地争吵着。警察有些烦了，替刘大脖开了一张凭证后说，要吵回去吵，嗓门大算什么本事，把酒瓶砸到流氓的头上去那才是本事。

张兴旺不响了，阴沉着一张脸向派出所外走去。刘大脖跟了上去，说，丫的，你也不等等我。张兴旺站住不动了，说，你刚才说什么？刘大脖说，我说丫的。张兴旺说，你成北京人了？刘大脖说，北京？北京有什么了不起？北京人能开出我这么好的兴隆面馆吗？

3

刘大脖这天又收到了舒小乙寄自温歌华的包裹，包裹里是一些加拿大的玩意儿，里面竟然有一套内衣。这套内衣让刘大脖感到了温暖，他把内衣紧贴在脸上，心里有些百感交集。女儿刘明亮是他看着长大起来的，一寸寸像一棵树一样长了起来，现在女儿也会有漂亮的内衣了。刘大脖把这些来自温哥华的玩意儿统统收了起来，锁在柜门里。刘大脖一直认为，女儿是自己的半条命，不，也许是一条命。女儿不能再让舒小乙的糖衣炮弹给拉拢腐蚀了。他必须让女儿和舒小乙没有一点点的接触。

所以寄自温哥华的物品，被塞进一只红漆箱子，再锁上一把铜锁。这些物品越积越多，很像黑暗之中沉睡着的小型展览馆。刘明亮一直没有回来，刘明亮自从昨天晚上丫丫的扔了酒瓶后，一直没有回来，这让刘大脖有些担心。他回转身的时候，冷不防发现刘老歪竟然站起了身，像一片树叶一样颤巍巍地站在刘大脖的身后。刘大脖说，你想吓死我吧。

刘老歪嘎的一声笑了，说，爹。

刘大脖无奈地摇了摇头，他来到了兴隆面馆，看到李冬瓜正趴在桌上打瞌睡，张兴旺正在不厌其烦地洗菜，他看到刘大脖来的时候，冷笑了一声。刘大脖也不理会张兴旺，他搬了一张椅子坐下来，使劲地等待刘明亮归来。可是刘明亮一直没有归来，刘明亮不回来，刘大脖的心就片刻也不能安宁下来。李冬瓜从桌子上醒来了，她走到了刘大脖的身边，用肩膀撞了一下刘大脖，有点儿撒娇的意思。刘大脖不领情，相反心中还有了厌恶的感觉。这让李冬瓜很扫兴，李冬瓜怏怏地回到了桌子边上，倒头又睡下了。

这天夜里十二点，刘大脖又去替那一长排的发屋的小姐们送炒面。送到"快活林发屋"的时候，看到哩哩赖在沙发上，翘着屁股专心地看一本小说。哩哩的身上全是肉，特别是肚皮上，大海的波涛一样，一浪接着一浪的肉。她喜欢看小说，她说她最喜欢的是《活着》，她说《活着》把她的眼泪看得一把一把的。有时候哩哩也会让刘大脖搞一下，那是因为她对刘大脖心怀感恩。有一次刘大脖又挨个发屋送炒面，送到快活林的时候，刚好哩哩的急性阑尾炎发作，痛得她的五官都扭成了一堆。刘大脖扔掉炒面背起哩哩就走，一路因为打不到出租车，直接奔向了医院。那时候的哩哩，肚子上还没有一浪又一浪的肉。一周后从医院出来，哩哩的肚皮上多了手指头那么长的一条小疤。从此后，哩哩把他当成了亲人，她叫刘大脖哥，有时候叫刘哥，有时候叫大脖哥，有时候叫脖哥。其实不光是哩哩把他当亲人，马成路上从头到尾所有发屋的小姐们都把他当亲人。刘大脖的废话特别多，是个长舌男，他坐在发屋里，乐此不疲地给小姐们讲笑话。他讲的笑话让小姐们从别的发屋跑来，把他紧紧地围在了中间。这让刘大脖很有成就感，也让张兴旺对刘大脖深恶痛绝。张兴旺有一次举着菜刀找上门来，哐的一刀就把发屋门口的旋转彩灯给劈了。刘大脖正讲得起劲，主要是讲他年轻的时候，是怎么样地纵横整条马成路的。他说那时候老子经常出入派出所，差不多和在派出所里上班一样。他说那时候只要他跺一跺脚，整个海州就会地动山摇。

张兴旺不买他的账，举着菜刀虎视眈眈地说，我就知道你要死在女人的肚皮上。

刘大脖说，不可能，我在给她们讲故事。

张兴旺说，故事能当饭吃？故事能让你的兴隆面馆开得兴旺发达？

刘大脖说，太无耻了你。你就不需要精神生活吗？

张兴旺说不过刘大脖，只好丢下一句，精神个屁。然后他就转身走了，把刘大脖扔在原地。刘大脖也愤愤然，对着张兴旺的背影轻声嘀咕，丫的。

但是现在是一个安静的夜晚，刘大脖就拥着哩哩和她谈话。她不仅让刘大脖凶狠地干了一把，而且在老板的特许下，让常

老子的地盘 | 171

客刘大脖留在发屋里过夜。这个漫长的充满水滴或者说水汽的夜晚,刘大脖一直滔滔不绝地讲着故事。后来哩哩就睡着了,哩哩睡着的时候刘大脖开始难过起来,他仔细地看着哩哩的脸。这是一张二十挂零的脸,在海州,这样的女孩还需要父母亲宠她,但是她却出来卖身了。她把卖身所得的钱,汇给弟弟让他读大学将来出人头地。她从来没有感到委屈,也没有为自己留下一分钱,好像所有做的一切都是应该的。所以刘大脖才会难过,才会轻轻地不停地拍着哩哩的脸,才会想,要是这个胖墩墩的女孩是自己的亲人,自己会痛成什么样?想到这里,刘大脖就有了强烈的自责,掰着手指头算算,哩哩不会比自己的女儿刘明亮大多少岁。

刘大脖在发屋一直没有睡着,天蒙蒙亮的时候他索性就把发麻的手臂从哩哩的脖子下面抽出来,走出了发屋的门。海州的清晨,空气清新,晨练的老人迈着麻秆一样的瘦腿在大街上慢跑,洒水车喷着清晨最新鲜的水在街上驶过。刘大脖一点也不觉得困,他回到家推开门,看到刘老歪竟然已经醒了,他躺在躺椅上用似笑非笑的神情望着刘大脖,手里拿着一块不知从哪儿找出来的面包。刘老歪的门牙已经掉了,他张开黑洞洞的嘴叫刘大脖,大哥。

刘大脖没有理他,轻轻地哼了一句,丫的。然后刘大脖看到了塑料桶里好久没有洗的衣服,那全是刘明亮换下的丝袜,内衣,像一团团疲倦的蛇一样,死气沉沉地盘踞在塑料桶底。刘大脖拎起塑料桶走到水池边开始洗衣服,洗衣服的时候他觉得很温暖。女儿刘明亮二十岁了,但是在他眼里顶多只有半岁。他很渴望给刘明亮梳梳头发的,以前早上起来刘大脖一件重要的事就是给她梳头。现在刘明亮跟他很冷淡,冷淡到不愿意说话。

刘大脖在这个温暖的清晨,开始为刘明亮洗内衣。水很凉,水珠跳溅在他手臂的皮肤上,让他觉得从来都没有如此的熨帖。这时候他开始想刘明亮:刘明亮怎么还不回来?她和那帮喜欢叫"丫的"的年轻人去了哪儿呢?

4

刘明亮走进刘大脖的视线时,已经是这天的中午了。这天中午太阳明晃晃的,张兴旺和李冬瓜都趴在兴隆面馆的桌子上睡着了。知了的叫声,从马成路那些叶片宽大的法国梧桐树上掉下来。刘大脖没有睡着,他在喝茶,他眯起眼睛看到不远处白花花的光影之中,两条长腿向这边迈进。刘大脖咽了一口唾沫,他觉得这应该是刘明亮的长腿。他再仔细地往上看,果然看到刘明亮那张美丽但却紧绷着的脸。

刘明亮走到坐在椅子上的刘大脖面前,盯着刘大脖看。在她向下俯冲的目光中,可以清晰地看到刘大脖的头发稀疏了,像一座荒凉而老旧的小岛一样,这不由得让刘明亮感到一阵悲凉。在刘明亮内心最深的深巷一样的深处,是爱着刘大脖的。本来她有一个会唱戏的妈,还有一个会烧面条的爹,但是现在她只剩下一个爹了。她觉得凭什么她只有一个爹而没有妈?她汹涌的气就又上来了。

刘大脖望着刘明亮,他的心里有些发怵,他说,你回来了?

刘明亮说,我不回来能出现在你面前吗?

刘大脖说，你有没有吃饭，我烧碗面条给你吃。

刘明亮从背后拿出一只大袋子，往桌子上一丢说，你为什么要把舒小乙寄给我的东西藏起来，那是给我的，不是给你的，你这是犯法你懂不懂？你犯了法你都不知道，你这样下去要坐牢的。

刘大脖终于明白，刘明亮回家了，发现了那只被他锁着的箱子里的东西。而他不知道的是，其实这箱子不是刘明亮打开的，刘明亮回家的时候，看到刘老歪一只手里拿着一把钥匙，另一只手里举着一块黑乎乎的巧克力，正在往嘴里塞，满唇都是黑乎乎的一片。看到刘明亮进屋，刘老歪就笑了，举起了那块巧克力说，好吃。

刘明亮发现了来自加拿大温哥华、来自舒小乙的温暖，她抓起箱子里这些东西的时候眼眶里蓄满了泪花。然后她把这些东西都收进一只大袋子里，擦了一把泪就出门了。她飞快地找到了兴隆面馆，然后把这只大口袋扔在刘大脖面前。她要刘大脖告诉她，为什么藏起了本该属于她的东西。刘大脖没法告诉她，刘大脖是一个很会说话的人，但是在女儿冰冷的目光中，刘大脖突然语塞了，傻愣愣地一动不动地坐着。

刘明亮的嗓门又一次明亮起来，她说这些化妆品，这些东西得罪你了吗？这些钱得罪你了吗？钱有啥不好，你给我说出来？你要是有钱，你还开这个破面馆干吗？你不就是因为没钱吗？我告诉你刘大脖，我受够了你，总有一天我要离开你，我要去找舒小乙。

这时候，刘大脖的眼泪才无声地流了下来，他突然感到了无边无际的悲凉，就像是他在洪水中奋力游向对岸时，看到了一样可以救命的东西，伸出手去才发现那仅是一根稻草，而且这根稻草也将要被水冲走了。所以，刘大脖的眼泪一刻不停地开始奔涌，像决堤的洪水。刘明亮仍然在大声地责问着刘大脖，而张兴旺和李冬瓜显然都醒了。兴隆面馆优秀的厨师长张兴旺和优秀的服务员李冬瓜，都傻愣愣地看着一个长得很美的女孩子，在严厉地斥责着刘大脖。张兴旺终于站起了身，他走到了刘明亮身边说，明亮，你在对谁说话。

刘明亮指了指刘大脖说，我在跟刘大脖说话。

张兴旺说，刘大脖是不是你爹？

刘明亮说，生了我就一定是爹吗？

张兴旺说，那要是没爹，你又从哪儿来？孙悟空能从石头缝里蹦，你也能蹦？你要能蹦，你倒蹦给我看看。

刘明亮说，兴旺叔，这是我和我爹的事，你别管。

张兴旺说，你终于承认大脖是你爹，那你怎么能这样和你爹说话？你要是我女儿，我一菜刀就把你卸成八块。

刘明亮不说话了，她分明看到张兴旺的眼睛红红的，像是要杀人的样子。而这时候刘大脖却雄壮地站了起来，对张兴旺吼，你是不是想吓坏明亮？明亮才多大，你又吼又叫的？明亮是你什么人？你要是吓他，我和你把老命拼掉。

刘明亮走了。她不再理会两个争吵的男人，她觉得这个夏天是一个比较烦的夏天。她说丫的，又说丫的丫的丫的，这是她从一个北方网友那儿学来的骂人话。她一路都骂着丫的，把那只袋子甩在肩上，离开了兴旺面馆。她要去的地方是火车站，火车站的铁轨通往上海，海州与上海之间有动车组，一小时十八分，就是两个城市之间的距离。她突然很想去上海，是因为

老子的地盘 | 175

她有一个上海的网友。

刘明亮走了,像是从来没有来过一样,而张兴旺和刘大脖也停止了争吵。他们觉得,这个下午的争吵是最没有意义的争吵,他们心平气和地坐了下来,让李冬瓜开了两瓶冰镇啤酒,两个人对饮起来。然后,在白晃晃的阳光底下,他们看到三个建筑工人,各背着一根铁杆,向这边走来。

三个建筑工人戴着安全帽,他们的脸上流着汗水,好像很辛苦的样子。为首的那个矮个子走到了刘大脖面前说,你是刘大脖吧?

刘大脖愣了一下说,要吃面?我们这儿啥面都有,大排面、海鲜面、腰子面、片儿川、阳春面、鸡蛋面、雪菜面、青菜面、大肠面、榨菜肉丝面、炒面,啥面都有……

矮个子不耐烦了,说,我问的是你是不是刘大脖。

刘大脖说,我就是刘大脖,你不吃面,你找我干什么?

矮个子把肩上的铁棍重重地放了下来,蹲在了地上,柏油路面上顿时凹下去一个坑。矮个子指了指李冬瓜说,我是她老公,我是替她来算账的。你睡了我老婆,这笔账怎么算?

刘大脖转头看看李冬瓜,李冬瓜装作在抹桌子,目光躲闪。刘大脖很失望,这个女人怎么把他给出卖了?这时候他强烈地意识到,这个世界上从来没有免费的午餐。现在,麻烦来了,而且麻烦还不小。他压低了声音,轻声小心地问,你想怎么算?

矮子个抡起了巴掌,狠狠地抽在了刘大脖的脸上,刘大脖觉得脸上一定在着火了,不然怎么可能有那么辣。刘大脖看看张兴旺,他觉得这在张兴旺面前是很没面子的一件事,于是他大声喝道,你不要给我洋人无道的,我告诉你当年老子纵横马成路一带。老子只要跺跺脚，马成路上就会有七级地震。

矮个子和同来的两个建筑工人都大笑起来，他们举着三根铁棍，摇晃着走向刘大脖。刘大脖的汗一下子就布满了整张脸，他急促地对张兴旺喊道，兴旺，兴旺……

三个建筑工人围住了刘大脖。矮个子说，给你三条路，一、你老婆或者女儿让我睡一觉，听说你女儿二十了，正是好年纪啊。二、赔款五千块，算是我老婆的肉体损失费。三、让我用铁棍把你的老二敲下来。你选吧。

几乎在第一时间里，刘大脖就选了第二条。因为对于他来说，另外两条是万万不能接受的。而矮个子其实也算准了，刘大脖一定会选第二条。刘大脖看了看李冬瓜，李冬瓜这时候像没事似的，竟然已经坐在桌边吃瓜子了。她吃得很专心，仿佛店里发生的一切都与她无关。

刘大脖掏出了五千块钱，他把钱塞给矮个子的时候，心痛了一下。他觉得他睡的只是一个矮而胖的丑女人，没有一点儿品位，最多值五百，怎么可能价值五千。张兴旺突然握着两把菜刀，无声无息地出现在矮个子的面前，把矮个子给吓了一跳。张兴旺横着一张脸，说，把钱还给大脖，你们要是敢收这钱，我把你们三个都劈倒在地。他看了一眼吃瓜子的李冬瓜，大声喝道，李冬瓜你也一样，我把你卸成八块。

矮个子显然是被张兴旺的豪气与胆气吓了一跳，他和另两个建筑工人都向后退了一步。他们退一步，张兴旺就前进一步。刘大脖却上前拦住了张兴旺，压低声音说，大事化小，小事化了。我们开着面馆，要吃亏的。这时候，矮个子提着铁棍，又向前迈了一步。

矮个子是带着五千块钱走的。他接过刘大脖的钱时，刘大脖愤然道，这是我交的学费，我只吃一次亏。刘大脖提出要打还一个巴掌，矮个子同意了。刘大脖高高地举起手来，却又轻轻地落下去，简直是摸了一下矮个子的脸。矮个子笑了，手指头举起来，指了指刘大脖半天没说话。最后在他离开的时候才说，刘大脖子你真够男人，这个世界上我就服你一个人。

矮胖个子走了，他带着李冬瓜还有两个建筑工人，在兴隆面馆前消失。兴隆面馆前的空地上，又只剩下一片白亮的太阳光，就像是一场话剧的散场，演员下台了，道具还在。张兴旺就握着这样的道具，最后他把两把菜刀钉在了桌板上，不再理会刘大脖。刘大脖把剩下的半瓶冰啤酒一口气灌下肚下，然后重重地把酒瓶摔在地上，大喝道，把老子惹毛了，我灭你全家。也不想想这是谁的地盘，这地盘是姓刘的。

这天傍晚刘大脖又出现在运河边上，和许多中年女人、老年女人一起跳那种叫沙沙沙的集体舞。中场休息的时候，刘大脖几乎告诉了每一个人，包括阿英。他说阿英，今天下午三个建筑工人来我的面馆闹事，都带着铁棍，像是要吃人的样子。我警告他们，这是老子刘大脖的地盘，不要轻举妄动。结果你猜怎么着，老子亮出了两把菜刀，要和他们拼命的时候，他们一个个都跑了。幸好我的厨师长张兴旺拦住了我，不然最起码也得劈掉一个……

阿英不太愿意听刘大脖说这些，只是淡淡地笑笑。她没说刘大脖很勇敢，倒是很多围拢来的老太太听得津津有味。刘大脖这样讲着，仿佛自己果然就雄壮了起来似的，不由得拼命拍打着胸脯嚷道，要不是我爹刘老歪教育我不要惹事，这三个建筑工人我统统斩成肉酱烧面条。

5

刘大脖坐在家里那阴暗的角落里给刘明亮打电话,他终于联系上了刘明亮,在电话里他答应给刘明亮买一部最新款的苹果手机。那是刘明亮一直心仪的手机,刘大脖一直舍不得买。女儿答应从上海回来,让刘大脖半夜的时候去火车东站接她。刘大脖挂了电话,长长地嘘了一口气,对身边躺椅上躺着的刘老歪说,你孙女终于要回来了。刘老歪咧开嘴笑,说,爹。

刘大脖不由得心生厌烦,这个曾经豪气盖云天的爹怎么会像一件破旧的衣裳一样毫无生机。如果你不和他说话,你会完全地忽略了刘老歪的存在。奇怪的是他从来不会受凉,也不会饿死,他总能想办法找到穿的衣服,或者吃的东西。有一次,他甚至穿上了从别人的晾衣架上收下来的一件牛仔衫,不伦不类地套在身上。刘大脖不去理会刘老歪,他的心情开始好转了,李冬瓜的事也差不多被他忘掉。他决定去澡堂子里看看阿英,去的时候,翻箱倒柜地找出了以前舒小乙用过的、现在已经不用了的一只金戒指。阿英曾经说,想睡觉就带钻戒来,而他拿不出钻戒,决定用金戒指去碰碰运气。

刘大脖晃荡着来到了澡堂门口。在这个夏天,澡堂子已经不见了热气腾腾的景象,当然也没有一个顾客,但是这并不妨碍阿英把澡堂改成冷饮店,她守着一只大号冰柜卖雪糕冰激凌。其实守着冰柜肯定比守着一个人要寂寞得多,所以阿英不仅不停地看电视,而且还不停地嗑瓜子。刘大脖在这个夜晚摇晃着走到了澡堂的门口,看到一盏白亮的灯下,不仅坐着阿英,还坐着五哥。如果要确切地表达,那就是五哥坐在凳子上,而阿英坐在五哥的腿上。刘大脖一下子就愣了,他觉得这次带着金戒指来碰运气,简直是一个笑话。阿英正在和五哥调笑,不停地用手拍打着著名的五哥,她把头拱在五哥的怀里,哧哧地笑着,说着暧昧呢喃的话,比如讨厌啦什么之类。刘大脖觉得阿英真没骨气,真的太恶心了。

五哥是著名的五哥,马成路一带真正的地头蛇,长得有点儿像香港影星曾志伟,同样的身材,同样的沙哑嗓子,好多人服他是因为他心狠手辣。有一次聚餐时和同学打赌,看谁能打赢对方。五哥说同学和同学打,伤感情,多没意思。说完五哥就走出饭店门去,扭住一个一米八大个子的脖子,把他拉进来,按在桌子上,对着大个子的头就是重重的一记。然后对同学说,该你了,你要是有种,你给我狠狠打他。同学不敢打,五哥就冷笑了一声,说那你还跟我赌什么?五哥其实也讲信用和义气,他拍出一千块钱给那个大个子,说这个拿去看医生。大个子愣了半天,看到五哥那么大一帮人,连屁也没敢放一个,就撤了。

这就是著名的五哥,现在他似乎成了阿英的靠山。刘大脖打心眼里瞧不起阿英了,他转过身子想要走的时候,却被眼尖的五哥看到了。五哥说,这不是兴隆饭馆的那个谁谁谁吗,你给我过来。

刚背转身想要离去的刘大脖想了想,还是转过了身子,给五哥挤出一个笑脸。

五哥说,谁谁谁,你去给我买一包中华烟来,老子想抽烟。

刘大脖觉得,这在阿英面前太没面子了,于是刘大脖说,我不叫谁谁谁，我叫刘大脖。

五哥的脾气其实还算温和的，五哥说，行，刘大脖就刘大脖，你去给我买烟。

五哥掏出了一枚一元的硬币，扔给刘大脖。刘大脖一下子就愣了，他努力地使自己的目光坚硬起来，但是当他和五哥对视了一分钟以后，还是弯腰捡起了那一元钱的硬币。一会儿，刘大脖灰溜溜地回来了，递给五哥的却是两包中华烟。五哥笑了，又丢下一元钱的硬币，那硬币打着转，竟然爬到了刘大脖积满灰尘的破旧的皮鞋上。

五哥说，去吧，五哥这次要你买安全套。

刘大脖想，完了，完了，这安全套是不是五哥和阿英用的。阿英的脸似乎红了，转过头去似笑非笑地望着别处。刘大脖想了想，还是弯腰捡起了那枚硬币，一路上他都走得很慢。他进了一家药店，向营业员打听有没有一种特别容易破的安全套。营业员是一个长满雀斑的女人，雀斑说，你是想要薄一点的吧，增加快感。刘大脖想了想，他的脸竟然也红了，他红着脸不由自主地点了点头说，是的。

刘大脖买到了超薄的安全套，当他小心翼翼地将安全套放到五哥的手心里时，五哥笑了，说那个谁谁谁，以后在马成路上你的事就是我的事了。要是有人敢欺侮你，我找人收拾他。

刘大脖想了想，认真地回答说，没人敢欺侮我。

五哥说，我是说万一有人欺侮你，你就报五哥的名。这儿是老子的地盘，老子会罩牢你的。阿英，对这个谁谁谁这样善良的人，我们一定要帮忙的对不对？

阿英斜了刘大脖一眼，又对着五哥吃吃地笑了。显然阿英

老子的地盘 | 181

眼里，他刘大脖连一小块眼屎都算不上，这让刘大脖的心中升起了无限的悲凉，女儿刘明亮即将归来给他带来的好心情瞬间就荡然无存。他不知道自己是怎么离开澡堂门口的，总之他觉得自己飘了起来，像神仙一样踩在云朵上，然后他看到澡堂门口那大冰柜上面的灯光越来越淡。

刘大脖这天晚上去了快活林，他又找了哩哩。哩哩仍然在看一本小说，哩哩甚至还在书上画了许多的横线。刘大脖轻轻地替哩哩收起了那本书，然后他迅速地剥光了哩哩。整个过程中，刘大脖一言不发，只是咬紧了牙关，像是要和谁拼命似的。哩哩觉出了刘大脖的异样，她说，你怎么了？刘大脖仍然一言不发，他心里窝着巨大的火，所以他仿佛要把哩哩给生吞活剥了似的，显得异常勇猛。

哩哩惊讶地盯着满头大汗的刘大脖看，说，这是你吗？

刘大脖咯嘣咯嘣地咬着牙说，如假包换，老子刘大脖。

哩哩说，你就是刘大脖也用不着这么拼命呀，身体要紧。

刘大脖恶狠狠地说，大不了不活了。

后来刘大脖说起了家里的祖传瑰宝青花瓷，当他一声又一声在狂吼着价值连城、价值连城的时候，哩哩好像也被调动了起来，拼命地揪着刘大脖的头发，嘴里哼唧着。这时候突然传来了喧闹的声音以及小姐们的尖叫。刘大脖还没闹明白怎么回事，穿黑制服的警察已出现在他们的面前。那个小个子警察皱了皱眉说，怎么又是你？

刘大脖仍然满头大汗，他挣扎着昂起头说，我怎么了？

小个子警察说，你真是健忘啊，你在枫桥电影院门口扔酒瓶，现在又在这儿被我逮了个现行。

刘大脖这才想起来原来是上次抓他的三个警察，他慢条斯理地穿裤子的时候，被小个子警察推了一把。警察说，快点，我们可耗不起时间。这时候他看了看在床上坐起来，围着一块毯子的哩哩。他看到了哩哩小肚子上的阑尾炎手术疤痕，不由得有点觉得对不起哩哩。哩哩却没有怪他的意思，只是低垂着头，乌黑的头发几乎挡住了她的整张脸。在被警察带走以前，哩哩没忘将床上那本小说书随手带上了。

这是一个漫长的夜晚，刘大脖待在派出所待审室冰凉的地面上，想自己真是够倒霉了。刚刚忘掉五哥对自己的欺凌，又被警察带到了派出所。现在刘明亮在哪儿了？是不是已经下了火车，是不是在焦急地等着他去接站？如果自己没办法接站，刘明亮会不会怪他？刘大脖的脑子里塞满了像乱稻草一样又多又杂的问题，后来他索性就不想了，身子一歪就睡了过去。天亮以后，刘大脖让张兴旺送来了五千块钱交罚款。哩哩也要交五千，来保她的发屋老板却只有两千多块钱。警察挥手，让老板赶紧去拿，这时候刘大脖不知从哪儿来了豪气，说余下的钱老子替她交了。

刘大脖在心里觉得，这事是他害哩哩的，应该替她交钱。但是哩哩却蹭到了刘大脖身边，轻声说，我会还你的。刘大脖的心里就又一次涌起悲凉，他觉得在哩哩面前自己多么渺小，他觉得哩哩其实更像是自己的一个亲人。

走出派出所的时候，哩哩追上了刘大脖说，我也不想卖，等我以后不卖了，洗个三天三夜，洗得干干净净的，好好地伺候你。刘大脖的眼睛忽然有些红了，他的喉咙翻滚着，说老子面前你别提这些了。

老子的地盘

张兴旺把他的瘦脸凑了过来说，不是我说你，大脖我看你真的要死在女人的肚皮上。刘大脖突然火了，说，老子就是要死在女人的肚皮上。要是老子死了，马成路这块地盘全归你，兴隆面馆也归你，你帮我把我女儿刘明亮风风光光地嫁出去。不然我做鬼，也不放过你。

6

刘大脖回到家的时候，看到刘明亮和一个瘦弱如豆芽的年轻人在一起，他们并排地坐在桌子边上吃方便面。细脖子男人穿着一件奇怪的衣服，好像是没有袖子的，有点儿像二十世纪八十年代的蝙蝠衫，脚上套着一双人字拖鞋。他们并没有理会刘大脖，顾自吃着方便面。

刘大脖盯着细脖子说，他是谁？

刘明亮说，你为什么没有来火车站接我？

刘大脖说，我问的是他是谁！

刘明亮说，我问的是你为什么没有来火车站接我！

细脖子打起了圆场，他并没有站起身，而是又喝了一口面汤说，我叫牛杰瑞，刚从法国回来。我是搞艺术电影的，正在筹备一部叫《我的遥远》的电影。知道贾樟柯吗，他就是因为拍电影经常在国外获奖才出名的。如果你搞不懂牛杰瑞是干什么的，我可以告诉你，牛杰瑞几年以后就是现在的贾樟柯。

牛杰瑞这样说着，把细而瘦弱的手伸了过去，想要和刘大脖握一握手。刘大脖却没有理会他，大声喝道，遥远？遥远个屁。明亮，和你说了一万次方便面没有营养，你还吃。

刘明亮说，我就是希望没营养，你以为营养过剩是件好事情吗？

牛杰瑞好像对刘大脖对自己的冷淡无动于衷，他不知趣地插起话来说，我是刘明亮的男朋友，我们都有一颗艺术的心脏。以后我出名了，她也会跟着我出名，我将带她周游欧洲列国，接受外国文明。当然，你是他父亲，我们不会忘记你，不会不管你……

牛杰瑞一点也没有想到此时的刘大脖已经暴怒了，他突然冲上前去，一把掐住了牛杰瑞的脖子，把像风筝一样轻巧的牛杰瑞顶了起来，一直顶到墙上。刘大脖一字一顿地说，老子警告你，你赶紧离开刘明亮。你要是再纠缠她不放，我把你的脖子拧下来当尿壶。告诉你，方圆十里以内，都是老子的地盘，不信你可以试试。

其实刘大脖都被自己的豪气给吓坏了，连刘明亮都有些惊诧，父亲怎么会变成了一个雄壮的人。刘明亮笑了，平静地说，刘大脖你放下他，他的脖子细，会断的。断了脖子，你就是杀人罪，你就会被枪毙，你赶紧放下他。

刘大脖回过头来，他并没有放下在墙上壁虎一样挂着的牛杰瑞，而是大声地问刘明亮，那你告诉我，你离不离开他。

刘明亮仍然平静地说，山无陵，天地合，乃敢与君绝。

刘大脖愣了一下，说，什么意思？

刘明亮说，就是死了才分开的意思。

刘大脖感到了巨大的挫败，他觉得再把风筝一样轻巧的牛杰瑞顶在墙上，没有一点儿意思。于是他松开了手，奄奄一息的牛杰瑞随即像一张脱了胶的画纸，从墙上飘落到地上，不停

老子的地盘 | 185

地咳嗽着。刘大脖看到睡在一边躺椅上的刘老歪露出黑洞洞的嘴巴,正在笑着。他的膝盖上竟然放着一只塑料小盒,一个分不清是黑人还是白人的男子在小盒的封面上跳舞。

刘大脖说,这是什么?

牛杰瑞边咳嗽边说,这是迈克尔·杰克逊,是我们送给爷爷的唱片。

刘大脖看了仍然不停地无声地笑着的刘老歪一眼说,送给他唱片?送给他唱片他当饭吃?

刘大脖愤然地将唱片扔在了地上,并且用脚踩碎,以此来表示对刘明亮带回牛杰瑞这件事的愤怒。然后,他重重地摔门走了出去。刘明亮的声音跟了上来,喂,苹果手机你不许赖掉的,你要是赖掉,我就永远也不回这个家门了。

7

刘大脖终于又招了一个叫刁花的服务员到兴隆面馆上班。刁花其实是刘大脖从运河边上捡来的。刘大脖在运河边上和老太太中年妇女们沙沙沙的时候,注意到一个三十多岁的女人,坐在不远的石凳上,像一尊雕塑似的。刘大脖看到这个女人的五官长得很清秀,如果减去五岁,当然,减去十岁就更好了,她会是一个美女。刘大脖就晃动着身子过去和她搭话,说,你为什么不沙沙沙,现在倡导全民健身运动呢。

刁花看了他一眼,对他并没有好感,又把目光转向了别处。

刘大脖说,你叫什么名字?我看你是新来的。知道这是哪儿吗?这是运河边,前面是五岭广场,后面是兴一坊,这是海州最中心的地方。你看，这个差点把天空都戳穿的楼叫什么？叫科技馆。你看这个馆亮堂堂的，要用多少度电啊。如果这些电给一户人家用的话，一辈子都用不完。

刁花终于笑了，说，你叫什么名字？

刘大脖说，我叫刘大脖，这附近一片全都是老子的地盘。

刁花说，我叫刁花，我是来找工作的。我找不到工作，所以到这儿发呆来了。

刘大脖说，你是哪儿人？

刁花说，我是河南开封人。

刘大脖说，听说那儿有个少林寺，和尚们一个个都很厉害。

刁花说，可是那儿的女人不厉害，而且很勤劳的。

刘大脖说，恭喜你，你找到工作了，明天你到马成路上的兴隆面馆来找我。

后来，沙沙沙的音乐声响了起来，阿英回头看了刘大脖一眼，刘大脖忙起身走进了沙沙沙的队伍里，扭到了阿英的身边。阿英冷笑了一声说，你找到睡觉的目标了？

刘大脖说，瞎说，我是那么随便的人吗？我要找的是你，可你要找的人却是五哥。

阿英的脸一下子沉了下来说，不许瞎说。

刘大脖就不说话了，专心地沙沙沙。过了一会儿，阿英长长地叹了一口气。刘大脖问，你为什么叹气？叹气对身体有害。阿英说，你不懂的。

第二天中午，刁花穿着一身干净衣服出现在刘大脖的面前，刘大脖正在给客人下面条，炉火闪亮，把他的大脖子映得亮油油的。回头的时候，他看到刁花来了，就把手里的锅一丢，对张兴旺吼道，厨师长，你过来顶一顶。张兴旺看到门口站着鲜亮得像一朵新鲜的杜鹃花的刁花，就冷笑了一声说，我看你又在找苦头吃了。

刘大脖说，丫的，关你鸟事？

这天中午刘大脖炒了几个菜，和刁花面对面地坐了下来。然后他又开了几瓶冰啤酒，三杯下肚，刘大脖的话就多了起来，话一多，嘴就犯贱。刘大脖不久就说起了家里祖传的价值连城的青花瓷瓶，还说起了不太如意的婚姻生活。刘大脖一直把酒喝到了黄昏，一直把话说到了黄昏，当他突然意识到已经是黄昏的时候，刁花却仍然一动不动地坐着，津津有味地听着刘大脖说话。夕阳的红光披在刁花的身上，让刁花的年纪突然之间减去了好几岁。刘大脖的心脏就怦怦怦地连续跳了几下，他想他可能有些醉了，看看张兴旺不在身边，刘大脖壮起胆子伸出手，一把捉住了刁花的手说，你要是肯和我在一起，我可以给你在林平买一个房子，但是你必须对我好。你还可以在这儿上班，你住的地方有了，工作也有了，一举两得。

刁花皱了皱眉说，林平是什么地方？

刘大脖说，是余海，余海是海州的副城，其实不太远的。但是我有一个条件，我不能娶你，我和前妻离婚后就不想再娶了。你呢，必须一直对我好，你不知道，我有一颗寂寞的心。

刁花把手慢慢地从刘大脖的手心里艰难地退了出来，脸上很忧郁的样子，很像电影中的林黛玉。刘大脖以为刁花肯定是不愿意了，心里就有些急，没想到刁花的笑容慢慢地浮了上来说，你说话算话。

刘大脖猛地拍了一下桌子，喝下一杯酒，把杯底朝天说，君子一言,快马一鞭。

刁花重又把手塞回到刘大脖的手心里,这时候张兴旺刚好又回来了,看到刁花的样子,就心事重重地用海州话对刘大脖说,你结个人啦,就是会得作啦,我看你当真要死到女人家的肚皮上头去啦。

刘大脖说,你不要给我花头精实透的,我的事不用你来管。

刁花说,他说什么?

刘大脖就堆起一个笑脸说,他说你肯定是西施投胎的。知道西施吗?西施是以前的选美冠军。

刁花于是就正式上班了,她自己带来了围裙,穿着干净的衣衫,像一棵水仙花一样干干净净地站在了兴隆面馆的门口。所有低埋着头发出巨大声响埋头吃面的客人,都不约而同地把直勾勾的目光投在了刁花的身上。刁花走得很缓慢,每走一步都是一道会动的风景。刘大脖就看得呆了,手里举着锅铲半天也没有把嘴合上。他的心里荡起了一阵阵幸福的涟漪,他觉得和阿英不能睡觉算什么?阿英又不是黄花闺女,有什么臭架子可以摆的。刁花才是风情万种,刁花才是河南风范,刁花才是像女人花一样。

刁花在兴隆面馆里开始上班,这让刘大脖的兴隆面馆生意好了不少。刘大脖心情一好,就愿意唱歌,他唱了《好汉歌》,也唱了《九月九的酒》。他不停地唱歌,不停地把手伸向刁花,但是又不停地被刁花挡了回来。刁花说,林平的房子呢,你不是说林平有房子给我住吗。刘大脖只好说,快了,就快了。刁花冷笑了一声,她没有催刘大脖,给面馆打工也打得好好的。她爱打扮,一有空的时候,会涂个手指甲,脸上扑点粉,或者坐在桌子一角泡杯茶喝。张兴旺对她好像没有了以前的那种成见，偶尔也会慷慨地给她一个笑容。之后，好景不长，因为五哥突然来到了兴隆面馆。

五哥在兴隆面馆点了一碗腰花面，然后又要了一瓶冰啤酒，还有两只鸭头。五哥吃鸭头的样子有些专业，吃完喝完了，五哥又盯着刁花研究了一会儿。研究的结果是，五哥说，你过来。刁花就过来了。五哥说，你坐下。刁花就坐下了。五哥说，刘大脖给你多少钱一个月？刁花说，包吃不包住，一千五百块。五哥说，按说也不低，不过我给你两千块，你给我的台球房去当服务员。

刁花就看了看刘大脖，刘大脖想给五哥一个笑脸的，但是他的样子仍然有些难看。五哥笑了，说，你不要盯着刘大脖看，刘大脖听我的，这儿是我五哥的地盘。刘大脖，你说是不是？

刘大脖想说不是的，但是吐出来的音节却是：是是是。

五哥就夸张地大笑起来，说，听听，你听听，刘大脖也说是。你跟我走吧，我今天就带你去熟悉北湖。知道北湖吗，北湖是这个世界上最著名的大池塘。

五哥那天和刁花聊了很久，然后他就要带刁花离开了。离开之前，五哥剔着牙让刘大脖过来。五哥说，刘大脖你的治安费要交了。刘大脖愣了，说，什么治安费？五哥有些生气了，说，治安费就是我们帮你维护治安的费用。刘大脖说，那是不是就是保护费？五哥说，答对了，但是不给你加十分，以后你们小店的治安费就定在一千块一个月。

刘大脖的脑袋就嗡地响了一下，这一千块钱可以让他去多少次快活林？可以给哩哩讲多少次故事，并且和她睡觉？刘大脖愣愣地站在五哥面前，一动不动。张兴旺却突然操起了双刀，无声地走到了五哥面前，阴着一张脸瞪着五哥。五哥吓了一跳，说，你想干什么？你不要无法无天。张兴旺笑了，说，我今天就斩了你个黄世仁。

看到菜刀的光芒，五哥的身子开始不停地颤抖，他并不是神仙，也不是武林豪杰，他当然也会发抖。但是他的面上保持着镇定，他的五短身材像一支小型的铁塔一样伫立在张兴旺的面前。刘大脖忙上前挡住了张兴旺，刘大脖说，兴旺、兴旺，兴旺你不是说做人要孝顺吗？

张兴旺涨红着脸大喝道，做人要孝顺和收保护费有什么关系？

刘大脖也大声说，你这个傻瓜，你要是杀了人，肯定被抓起来。你要是抓起来了，你肯定不能尽孝了。你不能尽孝，我肯定也不能尽孝了。

张兴旺说，你给我滚开，不能尽孝我也得先做个男人。

刘大脖大吼，紧紧从背后抱住了张兴旺说，不行，我说不行就不行。我是老板，你只不过是厨师长，一切都是我说了算。

刘大脖腾出了一只手，迅速挖出一小沓钱，扔向了五哥。钱落在五哥的脚面上，五哥弯腰捡起来，慢慢数了起来。五哥说，只有八张，不过算了，第一次收治安费给你打八折。五哥说完，弹了一下那小沓的钱，然后摸了一下刁花的脸，摇晃着把小型铁塔移出了兴隆面馆。这个时候，刘大脖才松开了手，张兴旺将两把菜刀扔在地上，说，大脖，心太善就一定会被人欺啊。

刘大脖淡淡地说，欺就欺吧，我有刘明亮，我还有刘老歪，我要是豁出去了,他们怎么办?

刁花一直微笑地看着刘大脖,但是她的眼很深地藏着失望。她觉得刘大脖根本不配当一个男人,其实她对林平的房子无所谓,她对什么什么的承诺也无所谓,她就是想在海州找个男人成个家的。但是现在,她突然觉得找刘大脖那肯定是眼睛瞎了。她对刘大脖不再热情,上班的时候也经常玩手机发短信。刘大脖感到了无穷无尽的失败,他突然觉得刁花似乎正在离他远去,至少是越来越远。于是,刘大脖把一大堆的房产广告纸找来了,装作专心挑选楼盘的样子。刁花走到他的身边,说,你累不累?

刘大脖说,什么累不累?

刁花说,你别装了,你心里要真有我,早就把林平的房子给买好了。你心里只有你的女儿刘明亮,我劝你还是给刘明亮准备点儿嫁妆吧。

这天刘大脖一直在想着这个问题,后来他想,也许是对的,我应该为刘明亮准备嫁妆了。

8

刘大脖还没有为刘明亮准备好嫁妆,刘明亮却怀上了孩子。刘明亮躺在病床上,眼睛望着窗外,刘大脖把亲自炖的鲫鱼汤放在床头柜上时,刘明亮似乎对刘大脖视而不见。刘明亮本来是不用住院的,但是她做人流的时候出了一点儿问题,流了好多血。用医生的话来说,是差点死掉了。

因为这个差点死掉,所以刘明亮需要住院。刘大脖在刘明亮的身边坐了下来,一言不发,因为他不知道他该说些什么。

也许说任何话，刘明亮都是懒得听的。刘明亮对他一点也不像女儿对父亲的亲热，但是刘大脖最后还是忍不住，将手搭在了刘明亮的额上说，明亮，明亮你把我吓死了。

刘明亮却冷笑了一声说，苹果手机呢，你怎么说话不算数？

刘大脖像变戏法似的掏出了苹果手机，塞到刘明亮的枕头上说，给你入好网了，号码的最后面是四个六，老子希望你一直顺。老子怎么会舍不得在你身上花钱呢？你是老子的命，没有了你老子的命也就等于没有了。

刘明亮的手伸了出去，摸着那只苹果手机，后来轻轻地放在了唇边。刘明亮轻声说，我想吃爆米花。刘大脖忙起身往外走去，一会儿他就捧着一纸袋丰盈饱满的爆米花来了，那些爆米花白白胖胖，像极了一个个嫁人不久的女人。刘明亮吃起了爆米花，刘大脖就觉得，如果谁让刘明亮受了委屈，他一定要把他劈成两半。刘大脖这样想着，就向病房外走去。这时候刘明亮的声音拽住了他的脚步，刘明亮说你干什么去？

刘大脖说，我算账去。

刘明亮说，你找谁算账？

刘大脖说，我找牛杰瑞这个牛皮客人算账去。

刘明亮说，你去找他干吗？他本来就是个人渣。不过人渣也挺好的，现在优秀的人渣已经越来越少了。三天以后他就要去北京了，你别去找。

刘明亮这样说着，从枕头下面摸出了一包烟。刘大脖想阻止，但是最后鬼使神差地拿过了刘明亮手中的打火机，小心翼翼地帮刘明亮把香烟点燃了。刘明亮吐了一口烟，剧烈地咳嗽起来，边咳嗽边说，你答应我别去找那人渣，是我自找的。

按照医生的嘱咐，刘明亮要在家里调养一个星期。刘明亮天天躺在床上，这让刘老歪说不出的开心，甚至有阳光明媚的时候，他竟然会用漏风的嘴哼哼《乌苏里船歌》。刘明亮的心情好了许多，她说，刘老歪，你年轻的时候肯定腰杆笔直，站在船头，畅游乌苏里江。这样的镜头，我想象都能想象得出来。

刘老歪大笑起来，他并没有听见刘明亮的话，但是他不知道为什么，就是想要高兴。就在刘老歪想要高兴的时候，舒小乙回来了。舒小乙穿着棉布衣裳，很清爽的样子，站在家门口。那个时候刘明亮正在吃泥鳅，那是刘大脖专门为她烧的秘制泥鳅。一些光线自由出入刘明亮这户普通的家庭，在楼板上自由散漫地来回走动。舒小乙安静地站着，像一幅油画一样站在刘明亮的家门口。这时候一阵风吹了过来，风吹起了舒小乙的裙角，也把门给合上了。在门合上的瞬间，刘明亮刚好抬起头，看到了门口的这幅油画。但是一秒钟不到，门把她和舒小乙重重地隔开。

舒小乙说，明亮，你开门。

刘明亮的声音传了出来，你是谁啊？

舒小乙说，我是妈妈。

刘明亮说，我妈妈在温哥华。

舒小乙说，我现在就在你的门口，你明明看见了。

刘明亮说，你想干什么？你钱很多，是送钱来的吗？你要是钱真的很多，就把钱给我丢进来。

舒小乙没有再说什么，她在门口哭了起来。她注定要哭的，因为她本来是海州人，后来成了加拿大人，换身份太快，当然是要付出代价的。而此时的刘大脖，正红着一双眼睛，穿行在城市的街头。风洞穿了他火热的身体，他突然之间感到青春勃发，他像年轻了十岁或者二十岁一样，快步在海州的街头走着，闻一路闻二路闻三路，五岭路体育路天目路，风起路庆州路中山路。他多么像一只猎犬，除了用警惕的眼睛扫视人群，而且还用鼻子拼命地嗅着。他的手里拿着一张报纸，报纸里裹着一把小得可怜的水果刀。他在水果刀刀身上裹报纸的时候，就知道这把刀哪怕插向心脏，也够不到心脏的部位。

刘大脖是在寻找牛杰瑞。女儿让他别找了，并不等于是他不想找了。他要找到牛杰瑞，想做的一件事是，要把这个像风筝一样单薄的牛杰瑞，像撕一张纸一样撕开。但是刘大脖转了一天，仍然没有找到牛杰瑞的哪怕一根头发或半点影子。

刘大脖垂着头回到了兴隆面馆。刚到面馆的时候，看到刁花正好打扮停当想要出去。刘大脖说，你去哪儿？刁花说，我去见个人。后来她又觉得没有必要和刘大脖说得那么详细，于是就提高了分贝说，我想去哪儿和你有什么关系？

刘大脖说，你不要走。

刁花说，你是谁呀？你在林平买的房子呢？老娘不稀罕，就算真有那房子，也留给你自己去住吧。你不是还有那价值连城的青花瓷瓶吗？那瓷瓶也留给你自己当尿壶吧。

刘大脖说，你是去找那个流氓吧？

刁花说，流氓不可怕，就怕盲流。我看你就有点儿像盲流，没有精神有气无力。

刘大脖突然伸出了手，无赖一样地说，反正老子不让你走。

刁花说，你是不是想炒我的鱿鱼？那我还告诉你了，老娘就等着你炒我鱿鱼。你要是不炒，那我炒你。

老子的地盘

刘大脖涨红了脸，激动地大吼起来，你不要脑髓搭牢了，你知不知道这儿马成路一带都是我刘大脖的地盘。老子要是一跺脚，地震九级。

刁花不说了，平静了一会儿，她似乎是在调养吵架的力气。后来刁花终于说，刘大脖你再不让开，我马上报警。

三个警察的面容再一次像徐徐上升的广告牌一样，浮现在刘大脖的眼前。刘大脖权衡了一下利弊后，慢慢地闪过了身子。刁花从刘大脖的身边经过，走出兴隆面馆的店面时，长长地嘘了口气。她完全听到了刘大脖发出的不伦不类的北方音节，丫的。

这天晚上张兴旺要陪刘大脖喝一杯，以给刘大脖消消心头的积怨。刘大脖却把张兴旺支开了，说我是男人，我会在乎这些小事？刘大脖让张兴旺先走，一个人把店门关了，炒了满满的一桌菜开始喝酒。刘大脖喝一会儿酒，打量一会儿油腻腻脏兮兮的兴隆面馆，心中的悲凉像海浪一样地涌了过来。有了这么多的悲凉，就让刘大脖有了喝醉的勇气。刘大脖喝得有点儿多了，当他回到家里，舒小乙已经回去，他看到女儿一边数钱，一边在哭。刘老歪很安静地替刘明亮数钱，百元面值的钱一张张平铺着，铺了一床。这时候刘大脖才知道，女儿看上去对什么都无所谓，其实她心里苦，心里比谁都有所谓。她最大的心愿，肯定是让舒小乙回来，重新走回这个家庭。但是，这是一件不可能的事，如同扫帚柄上长出竹笋一样不可能。

9

  秋天已经逼近海州了，一阵雨一阵凉，几场雨下来，暑气就被全部浇灭了。刘大脖躺在兴隆面馆的一张躺椅上，面对着大街。张兴旺无所事事，收音机里正在播着单田芳说的《关公战秦琼》。刘大脖翻了一个身，没有睡着，又翻了一个身还是没有睡着。他不由得站起身来，猛地在桌子上拍了一下。

  张兴旺说，你干什么？你又不是关公你拍桌子干什么？

  刘大脖说，你真是没意思，可怜虫，我们男人，怎么可以没有血性。在老子的地盘，老子说话一定得算话。

  张兴旺一下子就愣了。刘大脖中午的时候并没有喝多少酒，但是他却说出了满嘴的酒话，豪情万丈的样子。张兴旺看到刘大脖已经站起来了，索性不再理会他，躺倒在刘大脖刚刚睡过的躺椅上。刘大脖对张兴旺的行为嗤之以鼻，很不屑地用鼻音发出音节。刘大脖说，丫的，懦夫。

  这天晚上刘大脖觉得应该去快活林一次，这是因为他很久没有见到哩哩了。他决定就像去找一个老熟人一样看看哩哩，顺便给每家发屋都送送炒面，看有没有机会赚点半夜生意。当他打好包准备出发时，哩哩站在了兴隆面馆的门口。哩哩就站在月色和灯光混合在一起的光线中，嘴角还挂着血珠。刘大脖说，你怎么了？

  哩哩说，快活林关门了，被五哥砸了，老板没有交保护费。

  刘大脖不再说话，他知道自己也是乖乖地交了保护费的。哩哩却微微地笑了起来，平静地说，你睡我吧，你像一个男人一样地睡我，我今天晚上是不卖的。哥，你睡我。

刘大脖后来关掉了店门，在关掉店门以前，他把哩哩拉进了面馆，然后刘大脖把哩哩带到了阁楼上。刘大脖对哩哩很温柔，像对待自己的爱人。刘大脖不停地抚摸着哩哩，但是却没有实质性地进展下去。哩哩以为这是刘大脖的前戏，这让哩哩难得有了好的感觉。在这样缓慢的过程中，哩哩不停地说着话，她的意思是自己就要回老家去了，她要回老家用做小姐积蓄的钱开一家书店。哩哩的意思是，一定要卖小说书为主，因为人生他妈的太像小说了。从此以后，我哩哩就是一个好姑娘了，我哩哩要好好经营自己的书店。

哩哩想开书店，这让刘大脖哑然失笑。后来刘大脖不知道怎么的，却没有能进入哩哩。刘大脖说，我可能不行了，哩哩你别怪我。哩哩不说话，将手插入刘大脖本来就很稀疏的头发丛中，温柔地说，我不怪你。后来哩哩在不知不觉中睡着了，当她醒来的时候，看到楼下的小卫生间里亮着灯，而刘大脖却没有了踪影。哩哩蹑手蹑脚地起床，走到楼下，轻轻推开卫生间的门，看到刘大脖正在手淫，他的表情从痛苦到舒展，然后像没事似的说，丫的，好了。

哩哩这时候才明白，刘大脖不想进入她，是因为她从此要新生了，从此要回到老家开书店了，所以刘大脖想要把哩哩当作自己的妹妹。哩哩的眼泪啪嗒啪嗒往下掉，她从背后抱住了刘大脖，把脸贴在刘大脖的后背上，哽咽地说，哥，你不是一直都说这儿全是你的地盘吗？

刘大脖有些无言以对，他转过身，紧紧地把哩哩抱在了怀里。

哩哩是快天亮的时候上的火车,她的老家在亳州,但是刘大脖一直把这个亳字念成毫字。刘大脖把哩哩送上了火车,火车开走了,哩哩没有像电影里的镜头一样伸出头来挥挥手,刘大脖看不到,其实在车厢里哩哩把眼泪流得是一塌糊涂。火车开远了,刘大脖像一个流浪汉一样,慢慢地走出了月台,然后一头扎进越来越明亮的即将到来的海州清晨。

刘大脖回到兴隆面馆,连续灌了两瓶劲酒,所有的胆气就全部来到了他的身上。这时候一场秋雨不急不慢地向海州扑来,飞快地把整座城市淹没了。刘大脖拿着菜刀,锁上了面馆的门,红着一双眼睛喷着酒气去找五哥。五哥被他轻而易举地找到了,五哥还在和一帮人喝酒,清晨就要来临了,空气多么清新,秋雨仍然在飘落着,这么清新的空气适合美好的人生。没有撑伞的刘大脖已经被淋得精湿,他觉得自己的人生一点也不美好,自从舒小乙离开自己后就变得不美好了。五哥和一帮人正在一座雨棚下划拳,他们的声音有些响亮,轻易地抵达刘大脖的耳中。这时候,不知道是谁发现了刘大脖,五哥等人一下子变得鸦雀无声。五哥看到了刘大脖手里握着的明晃晃的菜刀。

刘大脖的手指头在菜刀上试了一下刀锋,一颗血珠子像是从手指头里面蹦出来一样,跳跃着滚向刀身,然后飞快在刀身上滑下。刘大脖笑了,看到这一滴红,让他确认自己其实是有勇气的,他一直都在可惜,他在可惜这勇气来得太迟了。

然后,像电影里的镜头一样,刘大脖迈着稳健的步子,平举着菜刀,恶狠狠地盯着五哥,向五哥走去。他的破皮鞋落在水洼上,溅起了无数混浊的水珠。五哥身边的人都操起了铁棍,他们吐掉了嘴里的烟蒂冲向刘大脖。很快刘大脖的菜刀被夺下,身子被众人踩在了脚下。

五哥点了一支烟，他说，让他起来。

众人都散开了，但是仍把刘大脖围在中间。刘大脖觉得自己的身子骨都被拆开了，心口很甜，嘴角还挂着一串面条一样的血。但是刘大脖还是笑了，他大笑起来说，五哥，这马成路一带，全是老子的地盘。在老子的地盘，老子说了算。

菜刀被送到了五哥的手中，五哥把玩了一会儿菜刀，突然把刀子扔在了刘大脖的面前。菜刀发出了一声脆响，五哥的声音也随即紧紧跟了上来。五哥说，拿起刀，来杀我吧，谁也不许拦他。

刘大脖捡起了刀，他摇摇摆摆地走向了五哥，两个人的眼神一眨不眨地对视着。五哥的腰间插着一把仿真枪，虽然是仿真枪，但是只要开枪了，仍然足以致命。如果刘大脖真的举刀，五哥一定会在刘大脖举刀以前开枪。可是刘大脖最后却没有举刀，而是让菜刀落在了地上，再一次发出一声脆响。这是一把菜刀在一个初秋雨地中的经历，然后，刘大脖晃动了一下身子，软软地倒在了雨水中。

五哥长长地嘘了一口气，走到刘大脖的身边，用脚踩在刘大脖的脸上。五哥说，听说你家里有一只价值连城的青花瓷瓶，我倒想见识见识。刘大脖笑了，价值连城，价值连城，哈哈。

然后刘大脖就被带到了家中，按照五哥的意思，刘大脖把青花瓷给捧了出来。那其实只是一只普通的花瓶而已，甚至连赝品也算不上。里面发出清脆的金属撞击声，是刘大脖用来存零钱的罐子。五哥很生气，他高高地举起了青花瓷瓶，重重地摔在地上，一声脆响以后，那些群居的硬币全部散落在地上。

警车的声音响了起来。刘大脖笑了，说五哥，这儿到底是谁的地盘，你说了不算，我说了也不算。

五哥走出门去，看到三辆警车停在门口，刘大脖熟悉的那三个警察也在其中。他们也都没有穿雨衣，就那样淋在雨中。蜂鸣器已经关了，但是警车的顶灯仍然在闪烁着。五哥看了刘大脖一眼说，大脖，我今天才真正认识你，我真想把那一千块钱还给你。

刘大脖说，不用了，算是我给你的见面礼。

五哥不再说什么，带着众人走向了警车。警车当然不是为了刘大脖来的，警车是在掌握了五哥一伙的罪行以后才来的，仅仅因为是一个巧合，刘大脖在清晨的时候偷偷报案了。刘大脖报案的内容是，幺幺零你们快来呀，血案即将发生。

警车开走了，围观的人群也散了开去，一切都安静下来，只有刘大脖湿得像一只落汤鸡一样，失魂落魄地站在秋天的雨水中。刘大脖很想唱一首歌，于是他开始在一个人的雨里唱《好汉歌》。唱着唱着，他就觉得自己真的成了好汉。

10

张兴旺来兴隆面馆上班的时候，雨已经停了，不过路面还是湿成一片。张兴旺看到鼻青脸肿的刘大脖，已经在兴隆面馆门口的水池里洗青菜了。张兴旺看到刘大脖脸上的乌青和血渍，说，你和谁打架了？

刘大脖笑了，说我不小心摔了一跤。

张兴旺说，你是被人打了，我看得出来。

刘大脖说,这儿是谁的地盘?老子的地盘有人敢和我打架?我把他全家给荡平了。

刘大脖后来觉得说话的时候嘴巴很痛,于是他就不说话了,他刚想专心地洗青菜,就扑通一声倒在地上。张兴旺摇了摇头,抱起死沉的刘大脖,把他放在了那把躺椅上,再盖上一块毛毯。

刘大脖醒来的时候,刘明亮就坐在刘大脖的身边,她的身边是一只皮质的拉杆箱。刘明亮这天很奇怪,不仅给刘大脖擦脸,还给刘大脖沏茶,对刘大脖说好多知心的话。比如她递给刘大脖一张票,说万松岭书院周六有相亲大会的,你去相亲吧。找个会过日子的,有钱就买房,别落在女人手上。刁花、李冬瓜,没有一个好的。你那是什么眼神呀?刘明亮接着又说,有困难,找警察,你要写在墙壁上。比如这次,如果警察不赶来,我敢说五哥他们会把你杀了,然后剥皮剁了做馄饨。这次你报警,报得对,这就是五哥的下场。刘大脖的汗就一层一层地往外冒,他以为刘明亮还是个孩子,但是刘明亮看得比他还明白。

最后刘明亮要说的是,她要走了,去北京九七八,那儿有一个艺术空间想找她当模特。这让刘大脖很担心,但是又很欣慰,看样子女儿长大了,可以自食其力了。而其实刘大脖是希望把刘明亮当一只风筝的,可以在天上飞,但是始终有一根线紧紧地牵在他的手心里。这样他就熨帖,就顺心,就能睡得安心舒坦。现在刘大脖的心里有了强烈的失落感,但是他又不能阻止女儿的前往。阻止女儿去北京,就等于是阻碍女儿的大好前程。

刘明亮说,我饿了,想吃碗面。

刘大脖就对着兴隆面馆里的张兴旺喊,兴旺,给我女儿烧一碗大排面。

刘明亮说，不，我要你亲自做面条给我吃，我还没有吃过你做的面条。

刘大脖屁颠颠地去为刘明亮做面条了，做面条的时候眼泪就不由得掉在了锅里。一个声音始终在他的耳畔回响着，女儿长大了，女儿长大了，女儿长大了……刘大脖做好了面条，把面条端到刘明亮的面前，说，你是我的客人，客人，请用餐了。

刘明亮就开始认真地吃面条，其实之前她就知道，刘大脖做起面条来要比张兴旺好多了。刘明亮吃完了面条，很认真地把空碗推开。刘大脖紧盯着刘明亮看，生怕刘明亮突然之间人间蒸发。他像是想起了什么似的，把那只藏在身边，舒小乙留下的很轻的金戒指套在了刘明亮的手指头上。

刘明亮曲了曲手指，觉得大小正好合适。阳光穿透云层，打在兴隆面馆门口湿漉漉的马路上。秋风顺利地经过了兴隆面馆门口的时候，刘明亮走了，她只留给刘大脖一个背影，她和她的拉杆箱一起消失，像是从来都没有在兴隆面馆门口出现过似的。

然后，天就正式凉了。

傍晚的时候，刘大脖又去了运河边跳沙沙沙，他跳得很认真，很投入，仿佛想要跳到一个无人深入的黑洞中去。很快，他的身上就全是汗水了，他拼命地跳着，以至于眼睛都被汗水糊住了。他想，明天就要去万松岭参加集体相亲会了，除了一定要穿戴整齐以外，必须带一本完整的书。最后，刘大脖从旧货市场搞来一本圣经，他很喜欢，觉得这是他们家里最厚的一本书。

阿英慢条斯理地来了，这一次她迟到了好久。以前阿英来的时候，刘大脖总要上前去打招呼，这一次刘大脖却破天荒地没有上前，这让阿英感到了纳闷，纳闷之中又夹杂着失落。而令刘大脖感到奇怪的是，父亲刘老歪不知道什么时候出现在运河广场了，他步子轻健，走到刘大脖的身边，口齿清晰地说，儿啊……

刘大脖忙上前挽紧了刘老歪的胳膊，说，老歪，我们回家。

蝴蝶

我叫茯苓。我喜欢黑夜。

现在,我站在二楼的走廊上,站在黑漆漆的一堆凌乱的夜里,看到楼下不远处的一盏路灯下,许多飞蛾在淡淡的灯光下游泳。白天的阳光从很远的地方拍打下来,侵入我黑夜之中的视网膜,让我渐渐看不到远处的景物,只看到一片刺眼的白光。现在,自行车密集的铃声响了起来,还有小贩的叫卖声,这些声音网一样罩下来。我闻到了那个小镇的气味,那是一种泛白的,在阳光翻晒下有些发霉的气味。一座小镇海市蜃楼一般,慢慢地清晰起来,房屋绵密,像一个个孤独的人;地势由低向高,可以看到奋力蹬着自行车的少年,蹬到小镇的高处,再让自行车滑行下来。他们的双手离开车把,把手伸向空中,仿佛托举一些什么,并且发出噢噢的喊叫。我喜欢小镇的清晨,热闹中显出安静。这样的安静被连绵的群山包围着,我们能闻到汹涌的植物的气息。我甚至迷恋地上随意丢弃着的棒冰纸,像蛇蜕或蝉蜕,会随风起舞;迷恋午夜以后安静下来的灯光球场,或者,我只是喜欢那个篮球架的轮廓而已。现在,让我告诉你,这座倾斜的小镇的名字,叫作枫桥。如果我把目光扯回来,我

蝴蝶 | 205

仍然能看到楼下不远处的一盏路灯下，许多飞蛾在淡淡的灯光下游泳。

我叫茯苓。我喜欢黑夜。

1

茯苓看到甘草在阁楼上文一只蝴蝶。蝴蝶就文在甘草的锁骨以下，左乳以上。甘草的脸上一直盛开着一个很轻的笑容，那枚银色的小针，顺着蓝墨水画好的形状轻轻扎着皮肤。蝴蝶的形状开始变得模糊起来，茯苓不知道，蝴蝶其实会在甘草的皮肤脱去一层轻痂后，长大成蝶。阳光很斜地打进阁楼里，让甘草的裸体变得半明半暗。茯苓分明看到，甘草锁骨下的那只蝴蝶，轻轻地颤动了一下翅膀。茯苓八岁的年龄开始疼痛起来，她一直害怕阳光的光刀，它能把一切事物都切割。

茯苓安静地看着。甘草一直都只给她一个背影。现在这个背影在阳光下斜斜地一分为二。茯苓想起了生母，生母也是这样把半边身体躺在阳光的二分之一中，手腕上的刀口很醒目，血浆在她身下，像是要把她给浮起来似的。而刀口皮肉外翻着，如同一个孩子鲜嫩的嘴唇，泛着轻微的白色。茯苓在那时候看到了许多的飞蛾，它们在光影里游泳时无声无息。茯苓就一直望着那些飞蛾。她的身子瘦小，藏在一件宽大的父亲穿过的半旧衬衣里，光着脚板。然后，她看到了甘草，甘草出现的时候，手里捏着一只小巧的巴掌大的包。她穿着一件旗袍，好像是从另一个时代匆匆赶来的。那时候茯苓还不知道甘草是会做裁缝的，她只知道，杜仲是爸爸的战友。爸爸被一辆拖拉机轧死的时候，是杜仲来料理后事。现在，杜仲又来了，他带着甘草一起来的。他一言不发，只是轻轻地抚摸了一下茯苓的头发。

很多年以后，茯苓仍然能记得那一次抚摸。杜仲料理完茯苓妈的后事，茯苓就跟着杜仲和甘草走了。他们乘坐一辆绿皮火车，抵达了枫桥。茯苓看到一座倾斜的小镇时，一下子就喜欢上了。她甚至想，为什么那些小厂的烟囱，却是不倾斜的。那个阳光稀薄的午后在茯苓的记忆里淡了下去，最后只剩下一幅画。画面中母亲的手伸出来，像一根姿势优美的树枝。手腕上有一个通往另一个世界的入口。母亲像烟一样，涌进那个细小如嘴唇的入口，不见了。接下来，是茯苓在这座小镇的一大段的人生。

茯苓看到甘草留给自己的背影。她的屁股很圆润，腰身很小，像一只花瓶的样子。茯苓想，甘草就是一只会动的陶瓷花瓶。茯苓叫她甘草，叫那个小个子男人杜仲。杜仲眼中露出失望的神情，说，你叫妈，你该叫甘草妈。茯苓笑了，盯着穿旗袍的甘草好久，又叫了一声甘草。甘草说，那就叫甘草吧，挺好的。

在茯苓八岁的记忆里，甘草的乳房是会跳跃的，它们结实而且富有弹性，像是两只比赛着的兔子。茯苓很喜欢这两只兔子。她们一起在卫生间里洗澡的时候，茯苓会突然伸出手来，在甘草的双乳上拍一下，两只乳房不时地颤动，一些水珠滚落下来。茯苓咯咯地笑了。有时候，茯苓会出其不意地用嘴噙住甘草红润的乳头。甘草从不拒绝，甘草会在水汽氤氲中，微笑着看着八岁的茯苓。滴血的声音，在她耳畔响了起来，并且渐次清晰。甘草想，茯苓会不会痛的？

蝴蝶

把茯苓带回枫桥镇后，杜仲就消失了。他像一个柔顺的影子，在各个角落飘忽着。他隔一段时间会回来一次，身上弥漫着药材的清香。有时候茯苓会觉得，杜仲就是一棵移动着的草药。更多的时间里，杜仲把茯苓交给甘草。甘草在家里帮人做服装，缝纫机的声音一天到晚响着，如绵密的针脚一般。茯苓就在这样的针脚中，过着波澜不惊的生活。镇上有很多女人找甘草做衣服，来得最勤的是一个叫白果的女人。她长得有些高挑，那根长长的脖子，似乎略略和常人有异。她经常托着一块布料，娉娉婷婷地行进在镇卫生院到甘草家的路上。她来的时候，总是穿着白大褂。她是一名医生。茯苓搞不懂的是，她既然经常穿的是白大褂，为什么还要来做那么多的衣裳。难道那些衣裳，是用来挂在衣柜里欣赏的？

甘草带着茯苓去棉布店扯布。她们的步子走得很缓慢。仿佛时光会在她们如此慢的步速中，逐渐凝固起来。那条倾斜的大街，一直伸向山上去。甘草一直牵着茯苓的手，这是她突然多出来的一个女儿，甘草其实喜欢这个女儿。这个女儿有着笔挺的人中，而且她的眼睛出奇地大而宁静。甘草和杜仲一直没有怀上孩子，杜仲认为这和他四处做药材生意有关。如果他不走南闯北，一个月之内，肯定怀上。现在，他们不急，他们有了一个现成的女儿，尽管这个女儿不叫他们爸爸妈妈，而是叫他们名字。

甘草和茯苓都看到了慈姑。她的老公金波佬出去采金了，一去就是好几年，连音讯都没有。慈姑正在和一群小姑娘跳牛皮筋。这是一件奇怪的事，她竟然和十来岁的小姑娘一起跳牛皮筋。而且，她的头上扎着两只小辫，小辫在光影之中剧烈地晃动着。她本人就像一只快速运动的毽子，热气在她的头顶升腾。甘草觉得这个女人有一种向上升腾着的力量，仿佛本身就是一蓬水蒸气，或者说，是一棵努力嘶喊着向上生长的白菜。甘草有些羡慕这个女人勃发的青春，甘草觉得，相比而言，自己正在迅速老去。

甘草带着莰苓从棉布店回家的时候，一场微雨跟在她们的脚后跟来了。和微雨一起来的，是一个叫厚朴的邮递员。他很年轻，理着一个板寸头，脸上还长着青春痘。那些青春痘闪着红润的光芒，似乎在兴奋地叽叽叫嚷。厚朴骑着自行车箭一般地蹿过来，在甘草面前突然一个急刹。他两条长腿踮着地面，弯腰在书包架中掏信。因为每天骑车，他的车技很好。他笑了，递过一封信来，说甘草，你又有信了。你的信真多。

甘草接过了信。她牵着莰苓的手往屋里走。莰苓却回过头去望着厚朴，厚朴像一只燕子一样，又一头扎进了微雨中。厚朴是从丹桂房村顶父亲的职，到镇邮电所上班的。厚朴的父亲身体不太好，母亲身体也不太好。只有厚朴和他的弟弟妹妹很健康。弟弟上了高中，妹妹在省城上大学。厚朴埋怨他们读书读得太好。因为读书，他们都需要钱，他们需要车技很好的厚朴，用送信换来的钱给他们提供保障。厚朴很累，但是他累得仍然是开心的。因为他本来在家里务农，但是有一天，他突然洗去了脚上的泥巴，到镇邮电所上班了。那时候他刚想追求大队书记的女儿春花，很快，这个念头就被他自己杀死了。

甘草知道，那信是黄连写来的。黄连不断地给甘草写信，他是甘草的高中同学。黄连在南海舰队当兵，当兵的人都喜欢写信，所以那些沾着咸涩海风的信，一封一封地飞向甘草。杜仲知道甘草有这么一个同学，老是给她写信。杜仲不以为意，杜仲想，在军舰上生活，除了看看海鸟在空中飞，当然还得写写信。如果不写信，会闷坏掉的。于是甘草就一次次地读一封封的信。甘草偶尔也回信，但是回得不多，因为甘草不知道该在信里写些什么。她的字很细密，她喜欢趴在缝纫机的一角写信。喜欢有一些阳光，细碎地打下来，打在信纸上。她的字写得很小，像蚂蚁。

甘草读信的时候，慈姑来了。慈姑的手里托着一块布，她的额头上还有细密的汗珠。她笑了，露出一口白牙。她说，我要做一件两用衫穿穿，甘草，你给我做一件两用衫。甘草就收起了手中的信，等于收起了一个海军士兵暧昧的思念。甘草看到慈姑的肩上，停着一只粉色的蝴蝶。她伸出细长的手指，轻轻地把蝴蝶捏在手里，对着阳光细细地端详着。透过那薄薄的翅膀，甘草看到了一个粉红的世界。甘草笑了，两个手指头一松，蝴蝶就飞走了。慈姑说，甘草，你不像镇上的人，你像城里人。

那，谁像镇上的人？

我像。我放到村里也像镇上的人，放到城里也像镇上的人。

甘草淡淡地笑了。她给慈姑量身体。慈姑很健谈，她说甘草你的房子很老旧了，为什么不买一套新的？

老房子不好吗？老房子有老房子的好。甘草说。

在她们的对话声中，茯苓向楼上走去。那是一架老旧但结实的木梯，有些西洋的风味。茯苓的脚步很轻快，像是蜻蜓点过水面。她到了阁楼上，就在一块巨大的毯子上坐了下来。那是一块来自新疆的地毯，有两张桌面那么大，铺在壁炉的前面。

这幢老房子是杜仲的叔叔留下的,叔叔是个画家,去了重庆,一座同样倾斜着的城市。叔叔的儿子,在那儿当着一个举足轻重的官员。叔叔临走的时候,一辆吉普车来接。他一手拎着一只皮箱,一手牵着他的老婆,向吉普车走去。他快上车的时候,回过头来对杜仲说,杜仲,这房子归你住了,你要照看好它。所以,在杜仲的记忆里,有一辆吉普车歪歪扭扭地向下行驶,离开了倾斜的小镇。叔叔和婶婶不见了,杜仲却多了一幢没有产权但是有使用权的房子。

当然,茯苓不知道这些。茯苓只是喜欢楼上的地毯和壁炉。茯苓无数次在地毯上流着口水睡着了。墙上的镜框里,满满一镜框的各色蝴蝶标本。像一幅画。画中的蝴蝶,和茯苓一样也睡着了。

这天晚上,杜仲和他的中药味一起回来。杜仲回来的时候,已经半夜,他是搭着一辆经过枫桥镇的货车回来的。他回来的时候,叫醒了甘草,让甘草给她做了一碗面。他比出去的时候黑了许多,但是一双眼睛,好像更有神了,在暗夜里忽闪着。甘草其实一直都在等着杜仲回来。杜仲给她从上海带来了真丝睡衣,他吃完面就让甘草换睡衣。甘草换上了睡衣,杜仲仔细地端详着,像是在看他的一张地契。后来杜仲走到甘草的身边,轻轻地咬住了她的耳垂。杜仲轻声地说,你不许累,你以后给我少干点儿活。养家挣钱,有我一个人足够了。

杜仲把甘草搬到了床上。他们在床上忙活着,很平缓,像是镇外一条河的流水,情节未见波澜。忙完了,杜仲仰着脸和甘草说话,杜仲让甘草一定要照顾好自己,也一定要照顾好茯苓。然后他开始说一些关于他和中药的故事,他是靠中药活着的一个人，他把中药当成父母。杜仲说了很久，后来他听到了细微的呼噜声。这时候他才发现，甘草早就睡着了，睡得很熨帖。

2

甘草给黄连寄去一只蝴蝶的标本。那是甘草挑选过的标本，她用彩纸把蝴蝶夹在其中，层层叠叠。然后，厚朴的自行车经过家门口的时候，甘草叫住了他。厚朴仍然一个急刹，两条长腿点地，扭过头来问，什么事？他的脸很年轻，他骑车的那种速度也很年轻，总之，他会带起一阵年轻的风。光线斜斜地打在他的脸上，他笑了，又问了一声，什么事。他看到一个穿旗袍的女人，站在门口的一堆稀薄如清晨的光线里，轻轻地扬了一下手中的信。

帮我寄一下信。甘草说。

厚朴很快折回来，从甘草手中接过了信。那信封上贴足了邮票。厚朴的自行车很快消失了，他像一阵风。

杜仲又要出差了，秋冬之交，他还要离开小镇，去赚回一笔钱来。在镇上人的目光中，杜仲是个言语不多的人，脸上永远堆着一成不变的微笑。有很多时候，大家都忽略了他的存在。在小镇上，杜仲有两个堂兄弟、三个表兄弟，但是他们如同隐匿在地下的蚯蚓，从不出现。他们唯一出现的一次，是来喝杜仲的喜酒。甘草早就忘了他们的长相，甘草面对那么多的陌生人，当她的新娘。她怎么可能记得起来那么多张脸，她只记住了那晚晃动着的酒杯，以及很多男人淫邪的目光。甘草不是笨人,那些看似极规矩的男人,骨头里面透出了淫邪,连看女人的目光都是躲闪着的。甘草很不喜欢。

杜仲走的时候,是一个天气寒冷的清晨。甘草送他到门口,只要一抬头,就能看到瓦片上的白霜。甘草就想,送杜仲,很有古诗的意境。甘草就像回到了古代一般,她古代的目光飘忽着,听到了杜仲絮絮叨叨的声音。杜仲让她别累着,明年,他们就该要一个孩子了。杜仲说要她少接别人的活,要她多吃点好吃的用不着节约,他有的是钱。其实甘草没有听进去什么,甘草只觉得杜仲的嘴不停地在动,而且嘴角居然泛着白沫。她很讨厌这样的白沫。甘草想,如果是在古代,三里以外,必有长江,江边泊着杜仲准备要乘坐的船。但是甘草还是把她古代的目光收了回来。甘草想,这儿没有船,这儿有一条铁路,一头连着杭州,一头连着南昌。铁路像一根藤一样,藤上的一个又一个的瓜,就是一个又一个的小站,比如兰溪,比如金华……

杜仲一出门,冬天就悄悄地出现在枫桥镇了。甘草渴望着阳光,照进她的老旧的屋子里。庭院里有一些普通的植物,很多时候这些植物,比如午饭花、凤仙花之类,很像是一户普通农户家的女儿。甘草生煤饼炉的时候,就时常想,这些煤烟,会不会熏得这些花喘不过气来?甘草很是关照它们,甘草一定是把它们也当成了孤儿。甘草想,这些藤藤草草,一定也渴望着阳光吧。阳光是被厚朴带来的,他的自行车突然一个急刹,又在小楼门口停住了。他的额头泛着淡淡的汗珠,一群阳光叽叽喳喳叫着跟在他的身后向甘草奔了过来。甘草的心窝里就突然热了一下。

厚朴说，甘草，你的信又来了，南海舰队来的。你的信，真多。

厚朴总是会说一句，甘草，你的信真多。厚朴说完就走了，仍然像箭一样，把整个冬天给射穿。甘草拿着信，回到缝纫机前读信。信是黄连的战友写来的，地址是战友从黄连的一堆信中翻出来的。甘草读着信，轻轻地笑起来，笑着笑着，笑出一串眼泪。甘草的战友说，黄连出公差跟司机去粮库运粮的时候，头撞在了货车的后挂钩上，挂钩扎进了黄连的后脑，结果警察请来了消防武警，把一小块货车挡板切割下来，连同黄连的身体一起送进了医院。挂钩不能动，动几个毫米，黄连就会死。在取挂钩的时候，黄连还很清醒，他只知道头上突然长出了一只像角一样的东西，后来，黄连轻声说不行了不行了。黄连最后说的是，甘草，我爱你。

战友把这一切说得很详细。甘草的心就痛起来，她拼命地捂着自己的心。其实甘草都已经忘了高中时代的黄连的模样，只知道他很腼腆，个子高高的，不爱说话。但是甘草在意黄连一次次给自己写信，甘草甚至无数次地想象着黄连穿着海魂衫走在沙滩上的样子。现在，黄连不见了，像水蒸气一样蒸发了。从此以后，甘草不会再有信了。

楼上的壁炉生起了火。火光很温和地跳跃着。壁炉的炉膛前，是一扎用红绸扎起来的信。甘草读完一封信，就将信扔进壁炉。再读完一封信，再扔进壁炉。甘草花了整整一个下午的时间读信和烧信。茯苓没有去打扰她，她站在二楼的走廊上往里看，看到有一些纸灰，从炉膛里飘出来，像一只又一只黑色的飞舞着的蝴蝶。信烧完的时候，已经是黄昏了。甘草在炉前的那张新疆地毯上躺下来，两条腿曲着，两只手平伸成"一"字，她在不停地唱歌。这个时候，楼下的空地上，站着托着一块布料的白果。白果仰起头，看到了茯苓和她的一头卷发。茯苓的头发有些卷，像水草。

白果说，茯苓，你妈呢。

你想干什么？茯苓问。

我想做一条九分裤，我想要你妈帮我做一条九分裤。白果说。

茯苓想了想说，我妈没空。

白果的脸色阴下来，她抬着头，脖子有些酸了。白果说，你妈说了没空吗？

茯苓想了想说，我妈没说没空，但是等于是她说了没空。

白果无奈地收回了目光，她看到楼下的门紧闭着。她实在搞不懂二楼走廊上的那个小丫头，怎么会说这样一些令人听不懂的话。但是她知道，甘草肯定不会在今天接她这个活了。甘草听到了白果和茯苓的对话，她突然觉得，茯苓的心智，和她的年龄不相符。

漫长的冬天，甘草不太愿意接活，她爱上了喝酒。她总是把脸喝成酡红的一片，她把脸贴近茯苓和她说话的时候，茯苓能闻到一股青草的气息。茯苓笑笑。茯苓喜欢站在阳台上，望着一条路向高处或低处延伸，她就站在这座倾斜小镇的中间部位，望着目光所及之处连绵的群山。那些山或绿或淡绿或深绿，颜色是不一样的。这些层次分明的颜色里，一定藏着很多的蝴蝶吧。茯苓这样想着的时候，冬雨就来了。南方小镇往往是这样，如果是在冬雨天，反而比平常的日子多一些暖意。冬雨其实是被厚朴带来的,他的自行车在甘草家门前的屋檐下一个急刹,连绵的冬雨就接踵而至。厚朴捋了一把脸上的雨水,笑了。他抬起头的时候,看到甘草和茯苓像两棵树一样,站在屋里看着他。

进屋里来坐坐吧。甘草的声音从屋里阴暗的光线之中慢慢延伸出来,落在了雨阵跟前。

甘草很久都没有来自南海舰队的信了,那些信封上统一地敲着免去邮资的部队三角印章。厚朴支起了自行车,他走进屋内,看到八仙桌边上坐着的一对母女。八仙桌上,竟然放着一只跳跳棋的棋盘,在无所事事的日子里,原来她们在下跳跳棋。

厚朴说,甘草,你很久没有信了。

甘草说,没有信也好的,没有信我就可以下跳跳棋了。

厚朴说,没有信和下跳跳棋也有关系吗?

甘草说,男人不懂的,没有信就等于是下跳跳棋。

厚朴说,女人真奇怪。

甘草不再接口,而是对着茯苓说,茯苓,你去买一瓶酒回来,要花雕酒,记住了,要到镇东头的阿德超市去买,那儿的酒正宗。

茯苓打起一把淡黄的小伞走了,她很小的身影,很快就被冬雨给淹没。她是一个不太有声音的人,不太有声音的人,往往更令人心痛。

甘草望着厚朴,她的目光一直落在厚朴卷曲的头发上。甘草说,冬天来了。

厚朴没有说话,因为厚朴不知道该说些什么。

甘草说,冬天是适合喝花雕的,如果放点儿姜,温一下,会很好。可以让人的身体热起来。

厚朴想了想说,我不喝酒的。

甘草说,我没让你喝酒,再说,有几个人是会喝酒的?

冬雨不停地下着。甘草起身,把门给关上了。厚朴看到甘草站在门口时的剪影,他的心里就激灵了一下。甘草的剪影,因为门的合上而转瞬之间成为一团黑夜。然后,一双手伸过来,牵着他上楼。厚朴上楼的时候,像一个孩子,他惊惶地望着四周,脑子里一片空白。他看到了楼上墙面上挂着的一个镜框,那里面全是一只只的蝴蝶。看到了壁炉,壁炉里还有残留的木炭的身躯。看到了一张新疆地毯,地毯上,突然飘落了一件衣服,又飘落了一条裤子,接着飘落了内衣。这是一个凌乱的冬天,在地毯上凌乱地堆了一些衣服。厚朴的嘴唇哆嗦着,他看到裸身的甘草走到了壁炉边,生起火来。甘草的动作很缓慢,厚朴望着她的影子,那是一枚熟透的柿子。厚朴这样想。现在,这枚柿子在火光的映照下,又走到了他的身边。她的手轻轻放在厚朴的头上,将他的脸按向了自己的胸脯。厚朴在自己的脸贴上胸脯以前,看到了那只在甘草锁骨以下乳房以上翩飞着的蝴蝶。

厚朴的手颤抖着伸出去,落在甘草的腰上,那是纤细的腰。厚朴的手温暖地一滑,落在了甘草的屁股上。屁股很圆润,厚朴很喜欢这样的厚实与弧度感。然后,他的嘴一下子噙住了甘草的乳头,哭了起来。他的哭声含混不清,像是一条狗被打折腿时的那种呜咽。然后,甘草倒在了厚厚的地毯上,她的手轻轻一拉,厚朴就扑倒在她的身上,将她和整个冬天,一下子盖住了。

甘草将自己彻底地打开,她甚至想要自己动手把自己撕碎,碎成一片片的羽毛,在连绵的山谷飘荡,或者说是游荡。这是一个淫荡、湿润、温暖的下午,厚朴后来终于发怒了,他像一头不知天高地厚的小牛,四只蹄子在冬天的深处肆意践踏。茯苓买了花雕回来了,她怀里抱着酒瓶,另一只手撑着伞。其实斜雨已经将她小得可怜的身体打湿了半边。她看到了门口停着的那辆孤独的自行车,还看到了不远的地方,一棵树下,站着白果。白果也撑着伞,她仰着头望着二楼。

茯苓没有去敲门,久久地望着白果。她慢慢地笑了,她到了换齿的年纪,所以她张开嘴的时候,我们看到的,是锯齿状的牙齿。白果后来转身走了,其实她是叹了一口气的。尽管茯苓没有听到,但是她身边的那棵树听到了。那树也叹了口气,冬雨呼啸一声,再一次把那棵树给罩了起来。这时候,门开了,厚朴从屋里走出来。他的脚步很厚重,看上去仍然充满着生机。他跨上了自行车,不管雨仍然在下着,一头扎进了雨里。

茯苓想,厚朴骑自行车远去的样子,多像是一个人在骑着马远去呀。就在厚朴被冬雨吞没的时候,茯苓胸口抱着的花雕不小心掉在了地上。小酒坛子碎了,淡黄的液体,瞬间被雨水冲得更淡。茯苓伏下身去,望着碎了的陶片发呆,她总是觉得酒也是有生命的,酒像四处逃窜的兔子一样,转瞬不见了。茯苓只闻到酒的气息,它们钻进了鼻孔,让茯苓不由得打了一个很响亮的喷嚏。在她的喷嚏声中,雨声渐止,尽管天还没有放晴,但是雨停了。茯苓一抬头,看到了二楼走廊上,站着甘草。她是刚从地毯上起来的,穿好旗袍,她打开门走到走廊上,看到茯苓刚好抬起头来。

茯苓看到甘草的脸色一片酡红，像是喝了很多酒一样。茯苓笑了一下，甘草也笑了一下。

3

杜仲像影子一样，在这座小镇进进出出。他脱下厚重的棉衣，换上了春装，然后，初夏也跟着来临了。初夏来临的时候，杜仲去了吉林，那是一个相对遥远的地方。

一般来说，初夏是一个让人浑身长满力气的季节。厚朴箭一样飞快的自行车，在大街上像是一种标志一样闪过。每个人都知道，这个年轻人叫厚朴。有一天，厚朴的自行车后座上，坐了甘草。甘草打着一把遮阳的伞。他们看上去很般配，像一幅流动的画一般。

其实厚朴的自行车后边，坐过许多的女人和小孩，他们说，厚朴，带一段。厚朴就带上一段。慈姑坐过，白果也坐过的，当然，甘草也可以坐。厚朴的自行车后边，甚至坐过一个疯子，那个疯子张开双手大笑着说，坐一段坐一段，厚朴就让他坐了。他坐在后面不停地晃荡着双腿，不停地唱着戏。厚朴让那个疯子，足足开心了一个下午。

厚朴把甘草带到了镇机械厂废弃的仓库，那儿有一张厚实的用来铡钢皮的大钢桌，钢桌上涂着厚实而光滑的红漆。甘草的手落下去，落在红色的漆面上，她一下子喜欢上了这张钢桌，钢桌传达的凉意，让她的心激灵了一下。后来，厚朴就把她抱上了钢桌，有时候，他站在钢桌边，和甘草缓慢地进行。有时候，他也爬上钢桌，想要把甘草给揉碎。甘草一直都在轻声地叫着。甘草说,哼哼哼;甘草说,噢噢噢。甘草脸上泛着笑意,她的双手紧紧地抓着厚朴卷曲的头发。厚朴像一个勤劳的耕作员,一言不发地耕作着。甘草侧过脸来,她的目光望着高高的窗户,那是一扇扇厚实的钢窗,有些窗玻璃已经破碎,只剩下不规则的齿状碎玻璃,坚硬地立在窗框中。窗外是大片的杂草,和杂树,它们的种子不知是从哪儿飞来,它们生活得很快活。一些蝴蝶,在杂草和杂树之间翩飞。

甘草喜欢上了这样的景致,她一次次地把自己无限度地打开。厚朴的冲撞已经显得很娴熟。甘草喜欢这样的冲撞。她甚至喜欢上了窗外飘进来的那些植物腐败的气息。她把这些气息当作清新的气息,所以在这样的气息里,她一次次地把头扎进厚朴的怀里,大笑地咬着厚朴。

厚朴喘着气说,我要娶你,我要娶你,我要娶你。

甘草也喘着气说,别傻,别傻,别傻了你。

厚朴喘着气说,这傻了吗?这怎么就傻了?

甘草也喘着气说,你是小伙子,你要娶姑娘。你说你傻不傻?

厚朴像是发怒了:不行,我就是要娶你,我就是要娶你。

甘草说,啊,啊……

在甘草的啊声中,傍晚来临了。他们终于起身,才发现各自的身子骨已经散开。他们需要把身子骨整合一下。甘草感觉到了无比酸痛,她坐直身子后,厚朴把她抱了下来。这时候,甘草看到钢桌上一个人形的汗渍,甘草就笑了。甘草指着汗渍说,这是我的灵魂。

他们是分开走的。厚朴仍然像一支箭一样,射到了小镇深处。甘草落在了废弃仓库的一堆黑夜中。她突然开始喜欢这样的暗夜,在她一步步走向小镇最热闹的地段时,在一盏路灯下,她碰到了杜仲。

杜仲是突然从外地回来的,他手里托着一块狐狸皮。那是一条白色的狐狸皮,是他送给甘草的围巾。杜仲说,你去哪儿了?

甘草说,我没去哪儿,我随便走走。

杜仲说,你随便就走了一下午,我等你一下午了。

甘草说,如果我不随便,就用不着走一下午。

杜仲说,刚才我看到厚朴骑着自行车过去了,我问他有没有看到你。他说,没看到。

甘草说,他怎么会看到我呢,谁也看不到我。

杜仲说,甘草,你的眼睛里怎么有那么多水的。

甘草说,是吗,你的眼睛里没水的话,眼珠子怎么转得动。

杜仲说,甘草,你的脸怎么那么红,像喝了酒一样。

甘草说,是吗,我最近经常吃枣子,气色很不错。

杜仲说,甘草,你的身上有很重的汗味,你怎么会出那么多汗的。

甘草说,是初夏了,随便走动一下,就会出汗。你不出汗吗?

杜仲说,可是你的汗,出得有点多了,我都闻到臭味了。

甘草说,那你就别闻这臭味了,你闻你的狐狸皮去。

杜仲说,这是我从东北给你带来的狐狸皮,你围上了,一定很漂亮。

他们很快就回到了家。茯苓坐在桌边等他们。茯苓的面前,有一桌子丰盛的菜。是杜仲向小发饭店的老板陈小发叫的菜。

杜仲有的是钱,杜仲当然可以点很多的菜。

他们吃饭,然后洗澡,然后睡觉。甘草发现茯苓的手里多了一只布熊,那是杜仲送给她的。杜仲不太和茯苓说话,但是茯苓知道,杜仲对自己一直很温和。

这天半夜的时候,茯苓醒了过来。她听到了争吵的声音,于是她从床上坐直了身子,她看到杜仲在哭。在此之前,她一直抱着她的布熊睡觉。她不知道杜仲曾经爬上甘草的身体,但是他的鼻子里老是有汗味。尽管甘草洗了澡,喷了香水,但是他仍然闻到了她身上的汗味。他发现自己不行了,他无法进入想要去的地方。而甘草显然也很疲惫,她四仰八叉地瘫着,任由杜仲折腾。杜仲最后确认自己无法进行的时候,终于哭出了声音。

杜仲说,甘草,你有没有男人?

甘草说,有的。

杜仲说,是谁?

甘草说,杜仲。

杜仲说,还有谁?

甘草说,没有了。

杜仲说,我闻到了另一个男人的汗味,你说,是谁?

甘草说,你神经病。

于是,两个人争吵起来。争吵得有些激烈。茯苓呆呆地望着他们吵,她坐在蚊帐里,望着帐外朦胧的人影。杜仲的手一挥,一只水杯飞了出去,出其不意地落在了墙上的镜框上。镜框跌落了下来,玻璃碎了一地。那些镜框里的蝴蝶没有想到会突然散落在地上,这些标本,甚至来不及发出一声惨叫,就和碎玻璃混在了一起。响声过后,一下子安静了下来。甘草呆呆地望着那些蝴蝶,她赤着脚从床上下来,走到碎玻璃边,用手仔细地去捡那些蝴蝶。很快,她的手指被玻璃碎屑划破,脚底也冒出血来。这种颜色,令蚊帐里呆呆坐着的茯苓的心一下子慌了起来。她想起了她的亲妈妈,亲妈妈也制造过这样的颜色。

杜仲终于下床,一把抱起了甘草。杜仲抱着甘草哭,他在替她用小镊子夹出那些嵌在手上和脚上的玻璃碎屑,一边夹一边哭。然后,他找出纱布给甘草包扎。甘草什么话也没有说,甘草只是手里捧着那些蝴蝶的尸体,眼睛直直地瞪着蚊帐的顶部。

这个被打破的黑夜,很快安静下来。第二天茯苓再次醒来的时候,地上的镜框和玻璃屑已经没有了,像什么也没有发生过似的。杜仲在做早餐,他做的是面条。杜仲做了面条让茯苓吃,并且一直用温和的目光看着她吃。茯苓突然想起她从来没有叫过杜仲一声爸,她很想叫一声,但是叫不出来。这时候,甘草起床了,她的手上和脚上都缠着纱布。茯苓就想,昨天夜里发生的,不是梦。

4

在茯苓的记忆里,她的童年有一段时间一直被中药的气息浸泡。那种气息不是来自杜仲的身上,而是来自一只小巧的瓦罐。杜仲是做药材生意的,他当然懂得给自己开药方和炖药。他用鹿血泡酒喝,还开了一些当归、黄芪等药,在小瓦罐里不停地炖着。中药的气味,在小楼里经久地飘荡。他一天天地喝着中药,结果有一天半夜,他出了很多鼻血。

甘草说,你就别补了,会补坏身子的。

杜仲说，我不补怎么行？我不补我还算是男人吗？

杜仲仍然不像个男人。甘草的那次奇怪的汗味，让他从此变得一蹶不振。他仍然喝中药，仍然流鼻血，仍然和甘草吵架。在无数个夜里，他总是忙得不可开交，满头大汗。但是，仍然没有用，为此他不停地抽打自己的耳光。他跪在地上抽自己耳光的时候，甘草就在壁炉面前喝着酒。她不去理会杜仲，只是不停地喝着酒。她感到热，于是她搬来了一架老式的乘风牌电扇，对着自己不停地吹着。茯苓在自己的床上坐起来，她望着仍然还在抽打着自己的杜仲，和不停喝酒的甘草，她就感到很难过。她会在后半夜迷迷糊糊地睡去，醒来的时候，会发现躺在地毯上的甘草，酒瓶倒翻了，酒流了一地。会看到杜仲蜷缩着身子躺着，像一件随意被人丢弃的东西。一切看上去，都显得那么凌乱。连生活也乱了，乱得变成没有章法。

第二天，甘草发烧了，她是被电扇给吹坏的。杜仲把甘草搬到床上，让她安稳地躺下，然后给她买来了药。他变得有些手足无措，看上去，甘草发烧令他很紧张。

没几天，甘草的病就好了。甘草病好以后，又带着茯苓去扯了一块布。她给茯苓做了一件蓝白相间的裙子，裙子的下摆上，绣着一只蝴蝶。那时候，慈姑仍然一次次地在甘草家门口不远的空地上，和小孩子们一起跳牛皮筋。她看到杜仲端着药碗，来倒药渣，就问，你们谁家病了？

杜仲把药渣倒在大路中间，这药渣经过人的踩踏，那药才更有效。民风如此。

杜仲说，我们家都没病。

都没病还吃药？我看到你们家天天在煎药。慈姑说。

你管得真宽呀，慈姑。我们喝药是喝着玩的。你要喝的话，可以到我们家来喝。杜仲说。

杜仲倒了药渣，抬起头的时候，看到了慈姑紧绷的衣裳。这是一个年轻而寂寞的女人，所以她才需要一次次地和孩子们跳牛皮筋。杜仲笑了，说，慈姑，你的胸真大。杜仲说完，就走了。

杜仲开始变得忙碌起来，他很久都没有出远门。他没有出门的话，厚朴也就不好进门。

杜仲经常去的地方，是慈姑的家。慈姑一个人住在三间平屋里，那是她的男人金波佬的家私。现在金波佬在某个谁也不知道的金矿里奋勇淘金，他不来信，也不来电话，这让慈姑一次次地怀疑金波佬可能已经在外地讨了老婆，或者是已经死了。杜仲敲门的时候，慈姑正一个人在家里跳牛皮筋。她搬了两张小凳子，当作是两个人，在凳脚上绑上了牛皮筋。她好像知道杜仲会来似的，说，你来了。然后她不再理他，而是勇敢地跳着牛皮筋。她跳牛皮筋的步法，看得杜仲眼花缭乱。

杜仲说，慈姑，你的牛皮筋跳得真好。

慈姑说，当然，我都跳了七年了。

杜仲说，慈姑，你想不想出去走走？你有没有出过差？

慈姑说，我出什么差？谁会让我去出差？

杜仲说，我呀，我可以让你去出差。

慈姑边跳牛皮筋边大笑起来说，你让我出差？你为什么要让我出差？我看你是没安好心。

杜仲的脸红了一下，他搓着手说，你都知道我没安好心呀。

慈姑说，当然。上次你在路上倒药渣时，我就知道你不安好心了。你的眼睛在我胸上停留了五分多钟。

这时候杜仲的胆子一下子大了起来,他猛地从座椅上站起来,一把走到慈姑的面前,抱起了她。

杜仲把慈姑放在了床上,去解慈姑的衣服。慈姑的两只奶子,在瞬间跳了出来。这时候慈姑突然说,你行吗?

杜仲一下子就愣住了,你为什么这样说?

慈姑说,我看你天天吃中药。男人有啥病好吃中药的?我就想,你是不是不行了。再说……

杜仲说,再说什么?

慈姑说,再说,听说甘草和厚朴,差点把你家的屋都拆倒了。他们的声音太响,四邻八舍都听到了,只有他们自己听不到。

杜仲生气了,说,你胡说!

慈姑说,我不说。你到底行不行?

杜仲笑了,掏出了一粒小药丸,丢进了嘴里。杜仲说,这是新产品,我试试这新产品怎么样。

新产品果然就是好的。杜仲很勇敢,他看到了身下的慈姑变了脸色,在那里奋力拼搏着。她一会儿双眼紧闭,一会儿两眼瞪圆,一会儿又咬牙切齿,看上去,像是要和杜仲斗争到底,或者说是要把杜仲生吞活剥。杜仲的豪气一下子被激发了出来,他叫了一声他妈的,他又叫了一声他妈的,他还叫了一声他妈的,他一直都在叫他妈的。他妈的,他妈的……

在杜仲的"他妈的"声中,慈姑差点要窒息了。慈姑说,七年了,七年了。

杜仲说,是,七年了,都生锈了。

后来,慈姑紧紧地抱住了杜仲,生怕杜仲会突然离开似的。

他们的呼吸，一直到傍晚时分才慢慢平静下来。这时候杜仲穿好了裤子，并且花很长的时间梳理他的头发。杜仲从口袋里掏出几张钱，丢在了床上。慈姑在床上懒洋洋地躺着，说，我不要。

那你要什么？杜仲问道。

慈姑说，我又不是鸡，你以为我是鸡呀。你要找鸡的话，到镇东头找美苹去。她是公共汽车。

我没说你是鸡。杜仲说。

慈姑说，那你给我钱干什么？

杜仲有些烦了，说，那算你不是鸡，我也不给你钱，这样行不行？

杜仲说完就要离开。这时候慈姑把他叫住了。慈姑说，等一等，你能不能给我称一斤瓜子，我喜欢吃瓜子。

杜仲望了慈姑好久，笑了，说，好的。

杜仲给慈姑买来了瓜子，瓜子就放在慈姑的床头。慈姑轻轻地闭了一下眼睛，黑夜已经来临了，她闭着眼睛的时候，想到了以前的金波佬。那时候的金波佬，就经常给她买瓜子吃。但是，她没有把这事告诉杜仲。当她再一次睁开眼的时候，杜仲已经不见了。

慈姑懒懒地翻了一个身，她久久地望着那小袋的瓜子，她的手慢慢地伸出去，轻轻地熄了床头灯，然后在黑暗之中，她开始吃瓜子。吃瓜子的时候，她不停地说着话。

她说，金波佬，你个畜生，你出去都七年了你知不知道？

她说，金波佬，你个天杀的，你有多久没给我买瓜子吃了你知不知道？

她说，金波佬，你简直不是个男人，你把我空了七年，你怎么对得起我你说说看？

她说，金波佬，今天我给你戴了绿帽子，是我故意的。要打要骂随你的便。我也是个女人，我要男人的。

她说，金波佬，甘草也给杜仲戴了绿帽子。你说这绿帽子也真好玩，大家换着戴。

她一边说话一边嗑着瓜子。谁也见不到那些瓜子皮在黑夜之中，其实是姿态优美地上下翻飞着。所有的黑夜，是相同的。尽管这座倾斜的小镇，它的黑夜也略略倾斜着。杜仲离开慈姑的住处，吹着口哨走进一片黑暗之中。当他出现在路灯下的时候，突然停住了。他停了好久，慢慢地抬起头，一脸的泪水。

第二天的时候，杜仲出现在邮电营业所的门口。他看到几个邮递员从营业所的小院子里骑着车出来了，骑得最快的一个，当然就是厚朴。

杜仲叫，厚朴。

厚朴马上一个急刹，在杜仲的身边双脚踮地停了下来。厚朴侧着脸说，你叫我。

杜仲望着厚朴，厚朴棱角分明英气逼人的脸，和高大的身材，让杜仲感到了压力。但是杜仲仍然说，我问你，你和甘草怎么回事？

厚朴笑了，他从自行车上下来，双手叉着腰说，你说怎么回事？

杜仲说，我听很多人都在说你们。你们不要再来往了。

杜仲又说，你以后要结婚的，她是个小嫂子，你是个小伙子，你划算吗你？

厚朴突然笑了，他伸出很长的一只手，在杜仲的肩上搭了搭说，你知道她小名吗？

杜仲说，我不知道。

厚朴说，她的小名叫铜锣，你知道为什么叫铜锣吗？就是声音很响。

厚朴又笑起来，笑着上了自行车，就在他将要离开时，杜仲突然掏出了一把小刀。

杜仲举着刀说，厚朴，你站住。

厚朴停了车子，扭过头来，看到了杜仲手中的小刀。他的脸色有了些微的变化，但是他马上就镇定了下来说，你想干什么？

杜仲说，我虽然不知道她的小名，但是我愿意为她死，你愿意吗？

杜仲说着，右手拿着小刀，在左手的掌心切开了一条长长的口子。一长串的血冒出来，一会儿，杜仲的手就红了。厚朴愣愣地望着杜仲，他叹了一口气说，杜仲，你真傻。

厚朴终于骑车走了，只有受伤的杜仲还傻愣愣地站着，像一只忧伤的蜻蜓。他看着厚朴的那辆自行车，阳光下的钢丝在不停地翻飞。杜仲就对自己也说了一声，杜仲，看来你真的够傻。

没过多少天，厚朴生病了。厚朴住在医院里，其实他只是动了一个阑尾炎手术。但是甘草还是去了，她仍然穿着旗袍，一手捏着一只小包，另一手拎着一罐黑鱼汤。那条黑鱼，是杜仲帮她买来的，那汤，是杜仲帮她炖好的。其实杜仲什么都不求，只求甘草不要伤心难过不要老板着脸，只求甘草能够对他笑一笑。但是甘草笑不出来，甘草什么话也没说，拎起罐子就走向了医院。

杜仲的声音从背后讨好地传了过来,明天还要买黑鱼吗?

甘草没有理他。甘草出现在厚朴的病房里,尽管她仍然没有说什么,但是她笑了,她把眼睛笑成了新月的形状,嘴角上扬,露出两个深深的酒窝。她是美的,她其实可以算是这座倾斜小镇里的头号美人。她端起了黑鱼汤,一匙一匙地喂厚朴喝鱼汤。厚朴喝着鱼汤,眼泪掉了下来。喝完鱼汤,厚朴抓住了甘草的手。

厚朴说,姐,我要你嫁给我。

甘草没有说什么,只是痴痴地爱怜地望着厚朴。她这时候才突然发觉,厚朴其实是长得有些像老同学黄连的。黄连给她写了那么多信,现在黄连死了,她找厚朴是不是在做一种心理上的补偿?后来甘草没有想要再去弄懂这件事,她只是抓过了厚朴的一只手,替他剪指甲。后来,还为他掏了耳朵。

就在甘草要离开的时候,厚朴叫住了她。厚朴又说,姐,我要你嫁给我。

甘草笑了笑,她的心动了一下,但是她没有表态。

厚朴又说,姐,我弟弟和妹妹上学,没钱了。你能不能暂时借我一些。

甘草点了点头,她把身上的钱全部掏了出来,塞进厚朴的掌心里。然后,她快步地离开了。

5

杜仲说,你要那么多钱干什么?

甘草不说话，只是把手伸着，微笑地看着杜仲。

杜仲叹了一口气，还是掏出了一沓钱递给了甘草。

甘草说，不够。

杜仲又叹了一口气，又掏出一沓钱递给了甘草。

甘草说，够了。

甘草把钱送到了厚朴的邮电营业所。钱就装在一只信封里，甘草说，厚朴，我有一封信，帮我寄掉。

厚朴捏了一下，那么厚，他笑了，用那信封在手掌心拍了一下，藏进了自己随身的一只小包里。

甘草走了，她留给厚朴一个穿旗袍的背影。厚朴笑起来，他的病好了，他又充满了力量。他想带着甘草去一座山。他不能老带甘草去机械厂的废弃仓库，那样容易被人发觉。

然后。然后，又一个冬天来临了。杜仲已经很久没有出去做草药生意了，他要养家，他就必须出去。他终于又出远门了。第二天，白果来找甘草做一件衣服，白果一直在说着一些话，白果说，女人总是要受一些委屈的。

甘草没有理她，只顾自己踩着缝纫机。

白果说，甘草，慈姑不见了。

甘草头也没抬地说，我知道。

白果说，你知道你也不管管呀。你真是大好人。

甘草仍然头也不抬地说，你能不能少管点儿别人的闲事？

白果不再说话了，她的目光异样地落在甘草的身上，她的手轻轻搭在甘草的肩上，手慢慢滑下来，掠过了甘草的手臂。

慈姑和杜仲出现在陌生的城市。慈姑站在一个路标下，一抬眼，她看到了车水马龙的城市景象。她想，对于倾斜的小镇枫桥，这儿显得太大了，大得有些杂乱无章。慈姑和杜仲找了一个小旅馆住下来，她不太愿意出门，所以杜仲白天出去谈生意，晚上再回来陪她。杜仲每天晚上，都会吃掉一粒小药丸。小药丸的作用，显然没有刚开始吃的那时候那么大了。但是，至少可以让杜仲感觉到自己像个男人。有一天晚上，杜仲回小旅馆的时候，竟然看到慈姑在跳牛皮筋，她在小小的房间里，找两张小凳子固定好牛皮筋，然后很认真地跳着。杜仲愣愣地看着慈姑，他在想，慈姑的脑子，是不是出了点儿问题。

小镇的冬天又来临了。冬天来的时候，有许多人都来找甘草做冬装。甘草推掉了许多，她有些累。厚朴仍然会来找她，厚朴的精力太旺盛了，这令甘草回到了年轻的时代。茯苓已经在上小学一年级了，茯苓的成绩不好也不坏，她不爱说话。她的班主任周小莉说，茯苓是个聪明的孩子，如果她把心思用在学习上，成绩一定会很好。周小莉隔一段时间会来找甘草说一些茯苓的事，她很爱打听，她说听说茯苓的亲妈妈……甘草就笑了，说，你别问这些行吗？

下第一场小雪的时候，甘草正在午睡。她在睡梦中听到有人在叫，下雪了。甘草就起了床，她走到二楼的走廊上，望着漫天的飞雪。这些雪从天上降下来，一下子盘踞了甘草整个的眼眶。冬天的风钻进了甘草的身体，她觉得有些凉，抬眼望着雪中的小镇，又觉得有些苍凉。整个下午，她都在看着雪。下午三点多的时候，她去学校接出了茯苓。接回来以后，她把茯苓安顿在壁炉前，生了火，让茯苓在壁炉边做作业。然后，她又跑到了走廊上看雪。这时候，她看到了一个白色的人影，渐渐地走来。她听不到白色的人影走在雪地上的声音，但是她还是想象了一下，她想，咔嚓咔嚓。白色的人影终于近了，她捧着一只盒子，走到了甘草家的屋前。她的身上，披满了雪花。她就是很久没有出现在镇上的慈姑。

甘草看着慈姑，慈姑慢慢跪了下去，跪在雪地里。那只红黑色的盒子上，也盖了许多的白雪。她小心地将盒子上的白雪擦去。甘草的心一下子慌乱起来，她奔下来，猛地打开了门，看到慈姑慢慢将盒子举过头顶。

这是一个无比漫长的傍晚。甘草觉得，所有的时光都在这一刻停滞了。在很久以后，她还是接过了那只木盒，并且把慈姑扶了起来。甘草带着慈姑回屋，合上了门，把漫天的飞雪，都关在了门外。

慈姑说，杜仲死了，我把杜仲的骨灰还给你。

甘草突然觉得难过。在她的眼里，杜仲是一个可有可无的人，但是现在她忽然觉得杜仲很重要。想要维持家用，并且有体面的生活，靠她帮人做衣服挣点儿钱根本不行。更何况，茯苓需要养育。甘草想，自己太自私了，对于杜仲，她竟然从来没有过爱，只有索取。

甘草问，怎么回事儿？

慈姑说，他吃药，一颗不行，两颗；两颗不行，三颗。你知道，那药伤身体。那天晚上，他折腾了一夜，慢慢睡过去了。我也累了，可是到天亮的时候，我发现他翻着眼睛睡在我旁边。后来，警察就来了……

慈姑在身上摸索着，摸出一张纸。慈姑说，这是尸检报告，证明就是吃那药过量吃死的。我冒充家属，签了字，把他给火化了。只有火化，我才能把他带回家。

甘草没有再问什么,她觉得自己已经问不出什么了。那天晚上,她把慈姑送出了家门,说,我不怪你。然后,她就在走廊上整夜地看雪。其实,当黑夜来临,她只能看到路灯下的那群雪,那是一群活泼的雪,不知疲倦地扭动着下坠。甘草知道,当天色明亮,整个小镇,就必定是躺在雪以下。

甘草把骨灰盒放在了壁炉前,轻声说,杜仲,这儿暖和些。说这话的时候,她才知道她好像从来没有给杜仲温暖。这时候,睡着了的茯苓醒了,她呆呆地望着那只小盒子。她其实是认识那种盒子的。她的亲生妈妈,就装在那样的盒子里。甘草说,茯苓,你好好睡觉。

茯苓的两条瘦腿,从床沿上伸下来,挂在床沿上晃荡着。

茯苓说,这是谁?

甘草一下子愣了。茯苓没有问这是什么,而是问,这是谁?茯苓接着说,这是爸爸吧?

茯苓从来都没有叫过杜仲爸爸,现在她问,这是爸爸吧?

这时候,甘草突然觉得,天地之间,大概有着一种苍茫的轮回,或许每个人的生命,其实短得如同数日之内就会化为水的雪片。

第二天,陆续来了一些人。其中包括杜仲的两个堂兄弟和三个表兄弟。他们是隐匿在枫桥镇地底下的蚯蚓,在甘草设置的灵堂内,他们一言不发,坐在一个角落里不停地唏嘘着喝茶。杜仲的亲友,是不多的,所以灵堂内一直都很冷清。下午三点的时候,五个男人从甘草家里蹿出去,冒着雪出发了。他们没有打伞,而是高一脚低一脚地走在雪地里。一个多小时以后,他们回来了,他们手里提着慈姑,像提着一只小巧的粽子一样。

他们把慈姑扔在了灵堂里。他们说，磕头，你先磕一千个头。

甘草却没有阻止。她甚至已经不认识这些所谓的杜仲的堂兄弟和表兄弟了，这些兄弟只在她嫁给杜仲的时候出现过一次。甘草知道，阻止是没有用的。她和茯苓看着慈姑磕头，慈姑的额头很快就磕破了，伤口上沾上了很多的泥。慈姑磕完头的时候，已经是深夜。堂兄弟表兄弟从小发饭店叫来了几碗狗肉面，他们大口地吃着面，喝着酒。慈姑也饿了，说，甘草，我饿了。

甘草要去给慈姑叫一碗狗肉面的时候，被堂兄弟表兄弟们喝住了，不行，这个女人饿不死的。既然她把我们大哥折腾死了，那我们就折腾死她。快天亮的时候，堂兄弟表兄弟们怕把慈姑给饿昏了，同意甘草给慈姑一碗面条。慈姑在灵堂前狼吞虎咽地吃起来，一边吃面一边流眼泪。面条刚吃完，慈姑的头就被五个男人按住，他们用剪刀剪去了慈姑的头发，给她剃了一个光头。甘草一直都在望着绝望的慈姑，慈姑长号了一声，像是要和谁拼命一样挣扎起来，但是很快她就不动了。她知道再挣扎也没有用。地上纷扬着，落下了黑发的头发，像黑色的雪。五个男人拍了拍手掌，他们笑了，把剪刀扔在八仙桌上。他们看着一个叫慈姑的人，目光呆滞，光着一颗头跪在地上。此时的甘草慢慢地伸出手去，从八仙桌上拿过剪子。

甘草说，茯苓，你过来。妈要为你剪个光头。

茯苓说，妈，为什么要剪光头？

甘草说，光头干净，可以省了洗发水。

茯苓说，我不剪，同学们要笑话死我的。

甘草说，你不剪，那妈妈剪。

甘草举起手，她的目光直直地，望着地面。头发一丛一丛

蝴蝶 | 235

地掉了下来,和慈姑的头发掉在了一起。慈姑突然一把抱住了甘草的腿,哭起来说,甘草,你怎么这样?你怎么可以是这样的?甘草笑了,说,妹妹,让我陪你受一次委屈,你会好受些。

那时候的五个男人,全部愣在了那儿。他们觉得无话可说,所以他们就站起了身。他们长短不一的身影,很快隐没在落雪的暗夜里。茯苓望着五个在黑夜之中突然消失的人,想,黑夜真好。

那一个晚上,慈姑没有回家。慈姑睡在了甘草的家里。慈姑问,甘草,你恨我吧?

甘草笑了,说,我不恨你。

慈姑说,我真是个罪人。

甘草说,你不是,我们都不是。

天边很快就露出了鱼肚白。对于一个客死异乡的人来说,甘草会以简单的方式处理后事。第二天,她就和杜仲的那些亲戚一起,把他的骨灰安放在钟瑛山的一小片公墓里。那儿很安静,除了鸟声,和风吹树叶的声音,就再也没有其他的声音了。

看上去,一切都已经平静下来。从此以后,甘草将要继续她漫长的人生,包括独立抚育和培养茯苓。她的缝纫机声又响了起来。一场令甘草措手不及的变故,就在时光里快速过去了。冬天过去了,雪化了,屋檐一直都在滴着水。这些水滴出了美妙的声音,让甘草感到无比安静。很多时候,她觉得心里会空落落的,她开始想念那个越来越忙的厚朴。厚朴无数次说,要娶她。她想,如果厚朴再坚持一次的话,她就嫁了。嫁给厚朴,一起抚育茯苓。

厚朴终于来了一次。

他是骑着自行车来的，把车子歇在甘草家门口那一堆破败的黄昏里。看上去，他仍然年轻，但是不像以前那样把自行车骑得飞快。也许，他是成熟了，连说话也变得不温不火。他说，甘草，我要结婚了。

厚朴说，新娘是茯苓的班主任周小莉，也是县邮政局周副局长的女儿。尽管她的脸上长满了雀斑，但是，她爸能把我调到县城上班。再说，咱爸咱妈咱弟咱妹，还指望着我能帮一把他们呢。

甘草什么话也没有说，是因为甘草不知道说什么好。甘草只顾拼命地踩缝纫机，让那些密集的机器声音盖过厚朴的喋喋不休。她不知道厚朴是什么时候离开的，总之是，厚朴突然不见了，和他的自行车一起消失。厚朴消失的时候，甘草看到了留在缝纫机上的一包喜糖。甘草打开了喜糖的包装，挑了一粒糖，剥去糖纸，丢进了嘴里。那是粒硬糖，甘草把这粒硬糖咬得咯嘣响。甘草一边咬着糖，一边觉得自己的心，像是被掏空了水草的河床，身无长物了。那是一颗苍白的、简单的、没有内容的心了。

茯苓在这个时候走了过来。她小心翼翼地伸出手，剥出一颗糖丢进嘴里。她咬了几口说，妈，这是谁的喜糖？

甘草想了想说，你们周老师的。

6

春天已经来临了。小镇的春天，有着呼啸的声音。比如小河涨水；比如，所有的植物都在转绿；比如，地气的升腾……

在这些喧闹的声音里，甘草又变得安静了。她的生活很安静，只有茯苓越来越融入她的生命里去，成为她生命的一部分。在壁炉前，茯苓看到甘草再一次在自己的小腹上刺了一只蝴蝶。只是，这只蝴蝶少了一只翅膀。

不久，甘草带着茯苓去了机械厂废弃的仓库。这儿有人在装修，看上去这儿已经很美。屋子里很干净，绿色的藤状植物在屋子里生长着。一个女人，抱着自己的手臂，正在指挥着工人们把油画挂到墙上去。看上去，她的气质很好，也很有气势。她要把这儿改造成一个叫作"下江南"的主题餐厅。甘草想，这是一个有本事的女人，她竟然能把这地方变成天堂。

女人看到了甘草。她笑了，她看到甘草玲珑的身子，藏在一袭绿色的旗袍里。女人说，你这旗袍，是哪儿做的？

女人说着，用手轻轻抚摸着那旗袍的盘扣。女人说，这手工盘扣很精致，在哪儿做的？

甘草笑了，说是我自己做的。

女人瞪大眼睛说，你是甘草吧。你是枫桥镇上的甘草吧。

甘草说，我是甘草，我是枫桥镇上的甘草。

女人说，听说你的旗袍做得很好，我想成立一家服装公司，你有没有可能加盟的。

甘草笑笑说，你是要把这儿改成餐馆呀。这儿，真不错的。

这时候甘草看到了几名工人，竟然踩在那张铡钢皮的钢桌上。很快，钢桌的红漆上，被踩出几个鞋印来。他们在挂一盏吊灯。甘草看着那几个鞋印，一下子就心痛起来。这时候，钢窗外的蝴蝶在飞舞，一些细碎的阳光，被蝴蝶的翅膀划破。甘草的耳畔，突然响起了一声枪响。那是一个遥远的声音，父亲的右手低垂着，枪管还冒着一缕很淡的青烟。母亲倒在了血泊中，母亲爱上了一位民兵连长，父亲却是人武部长。父亲怎么也想不通，自己的妻子怎么会爱上一个农村里的民兵连长。母亲不管不顾，她倒在血泊里的时候，一些飞蛾在空中飞舞。甘草看到了那满地的血，那时候的一段时间以内，她看出去的东西，全是血红的一片。

那是一些疼痛的记忆。如同几名工人踩在那张铡钢皮的钢桌上，她也会疼痛一般。她牵着茯苓的手，将要转身离开的时候，那个女人再次叫住了她。她递给甘草一张名片，说你来找我，我们需要你。甘草接过了名片，但是她知道，她不可能再去找这个女人。

白果经常来找甘草。白果总是不停地和甘草说话。茯苓不太喜欢白果，在白果的话里，男人和女人是不能在同一个世界存在的。她经常送一些面料来，请甘草帮她做成衣服。那些面料上，到处都飞翔着蝴蝶的图案。阳光充裕得快要溢出来了，茯苓看到甘草在奋勇地踩着缝纫机。一只小巧的蚂蚁，在太阳的一粒光斑里前行。甘草举起了一只手指，想要摁死它。最后，她还是忍住了，她只是努起嘴，吹了一口气，蚂蚁便飞起来，不知道落向了何方。甘草想，人和蚂蚁，也差不多。

厚朴的自行车，经过了甘草的家门前。厚朴骑车的速度，已经缓慢了不少。据说他有可能要被调到县城里面去，可能还会去当邮政局的邮件分拣处主任。这些都是传说，和甘草无关。甘草没有了黄连的信，厚朴再也没有任何的理由，在她家的门前停一停了。厚朴的脸容，在甘草的脑海里模糊起来，最后糊成了一团，像春天田野里的一坨泥巴。

茯苓看到不远的地方，慈姑又在跳牛皮筋了。她的头发早就长了出来。没有小孩给她拉牛皮筋，她就把牛皮筋牵在了两棵树的身上。她对树说，树，你们给我站好了。我要开始跳牛皮筋了。她一边跳一边唱，马兰开花二十一，二五六，二五七，二八二九三十一……这时候，一个男人出现在茯苓的视野里，他胡子拉碴的，看上去是一个已经被用旧掉了的人。他的一条腿没有了，裤管就在风里哗啦啦地响着，很像是蝴蝶的翅膀。他的手里，拎着一小袋瓜子。他看到跳牛皮筋的慈姑时，笑了起来，举了举瓜子，用喑哑的声音说，慈姑，瓜子来了，瓜子来了。

他当然不叫瓜子。他叫金波佬。他是慈姑的老公。慈姑没有理他，她跳得越来越快，汗水在四处飞溅着。她的眼泪，也同时掉了下来。她一边跳一边默数着，一直数到2814。这时候她停了下来。没有人知道2814是什么意思。那是金波佬离开枫桥镇的天数。

慈姑看到茯苓向她走来。茯苓走到了她的身边笑了。她把手掌平举着，伸到了慈姑的面前。然后，她缓缓地打开手掌，掌心里，是一只被捏死的蝴蝶。

如果这只是一场电影，那么，在茯苓澄明的笑容里，所有的阳光都退去，所有的蝴蝶，都隐匿在银幕以外。让光线渐暗。转至暗场。

黑暗之中，有一个声音再次响起：我叫茯苓，我喜欢黑夜。

私奔

1

王秋强站在酒馆的门口说,你给我温一壶老酒。那时候我站在柜台里,把两只手伸在袖筒里看着酒馆外一场雪的前奏。天空是灰蒙蒙的,不远处的树掉光了树叶,狗走路的样子也悄无声息。这个季节里,小镇是阴郁沉闷的小镇。我听到一个苍老的声音响了起来,你给我温一壶老酒吧,你给我温一壶酒。这时候我看到了王秋强的脸上挂着清水鼻涕站在酒馆门口,他的声音近乎哀求。我冷笑了一声,我说你以前欠下的酒钱,到现在还没有结清呢。王秋强说,过了这个冬天,我就有钱了,我一定会来结清酒钱的。

我不再理他,我故意装作是在看天空的样子。王秋强不说话了,站在酒馆门口,像一枚苍老的树叶。王秋强已经七十五岁了,七十五岁的人,当然就是一片老叶,一阵寒风能轻易将它刮走。酒馆里有几个人在喝酒,他们在谈论一个叫春花的寡妇,前半夜和后半夜睡在她床上的男人居然不是同一个人。他们在感叹，寡妇就是要比小嫂子吃香。王秋强听了一会儿，低低地笑出声来，他响亮地吸溜了一下鼻涕，然后再次说，老海，老海你给我温一壶老酒吧，酒钱我不会少的。我仍然没有理他，我的眼光一定像冬天的风一样，我很淡地看了他一眼，仍然仰望着天空。我在等待着一场雪的降临，天已经摆出了这样一张脸，雪是一定会降临的。明天，大雪可能就会封了这山区小镇。

老海，我给你讲故事，讲我年轻时候的故事，换你一壶老酒行不行？我笑了起来，是很轻的那种笑，像一缕轻烟一样。小凤已经不在了，小凤跟一个拍照片的人走了，我的心情就一直不好，我哪儿有心思听一个不怎么熟悉的，不知道从哪儿来的老头讲他年轻时候的故事。老头走进了酒馆，他终于忍不住我对他的冷淡，走了进来。我看到他居然穿着一双棉皮鞋，皮鞋的头上已经开了口子，像一条随时准备咬人的狗一样。老头的脸色是红润的，我认定他的脸色红润一定跟常喝老酒有关。老酒是米做的，老酒能活血，老酒也能延年益寿。老头的腰板其实还很直，走路的样子像一个年轻人。老头叫王秋强，我不知道怎么有一天就知道他的名字了，并且让他赊了几次酒。我不知道他是从哪儿来的，他一口的绍兴口音，戴一顶油黑的毡帽。现在我不再信任他了，我拒绝为他打酒。

他挑了一张桌子坐了下来，老海。他轻声地叫着，叫得有些急促，喉结骨碌碌地转动了一下。老海，老海我求求你了，我的老酒虫爬上来了，你快给我温一壶酒吧。我有些生气了，我把望着阴冷天空的目光艰难地扯了回来，我把伸在袖筒里的手艰难地伸了出来。我说王秋强，你这是赖皮，你简直比镇上的老三还要赖皮。王秋强的脸上泛起了羞涩的红晕，王秋强说，我一定还你酒钱,一定在明年春天还上。

我开始为他温酒,我不能做得太绝了,再说这种叫斯风的土黄酒,并不贵,一块多钱能打一斤。我给他温了两斤老酒,我拎着酒壶向他走去的时候,他的眼睛里已经放出了光芒。他的双手不停地搓着,像是见到了一个漂亮丰腴的女人。我笑了起来,这时候我又抬头看了一下天,天上开始飘雪了。我愣了一下,我愣了一下是因为突然想到,这场雪是不是一直在等着我为王秋强温上一壶老酒,它才肯飘落下来。

雪纷纷扬扬的,是大朵的雪花,像在空中飘着的棉花屑。这个属于江南的山区小镇大林,每年飘雪的时候,和北方的雪景是差不多的。满山满坂的雪,让你的眼珠都会看得变白。大雪封山的时候,唯一一条通往外界的狭小如裤带的车路,会被雪封住,常常十天半月不能出山。我在期待着雪的到来,不知道为什么,我就是盼望着雪的到来。有几个客人缩头缩脑地进来了,他们要喝酒,要吃冬笋炒年糕。大林没有多少特产,大林最有名的特产是笋。老海酒馆的厨房里,就备着上好的冬笋。我开始忙碌,我说猪头肉要不要,我昨天刚炖好的。我想起了小凤,小凤炖的猪头肉又香又酥,但是现在她跟着一个拍照片的跑了。昨天晚上我亲自动手,用柴火在大灶里炖了足足半夜的猪头。他们说要的要的,我就切了一盘猪头肉上来。这时候,坐在旁边一桌的王秋强,眼睛就盯着那盘猪头肉。他说老海,能不能给我切一盘猪耳朵。我很明白地告诉他,我说,做梦。

落雪的时候气温并不低,但是落雪让人误以为一定是寒冷的,所以每个人都缩起了脖子。雪越下越大,望出去灰茫茫的一片。一会儿,我炒好了冬笋年糕,端上了温好的老酒,几个客人就把酒喝得吱溜响。一会儿，他们开始议论起镇上的寡妇春花，他们也说春花有时候一个晚上会和两个男人睡觉。于是有一些坐在另外桌上的人向他们看，我知道大林镇没有新闻，大林镇的新闻就是某个镇干部，在每个村子里都是有一个丈母娘的。或者某个女人和别人在桑园里睡觉的时候，被她的老公手持扁担当场捉住了。

有人说，老海，你给我们生个火炉，下雪天不生火炉，难道你想在夏天生火炉。我二话不说就开始生火炉，我把炉子放在了屋子的中央，柴火红红地烧了起来，有一些呛人的青烟。一会儿，青烟飘出去了，像幽灵一样飘到了外面的雪地里，只剩下炭火温暖着小小的酒馆。这些闲来喜欢喝老酒的大林人，他们是大林人，是他们养活了我。生个火炉算什么，他们让我去雪地里跑一圈，我也愿意。

落雪也是有声音的，落雪的声音和落雨的声音不同，它的声音是喑哑的，没有雨来临时的响亮和仓促的声音。它喑哑的声音，像一只大盖子，一下子就把大林镇盖得严严实实。我重又回到了柜台里，重又把手伸进袖筒，重又把目光抛向天空。我开始想象寡妇春花，我的心思有些龌龊，我在想着，如果我和脱得白花花的春花在床上，该是怎么样的一番光景。小凤跟人走了，小凤走了让我在酒馆冷清清的晚上，生出许多火焰山一样的欲望。我不停地想着春花的身子，我想象自己像一只丑陋的青蛙一样爬到了她的身上。她的身子是柔软而且滑溜的，她有一股很大的吸力，将我吸入她的体内，然后幸福就像雪淹没了大林一样把我淹没。客人又在叫酒了，客人说，再温一壶老酒。我从我美好的想象中艰难地退出来，并且在心底暗暗地打了自己一个巴掌。我想,我是男人,我有欲望,而小凤跟着一个拍照片的男人离开酒馆,是让我胡思乱想的原因。

我以为王秋强会专心地喝酒的,喝完酒他的破棉皮鞋就会踏进雪地里。但是王秋强有些不太安心,他突然开始讲故事了,他有讲故事的欲望。他说,我要讲讲我年轻时候的故事。没有人理他。他又说,我要讲讲我年轻时候的故事,是一个私奔的故事。有人看了他一眼,我也看了他一眼,然后我看着酒馆的外面。酒馆的外面,雪更大了,像一场盛大的舞蹈。

2

王秋强说,我今年七十五岁了,但是一九四八年的时候,我还很年轻,我比现在的老海还年轻。那时候我只有二十岁,那时候我长得还是不错的。我不仅年轻,而且有钱,我们家在绍兴开了酒店和米行,还有南货店、杂货铺、酱园。我那时候想要喝酒,只要到自己的店里坐下来,店里的小二就会给我上酒,给我端上五香牛肉。不像现在,现在我没有钱了,但是我仍然喜欢着喝酒,就像仍然喜欢着爱琴一样。爱琴是谁?爱琴是一个漂亮的女人。现在我不说爱琴,我说那时候我的风光。我那时候刚接过我爹手中的产业,我爹是在一个冬天走的。我爹坐在阳光底下晒太阳,我刚从爱琴那儿回来。我走进王家台门,我们家有一整座的台门。我说,爹。爹没有答应我。爹对我一直不满意,认为我不会经营,不能将祖业越盘越活。爹不答应我是正常的。我就进了屋。一会儿我突然想起要给爱琴买一对翡翠镯子,就又走到了阳光底下说,爹你能不能给我一点钱？爹还是没有答应。这时候我发现，爹的脖子已经歪在那儿了，流着涎水。但是他的脸上还挂着微笑，好像占到了什么便宜一样。爹占到便宜的时候，总是要微笑的。我大叫一声，我说娘，娘你出来，我爹死了。

我爹果然就死了，死在寒冷的冬天。爹出殡那天，下了一场大雪，我指挥着八个丧甲，抬着爹厚重的楠木棺材上山。把爹抬到山上，是一件艰难的事。我们费了很大的劲，才把爹的棺材放入早已做好的骨洞里。我看到泥水匠用青砖把骨洞的口封了，就像把爹封在另一个世界里一样。张三丰指挥着王家的人放炮仗，他们把炮仗放得惊天动地，就像是在山上打仗一样。张三丰是谁？张三丰是我家年轻的管家，很能干的一个人。张三丰后来带着王家的人浩浩荡荡地下山了，我说你们先走吧，他就挥了一下手说，少爷还想在老爷跟前留一会儿，我们先走吧。我后来一屁股坐在了骨洞前的雪地上。骨洞是什么？骨洞其实就是一间小砖屋，刚好放得下棺材。骨洞的一面空着，等到人死了棺材推进去了，再把那一面用砖封死。骨洞，就等于是坟。我在雪地上坐着，开始笑起来。我说，爹，我就要变成老爷了，我要赌博，要天天下馆子，还要天天逛妓院。爹，你辛辛苦苦挣来的钱，就全部变成我的了。

我是黄昏的时候下山的，下山的时候，我突然听到了山上传来的一声叹息，把我的魂灵都吓得飘起来了。我听得真真切切，那是我最熟悉的声音，那是我爹王老虎的叹息声。我开始在雪地里滚爬，我像是突然病倒了一样，一下子没有了力气，浑身都冒着虚汗。后来我看到了红灯笼，红灯笼发出红红的光，像一张妖怪的脸。再后来我就软软地倒在了雪地中。

是张三丰把我背回去的。娘后来坐在我的床边告诉我，我昏睡了八天，我说了八天的胡话。他们已经为我冲了喜，他们给我讨了做锡箔生意的吴老板的女儿，一个腰板很阔、屁股很大、异常壮实的女人做老婆。她叫吴美凤，她每天都要为我端茶送水，并且总是亲自倒掉我的尿壶。后来我才知道，她出嫁前，她爹的尿壶都是她倒的。有一次我问她，我说，吴美凤，尿壶一股臊气，你有什么好倒的？吴美凤就笑了起来，她笑的时候，眼角竟然有那么深的皱纹。她不像一个二十六岁的人，娘说她二十六岁，比我整整大了六岁。她笑着说，倒尿壶本来就是女人的事。我对她的回答感到失望，我不太愿意和她在一起。吴美凤也知道我不愿和她在一起，但是她还是说，没关系，这是女人的命。

　　雪还在下着，看来明天天亮之前是不会停的。我又在火炉里加了一些柴火，火炉就再次冒起了青烟。有人叫了起来，说老头，你不是说讲一个私奔的故事吗，你在讲你爹死去的那件破事。王秋强笑了一下，说你不要急，私奔在后头，爱琴还没有出现呢。老海，你给我切一盘猪耳朵来。我没有答应，我只是冷笑一声，我又不愿听你的破故事，为什么让我切一盘猪耳朵。这时有人说了，老海你给他切一盘吧，账算到我们头上，我们想听听他私奔的故事。我马上把手从袖筒里伸出来，我马上去了厨房，我马上切了一盘猪耳朵，端到王秋强的桌子上。我说，这是人家送你的，你得好好讲给人家听才行。王秋强笑起来，夹了一块猪耳朵，津津有味地咬着猪耳朵的嫩骨，然后又呷了一口酒。王秋强说，这斯风酒，一点也不比绍兴的花雕酒差。

王秋强说，那时候我有钱了，我有钱了就有许多朋友，他们是自己找上门来的。我告诉你们一个规律，不管哪朝哪代，只要你有钱了，就会有人主动来找你做朋友的。我在台门里开赌局，在台门里请吃请喝，我的钱像流水一样，每天从手指头缝里流着。张三丰说，老爷，你不该这样的。我说，那该哪样的？张三丰说，你应该像老去的老爷一样，经营王家的产业。我说那不是很累吗，累得像他一样，一分钱也没有享用就死了，那多不合算。张三丰就不再说话了，他笑了一下，他的笑容里有许多内容。我也笑了，我说张三丰，我知道你在笑什么，你一定在笑，这个傻子马上就做不成老爷了，这个败家子马上就要把家业败完了。张三丰马上否认了，说，老爷，我哪敢那样想啊。我说，你不用劝我的，我还要去醉杏楼呢，听说醉杏楼里来了一个李师师，我要去见识见识。张三丰说，这个醉杏楼和李师师，都是冒牌的，真正的醉杏楼和李师师是在宋朝，在汴京。我说，冒牌的见识一下也好，我又回不到古代去见识真的李师师。

我其实没有见识到李师师，我见识到了一个叫爱琴的女人。我走在醉杏楼的木楼梯上时，老鸨就站在楼梯口，她的头顶是一盏红灯笼。老鸨已经不年轻了，她脸上却搽了厚重的脂粉。我盯着她的脸看，我看得她有些不太好意思了，她说王老爷，我这儿漂亮女人多的是，你看着我干什么。我看到她脸上闪动着红灯笼的光芒，我看到了她藏在脂粉后面的皱纹和黑斑。我说老鸨我在担心你。老鸨扭捏了一下说担心我什么。我说我担心你脸上那么重的脂粉掉下来，会砸伤脚指头的。老鸨没有生气，她大笑起来，笑得有些前仰后合的味道。我闻到了她的嘴巴传来的口臭，她昨天晚上一定吃了大蒜。

我说李师师呢，你让李师师出来。老鸨说李师师在陪客人呢。我说，她在陪谁？老鸨说，赵佶赵老爷。我不认识赵佶的，李师师已经在陪人了，这让我很失望。我刚想转身离去的时候，老鸨叫住了我，老鸨说，我让爱琴陪你，爱琴是醉杏楼最漂亮的女人。老鸨的话音刚落，爱琴就出现了，她穿着素淡的旗袍，脸上没有施脂粉，微微笑着，手里捏着一把圆圆的锦绣扇子。我的目光就落在那把扇子上，我说，爱琴，你为什么大冬天拿着扇子？爱琴说，扇子是装饰品，扇子就像连在我身上似的，你不觉得拿着一把扇子其实是很好看的吗？我仔细地看了一下，觉得爱琴的话有一定道理。我先下了一趟楼，我对等在楼下的张三丰说，你等我。张三丰笑了一下。

我再次走上楼梯，爱琴把我带到她温暖如春的房间。上楼的过程中，我在楼梯中间和老鸨相逢。她高高的胸向我挺着，像是要示威似的。我说不要把一堆肥肉乱撞人，你收起来。老鸨听了这话很生气，撇了撇嘴下了楼。我进了爱琴的屋子，我看到爱琴屋子中间的一盆炭火，我还看到了她屋子里简单的摆设。一张没有床挡的大床。妓女床是没有床挡的，两边都可以下人，是因为妓女的规矩是不可以跨过客人的身子。我走到窗边，把木格子窗打开了一条缝。透过窗缝我看了醉杏楼的外边已经下雪了，我看到了站在雪地里的张三丰，撑着一把油纸伞，油纸伞上也落满了雪。我对爱琴说，你过来看看，这是我家的一个傻瓜，他为什么不站到醉杏楼里面去喝茶，却站在雪地里。他怎么那么小，居然被装在窗缝里了。爱琴听了没有说话，她旗袍最上面的一粒扣子已经解开了。

我和爱琴并排躺在床上,她的身体像一条泥鳅一样。她略微有些胖,说好听点是丰腴,她是一个丰腴的女人。她的身子就贴在我的身上,她的两条腿夹紧了我的腰,好像她不夹紧我的腰,我就会像一只鸟似的从窗缝里飞出去。爱琴的动作缓慢,一双雪白的手落在我的身上,一把握住了我,让我一下子感到冬天已经拖着尾巴跑走了。爱琴后来像一条白胖的虫子,她蠕动着,爬到了我身上。她的身子直起来,我看到了她两只微微上翘的奶子,像两个结实的小苹果。她的身子微微后仰着,两条大腿的肌肉绷紧了。我看着她微微发热发红的脸,看着她色泽动人的身子,想她现在的样子,像是什么。后来我终于想起来了,她像一个蒙古人,蒙古人在草原上骑马。

有人插了一句,你还是没有讲私奔,你不是说你讲的是一个私奔的故事吗。王秋强说,哪有这么快就讲到私奔的,我老了,我老了讲话就特别慢,记性也差了。我记得爱琴在床上那么勇敢,让我的骨头里都钻出了许多条舒舒服服的虫子,让我舒服得哭了起来,我是忍不住了才哭的。王秋强的筷子夹住了最后一块猪耳朵,他喝下了壶里最后一口酒。屋子中间的炉火渐渐变小了,青烟早已散入酒馆外边的雪地里。王秋强说,我走了,我明天再来讲私奔的故事吧。今天,已经不早了。我抬起手腕,看了腕上的钻石牌手表一眼。下午四点半了,在落雪的冬天,四点半的另一种叫法就是黄昏。王秋强站了起来,他打了一个响亮的酒嗝,冲我笑了一下说,老海你的猪耳朵和斯风黄酒,都不错啊。做人只要天天能喝到老酒,吃上猪耳朵,就应该知足了。然后他摇晃着出了门,他没有带伞,他的破皮鞋一脚踏进了大林镇落雪的黄昏。

3

  我一直睡到第二天中午才醒来。打开酒馆的门时，我发现雪已经积得很厚了，足有二十厘米厚。雪停了，天地之间白茫茫的一片全是白色的积雪。我看到了站在积雪上的许多人，他们正在谈论着什么，他们是昨天下午在我的老海酒馆里喝酒的酒客。我发现寡妇春花也混杂在人群中，她穿着一件红色的滑雪衫。许多人都喜欢着她。她不年轻了，也不老，脸上皮肤依然光滑。许多人喜欢她，是想和她上床，其实我也想和她上床的。但是我更喜欢她六岁的女儿，那是一个扎着小辫的可爱的小姑娘。我想如果我是这个小姑娘的爹，我一定会把她一不小心给宠坏掉的。

  客人都进了酒馆，客人进酒馆的时候都埋怨我开门太迟了。有一个熟客说，你家的小凤不是跟一个拍照片的跑了嘛，你一个人晚上又不会做功课的，也起那么迟？许多人笑起来，春花也混在人群里发出尖细的响声，像一条美丽的响尾蛇。我不笑，也不恼，我开始温酒，我知道他们都喜欢吃老海酒馆的猪耳朵、猪头肉，那都是五香的，用桂皮、茴香什么的煨起来的。我还知道他们喜欢喝斯风老酒，那种酒是我让拖拉机从一个叫枫桥的小镇运到大林来的。我一边温着酒，一边想着春花诱人的身子。我的欲望之火燃了起来，抬起头，看到春花的目光也越过了人群正看着我。她媚笑了一下，我想，真是一条美女蛇。

  客人们其实是来听王秋强讲私奔的故事的，昨天晚上，他们一定都梦见了故事里爱琴雪白诱人的身子。想到这儿我的脸也红了一下，我也梦见了爱琴爬到了我的身上，像一头肥硕的春蚕。春花一定是有人撺掇来的，春花很容易就被人叫动，一不小心就被男人叫上山，回来的时候，带回来一脸的春风和一竹篮的竹笋。他们都来听私奔的故事，但是王秋强却一直没有出现。酒温好了，猪头肉和猪耳朵切好了，冬笋炒年糕也已经炒了好几大盆，就连屋子中间的火炉，也生了起来，正闪着红红的火光。王秋强却一直没有来。大家都有些失望，大家都说早知这样，不如昨天不要听，或者是今天不来了。大家正在失望的时候，王秋强站到了酒馆门口，他依然穿着那双开着口子的破棉皮鞋，他在酒馆门口揉眼睛，就有许多细碎的眼屎，纷纷扬扬地飘落下来，像一场小雪。

王秋强望了站在柜台里的我一眼，说，你给我温一壶老酒?！我淡淡地说，你进来吧，你不进来的话，客人们就会把我扔到雪地里去了。王秋强走了进来，他的两双手本来是藏在袖筒里的，进屋后他的两手很快从袖筒里抽了出来，像结束冬眠的乌梢蛇相继从洞里游出来一样。他的两只手相互搓着，脸上也漾起了笑容。因为他看到了屋角一张空着的桌子，桌子上放着的一壶温热了的老酒和一盘猪耳朵。那张桌子大概像是爱琴的手，伸了过来牵住了王秋强的手，把他拉了过去。

王秋强喝了一口酒，说，昨天我讲到爱琴爬到了我身上，让我的骨头里都钻出许多舒服的小虫子。后来是什么，后来就是她问我，平时喜欢干什么。我说我喜欢掷骰子赌博。她说，还有呢，我说我还喜欢喝老酒。爱琴就笑了一下，披衣下床，我看到了她的圆滚滚白乎乎的屁股，我真想在她的屁股上咬上一口。爱琴在火炉里加了许多的炭，然后拿了一壶酒来。爱琴重又伏在了我的身上,她的奶子就顶在我的胸前。她喝了一口酒,含在嘴里,渡到了我的嘴里。那时候,这冷酒从她的口里出来,已经变成温热的酒了。酒顺着我的喉咙滑下去,像是手抚摸绸缎时的感觉。爱琴说,这是花雕酒。我们一起在床上喝花雕,喝一会儿花雕,然后做一会儿事。后来爱琴累了,她平躺在床上,她的头发散乱了,脸上红红的。我把酒倒在了她的胸前,她的胸前是两只小巧结实的奶子,奶子的中下部是一小块平滑光洁的洼地。我在那儿倒上花雕,然后我俯下身去,吸花雕酒。花雕源源不断地流入我的嘴里,让我感觉到自己成了一个神仙,或者是一个死去了的人。

我一共在醉杏楼里住了三天,三天里我没有回过家,也忘了在楼下站着等我的张三丰。爱琴给我讲她的故事,爱琴说她的家在一个专门生长香榧树的山窝窝里,她十八岁,有一个会放牛的弟弟。她的娘已经死了,她的爹正在生着一场大病,她原来有一个未婚夫的。未婚夫上树采摘香榧时,从树上掉下来,把腰骨给摔断了。深秋的某一天,她把一些钱放在了桌子上,用一盏油灯压住,她为爹煎了一碗中药,端到爹的床前喂他喝下了。她又拿出一套新衣服,让傻愣愣站着的弟弟穿上。弟弟在穿衣的过程中,突然哭了起来。弟弟边穿新衣,边说,姐,你怎么可以这样呢。爱琴笑了一下,说,以后你就用桌子上的钱给爹去买药,让他早些好起来。弟点了一下头,弟点完头就看到爱琴走出了家门,头也不回,大步流星。弟弟看着爱琴的背影傻了,因为他从来都没有看到过姐走那么快的步子。

爱琴站到了醉杏楼前。老鸨正在等着她的到来,老鸨看着一身补丁衣服的爱琴,淡淡地说,你来了,你去换一身衣服吧,衣服给你准备好了。爱琴被领去换衣服，被领去梳妆打扮了一番。她被再次领到老鸨面前时，老鸨笑了起来，老鸨捏了一下她的脸说，爱琴，你长得这么俊，你很快就会成为醉杏楼的一块招牌的。老鸨后来把她领到了楼上的一间房前，房门上挂着一块牌子，写着两个字：爱琴。爱琴就抚摸着那块牌子，爱琴知道，以后这就是她的招牌了。她又抚摸着红漆漆着的木格子窗，窗上还镂着春花秋月。

爱琴打开门走了进去，她看到了一张小方桌，一只香炉，一个马桶箱，一个画着大红牡丹花、有着闪亮铜铰链的箱子。最最重要的是，屋子中间有一张大床，床上堆着新被子。爱琴走到床边，在床沿上坐了下来，对老鸨笑了一下。老鸨满意地点点头，说，开大染坊的邱老爷今天晚上就过来了，他不想在这儿过夜，他会让人把你接到外边去。钱已经付给我了，他想开苞，你忍着点。爱琴说，我懂的，女人为了活下去，总是有办法可以想的。老鸨听了爱琴的话很满意，说，是的，再过一千年，你的话也还是有道理的。那天晚上，一个高大壮实的女人进了爱琴的门，她把一块红布盖在了爱琴头上，弯腰背起了她。爱琴在一个女人的背上疾行着，爱琴只看到脚底下有不少的青石板闪过，直到她被放到一张陌生的堆着锦绣被子的床上，她也不知道自己到了哪儿，来路是哪儿。她接的是一个白白的中年人，有着稀疏的胡子。中年人用一根小竹竿挑起了爱琴头上的红布，然后他轻轻笑了起来。他的手握住爱琴的手，爱琴感到了一种微微的凉意。然后，爱琴看到了一个亮着红灯笼的夜晚，听到了一声压抑着的哀叫。

王秋强呷了一口酒，许多人都听到了他喝酒时吱吱作响的声音。寡妇春花把嘴巴张大了,她本来是在嗑着瓜子的,她停止了嗑瓜子。酒馆里很安静,大家的目光都落在王秋强的身上。王秋强接着说,爱琴为我讲了那么多,她讲着这些的时候,脸上有着隐隐的泪痕。有几次我想阻止爱琴,让她别讲了,但是又不愿让她停下来。我离开醉杏楼的时候,为爱琴留下了不少钱。我说,我下次来的时候,仍然让你服侍我。爱琴就轻笑了一下,把脸在我的脸上贴了贴,我感到了光滑与柔软。这真是一个像水一样的女人,这个女人和我家里大身板的吴美凤是不能比的。吴美凤怎么可能在床上玩出那么多的花样来?

我摇摇晃晃地下了楼,看到老鸨就站在楼梯口,她说你的本事不小,居然还能站着出来。我把钱付给了老鸨,我皱了一下眉头说,老鸨,我让你不要再搽那么厚的粉了,粉掉下来会砸伤脚指头的,你怎么还搽?老鸨说,你不要说风凉话了,爱琴把你服侍得舒坦了吧,你下次再来。我说爱琴把我服侍好了,不等于你把我服侍好了。以后你别说我居然还能走路,我还能跑步呢。我在醉杏楼的楼下跑了几步,腿一软,跪倒在老鸨面前。这让我的脸红了起来。老鸨笑了,说爱琴都把你给掏空了,你还逞什么能。这时候爱琴从楼上的房间里出来,站在走廊的栏杆边,对我笑了一下,轻声说,路上小心些,下雪呢,路滑。

是啊,下雪呢。我愣了一下,突然想起跟着我一起来的张三丰。我连忙打开醉杏楼的大门,看到张三丰撑着伞站在醉杏楼门口,他的伞上落满积雪,他的手里,正捧着一只热馒头吃着。他朝我笑了一下,他说,老爷,你出来啦。我向他走去,我向他走去的过程中,腿又软了一下。张三丰把背朝向我,他的身子弓了起来,他说老爷你在里边待了三天,你的腿一定软了，我背你回去。

我是张三丰背回去的。张三丰走路很快，背着我居然健步如飞，这令我感到奇怪。我说，张三丰，你的老家是哪儿？张三丰说，我是河南邓县人。我说听说河北沧州人有武功，不会你们邓县人也有武功吧。张三丰笑了，说，老爷你见笑了，我这不叫武功，走的路多了，练出来的。然后我就看到了纷纷扬扬如头皮屑的小雪中，一座宅院向我扑过来，越来越近。那是我王家的台门。台门的黑漆大门吱呀一声开了，站着我膀大腰圆的老婆吴美凤。吴美凤站在门口笑，说，老爷，你在爱琴那儿一待三天，怎么路也不会走了？我瞪了她一眼，心下嘀咕，怎么她也知道？女人，真是奇怪的动物。我说，你给我闭嘴，你再啰唆，小心我一脚把你踢出去。吴美凤果然闭了嘴，但是她的笑容还挂在脸上，我不能连笑也不让她笑，我只好叹了一声气。

说到这儿的时候，王秋强就果然叹了一口气。他低下头喝了一口酒，有少许酒水沾在了他唇边的白胡子上，闪着亮晶晶的光。他举起右手伸出食指，平举着放到了鼻子下的人中上。人中上有不小心沾着的酒水和酒的气息。他缓缓地拖动了那根手指，发出了"哈"的声音。然后他说老海你过来一下。我站在柜台里，我说过去干什么，我不过去。我对一个我不愿赊酒给他喝的老头居然指使我感到不满。马上有人说，老海，老头让你过去，你就过去吧。他的酒钱你不用担心，全记在我头上好了。我站起了身，我走到王秋强的身边，但是我的一双手仍然放在袖筒里不愿拿出来。我看到王秋强额头上的皱纹，和皱纹里藏着的脏兮兮的污垢。他的目光有些浑浊了，但是他的脸颊却漾起了健康红润的颜色。他抬起头说，老海，你的老酒真的不错，我真想在你的酒馆里醉死了。我没有想到他说的是这样一句话，说完他就站了起来，他向酒馆门口走去。我抬腕看了一下钻石牌手表，果然刚好是四点半。有人喊，老头，还没私奔呢，你不是讲一个私奔的故事吗。王秋强没有回头，他的声音回头了，他的声音从屋外撞了进来，声音说，明天私奔。然后，王秋强的破棉皮鞋再一次踏进了积雪的黄昏。

客人们陆续散去，客人们向门外走去，他们在谈论着这个老头和老头的故事。寡妇春花走在最后，她好像是在等我似的，她回头看了我一眼，目光中好像有一种鼓励。我走过去，在她的屁股上捏了一把，她轻轻地哼了一声，轻声说，男人都不是好东西，你也不是。

4

第三天的中午我起得更早些，我怕那些客人早早就等在酒馆的门口。我打开门的时候，仍然看到了厚厚的来不及融化的积雪，看到了许多的客人。客人的队伍已经很壮大了，看来是客人带客人带来的，其中还有几个体态丰满充满性感的女客，寡妇春花仍然站在这些客人的中间。多了女客，让我的心情愉快。我忙着切猪头肉和猪耳朵，忙着炒冬笋年糕，忙着温酒。寡妇春花居然来打我的下手，有人叫，春花你做老海酒馆的老板娘好了。春花说，只要老海愿意，我就做老板娘。我知道春花长得好看，但是她被那么多男人睡过了，再来做酒馆老板娘，我就不太满意。然后，我们都看到一个流着清水鼻涕的老头走进了酒馆,今天他没有在酒馆门口逗留片刻,他直接走到了那张桌子边上坐下来。桌上早已备好了酒和菜,我还在他桌子上放了一盘大蒜冬笋炒年糕。他也把自己当成了贵客,我看到他在心底暗笑了一下,有许多人都是来听他讲故事的,他当然就是贵客。

王秋强呷了一口酒,得意地说,老海,你看我讲的故事,比镇东头阿毛癞子放的黄色录像还吸引人,为你引来了那么多客人。我说,那我把你的酒钱免了,你以前赊酒欠下的钱,也一笔勾销,现在,你就开讲。王秋强开始讲了,王秋强说,这以后,我又去了爱琴那儿几次,每次去都留下一些钱。每次去,都是张三丰把我背回来的。张三丰有一次对我说,老爷,你不能老去醉杏楼。我说,为什么不能老去?我用的是自己的钱。张三丰说,你应该把她赎出来,放在家里随时可以享用。你这样常去的话,一年之内,付给老鸨的钱足够把她赎出来了。我想了想说,好的,我把她赎出来,我娶她做姨太太,让她天天晚上都喂我喝花雕酒。

我卖掉了十亩田。我带着张三丰拿着钱来到了醉杏楼。我走到老鸨面前。老鸨一定是站在楼梯口的,所以我必须上楼。我说老鸨,我想把爱琴赎走。老鸨好像早有心理准备似的,说她把你侍候好了,让你舍不得把她留在醉杏楼了吧。我说是的。老鸨说,她可是醉杏楼的招牌,你想要赎的话,恐怕得放血呢。我哑哑地笑起来说,老鸨,你怎么一点也不听我的劝,让你别搽那么重的粉,你还是要搽,你知不知道你已经把自己搽成一个白骨精了。老鸨说,变成白骨精没关系,千万别成了穷鬼就行。你家的那点儿家底,差不多让你出完血了吧。我拍了拍胸脯，胸脯发出了很响的声音。我一点也没想到胸脯会发出那么响的声音，把我和老鸨都吓了一跳。我说老鸨，你放心，虽然我是浪荡子，但是我现在还浑身都是血呢。

我把老鸨想要的钱给了老鸨。我把爱琴像牵一头羊似的从房间里牵了出来，爱琴就是一头羊，一头温顺的羊，一头王老爷家的温顺的羊。许多女人从各自的房间里跑出来，羡慕地看着爱琴被我牵走。她们也希望早日被人牵走，包括那个长得并不好看的李师师。但是没人愿意牵走她们，男人们只愿意即兴地在她们身上浪费一点力气。爱琴被我牵出了门外，爱琴回头看了一眼醉杏楼，她的眼角居然有了一丝泪痕。张三丰已经弯下了腰。在没有马的绍兴，张三丰就是一匹好马。张三丰驮起了爱琴，向着王家台门奔跑。雪开始融化了，雪化开的声音，像是骨头被拆开来的声音。我希望有人来拆我的骨头，这个太阳照着积雪的冬天，我因为有了一头温顺的羊而感到开心。

人高马大的吴美凤拉着爱琴的手亲热地问长问短。吴美凤的表现令我满意，她们都是我的女人，我总希望她们能和睦相处。但是吴美凤偷偷走到我的身边说，老爷，有一天你会后悔的，你没看到爱琴眼睛里盛着那么多水吗？我说她比你长得漂亮，你是不是浑身不舒服了？眼睛里总得有水，眼睛里没水眼睛就干了，就转不动了。吴美凤冷笑了一声，说，走着瞧。我懒得去理会吴美凤，我天天都泡在爱琴的房里，让她喂我喝花雕。爱琴是个懂事的女人，她让我适当的时候，应该去去吴美凤那儿。她说都是女人嘛，她懂的。我不愿去吴美凤那儿，吴美凤像一件宽大的破旧的衣裳。人总是这样的，有了新衣裳的时候，谁还愿意穿旧衣裳？

我已经忘了每一天是什么日子了,忘了打理王家的生意了。我差一点就把自己的名字和生辰八字都忘掉了,我只记得没日没夜地待在爱琴的房里,没日没夜地和她办着事。爱琴是一个妖怪,她一定是一条美女蛇,她一定会吸星大法,她怎么会令人那么痴迷。许多时候,我把脸埋在她的两个奶子中间睡着了,我闻到了女人皮肉的清香。我走路的时候,两条腿就常常打起战,好像站立不稳随时会被风吹倒一样。幸亏张三丰是我的好管家,张三丰一直帮我打理着生意,每天都把账拿到爱琴房里来。他就弯着腰站在门外,等着我再次把账单递出去。

王秋强喝了一大口酒,他的目光本来是抛向酒馆门外的雪地的,现在他的目光在每一个听傻了的人面前扫视着。他突然哑哑地笑了起来,他说一群傻瓜,一个个听得嘴巴张那么大。你们说我的故事是真的还是编的?有人说,编的吧,说得像真的一样。王秋强又喝了一大口酒,一拍桌子说,错了,是真的。有人就说,那怎么还没有私奔?我们是来听私奔的。王秋强又拍了一下桌子说,就要私奔了。

王秋强说,我是在那年的第二场雪降临以前,去了山东临沂的。我去那儿是因为我有一个堂兄弟在那儿做大葱大蒜的生意,他在那儿病倒了,我去接他回来。他写了一封信,说山东的窑子如何如何,你一定要来。他的信把我说动了。我出门去了山东,在那儿泡了几天的窑子,领略了腰很粗的许多北方女人的不同滋味。然后我带着那个病恹恹的堂兄弟回到了绍兴,我怀疑我这个堂兄弟是在窑子里累垮了身子才会得病的。我和他出现在王家台门门口时,那年的第二场大雪已经下了一天。我看到吴美凤站在门口,她对着我莫名其妙地笑着。我说你笑什么。吴美凤说，你后悔的日子终于到了，你的那个爱琴和张三丰一起跑了。爱琴不能走远路，我猜是张三丰背着她跑的。

我一下子就愣在了门口。那个喂我喝花雕酒的温软女人，怎么一下子不见了。吴美凤的冷笑声又响了起来，吴美凤说他们不仅仅是私奔了，他们还带走了你许多钱，张三丰把你的账本烧了。我早上醒来的时候，看到天井里有一堆灰，又看到两扇门大大地开着。我叫爱琴，爱琴没理我；我又叫张三丰，张三丰也没理我。我就知道你的报应来了，就知道你不仅丢了人，还破了财。雪纷纷扬扬地落下来，我不愿意看到吴美凤幸灾乐祸的样子，我一挥手就甩给她一个耳光。我说闭嘴，就是爱琴偷走了我的东西，就是张三丰和她私奔了，她还是我喜欢的女人。你知不知道，她喂我喝花雕那一手，你一辈子也学不会的。吴美凤哭了起来，她不会大哭，她只会抽抽搭搭地低声哭。我抬眼看了看越来越大的雪，对堂兄弟说，我把你从山东带回来了，你总得派一点用场才对。现在，你去叫人，你能叫多少人就叫多少人，你让他们带着火把和干粮，去堵住各个路口。然后再派一些人去那个有香榧树的山窝窝里，我知道那个地方叫钟家岭。你就说，每个人都能拿到一笔可观的工钱，每个人回来后，我炖好牛杂等着他们喝。

堂兄弟傻愣愣地站了一会儿，然后一言不发地转身跑了。我看他跑入了雪中，看他奔跑时脚步踢飞的许多碎雪。他去叫人了，这个渣滓认识许多三教九流的人，他一定能调动整个镇子的闲人们的。我回到了屋里，对吴美凤说，你帮我温一壶老酒，我要喝酒了。吴美凤脸上还挂着泪痕，但是她还是去温了酒来，端到我的面前。我就坐在房间里喝着酒，我要等着从各路传来的消息。我喝酒的时候,吴美凤说,我早看出他们有一腿了,你信不信?张三丰认识爱琴,一定比你认识爱琴还要早。他没有钱把爱琴赎出来,所以才让你把爱琴赎出来的。我喝下一口酒,想了想说,相信,我相信你的话。吴美凤说,那你为什么娶了我还不够,还要娶这样一个狐狸精回来?我不耐烦了,我皱着眉头说,男人总是这样的,一样菜吃久了,他就想吃另一样菜。再说,男人喜欢漂亮女人,就算她是妖怪,男人也喜欢的。吴美凤就叹了一口气,她不再说话,她知道说什么都是没有用的。

第二天中午,大门口响起了嘈杂的声音。我走了出去,我看到我的堂兄弟在这个大雪天居然捋着袖子,像一个将领一样在吆三喝四地指挥着别人。我还看到了爱琴和张三丰,他们躺在一块门板上,紧紧地抱在一起。他们已经死了。他们是冻死的。堂兄弟走到我身边,说这对狗男女去钟家岭的路上,在山上迷路了,冻了一个晚上在路上被冻僵了,他们抱在一起,怎么扳也扳不开。我们弄了一块门板,给抬了回来。吴美凤走到我身边,说,现在你还相信爱琴吗?我望着这对尸体,我说我相信爱琴的,爱琴可能不会喜欢我,她喂我喝花雕酒也只是糊弄我,但是爱琴对张三丰一定是真心的。你看看他们死的样子就知道了。所以,我相信爱琴。

我对堂兄弟说,把爱琴和张三丰厚葬在横绷岭吧,要用上好的楠木棺材。你带人去账房那儿领辛苦钱,然后带他们去厨房喝牛杂,把胃给喝暖了。接着我就去了醉杏楼,我在醉杏楼门口见到了老鸨。这一次老鸨居然不在楼梯口,像是在等候我的到来。老鸨笑了一下,她没有搽很多的粉,令我很满意。老鸨说，我早就知道张三丰和爱琴好上了，但是我不能把事情的真相告诉你，不然他们会恨我一辈子。我说老鸨，那你就不怕人财两空的我恨你吗？老鸨说，你丢了一个女人，又会去找一个女人的，你不会感到悲痛。而张三丰不一样，张三丰愿意为爱琴去死。你愿意吗？我想了想说，我不愿意为爱琴去死，我还得快活地活着。老鸨说，那你进去快活吧，外面多冷，屋里暖和。李师师今天没有客人，她一定能像爱琴一样，把你服侍得快快活活。我说，她服侍得再好，也只是一个假的爱琴。我没有心情了，我要回去。

　　回到王家台门门口的时候，我看到了做棺材的匠人，在雪地里搭起了马头架。他们穿着单薄的衣衫，开始挥动斧头。他们的身体冒着热气，像一根刚刚烧熟从锅里拿出来的热腾腾的玉米棒。我抚摸着身边堆着的一堆楠木，轻声说，爱琴，我会好好将你埋葬的。

　　几个女人的眼圈红了。女人总是容易红眼圈的，她们被王秋强的故事打动。王秋强很缓慢地站起了身来，他端起了碗里的酒，一仰脖子把酒倒入了黑洞洞的嘴里。然后，他开始向酒馆的门口走去。我没有抬腕看表，我知道差不多又是下午四点半了。王秋强一向腰背笔挺的，但是这次他的背明显有些驼了，走路摇摇晃晃，像是五十多年前他在醉杏楼爱琴的房里待了三天后，走出来时的样子。酒馆里的人开始骚动起来，酒馆里的人也站起了身，他们陆续向外走去。我看到王秋强回了一下头，他的脸容竟然那么苍老了，我却一点也没有看出来。他破旧的声音响起来，他说，老海，我不要你为我免去酒钱，明年春天，我一定会把酒钱还上的。

5

客人们走了,只有寡妇春花留了下来。她静静地坐在一张方桌旁,她居然在喝酒和吃肉。我说,你不想走了,你大概是想晚上留在这儿吧。春花的眼波转了一下,说,这个老头子讲的事情,让我想起了我那死鬼老公。如果我老公不早死,我才不会那么随便地和人睡觉呢。我没有说话,站在她的身边看着她。她的眼波又转了一下,她说你不会是想要让我和你睡觉吧。我摇了摇头说,我很想睡你的,你的奶子那么大,都快要撑破衣服了。但是王秋强的那个故事,让我没有了睡你的兴趣。

我坐在春花的面前,和她一起喝酒。我说,春花,你相信真有爱琴这个人吗?春花说,我相信的。我说但是王秋强凭什么才能让我们相信真有爱琴这个人呢?春花说,凭直觉,我就觉得爱琴这个人在我心里活着。我说拉倒吧,还活着呢。然后我就想到了小凤,小凤跟着一个会拍照片的摄影师走了。摄影师是来大林采风的,那天小凤穿着一件花袄站在我的老海酒馆的门口,她在梳头发。结果摄影师刚好来到了大林,他给小凤拍了许多照片,说你真漂亮,你的照片估计是能上画报的。小凤就兴奋起来,说老海,我可能要上画报了,你不是老说我不漂亮吗,人家摄影师都说我漂亮的。我说你别美,小心他是一个人贩子,一不小心就把你给拐跑了。小凤果然被拐跑了,因为摄影师要租她当模特,带着她在大林四处拍照。拍着拍着,摄影师和她两个人都没有影儿了。

夜幕已经降临了。我关了酒馆的门,点亮了灯,仍然喝着酒。我想我一定是喝醉了，不然我看春花的时候，怎么会发现春花越来越漂亮了。春花说，你是不是想起你的老婆小凤了，是不是伤心了。我说是的，我本来不怎么在乎小凤的，她被人拐跑了，我突然觉得她长得漂亮，而且处处都好。春花就冷笑了一声说，男人就这个德行。春花的酒量很好，我喝得差不多了，她却一点事情也没有，只是脸微微有些红。后来是春花把我扶到床上的，春花自己也上了床。春花说，我做一回爱琴好不好，我喂你喝酒。我说好的。她果然就喂了我喝酒，先自己喝下一口，又渡到我的嘴里。她说好不好喝。我说他妈的，不一样就是不一样。她说，你轻点，别叫得那么响。我说，怎么啦？我高兴，我就要叫得响。

  我们赤条条地躺在温软的被窝里。我的脸埋在春花的两个奶子中央，闻着春花肉体的气息。我说，春花，你和多少个男人睡过了？春花就拧我屁股上的肉，说，你不是东西，都在你的床上了你还问这样的问题。然后春花就一把握住了我，牵着我想让我走进温暖地带。我看她的呼吸变急了，眼睛微微闭了起来。我知道这时候她的身体里一定烧着一把火。但是我不行了，我说，我不行了，春花，我不行了。我很想睡你的，是王秋强这个老头的故事把我搞得不行了。他的故事结局太不好。春花就叹了一口气，她显然对我很不满意。我说下次吧，下次好不好。春花又叹了一口气，转过身去，很快睡着了。

  马上就要过年了。我心里想着小凤，我想小凤如果到除夕那天还不回来的话，我就要和她去镇政府离婚，我不要这个水性杨花的女人了。落下的雪，融得很慢，太阳显得很无力，好像得了重感冒似的没有力气。一个冷清的晚上，我关了酒馆的

私奔 | 265

门,走向了春蕾美容厅。那是镇上唯一一家美容厅,老板娘长得又粗又大,她的名字却叫月牙儿。她嘻嘻地干笑着,她说叫我月牙儿吧,或者叫我小月。我说你这么大块头也敢叫月牙儿,那我就敢叫小星星了。月牙儿就白了我一眼,说你来按摩吗,我们这儿刚来一个小姑娘,水嫩着呢。月牙儿掀起了一块帘子,对着里面叫,爱琴,来客人了。

爱琴把我领到了一张床位上。我说你叫爱琴?在那张脏兮兮的床上躺了下来。爱琴打了一个哈欠说,是的,我是新来的。她的手胡乱地在我的身上按着,边按边打了好几个哈欠。我说你困了?她说是的,昨天搞到很晚。我说怎么说搞了?她说是按摩到很晚,客人多。我说这个鬼地方也那么多客人呀?她说当然了,男人赚钱不容易,到这儿花钱倒大方。你干什么的?我说我开酒馆的。她不信。我说你闻闻,我身上有酒味。她吸了吸鼻子说,我闻到了猪头肉的味道,你是猪头。我笑了起来说,你说猪头就猪头吧。

我说,我花了三个下午的时间,从一个老头那儿听来一个爱琴的故事。没想到你和她有一样的名字。然后我就简单地给她讲了王秋强讲过的故事。她听得并不认真。我讲完了,她说,那个老头是骗你的。我说你怎么知道是骗我的?她说,哪儿那么多的爱琴啊,他是在骗你的酒钱,他叫王秋强,他是我爷爷。我说你绍兴人?她说是的。

我的心里空落落的,总是希望她说的是假话,我情愿相信一九四八年的故事里,那个爱琴是真实地存在的。后来我就不再说话,我不愿意和这个叫爱琴的按摩女说话。再后来,她拍了一下我的背说,起来吧,时间到。然后她打着哈欠走出了小房间。我怀疑她一天二十四小时都在打哈欠。

我找到了月牙儿。月牙儿正在和一个脖子上挂着很粗的金链的广东人说话,月牙儿大概是在听广东人讲一个黄色的笑话,两个人笑得前仰后合的。我说,月牙儿,你那个叫爱琴的按摩女,按摩起来一点也不专业。月牙儿大笑起来,说我这儿的按摩女都是不专业的,主要是让客人为她们按摩。你没有按摩,是你自己吃亏。我无话可说,付了钱。大林是一个偏僻的山区小镇,大林镇的晚上是见不到人的,只能听到远远近近的狗的叫声。大雪封山的夜晚,就更加见不到人了。我踏着厚厚的积雪往我的老海酒馆走,回家的路上,我一直在想着小凤。我以为小凤是一件旧衣裳,我不再留恋了,但是结果是我对小凤还是牵肠挂肚的。马上过年了,我低低地喊起来,我说小凤,你怎么还不回来,等到除夕你还不回来,你就别进我的门。

6

王秋强又来了。王秋强显得精神多了,挺着背来到我的酒馆门口。我站在柜台里,我把手伸进了袖筒,我的目光落在远山近山的积雪上。王秋强说,你给我温一壶酒。我像没听清楚一样,仍然看着远山近山。王秋强又说了,你给我温一壶酒吧,你给我温一壶酒。我笑了起来,我说王秋强,今天没有人给你结账,因为你已经没有故事了。王秋强说,我还有故事的,要不要讲一个给你听?我说我不要听,你的故事都是骗人的。

王秋强最后还是进来了。王秋强痴迷地热爱着酒,其实我也热爱着酒。我们对酒的忠诚和依恋,如果转化成对一个女人的忠诚和依恋,一定会感动一个女人。我还是为他温了一壶酒,说确切一些,是为我们两个人温了一壶酒。我说进来吧,今天我请你喝酒。他又搓起了双手,显得很激动的样子。他说,老海,你是好人,你一定是好人。我说好人又不是你一个人命名的。我说这句话的时候,他已经咽下了很大的一口酒。

喝酒的时候,我总是向着酒馆门口张望着。我在等待着小凤的归来,我总是对小凤归来心存幻想。但是小凤一直没有出现,小凤的没出现,让我感到无比失望。我对王秋强说,你那个故事是骗人的,我碰到你孙女了,她的名字才叫爱琴,她在春蕾美容厅里替人按摩,她的老板娘叫月牙儿。王秋强刚喝了一口酒,他愣住了。他愣了一会儿以后说,她才是骗你的,她哪儿是我的孙女啊,她是我的外孙女。她现在不在月牙儿那里做了,她昨天跟一个来大林修雨伞的人私奔了。我说真的?王秋强说,当然是真的,难道我七十五岁年纪,还会骗人。

于是我去了春蕾美容厅。我对王秋强说,你先在这儿喝酒,我去美容厅里看看。我找到了老板娘月牙儿,月牙儿正和上次的那个广东佬在聊着天。月牙儿对我打断了他们的对话感到很不高兴。我说爱琴在不在?她说不在了,其他的小姐还是有的,你要不要。我说我不要,我就要爱琴。她说哪儿去找爱琴啊,她偷偷走了,她跟着一个来大林修雨伞的人走了。我说什么时候?她说昨天。

我灰溜溜地回到了酒馆。王秋强仍然在喝酒,王秋强有了明显的醉意。我也想把自己灌醉,于是我也一杯接着一杯地喝酒。我想我们两个人一定是都醉了,我是看着王秋强歪歪扭扭地走出酒馆的大门的,他的破皮鞋就踩在积雪上,发出了咔嚓咔嚓的声音。我也醉了，头垂在桌子上，我轻声地说，爱琴，爱琴你怎么又和别人私奔了。我不知道春花是什么时候来的，反正我听见了春花的一声叹息。春花说，不会喝酒，装什么酒英雄呢。我不知道自己是怎么回答她的，反正我也就那么支吾了一下。她扶着我上床，然后她也宽衣解带上了床。我们什么也没做，是因为我喝醉了，醉得像一堆烂泥一样。但是我们还是赤条条地搂在了一起。我能感受到她皮肤的绵滑，我们相互搂着取暖，我们是两个无助的人。

　　第二天早晨，春花离开了我的酒馆。她笑了一下，她是站在酒馆门口的阳光底下笑的。她笑的样子，就像是一缕阳光一样。她说老海你是一个好人。我说为什么。她拢了拢头发，露出迷人的微笑。她说不为什么，凭直觉。她既然这样说，我就不客气地把自己当成了好人。我说谢谢你，昨天晚上没有你，我的身子整晚都暖不过来。她笑了一下，她的笑停顿了很长时间，然后她说，我想要你的，但是你一直醉着。我就说，我也想要你的，但是这好像是上天注定的，我老是醉，老是不能要到你。春花又笑了一下，后来她什么也没有说，她走上了回家的路。她像王秋强一样，把积雪踩得咔嚓咔嚓的。

　　除夕终于到了。除夕到来的时候，我准备了一个人的晚餐。王秋强在下午三点的时候，出现在酒馆门口。王秋强说，你能为我温一壶酒吗。我看了他一眼，没有说话。王秋强又说，你为我温一壶酒吧，你为我温一壶酒。我沉着脸，我什么话也没有说，我的手在切着一块牛肉，我想把它切碎了，用大蒜炒着吃。王秋强简直是绝望了，王秋强说，我没有地方过年，我想在你这儿过年。我说滚。我又说滚。我说了无数声的滚。我每

私奔 | 269

说一声滚，都会用明亮锋利的刀狠狠地剁一下砧板。王秋强突然像一个小孩子一样哭了起来，他边哭边转身走了。我在数着他的步子，他的破棉皮鞋落在积雪上，咔嚓咔嚓地响了十下。我说站住，回来，我已经给你热好酒了。王秋强马上转身走向酒馆，他笑了起来。

没多久，春花也来了。春花是带着孩子来的，春花带着那个我喜欢的六岁的小女孩。春花说，不如一起过年吧。春花的手里还提着两捆炮仗，这让我想到了巨大的响声，就要在大林镇的夜空炸响。我说好的，我们一起过年，我来和你的女儿一起玩，你来准备晚饭。除夕下午五点，我们准备过一个四人的大年。

五点钟的时候，我们准时开饭了。我们蒸了腊鸡腊鸭，我们烧了糖醋里脊和西湖醋鱼，我们炒了青菜腐皮和雪菜冬笋，我们还做了西施豆腐，我们炒了大蒜蘑菇，炒了醋熘土豆丝，炸了花生米和小鱼干。菜摆了满满一桌子，我们要过一个丰盛的大年。我们在杯里倒上了酒，我的怀里，仍然抱着一个六岁的小姑娘。我们举起杯的时候，酒馆门口站了一个人。一个女人。她穿着一件鹅黄的羽绒衣，一条黑色的直筒裤和一双半高跟的皮鞋，她的头发卷曲了，她的皮肤变得很白。她就是跟着摄影师离家出走的小凤。

小凤说，我能回家过年吗。小凤的声音很轻，小凤的意思是，如果我说一声不行，她会掉头就走的。但是大年夜了，她掉转头去只能看到一堆堆的雪，她又能走到哪儿去。她的声音在雪地里跳跃了几下，跳到我的身边，钻进我的耳朵里去。我说，他不要你了吗？小凤说，是的，他不要我了。他要了一个狐狸精，男人都不是人，男人都是喜新厌旧的家伙。我说错，你也是喜新厌旧的家伙，不然的话，你为什么丢下我跟着摄影师去私奔。小凤的脸红了一下，她无言以对。我叹了一口气，我说进来吧，外面冷。小凤进来了，她看了看春花和春花六岁的孩子，似乎有些不满。但是她什么话也没有说。

  我们一起吃饭，我们一起吃丰盛的年夜饭。我说，摄影师怎么突然不要你的。小凤说，摄影师一直在枫桥镇上开一家叫快又好的照相馆，几个月前他不开照相馆了，他学会了修伞，他说枫桥人的伞一坏就丢了，大林人伞坏了不会丢，会拿去修。他修伞的时候，被一只狐狸精迷住了，那个狐狸精叫爱琴，是大林镇月牙儿美容厅里的按摩小姐。他们两个私奔了，现在，他们一定在去江西的路上。我听说，他们想到江西宜春承包土地。

  我不再说话了，我在想象着狐狸精该是什么样子的。我想不出具体的样子。我说，春花，你见过狐狸精吗？春花红着脸摇了摇头。我又说，王秋强，你见过狐狸精吗？王秋强呷下一口酒说，见过的，狐狸精的皮毛是白的，狐狸精喜欢在雪地里行走，因为它皮毛和雪都是白的，所以一般的人看不到雪地里的狐狸精。

  我认定王秋强说的是对的。我举起杯说，干杯。我一定是再一次喝多了，不然我的胸口为什么跳得厉害，我的脑筋为什么跳得厉害，我为什么大叫大嚷着说要干杯？我举起了酒杯站起身来，我听见我清晰地说，私奔只是为了爱琴，但是爱琴是一个虚无缥缈的人，她到底是存在的，还是不存在的，我们至今都没有搞懂。不过，大年夜，我们还是干杯吧，因为，不管

私奔 | 271

有没有爱琴,我们都得活下去。

我一口喝下了杯中的酒。我看到了雪地里奔走着的狐狸,她用亮亮的眸子看了我一眼,轻轻笑了。她的笑声是这样的,叽叽叽,叽叽叽,叽叽叽……

化妆课

1

欢听不知道刀子一样狭长的灯光是什么时候亮起的,那灯光那么瘦长,像是会把一些东西切割。在跟着罗管教往外走的时候,欢听回头看了一下他的床铺。所有的兄弟都在这个漫长的黑夜里进入了梦乡,他们把四肢随意地摊在床上。欢听的床上,放着整理好的行李,像一头沉默的黑色的羊。只等天一亮,欢听就要离开这儿。在监狱,专用的名词叫作:释放。

欢听跟着罗管教走出了二分队的小门。罗管教突然转过身来,笑了,说最后一个了,你好好帮人家写,算是送人家上路吧。人家不容易,明天,她老公要一起被毙掉。欢听点了点头,他的心里惊了一下,一下子毙掉了夫妻俩,那小孩怎么办?凌晨还没有到来,却有了一丝丝的寒意,欢听不由得把自己的膀子抱紧了。罗管教说,走吧,你跟我走。

欢听跟着罗管教走,他们将要走向重刑犯集聚的重刑监舍。在四年里,有多少个夜晚,欢听跟着罗管教这样走过,欢听已经记不清了。欢听的目光在这个夜晚，像一只将要起飞的鹰一样抬了起来。欢听好像是听到了黑夜之中传来翅膀振动的声音，那是一双隐匿的翅膀。欢听看到了高墙上朦胧着的貌似遥远的灯光。灯光的背后，藏着高高的哨楼。哨楼上，是背着枪的武警。

欢听的耳畔一直有翅膀的声音在响着。他把这种声音，想象成夜间的蝙蝠在黑色之中隐身飞翔。欢听的眼中却闪过一道白光，仿佛看到了2003年春天的阳光。阳光像瀑布一样直直地泻下来，让他感到有点儿炫目。欢听用自行车载着女朋友小蒙，他喜欢听小蒙咪咪咪的笑声。嗤嗤嗤，嗤嗤嗤，在嗤嗤嗤的声音里，大街上细碎的青春光阴被自行车狭长的轮胎，裁成了一截一截。那时候欢听在一家中型水泥厂的财务科工作，而且是一个文学青年。欢听脸上的青春痘，也长得充满了文学的气息。小蒙喜欢听欢听念诗，欢听的声音低沉，在一架小得像一块巴掌一样的放音机的伴奏下，欢听一次次为小蒙念自己写的诗。然后在欢听集体宿舍的床上，小蒙俯卧着，却把一双脚翘起来，不停地摇摆着。她把头仰起，对着一面小镜子涂口红。不远的书桌边上，欢听沉浸在他的诗情里不能自拔，一次次地念关于爱情与青春的句子。窗外，水泥的粉尘铺天盖地，一下子罩住了欢听还没有来得及发芽的爱情。

罗管教带着欢听出了大门。欢听突然觉得自己很困，真想美美地睡上一觉。在无数个夜里，欢听被罗管教叫醒，让欢听跟着他去各个重刑监舍里串门。欢听给那些行将被毙的人写遗书，欢听是这个世界上写过最多遗书的人。那些死囚在临死前的晚上，整晚不睡觉，发呆，流泪，骂娘，要烟抽要酒喝。他们的目光变得了无生机，惊惶如小兔或木讷如一截行将腐朽的木头。在落笔写下每一个字前，欢听都知道，这些人都对生有着无比的留恋。欢听把那些字写得很工整，并且会在写完以后，给死囚用不太标准的普通话念一遍。欢听记得第一次给人写遗书，是因为一个死囚是个文盲，于是管教们在整个监舍里开始寻找写字出彩的人。欢听就是一个，欢听能把文字组成诗，欢听难道就不能把文字组成遗书吗？后来，很多死囚不愿写遗书，管教们就叫来欢听给他们写。欢听的文字之路，没有终结。

钢铁的声音在黑色的夜里显得沉重而且坚硬，门打开了，两位女管教站在不远处，很安静的，像两朵清晨开放在院里墙角的凤仙花。她们看了欢听一眼，说，跟我来。罗管教笑了。罗管教止住了步，点了一根烟。他用手甩灭了火柴，欢听在听到哗的一声以后，只看到一道亮光被黑暗在瞬间吞噬。罗管教对欢听说，小子，去吧。最后一次，你得写认真点。

欢听跟着两位女管教往前走。欢听望着她们身上合体的黑色警服，她们很年轻，身材姣好。欢听就想，回到家，脱了警服，她们只是普通的女人。她们一定也会撒娇，或者哄孩子，或者烧菜做饭。2003年春天的阳光，在欢听经过长长走廊的一盏灯下的时候，又泻了下来。欢听笑了，因为他听到了小蒙的声音，哧哧哧。

阳光斑驳的绿化树下，欢听和小蒙手挽着手去百货商场。百货商场在这座城市的一条江边，欢听非常喜欢那条江。那条江里，鱼儿在自由地生活。小蒙也喜欢这条江，但是小蒙更喜欢化妆品，她让欢听买了很多化妆品和时装给她。小蒙说，你是男人，欢听，你是男人，我是你的女人。你要对我好的。欢

化妆课 | 275

听很感动，听了这话他觉得自己真的成了一个男人。欢听的钱不够用了，欢听不知道什么时候就开始用公家的钱。公家的钱太多了，怎么用都还是没有用完。欢听在两名警察带走他的时候，仍然感到稀里糊涂的，心中一片懵懂。他确信自己是拿了水泥厂的钱，但是他是怎么会去拿钱的？他拿了多少次？他拿了以后怎么就一点也无知无觉。这些，他都记不清了。他突然觉得，这真像是命运和他开的一场玩笑。

欢听在这儿待了四年。欢听在四年之中想得最多的是，小蒙她现在怎么了？会不会已经嫁人了。小蒙只来看过他一次，小蒙说，你怎么就那么傻呀？欢听笑了一下，他的笑声内容苍白。在小蒙来看他的时候，欢听甚至想不出该和小蒙说些什么。欢听知道如果他没有钱帮小蒙买这买那，小蒙肯定会不开心。但是现在小蒙说，欢听，你这么傻呀，你怎么就那么傻呀。欢听只好笑笑，欢听想，这是天注定的。

两名女管教停住了脚步，她们转过身来，望着欢听。欢听看到了打开的铁门，他走了进去，看到一个美丽的女人。女人的脸色有些苍白，她长长的黑发低垂着。她正对着一面小圆镜，很认真地涂着口红。在她的面前，是一张小桌子，小桌子上有刚上来的几个菜，还有几张白纸，一支笔。

女人笑了，女人说，你来了。你叫什么名字。

欢听说：我叫欢听，欢喜的欢，听话的听。

女人又笑了，说你的名字真有意思。那你知道风是什么颜色的吗？

欢听摇了摇头。

女人说，告诉你吧，风是蓝色的。

欢听也笑了,在桌子边坐了下来,写下了几个字,他很想把这几个字作为标题:风是蓝色的。

女人说,我叫杜木。

杜木开始把玩自己的长发,不时地在自己的手指头上绕起来又松开。她甚至开始斜着身子晃荡着唱歌。欢听认为杜木的声音出奇地好,她简直是一名歌唱演员。欢听看到杜木的手里,还抓着那支刚使用过的口红。一名女管教咳嗽了一声,说,开始吧。

杜木说,好,开始吧。我给你说说化妆的事。

欢听扭头看了看两位表情木然的女管教,轻声说,我是,为你写遗书的。

杜木说,化妆就不能写进遗书吗?我的遗书,写给一个叫清的女人。

2

欢听不停地记录着,那些黑色的文字,蝌蚪一样从笔管里流出来,一会儿就铺开了一大片。欢听望着那些文字,突然想起了多年以前的露天电影。露天电影放映的时候,欢听喜欢坐在放映机边,因为放映机沙沙转动的声音,让欢听感到安宁。有时候欢听会闭起眼睛,露出微笑,只是听着放映机的声音。那是一种奇怪的机器,可以在光线之中,把一场又一场的生活随意地抛在一块白布上。欢听其实很喜欢生活在白布之上,因为他觉得那样的生活安全,从容。

放映机的声音仍然沙沙响着。欢听看过的许多黑白片又开始在他的脑海里，不断地翻滚。他抬眼看了一下面前的杜木。杜木的手里举着一瓶绿色的香水。欢听微微地闭起了眼睛，他看到了微笑着的杜木，在她十六岁的时候梳着一对小辫。她穿着白色的短裙，那些光线在她青春的大腿上流泻。杜木向前走去，走到一小堆阳光里，然后回过头来说，欢听，我是杜木，我现在16岁。现在，是1986年。

1986

16岁的杜木是暨阳中学的初三学生。杜木身材高挑，她走动的时候，那些男同学的目光，像一只只鸟一样栖息在她的身上。杜木知道那些目光，她并不讨厌那些目光，只是会有意无意地像抖落身上的灰尘一样，把这些目光抖掉。

一个上海来的高个子男生，脸色有些苍白，身材略显瘦长。他总是把普通话和上海话结合得很好，在和同学们的交谈中一次次地轮番使用。他有一辆崭新的山地自行车，在1986年的暨阳小城街道，这辆车子像锋利的刀子一样，一次次地把城市切割着。他的自行车后座上，总是换着不同的女生。她们在他的身后，发出小母鸡一样兴奋的声音。她们叫，卢小波，卢小波你骑快一些。他叫卢小波。

杜木从来没有机会坐上卢小波的车。但是她一点也不觉得难过，她走路的时候，挺着刚刚发育起来的胸。她一直都在微笑着，她的微笑让卢小波很苦恼，他想要引起杜木的注意，但是杜木却好像从来都没有认识过他。

在1986年的暨阳中学校区的月湖边，杜木抬起头看到了一棵枝繁叶茂的大樟树，那些蝉声在风中隐隐现现，那是一种在杜木听来异常明亮的声音。卢小波骑在自行车上脚踏着地,他看到了湖水波纹在不断地晃开来,很像是他慌乱的青春。卢小波伸出手去,慢慢地展开了手心。杜木看到一瓶绿色的香水,就躺在卢小波的手心里。杜木笑了,说,我看到你掌心上的爱情线了,像一条鱼。

杜木没有想要香水,但是卢小波还是把香水放进了杜木的掌心。然后,卢小波骑上车子走了,他在杜木略略有些近视的目光中,屁股离开坐垫,奋力蹬车。

后来,杜木坐在了卢小波的后座上,她的手紧紧挽着卢小波的腰。卢小波的腰,细长而有力,腹部没有一点儿多余的肉。月湖的湖水,在不停地晃荡着。卢小波在初中毕业后就去了上海。他给杜木来了几封信后,就没有了音讯。杜木把那些苍白的信件收起来,在月湖边上烧了。那些纸在火中卷起了边,像无精打采的蝴蝶一样翩飞起来。杜木对着火光笑了,她把那还没来得及真正开始的初恋给烧了。杜木的手心里,紧紧握着那瓶香水。那是一瓶廉价的绿色香水,浓烈的香味在杜木的 16 岁飘荡着。本来杜木要把它投进月湖,但是杜木最后没有投,杜木想,香水没有错。

欢听喜欢上了 16 岁的杜木,她让欢听的心里产生了一浪浪的温情。欢听的眼睛眯了起来,微笑着,像在看着一个蹦蹦跳跳的女孩。欢听抬起头的时候,看到杜木把香水瓶打开了,在自己的衣领上滴了一滴。香水在白衣领上沁出淡淡的绿,慢慢洇进去,颜色淡下去,像是淡了下去的1986。

1988

现在让我们来讲讲粉饼吧。你知道粉饼最大的功效是什么?

欢听摇了摇头。欢听只记得，自己也给当年的女朋友小蒙买过进口的粉饼。

杜木的手里抓着一盒粉饼。杜木把粉饼盒打开了，她开始往自己的脸上轻轻拍粉。杜木说，粉饼可以让人变得年轻。不过，这盒粉饼，早已结成块了。

1988年的暨阳县城街道上，杜木和清是两只蝴蝶。她们无话不谈，和小蒙一样，同样会发出嗤嗤嗤的笑声。清是一个戴着眼镜的姑娘，在1988年的那个文学年代里，清奋不顾身地爱上了诗歌。清在热爱诗歌的同时，也爱上了一个叫陈小跑的警察。那是一个刚从警校毕业分配来的警察，他总是动不动就像从地里冒出来一样，突然出现在清的面前。清笑了，说，陈井水，陈井水。陈小跑说，你为什么叫我井水。清说，因为你会突然从地里冒出来，我总不能叫你石油。

陈小跑笑了，陈小跑经常和清还有杜木在一起。好些时候，杜木插不进话，杜木就只能郁闷。杜木想要离开清，清说，不行，杜木你要保护我。杜木说，警察会保护你。清大笑起来，清说你看他像是保护我的人吗？那要按你这样说，猫会保护鱼。

其实后来清没有成为陈小跑的鱼。清让陈小跑的摩托经常去接杜木。杜木坐在车后面，风把她的头发扬起来。车子在浦阳江边奔跑，那些江边的绿色一抹一抹地向后掠去。不知道为什么，杜木感到了无比忧伤。她紧紧地抱住了陈小跑的腰，她一下子听到了两颗心发出的声音。后来她哭了，在这个风很大的清晨，她的眼泪把陈小跑的警服后背打湿了。陈小跑在一片柳树林边停了下来，问，你怎么了？杜木说，没什么，现在好了。陈小跑看杜木的目光就有些异样。但是他仍然去接清，接完了清又接杜木,有时候他是两个一起捎上。

1988年夏天一个普通的清晨,微凉,杜木刚刚走下楼,她的手里捏着一包豆奶。她看到不远处刚刚升起的嫩嫩的阳光底下,立着一辆摩托。摩托的身上,倚着陈小跑。陈小跑说我来接你,我们一起去接清吧。杜木点了点头,她跨上了摩托的时候,陈小跑把一盒粉饼交给了她。

杜木说,你给清。

陈小跑说,这是给你的。

杜木说,你给清。

陈小跑说,为什么一定要给清?

杜木说,你给清。

陈小跑说,我不想给清。我和她没有什么。

杜木笑了起来,说男人真是没良心的东西。

陈小跑说,现在我看上的是你了。

杜木没再说什么,把粉饼放进了包里,然后,她把陈小跑抱得紧紧的。杜木的心里知道,自己在有意无意地走近陈小跑,她看不得自己的同学比自己更甜蜜。摩托呼啸着,看上去挺兴奋的。摩托一头扎进了风中,然后,摩托看到了不远处站着的清。清斜着一双眼,冷冷地望着摩托停了下来。

杜木从车上下来,望着清的目光。杜木想,如果我说假话,鬼也不信。

但是杜木还是说假话了。

杜木说,我们没什么。

清笑了,说鬼才信。

杜木说,我们真没什么。

化妆课 | 281

清笑了，说我就是变成鬼也不信。

杜木说，真的，我们真的是没什么的。

清笑了，我相信你的话是真的话，我还不如去做鬼。

杜木就叹了一口气。杜木望着陈小跑，陈小跑说，杜木，没关系的，我就是喜欢你。喜欢你又不犯法的。

清走了。清什么话也没有说，在走出大概十步远的时候，她开始唱一首叫作每次走过这间咖啡屋的歌。清走得很远的时候，杜木才上了摩托。摩托发动了，发出尖厉的声音。在风中，摩托像风一样奔跑。杜木把自己想象成一幅扁扁的画，杜木想，这幅画会不会被风刮走。

杜木只用了一次粉饼。学校开联欢会的时候，杜木用粉饼给自己的脸打了底。在聚光灯下上台的时候，杜木感到自己脸上戴着一个厚重的面具。她在台上朗诵诗歌，陈小跑站在很远的地方，一直听着杜木朗诵。朗诵结束的时候，杜木走到了清的面前。

杜木说，清。

清没有理她。

杜木说，清，你别不理我。

清说，我看错了你，我现在是在不理自己。

杜木说，清，我觉得真没劲，算个什么呀这。

清说，我也觉得，真没劲。

杜木轻轻招了招手，陈小跑就跑了过来。

陈小跑说，杜木，你刚才朗诵得真好。

杜木把手伸进口袋里，然后慢慢地掏出了粉饼，抓过陈小跑的手，放在陈小跑的掌心里。

杜木说，小跑，我觉得真没劲，我怎么什么感觉都没有。我走了，以后给你的摩托车省点油吧。

半天，陈小跑才回过神来说，我的油用的全是公家的。

清笑了。清对小跑说，我失去了两个人，你也失去了两个人，杜木也失去了两个人。我们把这一年，给丢失了。

陈小跑说，我不懂。

清说，你当然不懂。这可是诗。

电影机的沙沙声仍然在欢听的耳畔不停地响着，欢听怀疑这是不是一种耳鸣。当欢听听到清说这可是诗的时候，欢听眼前一下子闪过一些圆圈和一条条的痕迹，很像是每卷电影片尾时跳出的图文。在一卷拷贝放映结束的时候，欢听看到的是杜木把粉饼塞给陈小跑以后，一直向前走去。她走出了礼堂，走向了校门口那条拥挤而狭长的街道。她一直双目平视，表情木然地向前走。

一会儿，远处的人群将杜木淹没。像是一滴水突然之间，掉入了大海。

1992

杜木的手里，变戏法似的多出了两样东西：一支眉笔、一支口红。它们显得很安静，在暗淡的灯光下像两个熟睡的婴儿。杜木笑了，欢听抬眼望了一下杜木，他发现杜木的笑容其实很妩媚。站在门口的女管教，好像有些累了，其中一人细微地咳嗽了一下，像是一枚针掉在地上。这个时候，杜木举了一下眉笔说，这是马小明的。又举了一下口红说，这是赵小呆的。

欢听的目光再次抬了起来。欢听的目光在监狱的围墙之上，看到了在哨楼里打瞌睡的哨兵。欢听的目光跨山越水，抵达了1992年的暨阳县城。那时候下着一场绵密的春雨，县城的那些曾经飞腾的灰尘，现在安静地伏在湿漉漉的地上。空气新鲜，而略带腥味。一个叫马小明的年轻人，留着很长的头发，看上去他有些瘦弱。他没有撑伞，那些雨丝均匀地洒在他的身上。在不远的地方，赵小呆站在一个雨棚下，他抽着烟，身材粗壮，像一堵墙一样。他的脖子上套着一串和他的身体一样粗壮的黄金项链。这让马小明想到了课本中的少年闰土。马小明笑了，马小明还想到了月光，想到了柔情主义的绍兴农村。

马小明缓慢地向前走去。一辆拖拉机冒着黑烟从他的身边经过，这让他感到无比厌恶。马小明是一个没有职业的人，很多人都不明白，马小明没有工作，怎么还能活下去。其实马小明自己也不知道是怎么活的，他交了一个叫杜木的女朋友。他交上这个女朋友是因为他在冷饮店喝冷饮的时候，看到了杜木也在喝冷饮。马小明就坐了过去，笑了一下。杜木也笑了一下。在很长的一段时间内，两个人都没有说话。后来杜木起身走了，马小明说，我叫马小明。

这是一次奇怪的认识。杜木觉得马小明挺有意思。那时候杜木长时间没有恋爱，马小明带着杜木去了一趟很偏远的乡下后，杜木就和马小明恋爱了。在那个乡村里，杜木看到了生活得很不如意的山民，他们的目光是死去的目光，他们为了生活像一架不停的机器，在山上和土地里运作着。杜木后来哭了，她让马小明背她下山。

马小明住在化肥厂的宿舍里，那是他的父母留给他的。马小明喜欢安静，他不太说话，他能在宿舍的窗前一坐就是一天。

马小明送给杜木一支眉笔，并且在一个停电的夜晚，点起了蜡烛，花了一个小时，亲自为杜木画眉毛。杜木笑了，推开马小明说，你一动不动地画我的眉毛，人家以为你在搞微雕。

马小明的身上差不多已经全湿了。马小明走到赵小呆跟前的时候，赵小呆正好点起一支烟。赵小呆美美地吸了一口烟，那烟头的红光，像一滴醒目的血。他的台球店生意很不错，五张台球桌上，全部趴满了那些少年。赵小呆看到了马小明，在这个和村庄差不多大的县城里，赵小呆几乎认识县城所有的年轻人。赵小呆笑了，说，马小明，你是不是想要打台球。

马小明走到墙边，他看到了几根台球杆。马小明大笑起来，马小明说，小呆，小呆你的这些球杆怎么一根根长得像牙签似的。

所有人都吃了一惊，他们从来没有听到过马小明这样的笑声。马小明是一个好静的人，现在马小明怎么像喝醉了一样。他的身上全湿了，他像是从水里捞起来似的。马小明走到了赵小呆的身边，马小明说，小呆，听说你送了杜木一支口红。

赵小呆愣了一下，说，是。

马小明说，你为什么要送他口红呢。

赵小呆想了想说，我姐多了，就送了她一支。

马小明说，那你为什么不送别的女人呢。

赵小呆又想了一想说，我不认识别的女人。

马小明说，那你为什么不送你妈呢？

赵小呆有些发火了，他丢掉了烟蒂。烟蒂落在一汪水洼中，发出一声轻轻的"哧"，然后熄灭了。

赵小呆说，你他妈的，你想干什么。老实告诉你，我昨天

化妆课 | 285

晚上请杜木看电影了,我还摸了她。你想怎么着。

马小明看到赵小呆因为激动,脖子上的青筋都变粗了。马小明没说什么,他开始流眼泪,一会儿,他眼里看出去的雨,就变得迷蒙起来。又一辆拖拉机冒着黑烟,从台球店的门口开过。马小明轻声说,小呆,你看这拖拉机多讨厌啊,怎么老是喷着黑烟。

赵小呆没有说话。

马小明又说,小呆,其实我们还是同过学的,你有没有记得,高考的时候,我们初三三班和四班合并了,我就和你坐在一起。

赵小呆终于想了起来,说,对呀。

赵小呆笑了,笑得一愣一愣的。这时候马小明手里的球杆一下子举起来又落下去,赵小呆的笑容还没有退下去就躺在了地上。赵小呆躺在地上,身子在不停地抽动着。他的眼睛睁着,脸上露出幸福的笑容。这让所有的打台球的少年都吓了一跳。

马小明把球杆丢在了地上,他说,牙签。

马小明后来走进了雨中,他一直都在慢慢地走着,他要走到化肥厂的宿舍里去。他感到有些累,虽然他只是挥了一下球杆,但是他还是觉得累了。在三十六洞附近的停车场门口,和化肥厂其实只有几步之遥了,一辆破旧的警车在他身边停了下来。

一个警察走了下来,在他面前站住说,你是马小明。

马小明点了点头。

警察举起了手铐,马小明就木然地举起了手。

手铐套在了马小明的手腕上。马小明上了车。警察也上了车。

警车开走了。警察说,马小明,你看你都浑身湿透了,会感冒的。

马小明说,又不是没有感冒过。马小明又说,小呆怎么样了。

警察说,送医院了,没什么事,可能把他神经敲坏了吧,眼睛白过来了,嘴也斜了。你为啥敲他?

马小明说,为了杜木。他送杜木一支口红,杜木是我的女朋友,为什么要让他来送口红?

警察没有回答他。警察沉默了许久,在快到派出所门口的时候,警察才说,我叫陈小跑。

欢听的目光慢慢收回。他的脑海里飘着的是那些欢快的雨。一个县城像一座被遗弃的冷清的村庄。村庄里一个叫杜木的姑娘,她22岁,左手握着眉笔,右手握着口红。她经过台球店门口的时候,看到一个叫赵小呆的人,脖子上仍然套着金项链,只是他笑起来的时候,嘴巴会斜到一边去。

欢听想,那真是一个倾斜了的,岁月。

1993

1993年的暨阳县城离开杜木已经很遥远了。

一支普通的花露水瓶子,呈现在欢听的面前。花露水的气味飘出来,让欢听打了一个喷嚏。他看到自己面前那张写满了字的纸上,有了细密的水珠。这让欢听感到有些不好意思。杜木在自己的手心里,洒上了一些花露水,并且拿到自己的鼻子底下闻了闻。门口那位女管教又咳嗽了一下,另一位女管教说,能不能快点。

杜木和欢听都没有理女管教。一个将要走向刑场,一个在天亮以后将被释放回家。他们不怕女管教。

1993年的县城,离开杜木已经很遥远了。它睁着一只破旧的眼睛,看着杜木拎着一只半新的皮箱离开了这个大村庄一样的城市。然后,杜木看到了一座柔软的湖。那是西湖。

杜木23岁的青春开始变得重归嫩黄。有很长一段时间,杜木在南山路一家叫作城堡的酒吧当酒水推销员。她穿着短裙,穿梭于客人中间。有很多双手,不经意地触碰到了她的胸和屁股。杜木的推销业绩,在销售员中是一流的。杜木想,我不要回去了,我要忘了那个叫暨阳的县城。

杜木在1993年的夏天认识了丁小朋。丁小朋理着很短的头发,眼睛小小的,但是很精神。他常来喝酒,却好像从来都喝不醉。丁小朋的手轻轻一招,杜木就像一只燕子一样飞过去。

杜木说,丁老板,你要什么?

丁小朋说,我要你。

杜木说,丁老板真会开玩笑。

丁小朋说,我没有开玩笑。

杜木说,那你说百威还是喜力。

丁小朋说,你想给我什么就什么。

然后,一些酒像手榴弹一样排开了,在吧台上,被丁小朋一个又一个地消灭。

丁小朋是像风一样的男人,杜木觉得他就像一只黑色的蝙蝠,潜入黑夜就等于消失。这个闷热的夏天,丁小朋让人把杜木接到了雷迪森酒店。在酒店里,杜木看到了一个穿睡衣的,脸色有些苍白的男人。他的眼睛里布满了血丝，好像很久没有睡好。他坐在沙发上，笑了。他轻轻地挥了一下手，那个男人就消失在门外。然后，门悄然合拢，像是合拢了一个世界。

丁小朋的床上，堆着一大堆的钞票。丁小朋说，杜木，你是我的女朋友了。

杜木转身去开门的时候，发现门已经不能打开。

丁小朋说，杜木，你真的已经是我的女朋友了。

丁小朋是在第二天清晨消失的，他像一阵风一样走了。杜木醒来的时候，发现自己浑身酸痛。她有些佩服丁小明的精力，他简直是一架机器。丁小朋消失了，但是那堆钱没有消失。那堆钱足以让杜木不用再去推销酒水。

杜木果然不去推销酒水了。杜木去城堡酒吧喝酒，一次次地在那儿喝酒。丁小朋很少找杜木，丁小朋来找杜木的时候，会给杜木带来一些钱。

杜木问，丁小朋，你是做什么生意的？

丁小朋说，你别问。

杜木问，看上去你像一个倒爷。

丁小朋想了想说，说对了，我就是一个倒爷。

丁小朋不想说，杜木也就不再多问。丁小朋给杜木买了一辆车，杜木开车，逛时装店，喝酒，把生活过得像梦一样。然后，在这样的梦里，杜木认识了一个叫郑向东的人。

郑向东在城堡酒吧里唱歌。郑向东的歌声其实并不怎么好，但是杜木喜欢上了他。杜木喜欢郑向东扎在脑后的小辫，短促而用力。喜欢郑向东在唱歌时的神情，那是一种莫名其妙的忧伤。而更多的，是杜木喜欢郑向东弹的吉他。没有歌声的吉他声，让杜木迷恋。

杜木在城堡酒吧里灌酒，和客人聊天，然后把郑向东送回家。郑向东来自东北，但是却长得像一个韩国人。他们其实从来都没有过肌肤之亲，在一个温暖的落雨的夜晚，郑向东下车的时候，轻轻地吻了一下杜木的嘴角。那时候雨从窗口飘进来，让杜木感到了一丝微凉。杜木突然感到了幸福，她望着郑向东摇晃着走向楼道，然后被楼道的黑暗所吞没。杜木的车一直停在小区内泛黄的路灯下，她在想着一个问题，是不是自己每走一步，都是不知道的，都是命定的。

第二天晚上，杜木送郑向东回来的时候，郑向东给杜木一瓶六神花露水。那是一瓶价值五块八毛的花露水。花瓶的脖子，像是长颈鹿的脖子，泛着绿的色泽。杜木一下子喜欢上了这瓶最最廉价的香水，她打开瓶盖，让清凉的花露水滴在自己的手心里。车子里立马就被清凉包围了。

那天晚上，杭州发生了一件小事，一个在城堡酒吧唱歌的歌手，被人切断了一根手指。

在杜木的房里，丁小朋坐在沙发上抽着烟。那些烟雾在1993年显得很稀薄，它们很快像一团透明的棉花一样，把穿着睡衣的丁小朋包裹了起来。杜木的声音，穿透了烟雾，一条丝线一样钻进丁小朋的耳朵。

杜木说，是你干的吧？

丁小朋说，没有。

杜木说，骗人。

丁小朋说，真没有。

杜木说，那是谁？

丁小朋说，是我手下。

杜木说，那还等于是你。

丁小朋说，那不一样，如果是我，就有失我的身份。

杜木生气了，她开始颤抖起来。原来丁小朋去动手切人家一根手指头，让人家永远弹不了吉他，是有失身份的。杜木的身体在颤抖。

杜木说，你究竟是干什么的？你简直是流氓。

丁小朋笑了，说，流氓太小儿科了，你一定要问我干什么的，那我还是告诉你吧。我是贩毒的。

杜木说，真的？

丁小朋说，真的。不然我哪儿来那么多钱。所以，以后你还是跟我一起贩毒吧。有两个好处。

杜木说，什么好处？

丁小朋说，可以不再让别的男人掉手指头，也可以惊险刺激一把。因为，是你自己要知道我是干什么的，不是我硬拉你下水的。

丁小朋说完，在烟灰缸里揿灭了烟蒂，站起身，轻轻拍了拍杜木的脸，说，乖乖，咱们是一匹马上的人了。杜木闻到了丁小朋手上散发出来的烟草的气息，她突然感到一下子失去了重心。杜木想，人生就要变化了。就要变化了。

杜木不知道郑向东是什么时候离开杭州的。听说是给了一笔补偿金，他没有报案。杜木只是想象了一下，比如在杭州火车站，郑向东抱着吉他，手上缠着纱布，他回头望了一眼生活了并没多久的杭州，匆匆地汇进了人流。他的下一站，或许是广州，或许是内蒙古的什么地方，或许是乌鲁木齐。

化妆课 | 291

杜木在那天晚上喝醉了酒，醒来以后，她给自己冲了一个澡。然后，她长长地吸了一口气，和丁小朋一起贩毒。丁小朋是贩毒头子，杜木就是压寨夫人。杜木在1999年，为丁小朋生下了一个女儿。跟了妈妈的姓，取名杜若。

2006

2006年杜木已经36岁。

欢听看到两名女管教有些不耐烦了，她们在不时地看表。也许，天色渐渐就要亮堂，离杜木走向刑场，和欢听释放回家的时间越来越近。杜木望着欢听，轻声说，谢谢你。你是好人。

欢听的脸红了。

杜木笑了起来，她把后来的事说得很潦草。她在香港的时候，突然想到了清。那时候清已经生活在香港，杜木找到了清的联系方法，约她见个面。就在杜木住的酒店里，杜木遭到了警方的伏击。

给杜木戴上手铐的是陈小跑，陈小跑从派出所调到了缉毒分队。这是暨阳县公安局和杭州刘江公安分局联手的一次扫毒行动。

清看得心惊肉跳，说，小跑，怎么是你。

陈小跑淡淡地说，怎么不能是我。

陈小跑押着杜木上了车，一到车上，就给杜木解开了铐子。

陈小跑说，杜木，丁小朋已经在杭州刘江看守所等你了。

杜木一下子流下泪来。这时候她突然发觉，自己是爱着丁小朋的。多年夫妻兄妹，血早就融在了一起。

清一直没有来监狱看过杜木。倒是陈小跑来了，陈小跑掏出了粉饼,说,这个我没丢,现在,仍然请你收下。另外,我一直单身着,因为我忘不掉你。

杜木说,你这样说是不是想要让我有一点歉疚。

陈小跑笑了,他笑得很腼腆。陈小跑说,没有,我只是让你知道,你真的很美,让人忘不掉你的美。

杜木最后和欢听说的是:你能经常定期去看看我的女儿吗,她叫杜若,在刘江福利院。

欢听很沉重地点了点头。他把那几页纸给收了起来,交给了女管教。天色已经发白了,突然之间,欢听回过头去看时,发现杜木已经在认真地化妆了。每一样化妆品,她都用得小心翼翼。她没有再说什么,只是在欢听离开的时候笑了一下。

因为她听到欢听说,我记住了,刘江福利院,杜若。

3

欢听是在上午九点半的时候出狱的。罗管教来带他的时候,他还赖在自己的行李上,眯着眼想着昨天晚上的事。同舍的犯人都去劳动了,欢听不用去。欢听在扳着手指头计算着自己给多少人写了遗书。欢听把手指头掰到二十八的时候就不再往下扳,欢听想,是个吉祥数。

罗管教说,走吧。欢听就跟在罗管教的屁股后头走。罗管教说,回去后,重新开始吧。你给人写过那么多遗书,该怎么活,其实比任何人都懂。欢听笑了,欢听抬眼看到了细碎的阳光,从大铁门上方漏下来。罗管教走过去,和站岗的武警说着话,并且递过了一张纸条。

沉重的铁门打开了。欢听走出了铁门，走出铁门的时候，他都有些不太相信，铁门以外，飘浮着自由的新鲜空气。欢听对自己说，自由啦，自由啦。这时候欢听突然觉得，自己的身体又开始发育，像是一颗粗糙的谷粒正在发芽一样，有一种向外的力。

铁门又合上了。欢听只看到半个罗管教挥着手的样子，半个罗管教露出了半个笑容。然后，欢听在很久以后，才缓步地向外走去。现在，他是自由的，他很想大吼一声，又怕吓坏了路上的人。最后，他只在心里叽叽叫了一声。

欢听在去刘江的路上，一直在想着杜木。他想着杜木在一声脆响以后，趴在了地上。欢听突然就很想为一个美丽的女人哭一哭，欢听果然就哭了。那时候他坐在一辆突突叫着的三马里。三马长得很像驴，可以坐三四个人。欢听不停地抹眼泪，一个老太太也跟着抹眼泪。后来老太太问欢听怎么回事儿。欢听说，没什么。接着欢听又说，我听见一声响。坐在三马里的人，在不停的颠簸中，面面相觑。

欢听在刘江福利院见到了杜若，一个长得白白净净的小女孩。欢听一下子就喜欢上了她，他把她抱在怀里，轻声问，你是杜若吗。

杜若的手里抱着一只玩具狗。杜若说，是的，我就是杜若。

欢听说，那你知道风是哪种颜色的吗？

杜若摇了摇头。

欢听说，那你记好了，风是蓝色的。

杜若说，可是，我没有见到过蓝色的风。

欢听说，你以后会见到的。

欢听找到了院长，说，我要把孩子接走。院长说，你要交抚育费的，你还要办领养手续，在符合条件的情况下，才能领养。欢听说，我还没结婚呢，我没有小孩，我肯定能领养。

几天以后，欢听带着一万六千块钱去接杜若。杜若的手里拿着一支口红，杜若说，福利院的刘妈妈要带我们去演出呢。

欢听说，杜若，跟叔叔走。叔叔是妈妈派来的，专门来接你。

杜若笑了，说，你骗人。我听别人说，我妈妈被枪毙了。

欢听的心里一下子涌起一阵难过。欢听把杜若搂在了怀里，说，叔叔带你走。叔叔一定要带你走。叔叔先看你演出，然后叔叔就带你走。

下午三点，在一个叫红石板的社区里，孩子们为老人们进行的表演结束了。欢听拉过了杜若的手，两个人和其他福利院的小朋友告别。欢听突然就想，这一定是上帝送给他的一个女儿。在路上，欢听买了一个手抓饼给杜若吃，还给杜若买了一架彩纸扎起来的风车。

欢听带着杜若逛商场。在化妆品柜前，欢听突然看到了前女友小蒙。看上去，小蒙已经苍老了许多。小蒙正在整理货品，看到欢听过来，她把欢听当作顾客了，非常客气地介绍着产品。欢听很失望，其实他希望小蒙能一眼就把他认出来。

但是小蒙后来还是认出了他。小蒙说，原来是你呀。你出来了呀。

欢听说，你希望我不出来吗？

小蒙瞪大了眼睛说，你出不出来和我没关系呀。

欢听想了想说，是没关系。你是不是嫁人了？

小蒙说，嫁是嫁了，可是也只是个出租车司机，唉，来钱少，这房子也不知道猴年马月能买到。不过，我可以推荐你买这套资生堂的新品，这套产品，适合于中年女士。不信的话你可以试试……

欢听不再说什么。他眼里盛装的爱情已经没有了，他奇怪自己怎么就认识了小蒙，而且还曾经有过那么一段。欢听看到杜若透过柜台玻璃，看那么多的化妆品。她的眼睛清澈如水，那些化妆品在她的眼眸里映成了倒影。

小蒙还在喋喋不休地说着化妆品，她的意思是如果愿意的话欢听可以买一些回去。欢听没有买，而是牵着杜若的手往外走。

小蒙的声音跟了上来，说，喂，你身边那小女孩是你什么人呀。

欢听笑了起来，他的目光无比慈爱。他说，她是我女儿。再见。

少年行

1

　　一九八三年初夏来临的时候,唐吉开始注意一个叫雪梅的女同学。在一九八三年初夏以前,雪梅是个很不起眼的人,她个子瘦小脸色蜡黄,但是现在不一样了。唐吉坐在枫桥镇初级中学初三四班的最后一排,他的目光总是从同学们的头顶跳跃而过,落在雪梅乌黑的长发上,落在她的肩头。雪梅的脸色大概是在一夜之间变得白净而且红润的,雪梅的身材大概是在一夜之间变得那么修长而不失丰满的。唐吉以前总是大声说话,和人打架,他高高的个子在同学们中间晃来晃去。他下巴的胡子开始生长。他和同年龄的同学们是不一样的,他像一个二十岁左右的青年,他的个子已经长到一米七八,他的脸上布满了青春痘。现在因为雪梅一夜之间出落得像一朵雪地梅花,使唐吉突然变得沉默了,他的目光开始变得忧郁,而且他突然变得不喜欢说话了。他老是把目光投在雪梅的身上,他喜欢上了雪梅。

夜壶走到唐吉的身边。夜壶说，唐吉你怎么变了一个人？你变得不喜欢打架了，我听见数学老师鲁娜娜在办公室里表扬你。夜壶的鼻涕吸溜了一下，他的个子瘦小，衣服总是脏兮兮的，胸前和袖口永远都是油光发亮。要命的是他的鼻涕，唐吉说夜壶你的鼻涕怎么没完没了。夜壶羞涩地笑笑，夜壶说我是鼻膜炎。现在夜壶傻愣愣地站在唐吉的身边，他站着的时候和唐吉坐着的时候身高是差不多的。夜壶说，唐吉，唐吉你怎么变了，你是不是变成一个好学生了。唐吉没有理他，但是唐吉笑了起来，他的目光再一次抬起来，落在雪梅的身上。这时候雪梅正好侧着身子，她在和另一个女同学谈话。有一层光线斜斜地涂在雪梅的身上，使雪梅的整个身子充满了柔和。

唐吉说，夜壶，你想看电影吗？今天晚上想不想看电影？今天晚上的电影是《八百罗汉》，香港武打片。夜壶又吸溜了一下鼻涕，夜壶想也没想就说，想看的。唐吉招了招手，夜壶就稍稍俯身把耳朵贴在了唐吉的嘴巴上。唐吉轻声说，你去叫雪梅，你让雪梅和我们一起去看电影。夜壶紧张地看了唐吉一眼说，那谁请客。唐吉说，当然是我请客了。唐吉说这话的时候，手指头触到了裤袋里的几张零乱的小额纸币，那是几张羞涩的纸币，不太好意思跳出来示人，但是买几张电影票还是足够的。夜壶看了一眼正在和别人说话的雪梅，雪梅大概是听到了一个令她发笑的笑话，所以她笑了起来，身子都歪过来了。夜壶说，那我试试，不过她不一定肯去的，我发现她和我们班上一个男同学最近走得比较近。唐吉说，谁？夜壶说，张民生。

唐吉的目光就开始凌乱地扫描，他扫到了坐在另一角落里的张民生。张民生脸色白净，一双很大的眼睛，个子不高也不矮，每天都穿得干干净净的。张民生不是枫桥人，他的父亲是枫桥人，但父亲在杭州工作，所以张民生是从杭州转学来这儿读书的。张民生的父亲说，张民生在杭州读书不好，那么就换个环境试一试。唐吉看到张民生正在望着雪梅笑，唐吉就皱了一下眉头。他抬起头时，发现鼻子下挂着鼻涕的夜壶正对着他一脸坏笑，夜壶说唐吉，你想和雪梅谈恋爱？你一定是看上她了是不是？所以，你才变得不太爱说话。唐吉说，你不要多嘴。但是唐吉的话中明显地没有了力量。这时候夜壶恶毒地说，唐吉你今天一定吃过大蒜了，你知不知道刚才你把嘴贴在我耳朵边上的时候，我闻到了一股臭味。夜壶说完就走了，夜壶走得异常坚决。唐吉愣愣地看着这个小个子同学的背影。

上地理课的时候，身材肥胖的王国芬老师在讲台上给同学们讲什么洲什么洋的，她身边的桌子上放着一个地球仪。唐吉想，王国芬长得就像一个地球仪。唐吉在一张白纸上胡乱地画着，整张纸画满了的时候，他才发现他写的全是"雪梅雪梅雪梅"。他看了看不远处的张民生，张民生也没有专心听课，他的目光时不时地瞟向雪梅。他又看了看夜壶，他看到坐在雪梅旁边的夜壶正在把一张纸条递向雪梅。唐吉的心突突地跳起来，他不知道夜壶在纸条上写了些什么。雪梅接过了条子，没多久，雪梅将条子递还给夜壶。这一堂地理课，唐吉不知道怎么过的。王国芬在讲台上叫了唐吉，她一共叫了三遍唐吉。她说唐吉，她又说唐吉，她再说唐吉。同学们都把目光投向了他，这令王国芬很不高兴，王国芬把嗓音提高了，有些尖细，像划玻璃的声音。王国芬说，谁是唐吉，唐吉有没有失踪。这个时候唐吉站了起来，那么高的一个人就晃荡在最后一排的座位上，好像站立不稳的样子。雪梅也在朝他看着，雪梅的目光中含着笑意，这让唐吉把头低了下去。王国芬说唐吉我叫你为什么你没站起来。唐吉说我没听到。王国芬说，上课时候没听到我叫你，那你跟同学们说一说，你在想什么。唐吉在想着雪梅，但是他不能说出来。唐吉想要编一个理由，他想来想去找不到合适的理由，最后他说，我在想，地理这门课什么时候会取消掉。同学们都笑了起来，王国芬没有笑，王国芬很生气，她肥胖的身子开始颤抖，她的脸涨红了，她终于抓起了一个粉笔盒子。那是一只小巧的木盒，木盒从她的手里飞出来，呼啸着奔向唐吉，像武侠小说里的独门暗器。唐吉没有躲闪，唐吉只是挥了一下手，木盒就跌落在地上了。木盒里的许多颜色不同的粉笔，像小巧瘦弱的尸体，滚落在木盒边上。同学们又笑起来，同学们的笑声让王国芬很难下台，她走了过来，她走到唐吉的身边说，你给我出去，你给我站到教室外边去。唐吉没有出去，只是把目光望向了教室外的天井。天井里有一棵桂花树，树龄恐怕有上百年了。只是现在，还不是桂花开放的时间。王国芬伸出了手，她多肉的手抓住了唐吉的耳朵，她把唐吉拖出了教室。唐吉被一只肥胖的手拖着经过雪梅身边的时候，看了雪梅一眼。雪梅把眼帘低垂了，装作没看见。然后，然后唐吉就站到了教室外边。

　　下课的时候王国芬把唐吉叫到了办公室。王国芬对办公室里的老师们说，你们看，这个唐吉，个子长得比校长都高，就是不好好学习。数学老师鲁娜娜正在批改作业，她的办公桌上放着一盆鲜花。唐吉叫不出这种花的名字，他只看到这盆花开得很旺，泛着细小的粉红粉蓝的颜色。鲁娜娜看了一眼唐吉，又低下头批改作业。王国芬说,鲁老师,你是班主任,你看看这种学生怎么处理,他居然在上课的时候想地理这门课什么时候取消掉。王国芬又把脸转向了唐吉,王国芬说,告诉你,这办不到。这时候唐吉看到鲁娜娜轻轻笑了一下。

放学的时候,夜壶在校门口等着唐吉。夜壶递给唐吉一张纸条,那上面写着:雪梅,不是我想请你看电影,我想请你一定不会去的。是唐吉说让我代他请你看电影,你去不去?今天的电影是《八百罗汉》,时间是晚上七点五十分。那是夜壶留在纸条上的字,夜壶在纸条上这样写,令唐吉很不高兴,他白了夜壶一眼。然后唐吉看到了雪梅留下的字,雪梅的字长得很瘦,就像是雪中梅花一样,小小的。雪梅在纸条上一共写了两个字:不去。

夜壶说雪梅不去了,那只能我陪你去。唐吉说,我突然不想去了,我们改天去吧。夜壶就笑出了声音,说我知道你的花花肠,你是一个重色轻友的人。唐吉说,那我请你打台球吧,我们去大庙打台球。夜壶说好的,我帮你做地下交通员,你总得要付出一点什么才对。然后他们去了大庙,大庙是一座很大的庙宇,后来被改成了镇文化站。大庙的台球桌被一个台州人承包着,台州人无数次地向唐吉介绍过,他的老家有一座古长城,比北京的长城还要古,只是不太长,只有五公里多一点。他笑起来的时候,嘴里会露出一粒闪着金光的金牙。现在他的金牙就已经露出来了,因为唐吉和夜壶走到了他的面前。

唐吉和夜壶打起了台球。夜壶个子矮小,所以他打球的时候,是一跳一跳的,像袋鼠一样。唐吉对台州老板说,老板,你下次准备一根袖珍的台球杆,专门给夜壶用。夜壶听了很生气，说你个子高有什么了不起，个子高连做件衣服都格外费料。这时候。唐吉看到了雪梅从大庙门口走过，和雪梅一前一后走着的，是那个张民生。夜壶说，轮到你了，你不要发呆啊。唐吉把杆子丢在了台球桌上，说不打了，夜壶你跟我来。夜壶说，你发神经病啊。唐吉说，没发神经病，我发现了敌情。

唐吉和夜壶跟着张民生和雪梅走着，他们走到了镇外的一条土埂上，土埂上种满了芦苇。他们的身体保持着一定的距离，像是刚刚开始进入恋爱阶段的样子。天色渐渐暗了下来，夜壶轻声说，唐吉，我要回去了，跟着他们多没意思。唐吉想了想，一想夜壶的话很有道理，就说好的我们回去。回去的路上，唐吉说，我们要教训教训张民生了，他怎么可以约雪梅去野外呢。夜壶也说，就是，雪梅放着那么好的《八百罗汉》不看，跑到野外去看芦苇，真是莫名其妙。

那是一九八三年的初夏，离唐吉同学和夜壶同学放暑假，确切地说是初中毕业，已经很近很近了。

2

唐吉说过的，要教训一下张民生，那么，这个教训的过程，就要在初夏发生。唐吉说夜壶你帮我一下。夜壶说怎么帮，总不能把人家给杀了。唐吉说你去找碴儿，然后我来劝架，再然后我故意抱住他，再再然后，你就可以狠命地打他了。夜壶说，打哪儿？唐吉说打他下面，把他给废了。夜壶想了一想摇了摇头说，那不行，那儿跟性命一样重要，我不是跟杀人一样吗？唐吉说，那就打他肚子和胸口。夜壶又想了想说，好的。

那天枫桥镇中初三四班的夜壶同学因为一点小事和张民生吵了起来。夜壶说张民生你踩了我一脚也不道一声歉，你一点不讲文明还算不算从大城市来的。张民生愣了半天说，没有呀，我没踩到你。夜壶说你没踩到我，难道是我冤枉你啊。张民生说，我明明没有踩到你，我根本就没有走到你身边，我怎么会踩到你。夜壶吸溜了一下鼻涕，他开始把嗓门放大了，他的嗓门那么大，把他自己也吓了一跳。他说张民生你这个狗崽子，你到底道不道歉。所有同学的目光都投在了他们两个人身上。雪梅也看着夜壶，她一下子愣住了，她怎么也没想到瘦弱的夜壶居然叉着腰，像一个强盗一样，站在了张民生面前，并且发出了如此响亮的声音。夜壶推了张民生一把，夜壶从来都没有如此豪气过，这让夜壶很有成就感。张民生一点也不怕瘦小的夜壶，他终于站起了身，也推了夜壶一把。然后，夜壶就和张民生扭打在一起。同学们在起哄，雪梅急得不知所措。同学们谁也没有注意到，一个有着阴郁眼神的高个子男同学站起了身，离开了座位。他走得很缓慢，他慢慢地推开了看热闹的同学们，他一把从背后抱住了张民生。

　　唐吉说，别打了，你们别打架了。张民生感到自己被唐吉粗壮有力的手臂箍得喘不过气来了。同学们都看到了唐吉勇敢地站了出来，他是来劝架的，同学们清楚地听到唐吉说别打了。唐吉还说，都是同学，有什么好吵的。这时候，张民生的脸上挨了夜壶一拳，接着，张民生的脸上和胸口落满了夜壶的拳头。夜壶的拳头像一场初夏的阵雨，阵雨把张民生淋湿了，阵雨让张民生慢慢地软了下去。他的嘴角冒着血泡，身子变得像面条般柔软。唐吉松开了手，张民生就整个儿软了下去。唐吉摇着头说，都是两个不要好的人，好好的，打什么架？劝也劝不住。唐吉推开围着的人群，走回自己的座位上。这时候，他发现雪梅的目光射向了他。雪梅的目光冷冷的，雪梅的目光中充满着怨恨，雪梅的目光像一把磨过的刀子，劈头盖脸劈向了唐吉。唐吉就痛了一下，唐吉痛了无数下。他不敢抬头，他怕雪梅目光里的刀子把他斩得支离破碎。班主任鲁娜娜出现了，鲁娜娜把夜壶和张民生叫进了办公室。张民生已经能走路了，他伤得并不很重，掉了一颗牙齿，但是他走路的时候，还是有些异样的。没过多久，鲁娜娜让人来叫唐吉，那个人说，唐吉，鲁老师让你去办公室。唐吉站了起来，他走过雪梅身边的时候，听到了雪梅从鼻子里发出的重重的声音，哼！雪梅把脸扭向了窗外。唐吉一下子觉得自己非常寒冷，唐吉想，现在应该是初夏的呀，怎么这样寒冷。

唐吉出现在办公室里，他看到了脸色苍白的张民生，看到了流着鼻涕的夜壶，还看到了一脸鄙夷的王国芬。王国芬正在批作业，她停止了批作业，她说唐吉你怎么又进来了。唐吉没有说话，但是他心里却在说，你怎么老是盯着我不放。王国芬摇了摇头，有那种恨铁不成钢的意思。鲁娜娜站到了唐吉的身边，鲁娜娜显然是生气了，唐吉看到她起伏不定的胸脯。鲁娜娜二十六岁，结婚了，还没有孩子。她的个子不高，但长得很匀称，有一种很有风韵的味道。她的眼睛很大，睫毛很长。她站在唐吉面前，仰着头问唐吉，你说吧，怎么回事。唐吉说，他们吵架我劝架。鲁娜娜没有说话，她只是拿着眼睛看着唐吉。唐吉又说了一次，他们吵架我劝架。唐吉把话说得很简洁，像是在概括一篇课文的中心思想。鲁娜娜把目光转向了夜壶，她说，你说说看，究竟怎么回事。夜壶看了唐吉一眼，说，张民生踩了我一脚，他不肯道歉，我们就吵起来了。然后鲁娜娜又把目光转向了张民生。鲁娜娜说，现在轮到你说。张民生说，这是一场阴谋，他们联合起来打我，唐吉根本不是劝架，他一直抱着我不放，让夜壶有机会打我。唐吉反复回味着"阴谋"两个字，唐吉认为这两个字是很沉重的，很严重的，应该和军事战争或者间谍战有关。现在，有人说他和夜壶搞阴谋，他就一直想着，他和夜壶这样做，算不算是一个阴谋呢。这时候鲁娜娜说话了，鲁娜娜对张民生说，我相信你的话，你先回去。

张民生回去了。鲁娜娜对着夜壶说，现在，我问你谁是主谋，谁是主谋，学校就一定会开除谁！唐吉想糟了糟了，夜壶一定会变成叛徒了。夜壶看了唐吉一眼，带着哭腔说，唐吉我被开除的话，我爹一定会把我的皮给剥下来。你没有爹，还是你承认你是主谋吧。听到这话鲁娜娜愣了一下，她又看了唐吉一眼。唐吉对夜壶说，你这个叛徒，你这个软骨头。鲁娜娜对夜壶说，你先回去吧。

夜壶走了只留下唐吉一个人。鲁娜娜在办公桌前坐了下来，她开始翻找茶叶，她为自己泡了一杯茉莉花茶。很长的时间里，唐吉都在看着一只小巧的玻璃杯子里，那些茉莉花沉沉浮浮的样子。鲁娜娜很久不说话，她时不时地把杯子举到嘴边喝一口茶。等办公室里的老师们都走完了，鲁娜娜才站起身来，说，我刚才是吓你们的，都快毕业了，学校哪会随便开除人。唐吉说，我知道，但是夜壶被吓到了。鲁娜娜说，你告诉我你为什么要这样做。唐吉说，我也不知道，就是对张民生看不顺眼。鲁娜娜说，你为什么对他看不顺眼。唐吉想了想，终于说，他

少年行

和雪梅在一起。鲁娜娜的大眼睛紧紧地闭了闭，她叹了一口气。然后她举起了办公桌上的一把木质三角尺，她用三角尺打了一下唐吉。三角尺落在唐吉的手臂上，唐吉的手臂上都是肌肉，三角尺向外弹了开来。鲁娜娜愣了一下，她再次举起三角尺，打在唐吉的手臂上，又被弹了回来，像打在弹簧上一样。唐吉笑了，唐吉说鲁老师我不痛的，你这点力气打我，我是不痛的。除非你拿水果刀来。鲁娜娜叹了口气，把三角尺扔在了办公桌上。她摇着头笑了起来，说，回去吧。

唐吉回教室的时候，教室里已经没有人了。在走出办公室以前，唐吉回头看了鲁娜娜一眼。鲁娜娜一动不动地站着，她的两只手抱着自己的身子，好像在初夏的天气里感到了寒冷似的。唐吉只看到鲁娜娜的一个背影，这个背影正被越来越浓的黑暗，说确切一点是夜幕，一点点地包裹起来。唐吉回到教室，他走到雪梅坐的课桌旁边，呆呆地站了很久。

3

夏天来临了。夏天真正来临的时候，唐吉穿起了一条藏青色的海军裤。那是一条肥大的裤子，风就从裤子的下摆钻上来，在裤管里游荡着。唐吉还穿起了一件海魂衫，那是横条子的全棉汗衫。唐吉总是喜欢把两只手藏在裤袋里，在街头行走的时候，身子一摇一摆的。唐吉的初中生涯已经结束，当然夜壶，以及张民生和雪梅的初中生涯都结束了。唐吉把自己的身子挡在夜壶前，夜壶仍然吸溜着鼻涕，夜壶说你为什么挡着我。唐吉笑了，唐吉说了三句话，第一句话是，夜壶我们都已经初中毕业了,你怎么还流着鼻涕,难道你的鼻涕要流到三十岁吗。第二句话是,夜壶,你这个软骨头幸亏没有参加地下党,要是你被特务抓走了,你不成为一个叛徒才怪。第三句话是,夜壶,我请你看录像吧。

前两句话夜壶一点也不爱听,第三句话夜壶勉强听了进去。夜壶说,那个雪梅怎么样了,她怎么对你一点意思也没有,看来是你各方面都比不过人家。我告诉你,人家可是杭州人。唐吉听了这话有些生气,说杭州人怎么了,杭州人就不是人,杭州人就不长屁眼?夜壶说,你这个人说话怎么这样俗,屁眼屁眼的。夜壶和唐吉一前一后晃进了录像厅,录像厅也在大庙里,很阴暗的房间。唐吉和夜壶一走进录像厅,加里森敢死队的枪声,就噼里啪啦地灌进了他们的耳朵。录像看到一半的时候,唐吉说,要是有一把枪该多好,我一枪把张民生这个狗娘养的给毙了。夜壶的脸一下子白了,夜壶说,跟你这个危险分子在一起,我迟早要被你带坏。唐吉喑哑地笑了一下,拧了一把夜壶的大腿。夜壶不敢在录像厅里大叫,嘴里却因为疼痛而发出了嗞嗞的声音,像一条阴冷的蛇发出的声音。

在大庙门口的照壁上,贴着法院的布告。唐吉经常和夜壶一起傻傻地站在那儿看布告,看那个醒目的红钩钩。看到红钩,唐吉的耳边就会响起枪声,枪声过后,一个生命就会在世界上消失了。一九八三年,在全国各地都响着警车的蜂鸣器呜哇呜哇叫着的声音。唐吉和夜壶,已经对这样的声音熟视无睹了。在一九八三年的夏天,唐吉除了在小镇的大街上四处游荡以外,就是想念一个叫雪梅的女同学。他知道雪梅不会想念他,因为雪梅曾经向他投过怨恨的目光。

少年行 | 307

唐吉终于遇见了雪梅。唐吉是和夜壶从录像厅里出来的时候遇上雪梅的,那时候是晚上,街上的路灯发出昏黄的光。唐吉和夜壶正在讨论着录像里的那把会飞来飞去的宝剑,他们慢慢地走到了十字街口,在街口的那盏路灯下,唐吉看到了雪梅。雪梅的手里摇着一串叮当响着的钥匙,雪梅并不是一个人,她的身边站着干干净净的张民生。他们在谈论着一个什么话题,而且他们正在开心地笑着。他们的笑容突然停止了,像一个急刹车一样。他们看到唐吉站到了他们面前,唐吉的两只手伸裤袋里。唐吉的身边,站着吸溜着鼻涕的夜壶。夜壶干笑了一下,夜壶说,张民生,你是不是还想找本大侠打架。张民生看着瘦不啦唧的夜壶想笑,夜壶看多了录像居然自称为本大侠。张民生最后还是没能笑出声来,他怕的是高大健壮的唐吉。

唐吉在雪梅面前站住了。唐吉久久地看着雪梅,他的眼睛里布满着血丝,他一句话也没有说。雪梅说话了,雪梅说干什么,你想干什么。雪梅的话很轻,在昏黄的路灯光下,像一枚飘落下来的叶片一样,轻轻落地。唐吉说,你为什么喜欢张民生,为什么不喜欢我。你为什么要和张民生在一起,不喜欢和我在一起。雪梅想了想,说,因为,你粗鲁,女的都不喜欢粗鲁的男人。唐吉凄惨地笑了笑,他把脸转向了张民生。他说张民生,你一点也不粗鲁,但是你能保护雪梅吗,如果我是一个坏人,你现在能保护得了雪梅吗。唐吉说话的时候,把身子向张民生靠了靠。张民生看到的不是他的一个同学,他的眼里看到的是一堆肌肉,他害怕这样的肌肉。这样的肌肉像一件机器,会在一瞬间伤害他。雪梅站到了他的面前,雪梅的胸脯起伏着,那是发育良好的胸脯。雪梅对唐吉说,你想怎么样?唐吉说,我不想怎么样，我想让你喜欢上我。有一天你一定会喜欢上我的。

雪梅没有再说什么，她牵起了张民生的手，她说你别怕，这种人有什么好怕的。她拉着张民生的手头也不回地走了，走到不远处的黑暗里。唐吉看不到雪梅了，唐吉只看到身边的夜壶，以及他和夜壶两个人在路灯下的影子。夜壶笑了一下，像突然伸过来的一只手在唐吉头上拍了一记。夜壶说，唐吉你真可怜。唐吉说，夜壶，今天是几号。夜壶愣了一下，说我忘了是几号，你问几号干什么。唐吉说，我是要让你记住，我今天在十字路口的路灯下发誓，我一定要让雪梅喜欢上我。

4

高中录取通知书还没有来。当然唐吉和夜壶根本就没有去等待通知书的到来，他们知道自己不可能被高中录取的。唐吉想，雪梅和张民生一定都能进学勉中学的，他们都是好学生。唐吉在别的同学等待录取通知书的时候，经常带着夜壶看录像。这天他们从录像厅出来的时候，唐吉突然感到有些饿了。他说夜壶你口袋里还有钱吗。夜壶在口袋里摸了很久，才摸出五毛钱。夜壶说我只有这么多了。唐吉突然抱住了夜壶，唐吉抱住夜壶使夜壶不能挣扎。唐吉的手在夜壶口袋里摸索，他摸出了一张十块头。他把夜壶放开了，夜壶可怜巴巴地站在他的面前说，唐吉，你这是抢劫。你这是在犯罪。

唐吉和夜壶在来福饭店喝酒，喝那种三毛二分钱一斤的斯风黄酒。一九八三年，物价还没有上涨多少，十块钱可以派很大的用场。他们点了猪耳朵和豆腐干,还点了两碗面条。一九八三年的夏天,吴来福开的来福饭店让唐吉和夜壶的胃在某个晚上感到了幸福。他们的酒量其实并不很好,所以没多久,他们的脸上就泛起了红光。他们因此觉得开心,还划起了拳。他们的声音有些粗大,那是刚刚发育的缘故,他们的声音有些含混不清。在他们划着拳的时候,看到有几个人晃荡着走进了来福饭店。这几个人点了酒和菜,并且不时地向这边张望着。唐吉抬起头,他看到了老三,在枫桥镇上大名鼎鼎的老三。老三朝唐吉笑了一下,唐吉也朝老三笑了一下。

老三在枫桥镇上有名气是因为老三有一双很厉害的腿,他总是能把人踢得飞起来又落下去,像踢皮球一样。于是渐渐有人怕了他,于是也渐渐有人跟在了他的身后。跟在他身后的人,统一地喜欢敞着怀,好像很怕热需要凉快的样子。唐吉和老三碰到过好几次,因为唐吉在学校里打架也是出了名的。有一次老三看唐吉在街上和一个同学打架,唐吉三拳两脚就把那个同学打翻在地。老三刚好骑着摩托车经过,老三停下了摩托车,他看着唐吉打架。在看打架的过程中,他为自己点上了一支烟。这支烟抽到半支的时候,唐吉已经把架给打完了。于是老三冲唐吉笑了笑,把那支只抽了一半的烟丢在地上,骑上摩托车走了。

现在唐吉和夜壶要离开来福酒店了,他们摇晃着站起来,像迈着武侠小说里的凌波微步似的。唐吉说,来福,结账,来福结账了。来福走了过来,他油腻腻的手在身上系着的围裙布上擦着,他说结过了。唐吉说,谁结过了。来福说,老三结过了。老三站起身走了过来,老三说,唐吉,我替你结过账了。

唐吉说我有钱的，不用你替我结。老三说，我知道你有钱的，但是你的钱肯定没有我多。老三说着从口袋里掏出了一沓钱，在唐吉面前晃了晃，然后他把钱放回了口袋。他的手伸过来，拍了拍唐吉的肩膀。老三说，唐吉，你不要傻了，你在这儿站下去会站傻掉的。走吧，你跟我们一起走吧。

唐吉和夜壶一起跟着老三走了，唐吉不知道他们会走到哪儿去，只知道他们在向镇外一个黑暗的地方进发。夜壶紧紧拉着唐吉的手，夜壶的声音都有些颤抖了，夜壶说我有些害怕，我先回去了。唐吉说别怕，我们只是一起走走路而已。这时候老三看了看夜壶，老三的手指头勾了一下，夜壶就站到了他的面前。老三说，你先回去，我们有事，你先回去。夜壶拼命点着头，说好的好的好的。夜壶说第二个好的的时候，他已经开始奔跑了。他的步子很快，像箭一样射了出去。唐吉望着夜壶的背影，想，夜壶什么时候练过百米冲刺？

在镇南路的自来水厂附近，唐吉看到了自来水厂的围墙上，一盏路灯亮着白白的光。唐吉他们向灯光下走去。不远的地方，是一家服装厂，经常有倒班的女工从这儿骑着自行车经过。唐吉看到了灯光下的两个人，是一个男人和一个女人。唐吉跟着老三一步步走近了男人和女人，唐吉终于看清这两个人居然是张民生和雪梅。和老三一伙的有一个长头发吹了一声口哨，是那种很响亮的哨声。然后他公鸭般的嗓音就响了起来，他说这个妞还长得不错的。唐吉就看着那个妞，那个妞其实就是雪梅。雪梅拉起了张民生的手，想要离开。这时候，唐吉走了过去，不知是什么原因让唐吉走了过去。走过去之前，唐吉对老三说，你们别过来，我一个人过去一下。唐吉走到了张民生和雪梅跟前。雪梅说，唐吉，你想干什么？你叫了这么多人来想干什么？唐吉说你搞错了，他们不是我叫来的，他们是我刚好碰上的，再说我还会怕张民生吗，需要叫那么多人。雪梅想了想也有道理，于是雪梅就说，那你想干什么。唐吉说，我想让张民生给我下跪，我知道他什么都比我好，所以你喜欢他。我只想要让你喜欢的人跪在我面前，就可以了。张民生的声音颤抖着从喉咙里翻滚出来，张民生说，唐吉我们是同学，你不要这样好不好？唐吉说跪下，唐吉说你跪下，唐吉说张民生你给我跪下。唐吉的声音是很轻的，但是张民生却听到了一把刀子的声音，在夜晚响了起来。张民生的膝盖软了下来，他的腿已经呈现出半跪的姿势。唐吉突然飞起一脚，他有一双长而有力的腿，他踢腿的姿势是干净漂亮而且有力度的。唐吉一脚踢在张民生的膝盖上，张民生就跪倒在地了。唐吉轻轻笑了起来，他是看着雪梅笑的，他的眼泪也笑得流下来了。唐吉说，雪梅，雪梅你为什么要找这样一个脓包。雪梅把头扭向了另一边，另一边是一座黑乎乎的山，他不再说话了。唐吉在雪梅面前站了一会儿，转身走到了老三的身边。他仍然把手插在裤袋里，他走路很缓慢，一晃一晃地晃到老三身边。老三的脸紧绷着，过了一会儿，他紧绷的脸松弛了下来，他笑了。他又伸出手，看上去像皮影戏里的袖子舞动的样子，虚无缥缈地落在他唐吉的肩上。他说，唐吉，我一定不会看错你，你干什么都不适合的，你最适合的是拿脚踢别人，一脚就能把别人踢倒。

  他们看着雪梅和张民生一前一后地远去，雪梅在前，张民生在后。他紧紧地跟着雪梅，而雪梅一直都没有回头。等他们两个人的影子消失的时候，一个声音在夜色中响了起来，声音说，唐吉，你跟我老三一起干吧。你今天不用干什么，你今天只要看着我们就行。今天，我们是在欢迎你的到来。老三的话音刚落，就有一个女人骑着一辆自行车晃晃悠悠地过来了，女人的车速慢了下来，因为她看到了前面有几个男人。女人终于近了，唐吉看到那是一个已经不再年轻的女人，这个女人脸上有着一丝惊慌。接着，唐吉看到了一组连在一起的镜头，并且听到了一声尖叫。女人被从车上拖了下来，女人的尖叫声很快就中断了，那是有人捂住了她的嘴巴。然后她车龙头上的包到了老三手里，而她却被两个年轻人拉到了不远的草丛里。唐吉的心开始狂跳，他开始想象黑漆漆的草地上的情景，他想，现在这个女人一定在拼命地蹬着腿，但是蹬腿还有什么用呢。又有一个女人骑着自行车过来了，在很远的地方她也放慢了车速，她一定是在车上犹豫着。她的自行车终于骑了过来。老三笑了起来，老三的笑声还没有散开去，那只车龙头上的包就已经到了老三的手里。而这个可怜的弱小的女人，又被两个年轻人给拉向了草丛。唐吉的头皮开始热起来，他一直都在想象着草丛里发生的事。第三辆自行车出现了，第三辆自行车被拉下的时候，这个女人惊叫起来。她认出了唐吉，她说唐吉你浑蛋，唐吉你居然干这样的事。唐吉站在不远的地方说，我没干，你不是看到我没干吗？那个女人说，你干了，你和他们在一起，你就算是干了。唐吉说，我没干，我真的没干。

老三说，她是谁。唐吉说，老三你放过她，她是我班主任。老三说，不行，万一她说出去怎么办，我得把她灭了。唐吉说，你不能动她，你一动她我就和你同归于尽。老三的手里，已经拿到了鲁娜娜的黑色背包。老三想了很久，最后无力地把黑色背包重又挂到鲁娜娜的自行车龙头上。鲁娜娜的嘴里咬着一缕头发,冷冷地看着唐吉。唐吉对老三说,老三,算我欠你一次人情,我保证她不说出去。现在,让我送她回家。唐吉轻声对鲁娜娜说,走吧,不要再对我翻白眼了。鲁娜娜推起自行车,跟在唐吉的身后走了。唐吉仍然将两只手插在裤袋里,唐吉看到了路边的一株小树,唐吉的脚就踢了出去,一株小树在黑夜里惨叫了一声,树影在路灯光下晃了晃,倒了下去。老三望着唐吉的背影,笑着说,唐吉,你狠,看来你和我老三一样狠。

路上唐吉和鲁娜娜一直都没有说话。他们走到了镇上的街上,街上的灯火明亮了不少。鲁娜娜终于说,唐吉,你居然做这样的事,你是在犯法。唐吉说,你别说了。鲁娜娜说,我是你班主任,我当然要说。唐吉说,我已经毕业了,我只是你以前的学生。鲁娜娜说,以前的学生就不是学生了吗,就像你是你爹以前的儿子一样,现在仍然是他的儿子。唐吉说,我爹早就没有了,你怎么忘得这么快,上次夜壶不是已经说了吗。鲁娜娜不再说话,夜就一下子静了下来。

5

鲁娜娜住在电影院旁边的一幢房子里,她住的是三楼。她用钥匙打开门,用手在墙壁上摸索了一下,灯光就一下子铺天盖地把唐吉盖住了。鲁娜娜进了门,转过身说,你进来。唐吉说,我还是不进去了吧。鲁娜娜说,你进来。唐吉迟疑了一下,就走了进去。他先是望了一下屋子里的陈设,屋子里干净、整齐,家具和电器一应俱全。

鲁娜娜为唐吉泡了一杯茶。唐吉在沙发上坐了下来，他的腿张开着，身子埋下去，双手捧着茶杯。鲁娜娜没有坐下来，她的一只手搭在沙发上，站在唐吉面前。唐吉看到鲁娜娜穿着淡黄色的连衣裙，那是一种叫作乔其纱的布料，一九八三年的夏天，这种布料开始流行，至少在枫桥镇上开始流行。唐吉说，你一个人住？鲁娜娜说，他做生意的，他在很远的地方做生意，每年都要快过年的时候回家。这儿，相当于他的旅馆。唐吉点了一下头，唐吉的眼睛在屋子里四处搜索着。鲁娜娜说，唐吉，你不可以再跟他们在一起了，我认识那个叫老三的人，他不会有好下场。唐吉说，我本来就没跟他们在一起，我只是跟夜壶在一起。鲁娜娜说，关键是我已经看到你和他们在一起了，你们这叫抢劫。唐吉就想，还强奸呢，抢劫只是其中的一个项目而已。唐吉没把这句话说出来，唐吉只是说，但是今天幸好我在，不然的话，你就遭殃了。鲁娜娜说，遭什么殃，我背包里只有十多块钱，让他们抢去好了。唐吉说，不是抢劫的问题，他们会把你强奸。唐吉这句话，让鲁娜娜的脸红了起来。鲁娜娜有些生气了，鲁娜娜吼了起来，你居然和我说这样的话，你这个垃圾，你简直是无可救药。唐吉从沙发上站起了身，唐吉走到鲁娜娜身边，轻声说，老师，我一点也没有说错，他们已经把两个女人拉到草丛里了，而下一个，就轮到我出场了。如果我不是你的学生，你可能已经被我强奸了。

唐吉向门外走去。鲁娜娜愣住了，鲁娜娜被这个愣头青气得脸都白了。鲁娜娜说，你站住。唐吉在门口站住了，他的手正好将要伸向门的拉手，他的手在听到鲁娜娜的叫声后，停了下来。鲁娜娜说，你回来。唐吉就又走到了沙发边上。鲁娜娜说，你坐下。唐吉就坐了下来。鲁娜娜说，我问你，你爹没有了，那你妈呢，你妈干什么去了。唐吉的脑海里就浮起了一个女人的身影，女人长得不漂亮也不难看，但是因为辛苦，她看上去有些老了。唐吉很爱妈妈，唐吉觉得妈妈比自己可怜多了。妈妈跟一个跑水上运输的个体户走了，个体户是个五短身材的遮山人，遮山人看了唐吉一眼说，不行，他不能跟着一起走。妈哭了起来，妈说他不能走，那我也不走了。唐吉说，妈你别哭，儿子很大了，你走吧。妈就哆嗦着在衣袋里掏出了五十块钱。妈把五张十块头塞到了唐吉的口袋里，然后妈跟着遮山人走了。唐吉看着妈的远去，他的手伸进口袋里，手指头触摸着那几张温热的纸币。他微微地笑了一下，看着妈的背影直到消失。现在鲁娜娜问他妈呢，他没有很详细地说什么，他只是说，我妈跟人走了，我妈很苦的。鲁娜娜愣了一下，说，你怪你妈吗？唐吉摇摇头，唐吉说，我说过了我妈很苦的，我不怪她。鲁娜娜的眼泪突然流了出来，她看到一个看上去像大人的孩子，唇上已经长出了胡子，人中是笔挺的，但是他的神情，有许多时候还只是一个孩子的神情。鲁娜娜走到了唐吉的面前，她把唐吉的头抱住了，轻声说，唐吉，你是个心地善良的好孩子。鲁娜娜的这句话，让唐吉差一点就哭了。他忍着没有哭，眼圈却已经红了。他的头就一直靠在鲁娜娜温热的小腹上，他甚至听到了鲁娜娜肠道蠕动的声音，叽叽咕咕地隔着鲁娜娜的肚皮传出来。

　　鲁娜娜就这样一直抱着唐吉。唐吉离开的时候，鲁娜娜为他准备了一兜水果。鲁娜娜在门边抚摸着唐吉的脸说，唐吉，你不可以再和老三在一起。唐吉点了点头。唐吉走下楼梯，唐吉站在楼下的空地上，唐吉抬起头来，唐吉看到了鲁娜娜房间的灯光。灯光像鲁娜娜的手一样柔软，灯光，也伸过手来抚摸了一下唐吉的身子。唐吉的心就颤动了一下，像被一粒子弹击中的样子。

6

唐吉再次见到雪梅的时候，是一个礼拜以后。一个礼拜以后，枫桥上空的阳光白晃晃地落在街道上。唐吉在和夜壶打台球，那个台州来的台球桌老板，正坐在一张方凳上打瞌睡。他的涎水，就那么晃晃悠悠、亮晶晶地挂在胸前。唐吉手持球杆，他微笑地看着夜壶踮着脚打台球的样子。夜壶说，唐吉，那天晚上你们干什么去了，我猜你们一定去干了坏事。唐吉没有说话。夜壶又说，你知不知道现在在严打，要是被我爹知道我跟老三出去的话，非把我的皮剥下来不可。唐吉的球杆就在夜壶头上敲了一记，唐吉说你那三个平方厘米的皮能值多少钱？你给我打球。夜壶就很听话地打球了，唐吉也打球，唐吉打球的过程中，老是抬头看看天，他想，这阳光怎么就那么好呢。

然后唐吉就看到了雪梅。雪梅其实是和天上的一朵乌云一起出现的，唐吉先是看到了乌云，这是一场夏天的雷阵雨的前奏，然后唐吉看到了雪梅，还看到了雪梅边走边晃荡着的钥匙。雪梅穿着一件粉红色的连衣裙，这种颜色映着她的脸色，她的脸就显得特别柔嫩。雪梅还穿着一双凉皮鞋，雪梅的样子给人很清爽的感觉。雪梅走进了台球室，阵雨就跟在雪梅的脚后跟落了下来，哗啦啦的一片。唐吉说，下雨啦。雪梅也说，下雨啦。唐吉微微笑了一下，雪梅也微微笑了一下。夜壶说，唐吉，你还打不打球了？唐吉把球杆扔在球桌上说，你没看到我有重要的事吗，我不打了。唐吉的话让夜壶很气愤，他的整个人都颤抖了起来，他说好，唐吉你好，唐吉你真好，唐吉你是个重色轻友的家伙。他气呼呼地从唐吉身边走了过去，走向了密密的雨中。唐吉和雪梅就相互看了一眼笑了。没多久，夜壶折了回来，他的身子已被淋湿一半，他说他娘的，这雨也太不像话，老子身上也敢淋。他就站在唐吉和雪梅的身边，但是他不和他们去说话。其实唐吉和雪梅也没有说话。

　　雨停了的时候，夜壶一跳一跳地越过几个水洼。三次跳跃以后，他以为跳出去很远了。他转过身来站定，指着唐吉说，你这个重色轻友的家伙，以后别再找我。他又指着雪梅说，你这个狐狸精，你勾引张民生还不够吗。唐吉说，你再说一遍狐狸精，我一定在一分钟之内把你的嘴巴撕烂。夜壶说，不说就不说，有什么了不起。然后，夜壶又一跳一跳地走了，像一只兔子。唐吉和雪梅又相互看着笑了笑，他们走出了台球室，他们走在雨后的清新空气中。大街好像突然变得干净了，空气是过滤过的，这一切都让他们的心情，突然之间变得很好。

　　他们去的是坎上。其实他们不知道是要去坎上的，只不过走着走着，就走到了坎上的芦苇丛边。坎上是镇外不远的一块庄稼地，庄稼正发出绿油油的光芒。他们在芦苇丛边站住了，芦苇散发出生草的气息，这让雪梅不由自主地吸了吸鼻子。唐吉看到雪梅的鼻子很漂亮，挺拔而且高耸，很长很柔和的线条。雪梅说，张民生走了，张民生回了杭州。唐吉说，他走了你才来找我？雪梅就白了唐吉一眼，眼角有了娇嗔的味道。雪梅说，你和他是不同的,你身上有那种男子气,他没有。他只会平平常常过一生。唐吉说,我也是平平常常过一生的。雪梅说,反正是不同的。我想了很久以后,才突然想到,其实我只是喜欢着张民生的外壳,或者说一个影子。唐吉说,你说话这么深奥,不像你这个年纪说出来的话。雪梅说,女人和男人不一样,女人总是看得比较远。

后来他们一起走向了庄稼地。那是一片番薯地,番薯长长的藤叶,散发着湿亮的绿光。他们的裤腿,很快就被这些长得像猪耳朵的叶片给打湿了。远远走过来的风,那么清新,有一种淡淡的植物的香味。唐吉转过身,他伸出了手,把雪梅搂进了怀里。唐吉的眼睛和雪梅的眼睛,距离就很近了,唐吉看到了雪梅眸子里的自己,正笨拙地张开着双手。唐吉说,我想吻你一下。雪梅想了想,就闭上了眼睛。唐吉把唇盖了上去,唐吉是第一次吻女人,但是他的心却跳得很平稳,而且,他睁着眼睛看着闭着眼睛的雪梅睫毛闪动的样子,看着雪梅动情的样子,他的心里就叽叽地笑了一下。唐吉的眼睛转向了别处,他看着芦苇和庄稼,还抬眼看了一下天上的云。他的舌头绞着雪梅的舌头,他轻轻地吮着雪梅。雪梅终于睁开了眼睛,雪梅说,唐吉,你这个人很可怕。唐吉愣了一下说,为什么?雪梅说,因为你接吻的时候,居然心跳平常,不会激动。你不像第一次接吻的人。唐吉说,天地良心,我如果是第二次接吻,那么让雷把我给劈了。

后来他们一起往回走,往回走的时候两个人的手指头就缠在了一起。唐吉突然问,你怎么知道第一次接吻时不是这个样子的?雪梅没有说话,低着头。唐吉又问,你和张民生有没有吻过？你一定和他吻过了。雪梅说，没有。但是雪梅的音量很低，显得有些不坚决。唐吉说，你到底有没有被他吻过？雪梅有些生气了，放大声音说，没有就是没有，你问那么多干什么？就算吻过了，又怎么样？唐吉不再说话了，他显得有些闷闷不乐。两个人又走了很远的路，雪梅才柔声地说，你有空的时候，来找我。我爸每天下午都要午睡的。

这时候，唐吉听到由远而近的声音响了起来，这是一种熟悉的声音，是警车的蜂鸣器的声音。唐吉站住了，他听了这种声音好久。雪梅说，你怎么啦。唐吉说，没什么。

7

夜壶在大庙门口碰到了唐吉，他们已经有好些天不在一起了。夜壶不想和唐吉说话，因为他觉得唐吉重色轻友。夜壶看到一晃一晃走过来的唐吉，唐吉穿着一条绿色的军裤和一件白色的汗背心。唐吉手臂上的肌肉圆滚滚的，像一个突出的包子。唐吉把手插在裤袋里，加上唐吉乌黑的头发，明亮的眼睛和高鼻子，让唐吉走路的时候，总会吸引许多女人的视线。夜壶其实是很羡慕唐吉长得这么高挑的，他想，就是打台球，个子高的人也用不着踮脚，而他是需要踮脚的。唐吉越来越近了，他的身上披着丝丝缕缕的阳光，他裸露的手臂上，也就呈现出一种肉色的淡光。唐吉走到了夜壶的身边，夜壶故意把头扭开了，他的嘴里，还哼着一首叫作《迟到》的小曲，意思是，他和你好上了，我比他来迟了。算是一首爱情歌曲。唐吉站在夜壶的面前，紧绷着脸，却在心里暗暗笑了一下。夜壶不说话，唐吉就走开了。唐吉走出没几步的时候,夜壶的声音响了起来,夜壶说,唐吉你要小心,老三已经进去了。他被公安人员带走了,他可以在里面免费吃饭。

唐吉的步子就没再迈出去。他回转身,盯着夜壶的眼睛说,你再说一次。夜壶说,老三被抓走了,我亲眼看到的。唐吉愣在原地一动不动,他搞不清自己和老三他们那次在一起,算不算是同谋,算不算犯罪。还有自己的年龄,十七岁,算不算少年犯。他站了好长时间以后,开始漫无目的地奔跑。他在大街上奔跑,像一道白色的光一样,飘忽而过。他跑到了电影院附近时,想到鲁娜娜就住在这儿,于是他噔噔噔地跑上了三楼。他敲门,他敲门的声音有些急促。门开了,露出鲁娜娜一张蓬松着头发的脸。鲁娜娜把唐吉让进了屋里,然后她自己先在沙发上坐了下来,两条白白的腿,从薄薄的睡裙里伸出来,蜷曲地盘在沙发上。然后,她打了一个哈欠,显然她还在午睡,是唐吉的敲门声把她给吵醒了。

唐吉的身子就靠在门上,他有些气喘吁吁的,他的脸上脖子上手臂上都滚动着汗珠。他的白色汗背心的前胸,已经湿了一大块。鲁娜娜说什么事,唐吉你敲门敲得那么急,什么事?唐吉没有说话,仍然喘着气,像是在逃避着一场追杀。鲁娜娜站了起来,唐吉看到了鲁娜娜的两条白白的大腿一闪,睡裙就盖住了她的腿,只露出膝盖以下的小腿。唐吉还能看到鲁娜娜若隐若现的内裤的印痕,线条清晰地呈现在薄薄的棉睡裙上。鲁娜娜走到了唐吉的身边,她的眼睛有些湿润,她伸出手去抓住唐吉的汗背心的一条肩带,拉动了一下。鲁娜娜说,唐吉你怎么啦?说这话的时候,她的身子有意无意地蹭了唐吉一下。

她轻轻地缓慢地靠上去，终于整个身子都贴在了唐吉的身上。她的嘴在唐吉的前胸吮了一下，吮到的是汗的咸涩。她的嘴唇在游移，落到了唐吉满是肌肉的手臂上，像盖下一个印章一样，盖了上去。然后，她又轻轻吮了一下。唐吉脸上的汗珠，滚进了眼睛里，这让他睁不开眼来，他的呼吸急促起来，他的手摸到了鲁娜娜的屁股，隔着棉睡裙摸到了内裤的边。他用手指头钩住内裤的边，拉了一下，鲁娜娜就发出了含混不清的呻鸣声。

鲁娜娜轻声说，唐吉，抱起我，到床上去。鲁娜娜的声音好像是从遥远的天上掉下来似的。唐吉就按鲁娜娜的话去做。他轻易地抱起了鲁娜娜，走到床边。他把鲁娜娜放在床上，这时候，鲁娜娜伸手一把拉起了睡裙。唐吉的眼里仍然有汗水不断流入，这让他的眼睛有些昏花。他看到了鲁娜娜的肚脐眼，像一朵小小的花一样，生长在她平坦的小腹上。鲁娜娜伸出了手，环住了唐吉的脖子，她的声音冒着一种热气，不断地喷在唐吉的前胸，让他感到有一种酥痒。鲁娜娜说，脱掉，你帮我脱掉。唐吉的手伸了出去，他把鲁娜娜的睡裙剥掉了，像剥去一根春笋的外壳一样。他看到有两个雪球一样的奶子弹跳了几下，呈现在唐吉的眼前。鲁娜娜挂在唐吉脖子上的手加重了力量，唐吉就俯下身去，他的脸贴在两只奶子的中间，闻到了肉体的气味。那是女人肉体的气味，是一个在下午睡觉的慵懒女人的气味。鲁娜娜的手搭在唐吉的腰间，啪嗒一声，皮带扣跳开了，肥大的蓝色军裤就掉了下来。这时候，唐吉发现自己是一把钢刀，闪着锐利的刀光；发现自己是一支上了弦的箭，随时都会射出去。鲁娜娜的手落下来，握住了唐吉，握住了整个的唐吉。她的另一只手胡乱地扯着自己的内裤，然后大腿扭动了几下，就把内裤褪到了脚后跟。她把两条腿张开了，嘴里胡乱地说着什么，不断喷出的热气，就全都喷在了唐吉的脸上脖子上胸口上。鲁娜娜牵住唐吉，把唐吉牵到了身边，牵到了自己的身体里。这时候，唐吉吃力地抬起了头，他的脸已经涨红了。他说，进去了。

鲁娜娜的脸上含着痛苦的表情，她也说进去了，进去了。唐吉说，怎么那么快就进去了。鲁娜娜说，当然很快能进去。唐吉说，可是他进去了以后，会不会把我也招出来。鲁娜娜的眼睛是微闭着的，这时候她睁开了眼，她说你在说什么。唐吉说，我在说老三进去了，是夜壶说的，他被公安人员带走了。鲁娜娜说，先不管，先把事情做完。鲁娜娜的屁股高高地撅着，不停地扭动。很快，她就听到了一声轻轻的号叫，唐吉伏在了她的身上，很沉重，浑身是汗。

唐吉在鲁娜娜身上伏了很久。鲁娜娜爱怜地抚摸着他的蓬乱而乌黑的头发。鲁娜娜说，第一次？唐吉点了点头。鲁娜娜刮了一下他的鼻子说，还不错，以后会更好。唐吉的脸上就浮起了羞涩而腼腆的笑。然后他们说起了老三的事，老三的事让鲁娜娜皱起了眉头。鲁娜娜说，现在是严打，他如果招出了你，你就一定得进去。唐吉说，那怎么办？鲁娜娜很久都没有说话。唐吉就说，进去就进去，反正我是一个人过的，进去可以过集体生活。鲁娜娜说，别傻了你。

后来鲁娜娜穿上了内裤，套上了睡裙。她站了起来，看了看唐吉，又笑了一下。这是一个像棉布一样的女人，这个女人的老公常年不在身边。现在她和自己的学生狭路相逢，学生充满着男人的气息，让她无法自持。她在想，她比学生大了八九岁,那么和学生之间算不算爱情,或者只是简单的肉欲。后来她把身子靠在窗边,她轻声说,唐吉,你怎么办?你去避一避吧,你妈现在在哪儿?唐吉说,在萧山,她和那个遮山人一直生活在船上的,但是他们的货是运到萧山的,他们在萧山租着房子。鲁娜娜说,那你去萧山吧,你去萧山避一避。什么时候可以回来,我会通知你。

唐吉从床上起来,套上白色的汗背心,套上蓝色的海军裤,穿上那双白色的回力牌跑鞋。他退到门边,对鲁娜娜的背影说,好的。

8

唐吉去找了雪梅。在雪梅家的楼下,唐吉和雪梅面对面站着。唐吉说,雪梅,我要去萧山住一些日子,我妈病了,我去照顾几天就回来。雪梅说,好的,那你小心点。唐吉的脚踢着一粒小石子,他踢了好久,最后一脚把小石子踢远了。唐吉再看了雪梅一眼说,那我走了。雪梅点了点头。唐吉就转过了身子,走出几步远的时候,雪梅叫住了他。雪梅说,唐吉,你回来的时候,来找我,我还想和你去坎上。唐吉回转身,点了一下头,他看到雪梅露出很淡的笑容,她的眸子那么明亮,让唐吉相信雪梅是真的喜欢上他了,让唐吉相信,雪梅和张民生之间,是什么也没有的。

唐吉去了萧山,去了那个飘荡着咸萝卜干气味的地方。唐吉其实没有去找妈,他害怕看那个遮山人的脸色。是鲁娜娜和唐吉一起去的,他们在枫桥镇汽车站乘上汽车的时候,鲁娜娜心中荡起了和一个小男人私奔的悲壮感觉。汽车驶离了小镇，汽车载着唐吉和鲁娜娜驶向了萧山。鲁娜娜出钱租了一套一居室的小房子，鲁娜娜在那套小房子里对唐吉说，你少出去街上逛，你多待在这屋子里。我会来看你的，想吃什么就自己去买。躲过这一阵，也许就好了。鲁娜娜仍然感到了硬板床造成的硌人的疼痛。所以，鲁娜娜和唐吉说这话的时候，仍然是在唐吉的身下。那是一张硬板床，在一阵阵的快感中，说话的时候，也是断断续续的。她的话被一阵阵愉悦撕得粉碎，像一片片破棉絮。

　　鲁娜娜常去萧山，三天两头去。鲁娜娜告诉他班上谁谁谁已经收到了学勉中学的录取通知书，而唐吉和夜壶的名字不在其中。唐吉听到了雪梅的名字，他的心里就突然有了一种欣慰。鲁娜娜痴迷于和唐吉的做爱，她像是想要把这个小男人的力气都榨完似的。鲁娜娜赤条条躺在硬板床上的时候就想，自己是不是疯了，自己从来都不曾有过如此的癫狂。鲁娜娜和老公之间没有激情，老公会在很短的时间内从她身上翻落下来。而且老公常年在外做生意，过年的时候才回到家，他拿什么去抚慰一个女人如此强烈的需求。

　　仍然是夏天。夏天没有那么快过去，夏天让唐吉和鲁娜娜在床上差不多要流尽了汗。唐吉在鲁娜娜身上不紧不慢地动作着的时候，突然问，他怎么老不回家，他突然回来找不到你怎么办？鲁娜娜在不停地喘气，鲁娜娜说，他在乌鲁木齐做珍珠生意，他要到过年的时候才能回来。知道乌鲁木齐吗，比日本还远的地方。唐吉想了想说，听说过那地方，那儿叫作新疆。他为什么要去那么远的地方。鲁娜娜就撸了撸唐吉的头发说，傻瓜,那儿不产珍珠,所以珍珠当然好卖。唐吉就说怎么说我傻了。鲁娜娜说,说你傻怎么啦,你不傻你跟着老三去凑什么热闹,你不傻,你就已经考上高中了。唐吉不爱听这话,他的动作就有些加快了。这让鲁娜娜也停止了说话,她发出的呻吟声,已经是一种颤音。

在开学之前,鲁娜娜索性和唐吉住在了萧山。他们几乎天天做爱,他们大概是想要把那张硬板床给生生拆了。快开学的时候,鲁娜娜说,我要回去了。你不要回枫桥,你等我的消息,我让你回来,你再回来。唐吉点了一下头,他开始想念一个叫雪梅的人,同时,他也会偶尔想起胆小的夜壶。一个是他喜欢的女孩子,一个是他的朋友。他的财富,除了这两个人,或者把带给他生理快感的鲁娜娜也算上,他还有什么呢?

9

鲁娜娜回枫桥去上课了。唐吉坐在萧山某个一居室房间的硬板床上望着窗外。萧山当然也严打,四处都是警车呼啸的声音。唐吉已经不害怕这种声音了,他感到自己有些麻木。他在想,现在,鲁娜娜已经从办公室里出来,手里夹着书和木头做的三角尺、圆规。现在,鲁娜娜走过了天井里那棵百年老桂花树的身边,桂花还留着清香,桂花的香味弥漫着整个校园。现在,鲁娜娜跨进初三四班的门,对新生们说,我是你们的班主任,我姓鲁,叫鲁娜娜。现在,鲁娜娜开始上课,她说同学们,今天我们上第一节课,请同学们把书翻到第几页。唐吉想着枫桥镇中学里的一些事情,他想不通的是,明明还在上学的,怎么从此就和学校没有任何关联了。而雪梅,已经很久没有音讯,雪梅不知道他住哪儿,当然不会有任何音讯。雪梅,现在一定已经坐在了学勉高中的教室里,专心地听着老师上课。

那么现在夜壶在干什么,夜壶一个人会不会去打台球,或者去来福饭店喝酒。唐吉乱七八糟地想着与枫桥镇有关的一些事,在想着这些事的时候,他感到了孤独,他像一只从枫桥飞到萧山的鸟一样。他开始学会抽烟,他抽的是红双喜,上海产,红黄相间的壳子,中间立着双喜,双喜临门的意思。他的一居室房间里,就始终飘荡着烟的气味。两个星期过去了,鲁娜娜一直都没有来消息。唐吉想要回去看一看,唐吉想,我回去看一看马上就回来,一定不会有什么事的。唐吉带着一包红双喜香烟,一盒火柴和渴望见到雪梅、夜壶、鲁娜娜的心情,坐上了萧山去枫桥的汽车。

唐吉在黄昏的时候站在了雪梅的楼下。他在这幢楼的附近转悠着,这是供销社的楼,雪梅的妈是供销社以前的社花,现在的会计。唐吉在等待雪梅从学勉中学放学回到家里,他想和她说说话。他不知道该和雪梅说些什么,但是有一句是一定要说的,那就是妈的病好了许多,但是还得住院观察。她就那么一个儿子,他不陪着谁陪着。听到这儿,雪梅的脸上一定会露出赞许的笑容。这些都是唐吉根据想象猜测的。唐吉没有见到雪梅,却见到了鲁娜娜。鲁娜娜推着一辆自行车,从远处走来。她本来脸上还挂着笑容,好像在想着某件令她发笑或者令她甜蜜的事。看到嘴里叼着烟,不停地晃动着身子的唐吉,她脸上的笑影就一下子消失了。

你回来干什么?我不是说没有通知你不要回来吗?你回来

干什么。鲁娜娜说,你信不信公安人员会从地底下冒出来。唐吉狠狠地抽了最后一口烟,唐吉把烟蒂丢在地上,用脚踩灭了。唐吉说,我被闷坏了,你知不知道我在萧山被闷坏了。唐吉的声音很响亮,瓮声瓮气的。唐吉说话的时候,挥舞着双手,像是要和谁展开一场决斗。鲁娜娜惊呆了,她站在原地一动不动,嘴巴微微张开着。后来她回过神来,叹了一口气,轻声说,你知不知道,我是为你好。

两个人向这边走来,两个都是男人,一个留着小胡子,另一个没有留小胡子。但是不管留没留小胡子,都是男人。他们走路很缓慢,他们都已经四十岁左右了,正在谈论着厂里的事情,他们在说,厂里大修结束了,马上就要生产。他们是突然出现在这里的,所以他们就好像是从地底下冒出来似的。他们走到唐吉身边时,站住了。小胡子笑眯眯地说,唐吉。唐吉愣愣地看着他。小胡子说,你不认识我了,唐吉。唐吉说,我不是唐吉。小胡子说,你是唐吉,你一定是唐吉。你和老三那么好,他很想念你,你总得去陪陪他。唐吉转身开始了一场奔逃,是他生命里最卖力的一场奔逃。两个走路很慢的男人,像是长了翅膀一样,竟然跑出了比唐吉还要快的步子。他们一左一右架住了唐吉的手臂,小胡子说,唐吉,别跑,你不会有多大的事,但是,你不可能一天也不待在里面。你跟我们走吧,我们不给你上铐,我们并排走,这样看上去我们像三个老朋友,或者,看上去就是你和两个叔叔走在一起。

唐吉不想跑了,他知道他不可能跑得过这两个男人。他和两个男人原路返回,经过鲁娜娜身边的时候,发现鲁娜娜呆呆地望着远方。她仍然推着自行车,但是却没有前行,愣愣地站在供销社的家属楼下。黄昏的气息越来越重,已经不能算是黄昏了,因为唐吉分明看到夜幕已经开始降临。夜幕都已经降临了,雪梅怎么还没有从学勉中学放学回家。三个男人和一个双手扶着自行车把的女人擦肩而过,他们走过去很远的时候,女人转过了身。女人说,喂。女人的声音,在黑夜刚刚来临时,显得有些清脆,像一根黄瓜拦腰折断时的声音。女人又说,喂。三个男人都停住了,都转过身来。女人说,他还未成年呢,他只有十七虚岁。两个男人对视了一眼,说,你是谁?女人说,我是她以前的班主任。两个男人笑了,小胡子说,成不成年对我们来说不重要,成不成年与我们的工作无关,只与法院有关。

鲁娜娜的眼神简直有些绝望了,她望着唐吉。但是唐吉没有抬头,唐吉不想抬头,唐吉想起了老三的腿功,老三可以把别人像踢球一样踢得飞起来又掉下去,不久,他就可以见到老三了。唐吉想,我不能抬头,不能抬头,我不能再见敬爱的鲁老师了。

10

夜壶没有考上高中,他找到了一份在农机厂里做临时工的活。秋天来临的时候,夜壶穿着一件劣质西装站在了镇西的五仙桥上。夜壶的身子很单薄,像一片树叶一样,随时都有可能被风刮起来落入水中。那件宽大的西装,像睡袍一样套在他的身上。他站在五仙桥上,是为了在风中想念一下他的老朋友唐吉。他之所以到了桥上,是因为只有桥上的风,才是最大的。

他也开始抽烟了,他抽烟的样子有些装模作样,他抽烟只是为了给别人看,站在桥上的男人,是一个大人。是大人了,所以他抽烟了。你们看,他穿着西装,他脚上穿着一双价值二十五元的用纸板合成的皮鞋。他抖了抖脚喷出一口烟。他想念唐吉的时候,看到了一个漂亮的女人。女人向他走来,手中抱着几本书,不长不短刚到肩膀的头发,很清爽的样子。女人走到了他的面前,停住了。女人叫他,侯德建,侯德建你在桥上干什么。夜壶一下子被这个女人感动了,夜壶自己都差点忘了自己的名字叫侯德建,同学们都是叫他夜壶的。夜壶说,雪梅,我站在桥上,我在风中想念一个叫唐吉的人。雪梅就笑了一下,说侯德建你什么时候学会酸巴巴说话了,你又不是诗人。夜壶的脸就红了一下,后来他说,唐吉想见你,唐吉没多久就会出来的,他和老三的性质不同。雪梅没说话,只是微笑地望着桥下的风景,桥下有几个女人弯着腰在埠头上洗青菜和衣服,她们的腰间统一露出了一小块月牙形的白色。夜壶又说,雪梅你知道吗,鲁老师和她做生意的老公离婚了,鲁老师现在一个人过。雪梅仍然没有说话,她的一只手抬起来,捋了一下被风吹乱的头发。

　　雪梅说,我走了,再见,侯德建。夜壶对着雪梅的背影喊,雪梅,唐吉真的想见你。雪梅转过身来,雪梅又捋了捋被风吹乱的头发,她的声音从风中飘过来,声音轻快地落进了夜壶的耳朵。声音说,我要忘了他。

乡村爱情

1

　　花满朵从海角寺小码头上了船，船上挤满了人，像一群蚂蚁一样。花满朵看到了陈九望，陈九望的头发已经湿了，湿淋淋地贴在脑门上。陈九望看到花满朵时，笑了一下。花满朵没有笑，而是把目光抛向了水面，水面上有雨水落下时，荡起的小小涟漪。那是连成一大片的小小涟漪，花满朵喜欢这样的涟漪。陈九望把他的笑容也收了回来，他也对着水面发呆。船在前行，像一条巨大的沉默的鱼。船上的人都不太说话，他们的身子，几乎也都是湿的。他们撑着五颜六色的雨伞，像一群呆头鹅一样。终于，陈九望打破了寂静，陈九望对着河面发了很长时间的呆后，轻声说，我听见水声以外，积雪奔走，大地回暖，十八岁的姑娘来到我的身边。我看见阵雨过后，葡萄熟了，爱情遗忘在古代的南方。每一树驿路的梨花下面，是不是都有海棠在哭……

　　许多人都把目光投向了他。许多人都看到他仍然入神地望着水面,是想要把水面望穿,一直望到东海的龙宫。陈九望是丹桂房最为著名的乡村诗人,他没有考上大学,发奋地写起了诗歌和散文。他曾经取笔名陈白,取李白的意思。他的一篇叫作《丹桂房的春天》的散文,刊在市文联主办的内部刊物《浣纱》杂志上。那位笔名叫作海瓜子的编辑,还给他回了一封热情洋溢的信,鼓励他在务好农的同时,不忘写作。但是陈九望的创作热情,在作品始终不能在正规刊物发表这一现状下悄悄减退了。不过这并不影响他偶尔地写几句诗,来排遣心头的苦闷。陈九望在成为作家无望的前提下,终于弃文经商,承包了村里的窑厂。他高瘦的身影,就时常出现在窑厂的烟囱下。他在烟囱下,在夕阳中抽烟的样子,无比落寞。他一边落寞,一边看上了丹桂房的头号美女花满朵。他给花满朵写了无数的情诗,偷偷地塞给她。花满朵接到情诗时,会开心地笑,说,你胆子够大。你就不怕你老婆知道你在给我写情诗吗?陈九望装作无比英勇的样子,不屑地说,知道就知道,她能把我怎么样?

因为老婆不能把陈九望怎么样,所以花满朵就收到了许多情诗。花满朵把那些情诗贴在墙上,风起的时候,那些情诗就哗哗地响起来,像在合唱一首歌曲。花满朵喜欢这样的声音,她站在墙边,仔细地脸含微笑地听着,听一个会写诗的男人对她的赞美。

花满朵把目光从水面收了回来。她看到了陈文武,一个不能文也不能武的忠厚男人。他有三十多岁了,但是他仍然打着光棍。他看到同村的女人就会脸红,从来不敢正视女人的脸。他长得不难看,也不好看,家境不富裕也不贫穷,但是他就是没娶上老婆。现在,他也在看着水面,他和陈九望看水面不同的是，他是蹲着的，他蹲着抽烟。烟在他的头顶上升腾起来，好像是他被煮熟了，那些烟雾是他身上散发的热气。有人叫他，陈文武。陈文武说，什么事？有人就说，陈文武，你是不是在想女人？大家就都笑了起来，陈文武没有笑，而是把一张脸搞得红通通的。陈文武像是有许多话要表达，又表达不出来似的，他一急就会结巴。他果然就结巴了起来，他说女人有什么好想的，想了女人，女人又不会嫁给你。要是那样的话，我就想刘晓庆。大家都大声地笑了起来，大家都说，居然想到刘晓庆了，你真像是厚皮的癞蛤蟆呀。那么远的美女你就别去想了，你要想的话，不如想想花满朵吧。花满朵多近，花满朵就在你身边呀。你说吧，你想不想花满朵嫁给你？

陈文武看了花满朵一眼，他仍然蹲着，他的目光居下临上地看了看花满朵说，她能嫁给我？除非扫帚柄上长出竹笋来。这样的好事如果能落到我的头上，除非大地震把天下的男人都给震死。大家都笑，大家突然发现，陈文武的嘴巴说出来的话，都是有毒的。陈文武看上去，是一个有毒的人。花满朵淡淡地笑了，她突然听到了，船上突突突的柴油发动机的声音越来越响，终于盖过了人们谈笑的声音。她的耳朵里，再也听不到其他声音了，只看到了一条孤独的船，把一条河给劈成了两半。

丹桂房的河埠头，花满朵跳下了船。这时候她看到了一个男人，这个男人叫刘拐，是丹桂房本事最大能走南闯北的人。花满朵已不知道他的原名，只知道大家都叫他刘拐。刘拐拎着一只皮包，撑着一把雨伞。他梳了一个大背头，一说话，嘴里的金牙就散发出隔夜青菜沾染过的暗青的亮光。刘拐的腰异常纤细，脸上也看不到有肉的痕迹，他瘦得就像一根水发的豆芽一样。花满朵担心刘拐会被一阵大风吹落河中。刘拐的声音却异常响亮,大家都下了船后,他上船了。他站在船上,先是抬头看了一下天。他骂,他妈的,这鬼天气他妈的。想去一趟上海也这么扫兴。这句话的意思是,告诉人们他刘拐要去上海了,他去上海肯定是去赚一笔钱的。他说我要去绍兴乘火车,我要到上海去,上海有一个台商在等着我去谈生意呢。

刘拐的声音,和小船的突突声,一起消失在河面。河面突然安静了,突然孤独了,突然苍凉了,突然忧伤了,突然像是包容了许多的人事一样,在花满朵的面前流淌。这个时候,花满朵想起了吉祥瞎子的话,吉祥瞎子明明告诉花满朵了,她面前的苦将是无边无际的。这无边无际的苦,会不会像是无边无际的流水一样,伸向远方去?

陈九望站在她的身边,他伸出手扯扯花满朵的衣袖,说,怎么了满朵,你好像不太开心。花满朵没有说话,只盯着河面。陈九望又扯了扯花满朵的衣袖,说了同样的话。花满朵转过头来,她的表情突然之间变得愤怒,她简直是对着陈九望在吼,她说滚开,他妈的你滚开,请不要弄脏我的衣袖。陈九望显然被这巨大的声音吓了一跳,他呆呆地望了花满朵一眼,无比落寞无比伤心地往村子里走去。这个时候,村子的上空开始飘起了炊烟。这些炊烟,像是河里飘摇着的无数水草,又像是戏班子的演员们舞动水袖的样子。炊烟在天空中集合,和雨纠集在一起,像一张罩在丹桂房上空的网。

埠头已经没有人了,花满头转过身向家中走去。花满朵是一个爱干净的女人,她在母亲茶花的带领下务农种地,但是这并不妨碍她把自己拾掇得干干净净,甚至夸张地说,花枝招展。

她招展到地里,地里的无数男人的眼睛,就会集体向她张望。她喜欢逛街,陆路可以搭乘拖拉机,水路可以搭乘渡船。她喜欢从街上小贩手里买来饰品,装扮自己。她喜欢去镇上的友谊楼跳舞,她在友谊楼跳了两个月的舞后,迅速成为牛镇的跳舞皇后。这就使得一大批镇上的年轻人,骑着破旧的摩托车一次次往丹桂房跑。他们在黄昏时接走了花满朵,把丹桂房的土埂搞得尘土飞扬。他们又在午夜时分,集体送花满朵回丹桂房,摩托车的声音把丹桂房安静的夜晚,撕得七零八落。为此,许多村里人都在背后议论着花满朵,特别是女人们。女人们说话的时候,知道如何使用省略句。她们常三五成群地聚在一起说,这些男人哪,这些男人哪……

但是在花满朵的生命里,并没有出现过任何男人。她只是喜欢让那些男人,像狗一样围着她窜来窜去。她哪一天晚上坐在某个男人的摩托车后面回来,这个男人回去后,一定会失眠到天亮。所以,经常给她写情诗的陈九望就看不惯,就在背后发牢骚,就一次次地红着一双眼盯着像骑兵连一样的摩托车队,恶狠狠地在心里说,狗,狗,一群狗。

2

花满朵的父亲,是外来户,他的名字叫作花京。丹桂房人都是姓陈的,只有两户外来户:一户姓花,一户姓刘。姓刘的就是著名的会做生意的夹着皮包的瘦骨嶙峋的刘拐。花京是得了一场病去世的,像一棵突然倒下来的树一样,花京倒下了,然后被抬到了南山上。花京留下了老婆茶花,留下了女儿花满朵、花满凤，留下了脑袋瓜有点问题的儿子花满龙，以及一杆曾经锃亮但是现在肯定是锈迹斑斑的猎枪。花满朵疯狂地在友谊楼里跳舞，疯狂地做着跳舞皇后的时候，妹妹花满凤却在甜蜜而安静地恋爱着。花满凤长得很漂亮，她和花满朵的美是不同的，花满朵是瓜子脸，而她是圆脸。花满朵的眼睛，是弯弯的，像一条搁浅的船一样。花满凤的眼睛是大大的，大而明亮。她们各有千秋，她们是丹桂房正在开放着的两朵拙朴而美丽的花朵。县越剧团到牛镇文化站招考演员的时候，茶花带着花满朵、花满凤也去了，她做梦都想在两个女儿中间产生一个吃公粮的。花满朵的嗓音有些粗糙，没有花满凤的圆润与温和，所以差一点点，花满凤就考上了县越剧团。最后，是茶花落寞地带着两个女儿回到了村庄，看到村庄上空的炊烟时，茶花叹了一口气说，唉，务农的命啊。

花满朵笑了一笑，花满凤也笑了一笑，她们都不在乎务农的命是因为，她们本来就是务农的。那时候，花满凤背着茶花，开始和一个叫作陈明亮的高中生恋爱。陈明亮也是丹桂房人，长得挺拔神气，像一棵年轻的茁壮的树一样。花满凤喜欢他，喜欢得晚上睡不着。每天清晨天还没大亮的时候，陈明亮要去牛镇的学勉中学上学，花满凤也借口要去地里锄草，早早起床，她要陪着陈明亮走一段路，然后看陈明亮搭上拖拉机，或者是搭上渡船。她会恋恋不舍地看着陈明亮上拖拉机，或者是上船，看着一个心爱的人消失，然后无比甜蜜地到地里锄草。那段时间，她的皮肤光滑，眼睛有神，一天到晚，都会哼着幸福的流行歌曲，比如那首叫作《年轻的朋友来相会》的歌曲。那时候茶花作为家里的最高行政长官，一次次地表扬着花满凤的勤劳，批评着花满朵的懒惰。她总是咬牙切齿地对花满朵说，你只会逛街只会跳舞只会睡觉，你就不学学满凤，天不亮就去锄草。为此，花满朵对花满凤心生怨恨，她怎么也想不明白，自己的妹妹怎么可以如此勤劳，难道想要做丹桂房务农先锋里的女一号？

花满凤省下钱来，给陈明亮买早点，生怕他饿着。花满凤省下钱来，买了一条方格子的羊绒围巾，据说是新疆产的，她要让陈明亮感到温暖。她就像一个小母亲对待儿子一样，殷切和殷勤。一个雾茫茫的清晨再次来临，花满凤起床了，她坐直了身子，看了流着口水睡得正香的茶花和花满朵一眼，然后轻手轻脚地走到了外间，轻手轻脚地洗脸刷牙，轻手轻脚地背起了一把锄头。当她走出院门的时候，看到了等候在门口的陈明亮，陈明亮明亮的眼睛里含着笑意。陈明亮说，醒了。花满凤说醒了。陈明亮说，走吧。花满凤说，走吧。然后一对年轻人甜蜜无比地向牛镇走去。每一次，他们大概都会走上五里地，剩下的五里，就让陈明亮搭车或搭船赶往学勉中学。他们走路的时候，脚步轻盈，像一只从天空飞下来，落在地面上的鸟轻盈地跳跃着走路。他们的手不时地碰撞在一起，他们的身体也不时地碰撞在一起，所以，他们必须时不时地对视，时不时地在对视的时候相视一笑。雾再一次笼罩下来，雾像一件宽大的袍子一样罩着他们。然后，他们的手终于牵到了一起，他们走进了一片玉米林。玉米林多么像一只巨大的绿色怪兽，一张嘴就把两个年轻人吞了下去。

但是很快，很快就高考了，陈明亮考上了浙江大学。那是一座坐落在杭州的学校，那是一座伟大的风景秀丽的城市。整个炎热的夏天,他都沉浸在无比的幸福中。村子里,他是第一个考上大学的人,而且是名牌大学。他的命运,从此将改变。他或许是杭州人,也或许是绍兴人,但一定不可能再是牛镇下面的丹桂房人。以后的丹桂房,将会是他偶尔落脚的地方。花满凤也高兴,花满凤想自己果然没有看错人,自己将会是丹桂房第一个大学生的未婚妻。但是没过几天,花满凤就感觉到不对劲了,花满凤发现陈明亮没有时间和她一起去田野里走走,甚至连玉米地也不愿去了。陈明亮一家家地走亲戚,和亲戚们告别。陈明亮眯着一双迷茫的眼睛,神气地出现在村子的大道和小路上。有一天,陈明亮终于约了花满凤,花满凤的心狂跳起来,花满凤想,毕竟还是我的未婚夫。陈明亮把花满凤约到了河边,他们坐在河边的青草地上,坐成了电影里的那种恋爱镜头。在沉默了好久以后,陈明亮开始不安地往河里投石子。石子进入河水深处,转瞬间无影无踪了。陈明亮大约在投了至少五十粒石子以后,轻声对花满凤说,满凤,我就要上大学去了。花满凤说,我知道。陈明亮又说,满凤,我想,我想我们是不合适的,我们能不能做好朋友。花满凤笑了起来,她对着河水笑,她不停地说,好朋友,我们是好朋友,我们这样子,原来是好朋友。陈明亮害怕起来,说满凤你怎么啦?花满凤止住了笑,转过头定定地看着陈明亮,然后收起笑容缓慢地伸过脸去,亲了一下陈明亮的唇。花满凤说,没什么的,好朋友。我祝好朋友前程似锦。

陈明亮起身离开河边的时候说,满凤,我不会忘记你的。花满凤望着河面什么也没有说。陈明亮离开了,留下花满凤一个人,花满凤在河边坐了很久,花满凤看到了一地的月光,看到了一河的月光,看到了无边无际的月光。这些银白的月光,像水一样,一不小心就把花满凤的身子给打湿了。花满凤在似水的月光中感到了寒冷,她终于伸出手去,抱住了自己的膀子。

花满凤回到家的时候,夜已经很深了。她推开院门的时候,吱呀的声音,在静夜中像长了腿似的跑出去很远。茶花、满朵和满龙,都已经睡着了,他们睡得很死,睡得好像是要将整个世界遗忘似的。窗口涌进来许多叽叽喳喳的月光,把房间里映得一片亮堂,像是一个微凉的初秋的早晨。花满凤走到茶花身边,她看到茶花睡得很香,身子蜷缩着,像子宫里的婴儿一样安详。她脸上的皮肉,已经有些松弛了,眼袋明显,像一枚小巧的核桃。但是,不管怎么样,也不能掩饰住这个女人曾经的美丽。花满凤又走到满朵的床边,她看到满朵一条腿曲起来,另一条腿伸得笔直,俯卧着,手抱着枕头,像是在攀登一堵高墙。花满凤看了满朵很久,轻轻叫了一声,姐姐。然后她爬上了自己的床,和衣躺了下来。她躺下以后,月光就慢慢地涌了过来,从地上像潮水一样上来,盖住了她的身子。月光盖住她的时候,她的眼泪,像突然冒出的泉眼一样,冒了出来。一个夜晚,就被泪水和月光,浸润得无比潮湿。

陈明亮终于上学去了。他站在土埂上,对着他的亲人们挥手,好像是游击队员离开家乡时挥别亲人的场面。他一转身,留给亲人们一个挺拔的背影。他的父母看到这样的背影,瞬间就被幸福击中了。他们的幸福很简单,就是儿子出人头地了,儿子给他们长了脸,看上去他们比治保主任陈三炮,更加得意了。陈明亮留给亲人们一个背影的时候,花满凤坐在自己的床沿发呆。茶花觉着了满凤的不对劲,她就坐到了花满凤的旁边,不停地抚摸着花满凤的头发，一声声地叫着，凤，凤凤。那时候花满朵正站在门口一堆明亮的光线里梳头，她的头顶的柱子上，广播喇叭正在唱着"你的热情，好像一把火，燃烧了整个沙漠"。显然花满朵喜欢听《热情的沙漠》，而不喜欢听茶花不厌其烦地叫，凤，凤，凤凤。她不由自主地皱了皱眉头，回过头去说，凤什么呀，一天到晚凤凤凤的。

花满朵的话音刚落，就听见了满凤轻微的哭声。这样的哭声，像一枚细小的针穿透黑夜，像是微弱的风吹过她的耳畔。哭声是由轻转响的，最后，哭声变为号啕。花满朵一下子愣住了，花满朵愣住的时候，陈明亮已经上了船，没多久，他会出现在牛镇，然后乘两个小时的长途汽车，前往天堂一样美丽的杭州。

这天，茶花和花满朵都知道了这样一件事，她们的女儿和妹妹，和一个叫陈明亮的年轻人谈恋爱了。年轻人考上了浙江大学，她们的女儿和妹妹也就失恋了。她们不停地安慰着满朵，她们说，没有什么大不了的。她们甚至还这样说，切，天涯何处无芳草，切。她们的意思是，一个差点能够进入县越剧团的美女，难道会嫁不出去吗？花满龙也知道了小姐姐满凤失恋了，花满龙不太会安慰人，他只会沉着一张脸，在院子里走来走去，像一只找不着方向的野猫一样。他搓着手在院子里打转，说，满凤怎么了？满凤怎么了？

花满凤没有怎么了。她只是变得不太爱说话，偶尔，会露出一个无比忧伤无比落寞的笑容。这样的笑容，会让人觉得难过。有时候，她会在院子里哼歌，她不停地哼歌，哼一些流行的歌曲，比如《迟到》和《甜蜜蜜》。也有些时候，她哼那些没有歌词的歌,没有人知道她在唱什么,她只是不断地发出声音。她发出的声音,像一群小鸟,这群小鸟在陪伴着她无边无际的寂寞。一个黄昏,去地里锄草的花满凤出现在玉米地旁,她在玉米地旁边站了很久,然后,她在玉米地里消失了。

花满朵家的院子里灯火通明,她们一直在等待着满凤,一直等到九点钟,花满凤才出现在院子里。她的锄头不见了,脸上和手臂上,有被玉米宽大的叶片划伤的痕迹。她的手里,捧着一捧泥土。她进入院子的时候,看到了三个人,并排站在一起,像三棵玉米一样。一棵是老玉米茶花,一棵是年轻的女玉米花满朵,另一棵是有着用不完的劲的傻玉米花满龙。三棵玉米都一言不发,三棵玉米看着一个落魄的女人捧着一捧土进来。花满凤捧着土走到了花满朵面前,院里的灯光刺痛了她的眼睛,所以她先是眯了一下,然后她露出了一个笑容。她说,姐,姐,姐我捧回来一捧泥土。

年轻的女玉米花满朵没有说话,她把手反背过来,像是牛镇镇政府的女计生干部一样。她在等着花满凤的下文。果然花满凤轻声地像是自言自语地说,姐,我和陈明亮,在玉米地里,在这把泥土上,我们在一起了。他说,要娶我的,他说我是世界上最美丽的女人,他说可以把心挖出来给我看。我哭了,我说我是你的,你想要就拿去。我把所有的钱给他了,让他吃好一点,给他零用钱,给他买围巾。我以为,他是我的男人,我就要对他好。姐,你说吧,我傻不傻?我是不是全世界最傻的女人?

茶花和花满龙愣愣地看着花满凤,她们看到花满凤站在满朵面前,絮絮叨叨地说着这些话,她们看到花满凤手里的那捧泥土,慢慢地纷纷扬扬地落了下来,像一场沉重的黑雪一样,一会儿，就盖在了花满朵的脚上。花满朵终于伸出了一直反背在后面的手，她轻轻地伸过手去，揽过了花满凤的肩头，把她抱在了怀里。花满凤手里的最后一粒泥土，终于落尽了，她抱住了花满朵的腰。花满朵轻轻拍着花满凤的背，说，不哭，满凤不哭，凤最好了，凤不哭。花满凤本来是没有哭的，但是现在她哭了，她的嘴里却说，没有，凤没有哭，凤像是会哭的人吗？不就是一个陈明亮吗？十个陈明亮，我也不放在眼里，谁稀罕呢。

以后的日子里，花满凤继续唱歌，继续失魂落魄，有一次，她把柴草房用一把火点着了，幸好花满龙看到了，奋不顾身地扑向了火堆，才免了一场火灾。但是最后，令花家担心的事情还是发生了，花满凤不见了，像水蒸气一样蒸发掉了，只留下一张空落落的床。

令人疲惫的寻找开始了。花满朵找得最远，她跑到了杭州，找到了在浙江大学里上学的陈明亮。花满朵说，陈明亮，我妹妹有没有来找过你？她不见了。陈明亮愣了一下，他耸了一个很美国式的肩说，不知道，我没见过。陈明亮的美国式耸肩，是刚刚从一个宁波同学那儿学来的。宁波同学说话时，总是要耸肩，陈明亮觉得那样的耸肩，实在是无比的美国，就下苦功学会了。现在，是他第一次使用耸肩。他怕在同学们面前耸不好，所以得先在花满朵这儿试试。他又耸了一下肩说，满朵，花满凤和我无关，不过，你得找到她，对她好一点。然后他转过身去，像留给亲人们一个挺拔的背影一样，他同样地留了一个背影给花满朵。

陈明亮在花满朵的视线里消失了。花满朵失神地从杭州去了县城。花满朵四处寻找，找到第三天的时候，花满朵不想再找了。她想，满凤一定是成仙了，她一定像七仙女一样，飞到了空中。花满朵在第三天的中午饥肠辘辘，她进了三十六洞的一家面馆，她要了一碗阳春面。面条端上来了，花满朵想，真香啊，怎么会有这么香的面条？她吃掉半碗面条的时候，一抬头，突然看到了漫无目的、脚步踉跄地行走在三十六洞的花满凤。她低低地欢叫了一声，像一头小鹿看到林中泉水时的欢叫。她又欢叫了一声，再欢叫了一声，她说，啊，啊啊，啊啊啊。吃面的人们都奇怪地看着她，他们都觉得这个漂亮的女人，怎么会发神经病了。在叫完了三声啊啊啊以后，花满朵连剩下的半碗面也不吃了，她冲了出去。她像风一样冲出去，冲到了花满凤的面前。她用两只手一把捉住了花满凤的肩头，像摇一棵枣树一样摇了起来。摇了很久以后，花满凤的脸上露出了苍白的笑容，她说，真好玩，你摇我真好玩。花满朵的心一下子痛了，她的笑容渐渐淡去，她轻声问，满凤我问你，我是谁？花满凤说，我怎么知道你是谁？花满朵的脑袋里，就嗡地响了一下，像钻进了许多蜜蜂。

一辆辆的车子从她们的身边经过，呼啸着，像下山的老虎。花满朵终于牵着满凤的手进了面店，她给满凤买了一碗面。满凤看上去饿坏了，几乎是在两分钟内，她把一碗滚烫的面条吃个精光，把面汤喝个精光，剩下一只光溜溜的碗。她伸出舌头，舔了一下嘴角说，我没有尝到面条的滋味，你看，能不能再吃一碗。花满朵又买了一碗面，这次满凤吃面的速度有所下降，但是花满朵还是感到了一阵又一阵的难过。她看着满凤吃完面，看着她用手捋了一下油光光的嘴角，然后盯着花满朵看。她看了花满朵很久以后，突然笑出了声。她说我认识你，你一定就是丹桂房的花满朵。花满朵没有说话，花满朵在静候她的下文。花满凤看了满朵很久以后说，你看上去蛮漂亮的，我觉得你有我这么漂亮。花满朵伸过手去，手越过了两只空碗和油腻腻的方桌，手捉住了花满凤的手腕。然后一个声音漫了过来，这是一个相对粗糙的声音，声音说，满凤，我是你姐，我是你姐姐花满朵，你知道吗？

花满凤好久以后，才"噢"了一声，说，原来你真的是我姐姐。姐姐，我能在这儿留下来吗，我可以给面店洗碗，我想赚点钱。花满朵说，赚钱干什么？你在这儿赚钱，我们不放心的。花满凤说，没事的，我赚点钱，可以给陈明亮寄去，他在上大学，一定需要用钱。我不太有用钱的地方，我只要能吃饱饭就行了，所以我要赚钱，我要给他寄一点过去。

花满朵无比陌生地看着妹妹满凤。她想要说些什么的，她想劝劝满凤，想说出一堆道理来。但是后来她觉得这些道理是苍白无力的，不如不说，所以她就什么也没有说。她只是伸出了手，一把抓住花满凤的左手腕，向门外走去。满凤说，干什么？我想留下来。花满朵咬着牙，她有些愤怒，她说你不能留下来，你一定要跟我走。花满凤说，你是不是吃醋了，你是不是觉得我和陈明亮那么好你就吃醋了？花满朵不知道后来发生了什么，只看到一辆车开进了她的视野，她牵着花满凤的手上车了。在上车之前，她听到过一声巨响，响声过后，她看到花满凤痛苦而惊讶的表情。花满凤的半边脸迅速红了，她用手抚摸着自己的半边脸，说，你怎么可以打我？

这时候，花满朵才发现，自己的手仍然举在半空。

3

　　花满龙一直把他肥胖的身体靠在院门上。茶花一次次地警告他，把身子移开，院门会塌的。但是花满龙一直都没有离开，他甚至有些懒得去理会茶花。他靠在院门上，目光望着远方。他在等待着两个女人出现，家里一下子的冷清，让他觉得很不习惯。起先以为是自己丢了东西，他就在院子里拼命地寻找，后来他什么也没有找到，再后来他终于想起来了，是他的家里突然之间少了两个女人。

　　花满龙长得有些胖，那是因为他很会吃，很会睡。他的眼皮耷拉着，看上去有气无力的样子。在他五岁的时候，一个下雨天，他淋了雨，而且被一头狂奔的牛给吓坏了，一下子跌倒在雨地里，最后发了三天高烧。他得了脑膜炎，把当爹的花京急得话也不会说了，在屋子里像一个陀螺一样打着转。茶花送满龙去医院，又和花京一起半夜起床，跑到土埂上敲着脸盆去喊魂。茶花的声音其实是蛮好听的，悦耳，洪亮，她的声音传出去很远。她说，满龙，你回来，你好回来了，你快回来吧。结果花满龙果然就醒了，花满龙醒来的时候，呵呵呵地笑。走到每一个女人身边的时候，就会伸出手去抓人家的胸部，说，我要吃奶，我要吃奶了。于是，大家都知道，生过病的人原来是喜欢吃奶的。但是令茶花至今也没有搞懂的是，花满龙的病，到底是医生医好的，还是喊魂喊好的。反正花满龙的身体，从那个时候开始发胖。花满龙的脑子，从那个时候开始变得不太灵光。

现在这颗不太灵光的脑袋，异常坚决地靠在院门上。看上去，他是想用头把院门给顶穿。花满龙在花家排行第三，所以许多镇上的年轻人都叫他三少爷。为什么镇上的年轻人和花满龙会有瓜葛，是因为他们都想通过他来约会花满朵。年轻人说，三少爷，你帮我约一下花满朵，我请她去友谊楼跳舞。花满龙就傻呵呵地转告，说满朵，有一个年轻人让我和你说，他请你去友谊楼跳舞。花满朵说，他是谁？花满龙说，不知道，我只知道他长得好像一只豆腐桶，他家里会不会是开豆腐店的？

后来花家三少爷不再愿意替人约会花满朵了，花家三少爷会两眼一翻双手一摊说，孙悟空拿来，你们把孙悟空拿来。孙悟空果然就被拿来了，孙悟空就是杭州卷烟厂生产的金猴牌香烟。花家三少爷在院子里抽金猴牌香烟的时候，目光就跨山越水，落在了杭州卷烟厂的厂房上空，他仿佛看到了直插云霄的烟囱。牛镇有一家镇办企业，就是牛镇化肥厂，化肥厂里有全镇最高的烟囱，所以花家三少爷想，原来厂里是要有烟囱的，那么卷烟厂也一定有烟囱，一定比化肥厂的烟囱要高很多倍，一定一不小心就碰到了星星。花家三少爷在院子里抽烟，在院子里接受镇上一些年轻人的贿赂，有人送一刀咸肉，有人送几条鱼，有人送一条半新的喇叭裤，也有人送几个大西瓜。花家三少爷的幸福生活，因为花满朵成为牛镇友谊楼的跳舞皇后而来临。有一次，他居然收到了一套部队里的八成新的呢料干部服，干部服有四个口袋，三少爷把手插在口袋里，摇晃着像个干部似的走在村里的大路上。这套干部服，让村治保主任兼民兵连长陈三炮也眼红了，他曾经试探着想让三少爷把衣服送给他，被三少爷断然拒绝。三少爷嘿地笑了一下，说，如果你把孙悟空拿来，我可以让你穿几天。

花满龙的幸福生活，和花满朵频繁地去友谊楼跳舞有关。花满朵不想去的时候，花满龙就异常不高兴，所以花满朵有时候得象征性地去一下。花满龙是一个力气很大的人，花满龙可以抱着一块二百斤的大石头在村子里行走，气不喘脸不红，像是抱着一个孩子在散步一样。花满龙没事的时候，就成天抱着石头走来走去。后来花满龙厌倦了抱石头，他不愿抱石头了，他喜欢骑着自己家的老牛，穿着部队里的干部服，戴着绿军帽，在村子里走来走去。村子里的人都说，看，三少爷多么像是一个骑兵营的营长。大家就都叫他花营长。大家都会说，花营长，你怎么不抱石头了？你能不能再抱石头给我们看看？花营长就在牛背上爽朗地笑了，他的目光望着远方，像是在眺望着不远处的胜利一样。他多么像一位牛背上的勇士。他说抱石头是可以的，但是，要把孙悟空拿来。不然我花营长，是不会再抱石头给你们看了。

花营长用石头做过的两件可以载入村史的事情是，他受人指使，当然，他一定收了人家的孙悟空，他在村里公用的茅房里，投进了一块大石头。没有人愿意去挖这块臭石头，这块臭石头就一直被污水浸泡着。另一件事是，他用大石头堵住了村治保主任陈三炮家的门，这大概是村民对陈三炮的公然而无声的反抗。所以丹桂房人只要看到大石头，就会想到花家三少爷花营长花满龙。只要看到大石头放在路中央或是别的什么地方，就知道，这一定是花营长放在这儿的。现在花营长没有心情抱着石头走来走去了，也没有心情穿上部队的干部服骑在牛背上在村子里巡逻，他的心情因为家里少了两个女人而变得糟糕。

他把头无力地垂下来，像一条秋天的软弱无力的丝瓜一样垂下来，抵在院门的门框上。但是他失去光彩的目光，仍然望着村口的大路。他在等待着两位花家小姐的到来。

花满朵和满凤终于出现在花满龙的视线里。太阳让他的目光变得飘忽不定，所有的东西，都像水蒸气一样飘起来，他看到了两个模糊的飘着的人影，这两个人影慢慢走近的时候，花满龙猛地揉了揉眼睛。他的笑容浮上了肥胖的脸庞，果然花满朵和花满凤回来了。他回过头去猛喊了一声，他说茶花，满朵和满凤回来了。茶花站在院子里，她像一只发呆的母鸡一样一言不发，她脸上的表情很平静，她突然觉得，做姑娘时累，做老婆时累，做娘时，也累。她看到两个女儿出现在家门口，她们看着她，也是一言不发。她们就这么站着，相互对视，好像是看不够，又好像是要把对方的身体看穿，看到骨头里面的骨髓。茶花看到院门口的花满龙，依然把头软弱无力地靠在院门上，但是他的手心里突然多了一包金猴牌香烟，和一小包牛皮糖。香烟和牛皮糖的身上，涂上了一层淡淡的光影。这是两件安静的物品，它们慢慢地移向了花满凤。显然，这是花满龙送给花满凤的。花满凤看了这两件东西很长时间，看得眼睛都有些花了，她对这两件东西一点兴趣也没有，她只对陈明亮有兴趣。当然陈明亮不是东西，是一个人，是一个才子，是丹桂房第一个大学生。花满凤终于伸出手去，她没有去接香烟和牛皮糖，她把手抬了起来，抬得很高，然后又一巴掌劈了下来，两件东西就像长了翅膀一样，横着飞向了院子中间。花满龙被吓了一跳，他愣愣地看着自以为珍贵的两样东西，他下了很大的决心才愿意献出来以迎接花满凤到来的两样东西，突然之间从他的手心里飞向了地面。他一直发着愣,花满朵也一直发着愣,只有花满凤抬脚缓慢地跨进院门,走向了房间。茶花看了看儿子,茶花的心里突然翻滚起对儿子的柔情,她走到院子里捡起了牛皮糖和金猴牌香烟,她把香烟放在了花满龙的手心里。这个时候,她突然想哭。

4

茶花真正开始哭,是从午夜开始的。午夜的时候,她醒来了。屋子里很安静,能听到花满朵和花满凤年轻而有力的呼吸声,能听到隔壁花满龙的一两句关于孙悟空拿来之类的梦话,和磨牙放屁的声音。茶花的心因为听到了这些声音,而感到无比踏实。她是生活着的,她和她的孩子们一起在这个世界上生活着。然后,她开始哭了,眼泪不由自主地流下来。眼泪像山上的山泉一样,她用手背擦去,但一会儿又流了下来。她的眼眶始终被水浸泡着,所以她的眼眶很快就感到了胀痛。她开始想,我为什么流泪了,我为什么要流泪。她想了很久,还是没有想清楚这场突然而至的流泪,是因为什么原因。她已经四十多岁了,在农村,显然她已是一个老妇人了,那些在她生命中出现过的男人的影子,一个一个地跳了出来。有胖有瘦有高有矮,他们像排着队一样,来到了她蒙眬的泪眼前。然后,她看到了一个十八岁的姑娘,微笑着走到她面前。她就是茶花自己。

一场山洪,从遥远的地方奔了过来。一场山洪是突如其来的,充满着一种力量,好像是装上了火药似的。山洪跑步奔向了茶花的十八岁,把她的十八岁冲得支离破碎七零八落。茶花的父母正在猪肚山山脚的地里干活，茶花的母亲一定是累了，一定是渴了，所以她走到田埂边抓起了水壶，她喝了一口水，又喝了一口水，再喝了一口水。她想要盖上壶盖的时候，眼睛突然就瞪圆了，她看到了高高的山洪，发出巨大的声音，像是战争片里的大部队一样，快速地向这边移动。水壶的壶盖，就再也盖不上了，她的手在不停地颤抖，她的声音也是颤抖的，好像是因为风力太大的缘故，才把她声音吹得像飘向四方的破棉絮似的。她说，你看，你看，你看。这时候茶花的父亲抬起了头，他抬起头的时候，看到了山洪已到跟前，远处，有几个村里人抱着头在拼命奔逃，像跳跃着的野兔一样，敏捷而仓皇。茶花的父亲还想想点什么，比如儿子和女儿，比如家里刚孵出的一窝小鸡，但是他一点也不能集中精力了，他的脑子一下子被灌进了糨糊，糊成了一团。然后，他举起锄头锄地，他想不如再锄一会儿地吧，因为不可能再干其他事了。他刚刚举起锄头，他就消失了，他和女人一起消失的。消失的时候，他突然想起新婚时，因为生活甜蜜，他的嘴也变得无比甜蜜。他对自己的女人说，但愿同年同月同日死。现在，他的理想，在上天的帮助下，得以实现。在山洪盖过他和女人的身体时，他的心灵和他整个的身体都会发出声响，他发出了一声哀鸣，手不由自主地伸向了不远处拿着水壶的女人。但是，他的手没有够到女人。这是一个务了四十来年农的男人，最后遗落在农田里的遗憾。

　　茶花的父母在瞬间消失了，和他们一起消失的，有十八个村里人。这是一场六十八年未遇的山洪，在山洪来临以前，喜鹊在茶花家的院子里叫了整整一天，叫得口干舌燥也不休息。

从此以后，茶花对这种鸟和它的叫声深恶痛绝。她和丹桂房人在彩仙山山顶上住了三天，直至山洪完全过去。三天以后，他们像一群抱成团的蚂蚁一样，滚下了彩仙山，滚向了丹桂房。然后这团黑黑的蚂蚁四散分开，各自回到家中。茶花的心中无比悲凉，她站在一个人的院子里，站在满是黄泥的院墙破败如老女人的院子里时，感觉自己过完了一生，然后开始了第二次生命。

　　她在自己家的院子里，像木鸡一样发了三天的呆。三天以后，她开始走向了村里的代销店，从一个秃顶的店员手中，买了一斤叫作同山烧的白酒。她回到家，坐在院子里喝酒，喝完酒就唱歌，唱完了又喝，最后她像一条绵软的白花花的春蚕一样，醉倒在院子里。她学会了和村里的男人们划拳，调笑。她眼角的笑意，让每一个男人都心旌荡漾，恨不得家里的黄脸婆突然在赶集途中失踪。这个会在半夜里起来唱歌的女人，家里的农活，会有人偷偷帮忙干掉。她家的窗，会有男人深更半夜来敲。她家的四周在每一个夜晚，都鬼影憧憧。她多么像一个没有结过婚的寡妇。终于她和一个心仪的男人，在麦田里相好了。男人是一个健硕的皮肤黝黑身材挺拔的男人，他不太爱说话，也不太爱笑。男人是从部队回来的，回来以后娶妻生子，平静和安静得好像不存在这个人似的。但是这个平静的人，却缠上了茶花，在玉米地里缠，在麦田里缠，在稻草堆里缠，也在茶花家的床上缠。那天男人提起裤子离开麦田的时候，茶花没有起来。茶花望着一个男人的离去，然后她看到了无边无际的蓝天。蓝天那么高和远，让她的眼睛很累，她怕眼睛装不下。她还看到了金黄的在风中颤动着的饱满麦穗，开镰的季节又到了。她闻着麦子的腥味,打了几个响亮的喷嚏。她看到从自己嘴里喷出的细碎的雾状的水汽,在阳光下显得无比晶莹。暮春,是一个多么美妙的季节,她像打开一扇门一样把自己的身体打开。她像成熟的麦子。她就是一穗生长在丹桂房的麦子。

然后,茶花会坐在村口通向田野的路廊,手中提着一只酒瓶,瓶里装着同山烧。她看男人们忙碌,看自己心仪的几个男人轮流把她扳倒,像扳倒一棵绿郁郁的正在灌浆的树一样。自己被扳倒的时候,茶花不忘拧开酒瓶的盖,咕咕地灌几口,这令扳倒她的男人们很不舒服又无可奈何。终于有一天,两个男人在田里打起了架,庄稼被踩得一塌糊涂,男人的眼眶打破了,鼻血在长流,嘴角也沁出血水来。男人像两头愤怒的红着眼睛的公牛。村里好些人都在看,他们都知道,男人是为茶花在打架。茶花坐在不远处,她穿着碎花的衣裳,纯明的眸子望着遥远的地方。她安静得像一幅挂在墙上的画,只有微风,会轻轻吹起她的衣角和发梢。后来她开始微笑,没人知道她怎么会微笑的,大家只是觉得这个女人在失去两位亲人后,变得不可思议。有一胖一瘦两个女人走向了她,胖的女人,脸上挤满了肉,眼珠就藏在肉里面,发出微弱的光亮。瘦女人的脸色很差,像是麦饼的颜色,她的头发是枯黄的,无疑严重营养不良。她身上的一层皮紧紧地包住了骨头,好像是害怕骨头要跑出来到身体外面散散心似的。她,简直是一个没有屁股的女人。两个女人在茶花面前站定了,茶花是坐在一捆麦草上的,她的两手抱着膝盖,她在望着远方,但是突然之间看到了一胖一瘦两双脚,显然这是两双女人的脚,然后她看到了一胖一瘦两个身体,再然后她看到了一胖一瘦两张脸。她轻轻笑了一下,轻声问,什么事?她的声音,像是一粒秋天的虫子的鸣叫。两个女人没有说话,过了一会儿,终于说,呸,不要脸的狐狸精。

这时候茶花才想起,那两个打架的男人,就是一胖一瘦两个女人的老公。她在心里笑了一下,有男人打架,令她感到开心。她在想,我是狐狸变的吗?难道我真是狐狸。两个女人相互对视了一眼,她们以为茶花会攻击,但是茶花没有,她依然用双手抱着自己的膝盖,好像是膝盖会被人悄悄偷走似的。两个女人终于同时扑向了茶花,她们像老虎扑向兔子似的扑倒了茶花。茶花仰天倒在地上,这时候她的眼里,又挤满了无边无际的蓝天。她仍然在微笑着。胖女人打了她一个耳光,说,呸,不要脸的狐狸精。瘦女人在拼命地拧她身上的皮肉,她也在学着胖女人的声音,说,呸,不要脸的狐狸精。茶花没有反抗,而是抓过了身边的酒壶,掀开壶盖喝了一口酒。她的脸上,泛着桃花,是令女人们嫉恨的桃花。她嘴里的一口酒,喷向了空中,雾状地散开。她的眼里,出现了一条在阳光下因为酒雾而形成的虹。她咯咯咯地笑了。

两个女人终于被站在一旁的几个男人提了起来,他们不愿意一个美丽的女人被两只雌老虎扑倒在地。一旁也站着几个女人,她们看到这场停止的战争,感到无比扫兴。这时候,两个男人在庄稼地里龙腾虎跃的争斗,还没有停止。茶花站起身来,她缓慢地从田野走向村庄。走向村庄的时候,她一边为自己编一只辫子,一边唱好一朵美丽的茉莉花。她的声音清脆甜润婉转,像一粒粒撒在路面上的珍珠。然后,她的身影,慢慢消失。

花京是背着一杆猎枪出现在丹桂房的。他的个子不很高大,长得也不英武。他出现在丹桂房,已经是山洪过后的第四年了。

他是从绍兴柯桥来的，柯桥是水乡，水网纵横交错。柯桥人是捕鱼的，但是为什么这个叫花京的柯桥人，却是打猎的？他不仅会打猎，而且是一个优秀的屠夫。在他出现在丹桂房前的半个月，茶花的远房姨娘找到了茶花，她带着茶花去了柯桥。一个老旧的茶店里，她指着一个男人对茶花耳语了几句。茶花望着那个男人，最后，她点了点头，轻声说，我不想到这儿来，这儿到处都是水，我害怕水。最好，让他来丹桂房吧。这个男人就是花京，这个男人什么也没有带，只背着一杆猎枪出现在丹桂房，像一位凯旋的英雄。

花京成了倒插门的外来户。花京不太喜欢说话，他出现在丹桂房后，一共干了两件事。这两件事，让花京的名字被村子里的所有人都知道了。第一件事是，他手持猎枪在山上住了七天，把经常到村子里掳掠的两大三小五头野猪给毙掉了。他摇摇晃晃地下山，显得无比疲惫。他对村里的年轻人说，你们上山去把野猪抬下来。野猪抬了下来，剥皮，很快被剁成碎块，好像是村里人要解心头之恨。然后，全村大宴野猪肉。在整整一个月的时间里，丹桂房都飘荡着野猪肉的清香，经久不散。

第二件事是，花京杀猪的本领无人能敌。花京随身带着一把锋利的刀，一只有两个齿的铁钩。他为人示范了他的杀猪过程，他慢慢地走向一头在地上闲逛的无比幸福的猪，然后迅速地用铁钩钩住了猪的下巴，往上提。同时，他的尖刀插进了猪的喉咙。猪在挣扎，它刚刚还在的笑容，在瞬间消失了。它喉咙里喷出的血，形成一条美丽的血虹，喷出一米多高，降落在花京的脚边。它一点也搞不懂，明明血是藏在自己身体里的，怎么全都跑到了身体外边来。然后，它感到自己的身体轻了，像是要浮在半空中似的。这在它一年来的做猪生涯中,是不曾发生的。猪的眼睛,终于慢慢合上了,它合上眼睛的时候,深深地看了花京一眼。它在心里说,你有种,你真有种,你一下子把我搞得那么累,我要休息了,我要睡觉了,真困啊。然后,猪就歪倒在地上。花京拔出了猪喉咙处插着的尖刀,那把尖刀在猪身上擦了擦,然后插回到腰间的刀鞘中。

于是,大家都知道了一个从水乡来的却不擅长捕鱼的花京,看到了一个能在七天内击毙五头野猪的花京,看到了不需要帮手就能杀猪的花京。他们不叫他花猎户,而叫他花屠夫。他们说花屠夫真厉害,茶花怎么找到了一个如此厉害的人。

花京杀猪的时候,茶花一直在不远处看着自己的男人。这个个子不高,但却英武过人不太爱说话的男人,一下子盘踞了茶花的整个心脏。茶花站在阳光底下,身子在幸福地颤动,眼睛里闪动着亮光。她一点也没有想到,姨娘带她去看的这个其貌不扬的男人,会是一个如此英武的男人。此后,没有人再敢来敲茶花的窗,茶花也不允许任何人来敲窗。她的手轻轻地落在自己的小腹上,那里面有一个小小的生命在蠕动。那就是花满朵。但是茶花知道,花满朵一定不是花京的,花满朵是谁的孩子,茶花也不知道。茶花看着身上溅了血水的花京向她走了过来,花京把一只手搭在茶花的后背。花京的手掌传递着一种力量,这种力量让茶花感到温暖。他们一起向家中走去,他们的步子迈得慢而稳。他们在村里人的眼中,慢慢离开了。离开以后,村里人说,茶花有盼头了。

茶花的肚子越来越大了,像是吸了水的海绵一样,一下子沉重起来。她时常叉着腿,用手挂着腰走在太阳底下,像一头

乡村爱情

臃肿的企鹅。像所有男人一样，花京喜欢贴着茶花的肚皮，听里面孩子的动静。他的面容是谦和的，他的脸上浮着笑意，小胡子也在不经意地轻微抖动。茶花被这样的温情击中，她开始后悔曾经的浪天与浪地。花京的耳朵贴着茶花的肚皮时，茶花就抚摸着花京的头发。花京的头发黑而浓密，略略有些卷曲，茶花喜欢这样的头发。她把手指插进头发丛中，轻轻地挠着。

那是茶花最幸福的日子。花京从外面回来，常常从背后轻轻抱住茶花，嘴贴在茶花的耳朵边，轻声问，花，你想吃点什么？他一直都叫茶花为花，茶花喜欢花京这样叫她。茶花会扭动头来，亲一下花京的小胡子。茶花一直觉得，自己应该和花京说些什么，比如结婚才两个月，而肚里的孩子却已经有五个月了这件事。茶花最后终于鼓起了勇气，说，花京，我从前的时候……花京说，你别说了，你什么都不用说，你不说我也知道。茶花说，但是我不说很难受，我还是告诉你吧。茶花刚想说的时候，花京一把捂住了茶花的嘴，花京在茶花的耳畔轻声说，我也没有爹妈了。接着又说，花，我们都是苦孩子。

茶花的眼泪终于滚滚落下来了，落在花京捂着她嘴巴的手上。她用牙咬住了花京的手，一下一下地咬着，有一些眼泪从脸颊滚下来，流进了她的嘴里。这时候她才知道，原来幸福是咸的。她转过身来，轻轻扑在花京的怀里。花京就抚摸着她的头发，吻吻她的嘴角，再一次轻声问，你想吃什么？你想要吃什么一定要告诉我。

茶花说，我想吃野兔。茶花说这话的时候，丹桂房的上空开始飘一场大雪，大雪们落地无声，像是勇敢的空降士兵一样，降落在丹桂房。花京就一边抱着茶花，一边望着窗外的雪。然后,他的目光瞟向了墙上的猎枪。他说,茶花,你为什么想要吃野兔了。我以前打来野兔的时候,你不喜欢吃的。茶花说,我也不知道,我不知道自己怎么突然就想要吃野兔了。不过,我说说而已,你别放心上。

花京还是背上猎枪带着手电上山了。他上山的时候,北风呼啸,有一点《智取威虎山》里打虎上山一场戏的味道。花京向着彩仙山进发,他是在傍晚进山的,第二天清晨,他回来了,他把一只野兔丢在了地上。那是一只在这个冬天最不幸运的野兔,本来它守在暖和的窠里,和自己的家人温存。但是它偏偏跑出来了,它跑出来是想找一点东西吃。它看到白雪后,被吓了一跳。它想,是不是大地从今天开始,就变成白色的了。然后它听到了一声巨响,是它从来没有听到过的那种巨响。它被吓了一跳,想这是老虎还是狼的声音。在它的潜意识里,它害怕这老虎和狼。它想,我还是回到窠里吧。它这样想的时候,感到身上很热。它迈不出步去了,只斜斜地倒在雪地上,看到了一个人向他走近,那个人手里提着一根黑色的像木棍一样的东西。那个人把它从雪地里提起来,向山下走去。它只好合上了眼睛,因为,它没有力气把眼皮给抬起来。现在,这只不幸的兔子,扔在了茶花的面前。茶花欢呼了一声,肚子里的花满朵也欢呼了一声,她们在庆祝一顿美味即将来临。这时候,茶花看到了花京的脚,花京脚上的鞋子,显然已经是湿了,被冰得硬邦邦的。茶花的眼泪一下子滚下来,忙打来了热水。她让花京坐下来,帮他脱鞋子,她要为花京洗脚。但是那鞋子脱下来的过程却异常艰难,鞋子被冻住了,冻得很硬,像是用铁制成的铁鞋。鞋子最后终于被脱掉了,茶花看到了一双,被冻坏的男人的脚。

那双脚浸在了温水里,那双脚已经没有知觉。茶花认真地替男人洗了脚,男人就用手抚摸着她的头发,他好像最喜欢的是她的头发。乌黑,干净,闪着亮泽,发梢微卷。后来,茶花把男人的脚,放在了自己的怀中,她要用自己的身体,来温暖一双因为打野兔而冻伤的脚。

平淡的日子过得很快。平淡的日子里,茶花生下了花满朵、花满凤和花满龙,她守着花京,守着三个孩子,坚决地拒绝别的男人再次走近她。平淡的日子里,花京对她无比呵护,经常给她洗头发。花京会打一盆温水,在院子里的阳光底下,为茶花洗头。茶花开始出现几根白发的时候,花京会耐心地帮她拔去。花京是丹桂房第一个也是唯一一个为老婆洗头的男人,这件事,曾经成为村里人茶余饭后的谈资。但是,花京从来不在乎成为他们的谈资,当茶花告诉她,说村子里的人在说我们时,花京就温和地笑了,抚摸一下茶花的头发,说,他们在放屁。茶花大笑起来,说,是呀,他们在放屁。我们总不能不允许他们放屁。法律没有规定他们不能放屁。

但是终于有一天,花京倒下了。一个可以在七天内击毙五头野猪的男人,一个独自一人也能杀猪的男人,在生了一场重感冒以后,开始了绵长的咳嗽。这咳嗽像一场持久的战争,始终不见好。茶花陪他去了一趟牛镇卫生院,在卫生院检查以后,医生就微笑着告诉茶花,说,你是哪儿的?茶花说我是丹桂房的。医生说,我建议你们转到绍兴人民医院去。茶花愣了,说,危险?医生仍然微笑着说,可以这么说。

花京住进了绍兴人民医院。花京和茶花出现在医院的时候,说,这个医院比我们牛镇卫生院大多了。接着又说,茶花,我知道,我肯定是不行了。茶花说,你别瞎说。花京说,我从来不瞎说。

花京住了一个月的医院。医生说,你的肺已经一塌糊涂了,你的肺像是烟囱一样,是黑色的。你的肺里,还有好多水。花京在医院里抽了很多次水,最后医生说,你们还是回去吧。你们住在这儿的话,等于是烧钱!你们钱多吗?钱多可以再住下。

花京和茶花回到了丹桂房。当他们出现在院子里的时候,一个八岁、一个六岁、一个四岁,三个孩子围住了他们。六岁的花满凤说,有没有带绍兴香糕回来?有没有?我想吃香糕,我还想吃牛皮糖。花京变戏法似的掏出了香糕,还掏出了牛皮糖。他把这些东西交了花满朵,他说,满朵,你是姐姐,你去分给他们吃。他之所以要把这些东西交给花满朵,是因为满朵不是他亲生的,他要对满朵好一点。对满朵好,就是对茶花好。茶花入神地望着这个行将在世界上消失的男人,她的鼻子酸着,她的鼻子不停地酸着。她说,花屠夫,我的鼻子怎么会那么酸?

花京在床上躺了很多天,他看到自己的老婆茶花很憔悴,她常常不梳头,不洗脸,一有空就守在花京的床前。花京抚摸她因为不洗而打了结的头发,说,你要洗头的,你的头发是全世界最漂亮的头发,所以你一定要洗头的。一个阳光很好的下午,花京从床上起来了。花京走到院子里,伸了一个懒腰。花京能起床,令三个孩子很高兴,因为他们看烦了一个经常睡在床上的人,他们想看一个会动的人。这个会动的人走到院子里,说,来,茶花,你打温水过来,我给你洗一次头。花京的声音很响亮,把他自己也吓了一跳。花京想,我怎么会有那么大的声音,难道我的病已经好了?

整整一个下午,花京在为茶花洗头,洗完头又仔细地帮她拔去白发。茶花就把头靠在花京的膝盖上,一边流着眼泪,一边听话地让花京寻找她的白发。花京为茶花拔去了多根白发后,又用干毛巾擦着茶花的头发,把头发捧到鼻子边闻了闻,说,多么香啊,像茶花那么香。然后,他开始为茶花梳头发。他的脸上,泛着红光,像是喝了半斤花雕酒后才会有的红光。花京一边梳发,一边絮絮叨叨地说着话。花京说话的时候,三个孩子站在不远的地方,他们奇怪地看着他们的父母,怎么会那么长时间保持着同一个动作?

花京说,茶花,我掰着手指头算了一下,我们一起生活了七年。那就是两千多个日日夜夜。我担心的是,以后,你要怎么办?茶花的眼泪缓缓地流了下来,滴在了花京的裤腿上。茶花说,花屠夫,你能不能不说这些?花屠夫笑了,说,逃避不是办法。我在想,你要嫁一个人,嫁一个好人,嫁一个会过日子的能照顾你和孩子们的好人。你千万不要嫁给城里人,城里人坏着呢,城里人比农村的人更自私。茶花说,我不嫁,我谁也不嫁。花京说,这是傻话,你不嫁,你怎么支撑得了这个家。你以为,你是神仙吗?

花京和茶花说了一个下午的话。傍晚的时候,花京说,孩子们,你们过来。满朵、满凤和满龙就走到了他的身边。他们以为他又要给他们分牛皮糖了,但是这一次他们很失望。花京先是抱了抱花满朵,在她的脸上亲了亲。接着抱花满凤,也在她脸上亲了亲。抱着花满龙时,他亲了两下,因为这是他的儿子,是可以接过他猎枪的人。然后告诉他们,你们扶爸爸进屋去,爸爸想睡一会儿。

花京睡下了。花京睡下后就不再醒来,像做一个绵长的没有尽头的梦。茶花在花京得病后,哭了无数回。花京死了,她却不再哭了,她只是站在院子的中间,长号了一声,像冬天里母狼惨嚎的声音。接着她就安静了,安静地请来村里的人,帮她料理花京的后事。花京被葬到了南山上,像没有来过这个村庄似的,突然之间消失了。丹桂房人记住了花京的两件事:一件事是七天打死五只野猪,另一件事是可以一个人杀猪。

茶花,又开始喝酒了,喝那种叫同山烧的白酒。茶花拎着酒瓶在院子里唱歌,喝醉了在村子里走来走去。村里的男人,重又把目光投在她的身上。他们发现,茶花比做姑娘时,更加有女人味了,像熟了的荔枝,剥去外壳就鲜艳欲滴。于是,男人们又开始敲她的窗,男人们又开始跟踪她。终于,茶花又迈出了一步,她开始和男人们调笑了,她脸不红心不跳地,和男人们打情骂俏,也让他们劈柴担水。她的名气,又在村庄里开始变得大起来。

但是,每天晚上,她都要为花京上香,会在花京的遗像前傻傻地站着。花京在镜框里微笑地看着她,每一次都像在轻声说她,傻,你看你,多傻。花京的小胡子,依然在镜框里无比性感。花京好像是活着的,他的猎枪仍然挂在墙上,他的影子仍然在屋子里四处游走。

花满朵记得九岁那年的春天,茶花不见了。那是春雨连绵的日子,一直到黄昏,茶花还是没有出现。花满凤和花满龙在吵架,他们刚刚打了一架,现在集体在屋子里哭。花满朵说,你们别哭了,你们再哭,我把你们扔到光棍潭去喂鱼。满凤和满龙愣了一下,他们果然就不哭了,因为他们一点也不想被扔到光棍潭去喂鱼,尽管他们认为光棍潭不可能有那么大的鱼。花满朵戴了一顶笠帽,走进了雨中。黄昏像一件大袍子,黄昏阴阴地笑了一下,就把花满朵给包在了袍子里。花满朵要去寻找茶花,花满朵碰到的第一个人,是一个叫陈文武的年轻人。陈文武已经十九岁了,他比花满朵要大十岁。花满朵说,陈文武,你看到我们家茶花了吗?她没有说我妈,她说,我们家茶花。陈文武摇了摇头,他站在祠堂的屋檐下抽烟,抽一种叫作雄狮牌的香烟。陈文武的脸上,长满了粉刺,像满天的星星一样。陈文武再一次摇了摇头,说,没有,我没有见到茶花,我已经在这儿站了半天了,没有看到过茶花从这儿走过。

花满朵不知道要去哪儿寻找,所以她站在雨中,站在陈文武的面前,半天也没有动一下。陈文武突然叹了一口气,他说,我帮你找吧,我让村里跟我玩的朋友们一起帮你找。花满朵点了下头,她的心中立即涌起了无限的希望。陈文武走了,他丢掉了手中的烟蒂。烟蒂落入了泥水中,嗞地响了一下,灭了。花满朵再次寻找陈文武的时候,只看到一个背影。他干瘦的影子在雨里跳跃,像一只袋鼠。

陈文武和他的朋友们一直找到半夜,都没有找到茶花。他们都泄气了。花满朵在等着他们的消息。花满朵动手给满凤和满龙烙了一张饼,满龙和满凤抱怨花满朵烙的饼没有茶花烙的好吃,他们一边抱怨,一边把这饼吃得精光。花满朵没有理他们,烙完饼她就站到了屋檐下,等候着陈文武给他带来消息。院门响了,花满朵的眼睛里跳起几丝火星,但是火星很快就灭了,因为她看到了闯入院子里的陈文武,听到了陈文武的声音。陈文武说,找不到。我们找不到。我们累了,所以我们今天就不找了。

花满朵望着陈文武,和陈文武身后站着的一批人,他们像是部队里侦察连派出的侦察兵一样,在这个暗夜里四处搜寻茶花的踪迹。花满朵听到了自己脆生生的声音响起来,那个声音从喉咙里滚出来,在雨地里跳跃着。那个美丽而嫩得像麦芽的声音很快就被雨淋湿了,那个声音说,明天,明天能再帮我找一下我们的茶花吗?陈文武没有说话,而是无声地回过头去看身后的那帮朋友。这帮人久久地看着花满朵,他们最后,都点了点头。

陈文武带人离开了,只剩下在昏暗的灯光下站着的花满朵。她一直在看院子里的雨。她看了很久的雨以后,折回到屋子里,这时候她看到花满凤和花满龙已经在床上睡着了。他们一定是累了,他们的腿相互交叉着,压着对方,像是两只发怒的章鱼相互纠缠和攻击。这时候花满朵想,我们的生活,因为花京的死去,而变得七零八落了。

茶花是第二天中午找到的。茶花在山上,她醉了,全身湿透,衣服上全都是黄泥,像一张绚烂的地图。她醉倒在花京的坟头,一只孤独的酒瓶,就倒在坟边。茶花醉了一夜,她醒来的时候,发现自己已经被浸泡得差一点要发芽了。她看到太阳已经在头顶,山上的水雾在升腾,像是一场盛大的集体舞蹈一样。她的手指缝里,还留着许多泥,可能是在夜里抓过泥巴。然后,她看到了村里的年轻人陈文武,他带着一批人,在向这个方向走。他们终于走到了她的面前。茶花不说话,看着他们。

乡村爱情 | 363

陈文武说话了，陈文武说，孩子们在等你回去。陈文武接着又说，你一定是喝醉了。

茶花跟着陈文武他们往山下走。茶花走路的时候头重脚轻，身体内的酒劲还没有完全过去，还像蛇一样在窜。村子里的人看到一个湿淋淋的女人出现在视野里，村子里的人们开始说这个女人的闲话。但是茶花一句也没有听到，她只是径直向家里走去。她推开院门的时候，看到了三个孩子，站在屋檐下，他们穿得整整齐齐，那应该都是花满朵的功劳。唯一令茶花不太满意的是，花满龙的鼻子下面挂着两条鼻涕。

茶花在院门口站了很久，说，我回来了。过了一会儿，花满朵和花满凤、花满龙都露出了笑容，说，茶花，你干什么去了？茶花说，我忘了，我忘了我去干什么了。你们记住，有好多事情都是会被忘掉的。

这是花满朵九岁时发生的事。花满朵一点也没有忘记。很多年后，茶花对着镜子梳妆，她看到了眼角的皱纹，和下眼睑的眼袋。她的心里一下子空落了，一下子变得有些凄惶。花满朵走到了她的身边，她就对花满朵说，儿啊，娘的光辉岁月过去了。